JOHN
WRAY

GOTTESKIND

ROMAN Aus dem
Englischen von
Bernhard Robben

ROWOHLT

Die Originalausgabe erschien 2018
unter dem Titel «Godsend»
bei Farrar, Straus and Giroux, New York.

1. Auflage Februar 2019

Redaktion Mirjam Madlung
Satz aus der Dante MT
Gesamtherstellung CPI books GmbH,
Leck, Germany
ISBN 978 3 498 07394 7

Gewidmet den Männern und Frauen von CAIR,
dem Rat für amerikanisch-islamische Beziehungen,
und den Zielen, die sie verfolgen

GOTTESKIND

Lieber Lehrer,
nie würde ich es hierher schaffen, hast du gesagt, und doch bin ich da.

Ich schreibe diese Zeilen an ebenjenem Ort, von dem du mir berichtet hast; und er ist genauso schön und schrecklich, wie du es gesagt hast. Du sprachst von blauem Himmel, von Kälte, schlechten Straßen und noch schlechterem Wasser. Du sprachst von Schnee in den Häusern und Kot auf den Straßen. Ein «gottesfürchtiges Volk», das hast du gesagt. All diese eitlen Beschreibungen. All das Gerede von oben herab, als wäre ich sechs Jahre alt.

Es ist kalt hier, stimmt, aber ich spüre die Kälte nie. Ich bin mit Menschen zusammen, die mich kennen. Ich bin mit Menschen zusammen, die für mich sterben würden, und an meinen besten Tagen, dann, wenn ich keine Angst habe, weiß ich, ich täte es auch für sie.

Gibt es jemanden, für den du das tun würdest?

Du hattest recht, was dieses Land angeht, damit, wie es mich aufnehmen würde. Lieber Lehrer, ich hätte es besser wissen müssen. Ich hätte vorsichtig sein sollen. Du hattest recht mit allem, nur in einer Sache hast du dich geirrt.

Du hast gesagt, ich würde es nie bis hierher schaffen. Und doch bin ich da.

1

An dem Tag, an dem sie ihr Visum erhielt, kam sie nach Hause und sah, dass alle Bilder auf dem Kaminsims zur Wand gedreht waren. Ihr war nicht danach, sie zu berühren. Von vorn hatten sie gut ausgesehen, wenn sich das Licht im matten Nickelrahmen spiegelte; ihre Rückseiten aber zeigten, wie billig sie waren. Graue, gestanzte Pappe, kaum dicker als Papier. Das waren keine heiligen Reliquien; Bedeutung besaßen sie nur für drei Leute unter all den ungezählten Milliarden, Gläubigen wie Ungläubigen. Und jetzt nicht mal mehr für diese drei.

Sie fand ihre Mutter im Schlafzimmer bei den Ridgebacks und dem Pitbull. Es roch nach kaltem Rauch, Lysol und Bier. Die Hunde hoben den Kopf, sobald sie die Tür öffnete, ihre Mutter aber rührte sich nicht und starrte, beide Hände schlaff im Schoß, aus dem Fenster in die Sackgasse. Auf dem ärmellosen T-Shirt stand SANTA ROSA RAZZIA. Steif saß sie da, sittsam, auf der dicken Doppelbettmatratze, die nackten Füße fest auf den Boden gestemmt. Ihre Haltung war die einer Wartenden, einer Bittstellerin. Die junge Frau am Fußende des Bettes musterte das stolze, verfallene Profil und versuchte wie so oft, eine Ähnlichkeit zu entdecken. Zum ersten Mal in ihrem

Leben, in all ihren achtzehn Jahren, brauchte sie nicht zu raten, was ihre Mutter hören wollte.

—Es ist angekommen, sagte sie.

—Was denn?

—Das weißt du doch. Mein Visum.

Ihre Mutter machte eine abschätzige Geste.

—Ich habe schon geglaubt, es käme nicht mehr rechtzeitig. Dachte ich wirklich. Und wenn es nicht gekommen wäre …

—Du hast gesagt, du bist um fünf wieder zu Hause. Um fünf Uhr spätestens. Das hast du gesagt, und ich habe meinen ganzen Tag danach eingerichtet.

Sie sah hinab auf den Pitbull. —Ich komme spät, ich weiß. Bin noch durch die Gegend gefahren.

—Denk nicht, ich weiß nicht, wo du gewesen bist, Aden Grace. Halte mich bloß nicht für eine, die Kacke nicht von Karamell unterscheiden kann.

—'tschuldige. Sie kraulte den Pitbull zwischen den Ohren. —Ich will dir ja gar nichts verheimlichen, Mom. Bin nur aufgeregt, weißt du. Bin vielleicht sogar …

—Ich habe dich gebeten, mich nicht anzulügen. So viel Entgegenkommen bist du mir schuldig. Findest du nicht? Und ich habe dich gebeten, mein Leben nicht komplizierter zu machen, als es ist.

—Morgen um diese Zeit bin ich weg, sagte die junge Frau. —Ich schätze, das macht so manches weniger kompliziert.

Ihre Mutter wandte sich zu ihr um. —Glaubst du vielleicht, ich zähle die Minuten, bis du in diesem Flugzeug sitzt? Schau mich an, Aden. Glaubst du das wirklich?

—Nein, glaube ich nicht.

—Dann ist's ja gut.

—Ich glaube, du wartest nur darauf, dass das Schlimmste geschieht.

Ihrer Mutter entfuhr ein abgehacktes Lachen. —Dein alter Dad hat mir mal das Gleiche gesagt. Weißt du, was dein Problem ist, Claire, hat er gesagt. Du rechnest immer mit dem Schlimmsten. Mit dem Schlimmsten bei einer Person, dem schlimmsten Ende der jeweiligen Situation. Wieder lachte sie. —Dem schlimmsten Ende der jeweiligen Situation. Genau das waren seine Worte.

—Du bist betrunken.

—Hundert Punkte, meine Kleine. Darfst dir was drauf einbilden.

—Ich hätte es dir nicht mal sagen müssen. Schließlich bin ich alt genug. Ich könnte auch einfach meine Sachen packen und zur Tür hinausspazieren.

—Aber genau das tust du doch, wenn ich mich nicht täusche. Spazierst einfach zur Tür hinaus. Oder habe ich irgendwas nicht mitbekommen?

Das Licht über der Sackgasse wallte trübe gegen den Hügel und glomm in der pollendämmrigen Luft, derselben Luft, in der sie sich von klein auf bewegt und die sie ihr Leben lang geatmet hatte. Ein Kolibri umflog den leeren Futterspender am Pool. Er war schon seit Tagen leer. Sie fragte sich, wie oft der kleine leuchtende Vogel noch wiederkommen würde.

—Versuch dran zu denken, den Spender wieder aufzufüllen, sagte sie.

Ihre Mutter fuhr sich mit drei Fingern durchs Haar. —Triffst du ihn, bevor du verschwindest? Gehört das zu deinem Plan?

—Weiß nicht.

—Du weißt nicht gerade viel, oder?

—Kann sein, dass ich noch bei ihm vorbeigehe.

—Ich habe dich nie gefragt, woher du das Geld für dein Ticket hast. Schätze, ich sollte die Antwort kennen.

—Du irrst dich. Ich habe ihn Weihnachten um Geld gebeten, aber er hat gesagt, das liegt außerhalb seiner Obvenienz.

—Seiner was?

—Genau das hat er gesagt. Er meinte, ich soll nach Hause gehen und das Wort nachschlagen.

—Tja, typisch unser Professor. Sie hüstelte in die Faust. —Aber ich sage dir was, ich wette, dein Lebensplan geht ihm runter wie Öl. Bestimmt fühlt er sich bestätigt und gerechtfertigt.

—Er hat keinen Grund, sich deshalb irgendwie zu fühlen. Nichts von dem, was ich vorhabe, geschieht seinetwegen.

—Was glaubst du eigentlich, mit wem du sprichst, Aden? Denkst du, du könntest mir was vormachen?

—Ich sage es nur so deutlich wie möglich, aber wenn du es nicht kapieren willst, kann ich dir auch nicht helfen.

—Wer Ohren hat, der höre, erwiderte ihre Mutter.

—Ganz genau.

—Stammt allerdings aus einem anderen Buch, nicht aus dem in deiner Tasche. Sie krallte sich mit den Zehen in den Teppich. —*Das* Buch hätte ich dich auswendig lernen lassen sollen.

—Versucht hast du es ja, sagte die junge Frau.

—Hast du gemerkt, wie? Immerhin etwas.

—Es ist nicht deine Schuld, dass ich so geworden bin.

Sie knabberte an ihrem Daumennagel. —Du hast getan, was du konntest.

Ihre Mutter wandte sich vom Fenster ab. —Ich bin müde. Geh, lass mich allein.

—Nur wenn du mir versprichst, dass du schläfst.

—Ich schlafe, wenn ich so weit bin. Sie streckte den Rücken und zündete sich eine Zigarette an. —Kann nicht behaupten, dass mir dein gottverdammtes Getue fehlen wird.

Als die junge Frau sich zum Gehen wandte, donnerte ein Flugzeug über sie hinweg. Das Haus lag in der Flugschneise des San Francisco Airports, und sie hatte die vorüberfliegenden Flugzeuge seit jeher gemocht. Es war ein lieblos gebautes Haus, billig wie die Bilderrahmen auf dem Kaminsims, doch wenn es erbebte, fühlte sie sich von der Welt weniger getrennt.

—Ich gehe spazieren, sagte sie. —Bin in einer Stunde zurück. Dann mache ich uns was zum Abendbrot.

—Wie du meinst.

—Er hat keinen Penny bezahlt. Ich habe es mir von meinem Lohn abgespart. Und die Kirche hat mir einen Rabatt auf das Ticket gegeben.

—Nenn das nicht Kirche. Es gibt ein Wort für den Ort, an den du willst. Selbst ich kenne das Wort.

—Du kannst es aus deinem Gedächtnis streichen, sobald ich weg bin, sagte die junge Frau.

Licht fiel auf das Gesicht ihrer Mutter, als sie die Tür hinter sich zuzog. Starr, stolz und stoisch, aufs Schlimmste vorbereitet. Und endlich sah sie die Ähnlichkeit.

*

Sie folgte dem Hidden Valley Drive zum Friedhof, vorbei an Carmen's Burger Bar, an Ramirez' Pawn N Carry, dann die Pacific hoch zum Junior College. Auf der Mendocino blieb sie vor einem Schaufenster stehen, hielt sich eine Hand an die Augen, um nicht geblendet zu werden, und schaute durch die Scheibe. Eine Pyramide von Mobiltelefonen, lederne Schutzhüllen für die Handys, dazu die passenden Gürtelclips aus Plastik. Sie stellte sich eine Welt vor, in der sie diesen Laden betrat – in der sie arbeiten und sparen würde, um sich eines der Angebote kaufen zu können –, und es war keine Welt, in der sie gern leben wollte.

Ein paar Typen aus der Schule gingen vorbei und feixten, und Aden gestattete sich ein letztes Mal den Luxus, sie sich tot vorzustellen. Sie beobachtete sie in der Fensterscheibe, bis sie außer Sichtweite waren, dann prüfte sie ihr eigenes Spiegelbild, schmal, doch kerzengerade in ihrem weißen Salwar Kamiz. Kein Mädchen, kein Junge. Nur ein Geist in einem Körper. Sie fühlte einen Anflug von Trauer, vielleicht sogar Mitleid, doch ob für sich selbst oder für die Typen, die über sie gelacht hatten, das hätte sie nicht sagen können.

*

Der Campus war still, dunkel und wirkte so unnatürlich flach wie die für einen Stummfilm gemalte Kulisse. Das Büro ihres Vaters war das einzige, in dem noch Licht brannte. Sie griff nach dem uralten Wachtelefon am Diensteingang, um dann auf Ed Ayckers sanft verschlafene Stimme und den scharfen Doppelton des Summers zu warten. Früher hatte sie das aufregend gefunden, diese heimliche Transaktion: Sie musste dabei an den mit einem Code gesicherten Eingang zu einem Militärgelände, den Tresorraum einer Bank oder an das Besucherzimmer in einem Gefängnis denken.

—Du hast den Hintereingang genommen?, fragte ihr Vater, ehe sie anklopfen konnte.

—So wie immer.

—Mich überrascht nur, dass Ed dich mit diesem Igelschnitt eingelassen hat. Weißt du, an dem kommt nämlich nicht jeder vorbei. Muss ein Zeichen dafür sein, dass du reinen Herzens bist.

—Denselben Witz hast du schon letzte Woche gemacht, sagte sie und nahm einen Stapel Ordner von einem der Stühle.

—Und wenn ich mich nicht täusche, hast du da auch nicht gelacht.

—Schätze, ich habe meine Ansicht nicht geändert.

—Tja, so wird's wohl sein. Er faltete die Hände, als wollte er beten, ein unbewusst ausgeführtes Salam, eine erst kürzlich angewöhnte Geste. —Ich vermute, du hast deine Ansichten auch in keinem anderen Punkt geändert, wie?

—Ich fliege morgen.

Er ließ die Hände auf den Tisch sinken. —Und deine Mutter? Was denkst du, wie kommt sie damit zurecht?

—Sie hat alle Fotos umgedreht. Selbst die, auf denen du nicht zu sehen bist.

—Stell dich nicht blöd, Aden. Das passt nicht nicht zu dir. Er senkte den Blick auf seine Hände. —Ich meine, wie wird sie mit deiner Reise fertig?

Sie sah ihn eine Weile an, über den großen Teakholztisch mit den abgerundeten Ecken hinweg, der das halbe Zimmer einnahm. Während ihrer Kindheit hatte er sie an seltenen Nachmittagen zum Spielen mit hergebracht, eine Belohnung für gutes Benehmen, und sie war oft unter den alten, knarzenden Holztraufen eingeschlafen. In ihrer Phantasie aber, und manchmal sogar in ihren Träumen, saß sie selbst hinter dem alten Tisch, brütete über Pergamentrollen und schrieb gelehrte Abhandlungen. Mittlerweile fand sie ihn klobig, das Monument einer vergessenen Kultur, ein in der Wüste gestrandeter Ozeandampfer. Es fiel ihr schwer, sich auf das sanfte, zufriedene Gesicht ihres Vaters zu konzentrieren.

—Es ist keine Reise, sagte sie.

—Natürlich ist es das.

—Nicht was du darunter verstehst.

—Nicht? Vielleicht musst du es mir dann erklären.

—Das dürfte unnötig sein. Gerade dir brauche ich nichts zu erklären. Sie schüttelte den Kopf. —Ich fahre jedenfalls nicht hin, Lehrer, um mir irgendwelche Sehenswürdigkeiten anzuschauen.

—Ich habe es noch nie gemocht, wenn du mich so nennst.

—Ich weiß.

Er nickte leicht. —Du fährst in die Emirate, um zu lernen, sagte er schließlich. —Um deine Sprachkompetenz zu verbessern, um mit eigenen Augen zu sehen, worum sich die ganze Aufregung dreht. Das weiß ich zu schätzen. Du bist eine ernsthafte junge Frau, Aden. Eine Fragenstellerin. Warst du schon immer. Er presste die Handflächen aneinander. —Oder gibt es noch einen anderen Grund?

Sie starrte auf den Boden zwischen ihren Füßen, auf die Abdrücke im Teppich dort, wo einmal ein nicht ganz so wuchtiger Tisch gestanden hatte. Und sie fragte sich, wessen Büro dieses Zimmer einmal gewesen war. Sie konnte sich niemand anderen als ihren Vater an diesem Ort vorstellen.

—Hast du noch mal über deine Zukunftspläne nachgedacht?, fragte er. —Über deine Ausbildung?

—Dies wird meine Ausbildung sein.

—Ich habe noch einmal mit Dekan Lawford gesprochen. Er hat sich sehr großzügig bereit erklärt, dir einen Aufschub …

—Das weiß ich doch alles.

—Wenn ich darf, Aden, würde ich gern ein offenes Wort mit dir reden. Er verzog den Mund zu einem Lächeln. —Es war für uns alle eine anstrengende Zeit. Ich war nicht recht bei der Sache, als du mich um Hilfe für dein Abenteuer gebeten hast, und das tut mir leid. Aber inzwischen hat sich die Lage wieder beruhigt, wie du bemerkt haben dürftest, und ich möchte, dass du meine Möglichkeiten nutzt. Ich habe Freunde in Dubai, gute Freunde: Leute, die dir helfen könnten. Hier, ich habe eine Liste aufgesetzt. Er schob ihr eine Karteikarte über den Tisch zu. —Einige Anpassungen wären nötig, wie ich wohl nicht weiter zu erwähnen brauche. Eine ganze Reihe von Anpassungen. Und was dein Ticket für den Rückflug angeht …

—Mach dir deshalb keine Sorgen.

—Meine Liebe, jetzt schau mich doch mal kurz an. Es wäre nicht verkehrt, wenn du dir überlegst …

—Wie geht es übrigens Mrs. Al-Hadid?

Ihm blieb kurz der Mund offen stehen. —Ayah geht es gut, Aden. Danke der Nachfrage.

—Hat Ed Aycker ihr je Ärger gemacht?

—Ich frage mich, wie du mit deinem Arabisch vorankommst, erwiderte ihr Vater.

—Bestens.

—Kannst du die Verse an der Wand hinter mir schon lesen? Die in dem kleinen Messingrahmen?

—Im Namen Gottes, sagte sie, —gnädig zu allen, zu jedem barmherzig.

—Das sind gute Worte, die man nicht vergessen sollte. Insbesondere dort nicht, wo du hinfährst. Ihr Vater hüstelte und rückte sich auf dem Stuhl zurecht. —Gnädig zu allen, wiederholte er mit halbgeschlossenen Augen. —*Barmherzig* zu jedem.

Man hörte draußen auf dem Flur Studenten, wenigstens ein halbes Dutzend, die in schrillen, überdrehten Tönen miteinander schwatzten. Eine Hand wurde wie zum Gruß gegen die Fensterscheibe gepresst. Zur Antwort nickte sie ihrem Vater zu, ganz wie der es erwartet hatte.

—Gute Worte, die man nicht vergessen sollte, sagte er. —Es gibt einen Grund, warum sie die ersten Worte im Buch sind.

—Ich kenne noch viel mehr Worte.

—Daran zweifle ich nicht.

—Frau und Mann, die Ehebruch begehen, peitscht sie mit hundert Hieben …

—Halt den Mund, sagte ihr Vater. Er klang unbeschwert, fast als amüsierte ihn, was er hörte. —Ich war ein Student der Scharia, lang ehe du auch nur ein Gedanke in dem armen, umnachteten Geist deiner Mutter oder auch dem des Allschöpfers warst. Was du über die Heilige Schrift weißt, passt in ein Eyeliner-Döschen. Und Gott sei deiner Seele gnädig, wenn du mit dieser Einstellung in die Emirate reist.

Sie lehnte sich auf ihrem Stuhl zurück, musterte ihn.

—Was grinst du denn so?

—Eyeliner gibt es nicht in Döschen, sagte sie. —Nur als Sticks.

—Verstehe. Er wippte mit dem Kopf. —Für dich ist das alles ein Spaß.

Sie beobachtete ihn und sagte nichts.

—Was ist mit deinem Liebsten? Hat er auch nur die leiseste Ahnung, worauf er sich einlässt?

—Decker ist ein Freund, mehr nicht.

Er wedelte ungeduldig mit der Hand, eine rasche, abschätzige Geste, die gleiche, die ihre Mutter vor kaum einer Stunde gemacht hatte. —Was sagen denn seine Eltern dazu?

—Ehrlich gesagt, sie sind stolz auf ihn. Unterstützen ihn, meine ich. Sie haben drüben Familie.

Ihr Vater kniff die Augen zusammen. —Mir hat man gesagt, die Yousafzais seien Pakistani.

—Sie sind Paschtunen, antwortete sie. —Von irgendwo nahe der afghanischen Grenze.

—Verstehe. Er behielt sie im Blick. —Irgendwann sind sie nach Dubai ausgewandert. Auf der Suche nach Arbeit, nehme ich an.

Als sie nichts erwiderte, lehnte er sich steif auf seinem Stuhl zurück. Wieder legte er nervös die Hände zusammen.

—Du hattest so schönes Haar. Lockig und dunkel.

Und du warst sehr stolz darauf, als du noch klein warst. Er schaute auf seine Hände. —Kannst du dich daran erinnern?

—Kein bisschen.

—Machst du das nur, um uns zu verletzen, Aden? Uns zu bestrafen? Deine Mutter und mich?

Sie sah zu dem Koranauszug über seinem Tisch auf, stellte den Blick unscharf, ließ ihn verschwimmen und sah, wie die Buchstaben sich krümmten und ineinanderkringelten. Diese flüssigen, sinnlichen Buchstaben. Keine Schrift der Welt war schöner anzusehen, keine Sprache schöner auszusprechen. Sie wusste das, und ihr Vater wusste es. Der Unterschied war, dass er nur die Schönheit sah. Sie selbst nahm auch die Trauer wahr, die Duldsamkeit und Hoffnung im Pinselstrich, das Leid, das jeden kalligraphischen Buchstaben formte. Schönheit aber war ihr auffälligstes Merkmal und das bei weitem gefährlichste. Eine Schönheit der Strenge. Schönheit, die kein Pardon kennt. Aden spürte ihre Faszination, und die Schönheit schien ihr endlos zu sein.

—Du glaubst, alles gehe auf dich zurück, sagte sie schließlich. —Alles geschehe deinetwegen, durch dich oder als Reaktion auf etwas Schlechtes, das du getan hast.

—Aden, ich …

—Aber du irrst dich; ich denke gar nicht oft an dich.

Die Studenten wurden lauter, auch zahlreicher, und doch wirkte das Zimmer eher noch abgeschiedener als zuvor, kam ihr dumpf und stickig vor. Die Augen ihres Vaters waren geschlossen, als schliefe er. Die Brust hob und senkte sich. Und als er wieder redete, musste sie sich anstrengen, ihn zu verstehen.

—Es tut mir leid, Liebes. Ich gebe mir wirklich große Mühe, es zu begreifen.

—Ist okay. Ich verzeihe dir. Der erste Teil meines Dschihads …

—Um Himmels willen, Aden, nenne es nicht so.

—Dschihad bedeutet Kampf, nichts weiter. Jede Art von Kampf. Das hast du mir selbst beigebracht. Weißt du nicht mehr?

—Wir leben in einem neuen Jahrhundert. In einer neuen Welt. Er behielt die Augen geschlossen. —Dinge ändern sich.

—Ich verstehe nicht, was das bedeutet.

—Es bedeutet, dass du auch den Rest der Welt in Betracht ziehen solltest, nicht nur Claire und mich. Hörst du, was ich sage? Du musst ihre Angst spüren, ihren Vorurteilen Rechnung tragen. Und du darfst die Ignoranz der Menschen nicht vergessen, Aden. Er seufzte. —Auch deine eigene nicht.

—Das überlass ich den Experten. Das überlasse ich dir.

—Du hörst mir immer noch nicht zu. Ich versuche, dir zu erklären …

—Wenn diese Menschen mich verurteilen wollen, will ich sie nicht daran hindern. Sie tun es sowieso. In der Schule und auch überall sonst. Sogar bei mir zu Hause. Aber davon hast du natürlich keine Ahnung. Sie nickte gedankenverloren. —Versuch nur, mich aufzuhalten, wenn du willst.

—Ich will dich nicht aufhalten, erwiderte ihr Vater angespannt. —Das ist überhaupt nicht meine Absicht.

—Red nicht so herablassend. Das passt nämlich nicht zu dir.

Ehe er antworten konnte, griff sie nach ihrem Rucksack. Ein ausrangiertes Armeemodell, sonnengebleicht und zerschlissen; dunklere Vierecke im Tuch dort, wo einmal die Abzeichen angenäht gewesen waren. Sie hatte ihn am Tag vor Thanksgiving auf dem Dachboden im Haus ihres Vaters gefunden, an jenem Tag, an dem sie beschlossen hatte, ihren Dschihad zu beginnen. Sie setzte sich auf, räusperte sich und hob den Rucksack, damit er ihn sehen konnte, dachte selbst jetzt daran, den Segen ihres Vaters zu erbitten. Seine Augen aber blickten fahl, leer und blind.

—Die Religion, die ich mein ganzes Leben lang studiert habe, lehrt Respekt vor den Älteren, sagte er langsam. —Sie bringt dem Kind bei, die Lehren des Vaters zu achten.

—Nicht wenn der Vater ein Apostat ist.

—Verstehst du wirklich, Aden, was dieses Wort bedeutet?

Sie nickte und stand auf. Da schüttelte er den Kopf, bedauernd und nachdrücklich, fast als wollte er ihr verbieten, auch nur einen weiteren Schritt zu gehen.

—Ich bin mir sicher, du weißt, dass ich dieses Abenteuer mit einem einzigen Telefonanruf beenden könnte. Und je länger ich dir zuhöre, Liebes, desto mehr neige ich dazu, diesen Anruf zu machen.

—Du hast doch dasselbe getan, als du in meinem Alter warst. Und du hast dein Leben lang davon geredet. Eigentlich hast du über kaum etwas anderes geredet.

—Ich war gerade zweiundzwanzig geworden, als ich nach Kandahar fuhr. Zweiundzwanzig, Aden, und nicht kaum achtzehn. Außerdem gibt es da etwas, das weit wichtiger als dein Alter ist.

—Keine Ahnung, wovon du redest.

—Sei nicht so kindisch. In jenem Teil der Welt ist die Bewegungsfreiheit einer Frau deutlich eingeschränkt, wie du sehr wohl weißt. Folglich werden dich einige Enttäuschungen erwarten, Liebes. Eine ganze Menge sogar.

—Tja, Lehrer, da irrst du.

—Wir streiten uns schon wieder. Das möchte ich nicht. Lass uns beide einen Augenblick …

—Ich werde an Orte reisen, an denen du nie gewesen bist. An viele, sehr unterschiedliche Orte. Und ich werde Dinge sehen, von denen du noch nicht einmal geträumt hast.

*

Sie traf Decker mittags im Flughafenbus. Er trug einen Trainingsanzug, eine Schirmmütze der Giants, und die Sneakers standen neben ihm auf dem Sitz der anderen Gangseite. Seine Sporttasche war schwarz, die High-Tops leuchteten so orange wie sein Trainingsanzug, und eine nicht angezündete Zigarette hing zwischen den lässig herabgezogenen Lippen. Als er Aden kommen sah, griff er nach einem Buch.

—Du rauchst doch gar nicht, sagte sie.

—Ich bin ein Mann mit internationalen Geheimnissen, Sawyer. Es gibt noch so manches, was du nicht über mich weißt.

Sie nickte. —Zum Beispiel, dass du lesen kannst.

—Ich gehe gerade diese Liste mit Konjugationen durch, sagte er und plusterte sich auf. —Zufällig fliege ich heute nämlich nach Pakistan.

Sie blickte über den Gang hinweg auf seine High-Tops.

—Und ich dachte, du wärst auf dem Weg zu einem Kickball-Spiel in Oakland.

—Dieser Aufzug ist wie American Express, sagte er und rückte seine Mütze zurecht. —Wird weltweit akzeptiert.

—Es gibt jede Menge Geschäfte, die keine American Express nehmen. Sie setzte sich neben ihn. —Zum Beispiel das La Tapatía.

—La Tapatía?, wiederholte Decker mit gehobenen Brauen. —Dieser Taco-Laden hinterm Costco?

—Jede Menge Geschäfte nehmen die nicht.

—Aber sie akzeptieren sie in Karatschi, sagte er, als der Bus sich in Bewegung setzte. —Und was glaubst du, was die da drüben tragen, Sawyer? Etwa Turbane und Schnabelpantoffeln?

—Ist mir so was von egal.

Er runzelte die Stirn. —Und warum?

—Weil ich nicht in Karatschi bleiben will.

*

Im Bus war es heiß, und Decker schlief bald ein, die Stirn ans schmierige Fenster gedrückt. Sie schaute an ihm vorbei auf Outlets, Drive-ins und Autobahnkreuze. Das Licht über den Hügeln war das Licht, das sie am besten kannte, das goldene Licht Kaliforniens, das alles einbalsamierte, was sie sah. Schon jetzt blickte sie auf die Landschaft dort draußen, als schaute sie sich Archivmaterial eines halb vergessenen Lebens an.

Mit einem Ruck wachte Decker auf, als sie den Flughafen erreichten. —Wie spät ist es?

—Wir sind in der Zeit.

—Haben wir unser Ein-Uhr verpasst?

—Wir können beten, wenn wir hier raus sind.

Der Terminal war das Letzte, was sie von Amerika sehen würde, und Aden gab sich Mühe, aufmerksam zu sein. Die Laufbänder, die Akustikplatten, die Sterilität, die Ähnlichkeit aller Orte, aller Details. Als Kind hatte sie es geliebt, wenn sie ihren nach Ankara oder Mazar-i-Sharif fliegenden Vater verabschiedete, und das Kind in ihr liebte es immer noch. Kein Ort war so amerikanisch wie dieser. Eine leuchtend helle Leere.

Bordpersonal hastete an ihr vorbei – die vornehmen, blauäugigen Piloten, die koketten Stewardessen –, und eine Flughafenangestellte mit einem Bindi winkte sie mit einer Verbeugung weiter. Diese Szene schien allein zu ihrer Schnelleinweisung aufgeführt zu werden: die rasche, servile Geste, die vornehme Haltung. Aden empfand eine alte kindliche Aufregung und tat nichts, um sie zu zügeln. Im Moment bedeutete sie keine Gefahr. Aden hielt die Augen offen.

—Was lächelst du, Sawyer?

—Ich bin früher schon ein paarmal hier gewesen.

Decker blieb stehen, zog seine Sneakers zurecht. —Ich sag dir was: Ich habe noch nie in einem Flugzeug gesessen.

—Es wird dir gefallen.

—Und wie ist die Schweizer Küche so?

—Schweizer Küche?

—Wir fliegen mit Swiss Air, richtig? Und der Flug dauert zwölf Stunden. Irgendwann werden die uns was zu essen bringen müssen.

Sie griff nach seiner Hand. —Lass uns gehen, du Mann mit Geheimnissen. Für unser Gebet sind wir spät dran.

Hinterm Food-Court fanden sie einen kleinen bläulichen Raum, der als Interreligiöse Kapelle ausgewiesen war, also stellten sie ihr Gepäck ordentlich aufgereiht neben dem Eingang ab. Als sie eintraten, erhob sich eine Familie Mennoniten, um zu gehen. Ein gebückter alter Mann mit seiner Frau und zwei kleinen Kindern. Decker hielt ihnen die Tür auf. Ihre dunkle, formelle Kleidung raspelte und wisperte bei jeder Bewegung. Die Frau schien kaum älter als Decker zu sein; sie lächelte ihn freundlich an und dankte ihm, als sie gelassen nach draußen ging. Decker sah ihr nach, bis sie aus seinem Blickfeld verschwand.

—Ich schätze, hier drinnen sollte ich so was nicht sagen, aber dieser alte Chassid kann sich einen verdammt glücklichen Bastard nennen. Hast du gemerkt, wie die mich angesehen hat?

—Du hast recht.

—Verdammt recht. Hast du …

—Du solltest so was hier drinnen nicht sagen.

—Okay, Sawyer. Mein Fehler. Aber ehrlich …

—Außerdem waren das keine Chassiden.

Decker schnupperte. —Irgendwie riecht es hier nach Kroketten. Oder nach Tortilla-Chips? Bestimmt vom Taco Bell nebenan.

—Halt den Mund und hilf mir lieber, die Stühle beiseitezuräumen.

Sie verschafften sich vorn etwas Platz, legten die Gebetsmatten auf den schmutzabweisenden Teppich und wuschen sich mit Wasser aus einer Flasche. Deckers Matte passte zu seinem Trainingsanzug und den Sneakers. Aden betrachtete ihn einen Moment lang und wandte sich dann leicht nach links.

—Woher willst du wissen, dass das Osten ist, Sawyer? Hier gibt es keine Fenster.

—Das ist Osten.

Er nickte skeptisch. —Im Grunde beten wir also in Richtung Food-Court.

—Ich sage dir, was ich jetzt mache, Decker. Ich knie mich auf diesen Teppich und spreche das Gebet, das wir ausfallen lassen mussten. Du kannst tun, was du willst. Vielleicht wartet deine Mennonitin im Taco Bell auf dich. Vielleicht teilt ihr euch ein paar Käse-Tortillas?

—Dafür hältst du die? Für eine Mennonitin?

Sie gab keine Antwort. Er kickte sich seine High-Tops von den Füßen und kniete sich neben sie.

—So ist's besser, sagte Aden und beugte sich nieder zum Gebet.

—Wenn du meinst. Aber ich glaube, das ist Süden.

*

Als sie aus der Kapelle kamen, war ihr Gepäck verschwunden. Sie standen da, blinzelten wortlos den Teppich an und lauschten auf das Rauschen aus den Lautsprechern. Aden fühlte keine Panik, nur eine Kälte, die ihr unter die Rippen kroch. Pass und Visum steckten in ihrer Tasche.

—Diese Arschlöcher, sagte Decker. —Wir haben gebetet, gottverdammt.

—Schon gut. Ist schon gut. Wir brauchen nur die Security zu finden. Die kann nicht weit sein.

Decker stöhnte auf. —Ich wette, es ist verboten, Gepäck einfach so stehen zu lassen. Glaubst du, die …

—Nein, glaube ich nicht. Wir waren dumm, das ist alles. Ich war dumm.

Der Lost-Baggage-Schalter befand sich in einem anderen Terminal; als sie ihn endlich gefunden hatten, waren ihre Hemden dunkel von Schweiß. Der Vorraum war genauso blaustichig wie die Kapelle, und ehe sie auch nur ein Wort sagen konnten, wusste der Beamte, warum sie gekommen waren. Ihre Pässe lagen mit den Fotos nach unten vor ihm.

—Tja, Kids, nur mit der Ruhe. Heute fliegt niemand mehr irgendwohin.

Sie warteten darauf, dass er weiterredete, schwankten leicht und versuchten, wieder zu Atem zu kommen. Der Beamte blickte von oben auf sie herab, so unnahbar und ungerührt wie ein Richter in irgendeinem belanglosen Verfahren. Er nahm seine Brille ab und begann, sie mit einem schmuddeligen Taschentuch zu putzen. Offenbar hielt er die Angelegenheit für erledigt.

—Ich bin mir nicht sicher, ob ich Sie richtig verstehe, sagte Aden.

—Zwei nicht gekennzeichnete schwarze Sporttaschen plus Rucksack im belebtesten Teil eines internationalen Flughafens, und das direkt vor der Kapelle. Der Beamte schüttelte den Kopf. —Und auch noch gleich neben dem Food-Court, Herrgott. Ist einer von euch überhaupt schon mal in einem Flughafen gewesen?

—Ich war achtzehn Mal hier, heute nicht mitgerechnet. Mit meiner Familie. Wir wohnen in Santa Rosa.

Der Beamte blickte mit zusammengekniffenen Augen auf ihren Pass. —Aden Grace Sawyer, sagte er nachdenklich.

—Ganz recht.

—Sie haben sich die Haare schneiden lassen, Miss Sawyer, seit der Pass ausgestellt wurde.

—Und?, sagte Decker.

—Hiernach hätte ich Sie nicht erkannt, fuhr der Beamte fort und schüttelte bedächtig den Kopf. —Sie sehen wie ein Junge aus.

—Wir sind Studenten, sagte Decker, ehe Aden etwas erwidern konnte. —Wir sind unterwegs nach Pakistan, um dort zur Schule zu gehen.

Übertrieben gelangweilt blätterte der Beamte durch ihren Pass. Es schien ihn keineswegs zu verwundern, dass er nur leere Seiten sah. —Was denn für eine Schule?

—Eine Medrese, sagte Aden.

—Eine was?

—Das sind religiöse Schulen, erklärte Decker. —So wie eine katholische Schule, nur eben zum Studium des Heiligen Koran. Eigentlich sind sie …

—Jetzt machen Sie schon, was Sie unbedingt machen wollen, sagte Aden.

—Wie bitte, Miss Sawyer? Ich bin mir nicht sicher, ob ich Sie richtig verstanden habe.

—In unserem Gepäck ist nichts Illegales. Sie haben es doch längst durchsucht, also sollten Sie Bescheid wissen.

—Nichts würde ich das nicht gerade nennen, Miss Sawyer. Wirklich nicht. Er hievte Deckers Tasche auf den Tresen. — *Die Verteidigung der islamischen Länder*, las er vor, nachdem er ein Taschenbuch ohne Einband herausgezogen hatte. Dann ein weiteres: —*Folgt der Karawane.*

—Das sind religiöse Texte, sagte sie. —Die brauchen wir für unser Studium.

—Diese Bücher stehen auf dem Index des Auswärtigen Amtes. Sie gelten als Propagandamaterial für die Anwerbung militanter Dschihadisten.

—Wir haben sie im Campus-Buchladen der University of California in Berkely gekauft. Es ist nicht illegal, sie zu besitzen.

—Ihr Vater arbeitet dort als Dekan und leitet den Fachbereich Nahoststudien, warf Decker ein. —Sie wissen, was ein Dekan ist?

—Raten Sie Ihrem arabischen Freund, lieber den Mund zu halten, erwiderte der Beamte.

So also ist es, wenn man mit offenen Augen lebt, dachte sie. Diesen Ort hat es schon gegeben, als ich mit meinem Vater am Flughafen war, und wir sind hier jedes Mal vorbeigegangen, ohne einen Gedanken daran zu verschwenden. Derselbe Mann hat damals am selben Ausgabefenster gesessen. Leute haben gestanden, wo ich jetzt stehe, aber ich habe sie nie gesehen. Wo sind diese Menschen heute?

Decker brüllte irgendwas über Religionsfreiheit.

—Wenn Sie uns das Gepäck nicht zurückgeben wollen, dann sagen Sie das, unterbrach ihn Aden. —Sagen Sie es, und wir gehen.

Mit abgespanntem, blutleerem Gesicht starrte der Beamte sie von oben herab an, das Gesicht so bar aller menschlichen Gefühle, dass es ihr kaum noch wie ein Gesicht vorkam. Es roch im Wartebereich nach Abgasen, Druckerpatronen und Schweiß. Von draußen war das Gedränge der Menschen zu hören. Tag für Tag hört er diese Geräusche, sagte sich Aden. Von morgens bis abends hört er diese Geräusche und atmet diese Luft ein. Niemand endet hier freiwillig. Nicht einmal er.

—Habe ich etwa behauptet, dass Sie Ihr Gepäck nicht zurückbekommen?, fragte der Beamte schließlich und schloss achselzuckend Adens Pass. —Nein, das habe ich nie getan. Ich fürchte, Sie haben kein Wort von dem verstanden, was ich Ihnen gesagt habe.

*

Dank eines unverdienten Wunders erreichten sie ihr Gate beim letzten Aufruf und wurden wie berühmte Persönlichkeiten eilends an Bord gebracht. Leute starrten sie an und rollten mit den Augen, aber Aden war Schlimmeres gewohnt. Sobald sie den Gang in der Maschine betrat, spürte sie einen inneren Jubel in sich aufsteigen. Sie waren unterwegs nach Dubai, dann ging es weiter nach Karatschi, und sie fand sich von mehr Gläubigen umgeben, als sie je außerhalb einer Moschee gesehen hatte. Jeden Moment würde das Flugzeug abheben; hier waren sie auf exterritorialem Gebiet, die Maschine ein Staat für sich, keinen anderen als den eigenen Gesetzen unterworfen. Ihr Land hatte sie ohne den leisesten Protest ziehen lassen. Sie war fort.

—Ich habe ja damit gerechnet, dass es nicht einfach wird, flüsterte Decker, sobald sie ihre Plätze eingenommen hatten. —Die Scanner, das Abtasten, die Fragen und so weiter. Aber was da gerade abgelaufen ist … Er schüttelte den Kopf. —Keine Ahnung, was das sollte. Scheiße, Sawyer, ich musste sogar meine Hose runterziehen.

—Die behandeln alle gleich.

—Nein, die haben das nur gemacht, weil wir Muslime sind. Die glauben, ich würde meinen Bart in Brand stecken.

—Keine schlechte Idee, ehrlich gesagt.

—Leck mich.

—Ist die Mühe aber vielleicht nicht wert. Ich zähle kaum fünfzehn Haare.

—Mehr als bei dir.

—Da hast du wohl recht.

—Mit deiner Frisur siehst du wie eine Sechsjährige aus. Als hätte man dir den Kopf rasiert, um zu sehen, ob du Läuse hast.

Sie lächelte ihn an. —Und was sollte der Blödsinn vorhin?

—Was denn für Blödsinn?

—Mein Vater ist kein Dekan, das weißt du genau.

Decker zuckte die Achseln. —Du hast mir erzählt, er sei mal einer gewesen. Vor seinen, wie soll ich sagen, romantischen Eskapaden?

—Du hast gelogen, sagte sie. —Du hast falsches Zeugnis abgelegt.

—Eure Tugendhaftigkeit, werte Pilgerin, macht Euch alle Ehre. Allerdings wirkst du bestimmt überzeugender, wenn du aufhörst, wie ein Äffchen zu grinsen.

Sie schloss die Augen und lehnte sich zurück. —Ich fasse es nicht, dass wir in diesem Flugzeug sitzen.

*

Sie wurde im Dunkeln wach, weil sie glaubte, ihren Namen zu hören. Wie aus weiter Ferne kehrte sie nur langsam zurück. Die Stimme, die sie vernommen hatte, war weder die ihrer Mutter noch die ihres Vaters gewesen, jedenfalls nicht so ganz, auch wenn derselbe silbrige Faden der Sorge sie durchlief, der sich auch durch die Stimmen ihrer Eltern zog. Sie wartete mit geschlossenen Augen, hörte aber nichts weiter.

—Sie reisen in die Emirate?, fragte da der Mann auf der anderen Gangseite.

Mit halbgeschlossenen Lidern drehte sie sich zu ihm um und sah ihn prüfend an, diesen untersetzten, bärtigen Mann, der sie freundlich anblinzelte. Seine Stimme war nicht die Stimme, die sie beim Namen genannt hatte, und doch kam sie ihr wie ein Überbleibsel aus ihrem Traum vor. Er trug eine blaue Jacke mit feinen weißen Streifen über seinem Salwar Kamiz, und vor ihm auf dem heruntergeklappten Tisch lag ein aufgeschlagener Koran. Aden räusperte sich und gab sich Mühe, wie ein junger Mann zu klingen.

—Nur um dort umzusteigen, antwortete sie. —Wir fliegen weiter nach Karatschi. Mein Freund hat Familie in Pakistan.

—Ach, sagte der Mann. —Karatschi.

Er zog das Buch zu sich heran und fragte nichts weiter. Mit ernster Miene saß er da im Licht des Strahlers, der einzige Passagier in Sichtweite, der nicht schlief. Die dünnen Lippen bewegten sich fast unmerklich. Offenbar rezitierte er aus dem Gedächtnis.

—Wir fahren dann weiter nach Peschawar, sagte sie. —Zu einer Medrese.

—Einer Medrese!, sagte der Mann. —Wie schön. Er sprach ein melodiöses, britisch klingendes Englisch. —Möchten Sie die Suren studieren? Sie auswendig lernen?

—Ja, genau.

Er nickte besonnen. —Sie lassen sich da auf ein sehr ehrenwertes Unterfangen ein.

—Stimmt, sagte sie und biss sich auf die Lippen, um nicht zu lächeln. Neben ihr murmelte Decker leise im Schlaf.

—Aber ist es für Sie nicht ein bisschen früh, Ihre Familie zu verlassen? Sie sind doch bestimmt kaum älter als vierzehn Jahre.

—Meine Familie kann mich entbehren, antwortete sie.

Der Mann neigte den Kopf. —Ihr Vorhaben gereicht Ihrer Familie zur Ehre.

—Danke sehr. Ich glaube nicht, dass sie es so sieht.

Er nahm dies kommentarlos zur Kenntnis. —Peschawar ist ein unsicherer Ort, aber in der Medrese finden Sie Sicherheit. Dort wird man sich um Ihren Fall kümmern.

—Meinen Fall?

Der Mann lächelte, sagte aber nichts weiter.

So saßen sie scheinbar sehr lang einfach nur da, ohne zu reden, und lauschten dem Seufzen, dem protestierenden Ächzen der Maschine. Der Liebenswürdigkeit des Mannes lag etwas zugrunde, das ihn von den übrigen Passagieren unterschied. Zumindest kam es ihr so vor, während sie ihn im künstlichen Dämmerlicht der Kabine beobachtete.

—Wir hoffen, von Peschawar aus noch weiterzureisen, sagte sie. —Sobald wir unsere Studien beendet haben.

Der Mann nickte höflich.

—Mein Freund behauptet, Pakistan sei kein islamischer Staat. Jedenfalls nicht im eigentlichen Sinne des Wortes.

Es sah aus, als lächelte er. —Aha! Natürlich. Davon ist Pakistan weit entfernt.

—Wir wollen anschließend noch weiter nach Afghanistan, sagte sie.

—Ach ja?

—Ja. Wir hoffen, bei Torcham über die Grenze nach Nangarhar zu kommen.

Die Augen des Mannes leuchteten auf. —Das ist meine Heimat. Die Provinz Nangarhar. Kommen Reisende zu uns, gibt es für sie eine Redewendung, eine Art Willkommensgruß: Nangarhar, Heimat der Weisheit, Wiege des Friedens. Er nickte vor sich hin. —In Nangarhar ist es warm und sehr grün. Grün das ganze Jahr. Wir sagen auch: Ewiger Frühling.

Natürlich ist er Afghane, dachte Aden. Was denn sonst? Stumm wartete sie darauf, dass er weitersprach.

—Ich handle mit Stoffen und wohne in Karatschi. In Nangarhar bin ich seit Jahren nicht mehr gewesen.

—Ich würde es gern kennenlernen, erwiderte Aden. —Ich freue mich drauf.

—Sie müssen es sich unbedingt ansehen.

—Mittlerweile ist es wohl auch ein bisschen sicherer, glaube ich. Mein Freund behauptet das jedenfalls. Die Warlords wurden in den Norden zurückgedrängt.

Der Mann machte eine Geste, die sie nicht zu deuten wusste.

—Stimmt das nicht?

—Den Tieren des Nordens wurde ein Schlag verpasst, sagte er und wiederholte dieselbe schneidende Bewegung.

—Ja.

—Von anderen Tieren, anderen Bestien.

—Von Studenten, warf sie ein, — von Gläubigen. Einer Koalition der Gelehrten.

—Junger Mann, erwiderte er bedächtig. —Wo haben Sie das denn aufgeschnappt?

Sie hielt den Atem an und zählte bis zehn. Es war nicht

leicht, ruhig zu bleiben. —Mein Freund hat es mir gesagt. Er gab mir ein Buch.

—Ein Buch, wiederholte er, —aber nicht den Koran, nehme ich an.

—Es sind Taliban. Studenten. Nichts anderes bedeutet ihr Name. Sie kämpfen, um dem Land den wahren Glauben zurückzubringen, kämpfen gegen die Gottlosen, so wie die Mudschaheddin gegen die Russen gekämpft haben. Oder stimmt das nicht?

—Darf ich Ihnen eine Frage stellen?

—Bitte schön.

—Warum möchten Sie diese Grenze überqueren?

—Das habe ich Ihnen doch schon gesagt. Ich … Sie zögerte. —Ich will es einfach nur sehen. Ein von Gläubigen regiertes Land, ein Land voller Menschen, die nach dem Wort Gottes leben.

—Hält Ihr Freund sich für einen Abenteurer? Einen Soldaten? Er blickte an ihr vorbei. —Hat Ihr Freund diesen Ehrgeiz? Sich dem Kampf anzuschließen?

Instinktiv wandte sie sich zu Decker um. Im Schlaf bewegte er kaum wahrnehmbar den Kiefer.

—Er sagt, er hat ihn nicht, antwortete sie. —Das behauptet er jedenfalls.

—Verstehe.

Ihr ging auf, dass sich irgendwann das Verhalten des Mannes geändert hatte. Er blieb höflich, doch er sah sie nicht mehr an.

—Keinen solchen Ehrgeiz, sagte er und ließ den Blick auf Decker ruhen. —Es beruhigt mich, dass zu hören.

—Und warum?

—Weil er noch sehr jung ist.

Er nahm den Koran zur Hand und sprach kein Wort mehr. Während der restlichen Stunden verharrte er in dieser Stellung, saß gleichmütig und mit durchgedrücktem Rücken da, das Buch im Schoß. Jedes Mal, wenn Aden wach wurde, schaute sie verstohlen zu ihm in seinem warmen Lichtkegel hinüber, und jedes Mal wirkte er völlig unverändert. Nachdem sie in Dubai gelandet waren, bat er sie, ihm seinen Rollkoffer aus dem Gepäckfach zu heben, bedankte sich und wünschte ihr Glück mit dem Studium. Sie sollte ihn nie wiedersehen.

—Mit wem hast du geredet?, fragte Decker, als sie den Flugsteig verließen.

—Mit einem Paschtunen aus Nangarhar. Unglaublich, oder?

Er gähnte herzhaft. —Das erklärt alles.

—Soll heißen?

—Er hatte diesen Stammesschlurfgang. So. Decker machte ein paar Watschelschritte. —Kommt davon, weil sie ständig barfuß über Steine laufen.

—Du hast noch nie einen Afghanen gesehen. Du hast doch keine Ahnung.

—In Santa Rosa, Sawyer, da gibt es diese afghanische Kebab-Bude. Du bist selbst schon da gewesen. Wieso hast du eigentlich so eine beschissene Laune?

*

Sie wollte unbedingt, dass hier alles anders war. Die Leute, der Ort. Sie hoffte auf Anmut, Licht, auf ein gemeinsames Ziel. Stattdessen empfand sie denselben Widerwillen, den sie vom Flughafen in San Francisco kannte, dieselbe Bestürzung, dieselbe Distanz zu allem. Gewisse Details waren anders, der Ort aber schien derselbe zu sein. Dieselbe Schattenlosigkeit, dieselbe strategische Anordnung von Schildern und Geschäften, dieselbe Sterilität. Sie hatte sich geirrt, als sie glaubte, ihr Land hätte sie ziehen lassen.

Sie saßen schon am Gate zu ihrem Anschlussflug, ehe sie wieder redete. —Ich hasse es hier. Wir könnten genauso gut noch in Kalifornien sein.

Decker gähnte in seinen Ärmel. —Das ist ein Flughafen, Sawyer. Was hast du denn erwartet?

—Keine Ahnung. Sie hielt einen Daumen an die Lippen und knabberte behutsam an der Nagelhaut. —Jedenfalls nicht das hier.

Auf ihrem Weg zum nächsten Flugsteig ging eine Gruppe Saudis an ihnen vorbei, die Männer mit Kufijas, langen Gewändern und offenen, teuer aussehenden Sandalen. Die Frauen folgten ihren Gatten mit einigen Schritten Abstand, schwatzten, ignorierten ihre übergewichtigen Kinder und schleppten sich mit farbenprächtigen Taschen voller Luxusgüter ab. Bei diesem Anblick wurde ihr übel. Die Kinder drückten ihre eigenen knallbunten Tüten an die Brust oder schleiften sie achtlos über den polierten Boden. Der kleinste Junge umklammerte eine Flasche Parfüm in seesternförmiger Schachtel.

Decker summte vor sich hin und ließ die Fingerknöchel knacken, während er den Saudis nachsah. —Wollen wir die nächsten fünfhundert Stunden einfach hier rumsitzen?

—Mir gefällt das so wenig wie dir.

Er dachte kurz über ihre Antwort nach. —Dann komm, sagte er. —Lass uns irgendwelchen Unsinn anstellen.

Die nächste Stunde verbrachten sie in einem Geschäft mit dem Namen Golden Ali Baba Duty Free. Unter der jeweiligen Ware stand der Preis auf beweglichen Schildchen in Gleitschienen aus Plastik, und während Decker die Verkäuferin in ein höfliches Gespräch verwickelte, machte Aden sich in der Abteilung Scotch & Bourbon rasch ans Werk. Der zwölf Jahre alte Macallan, der für 59,99 € zum Verkauf gestanden hatte, wurde nun für 99,95 € angeboten; der achtzehn Jahre alte Macallan dagegen für 00,99 €. Der Glenlivet kostete ab jetzt 6779,02 €, der Jameson dafür überhaupt nichts. Auf das höchste Regal, auf dem zuvor eine mit Samt ausgeschlagene Kiste mit einem zehn Jahre alten Laphroaig Cask Strength gelegen hatte, stellte sie eine seesternförmige Flasche Parfüm. Dann bemerkte sie, dass die Verkäuferin hinter ihr stand.

—Wollen Sie mir bei der Arbeit helfen? Das ist sehr freundlich. Allerdings sollten Sie zuerst den Unterschied zwischen Whisky und Parfüm lernen.

—Wo wir herkommen, kennt man da keinen Unterschied, hörte sie Decker antworten. —Sie werden beide aus dem Urin des Teufels gemacht, dem gefürchteten Al-Kool.

—Und wo soll das sein?, fragte die Frau und winkte die Security zu sich.

—Nangarhar, sagte Aden.

—Bitte urteilen Sie nicht schlecht über uns, sagte Decker. —Wir sind Mudschaheddin und in einer Höhle aufgewachsen.

Zu ihrem Erstaunen wurden sie ohne weiteres Verhör aus dem Laden geführt und durften in der Menge untertauchen. Decker flüsterte ihr zu, sie sollten es für einen

Segen halten, vielleicht gar für ein gutes Omen, was so gar nicht zu Decker passte. Auf dem Gang drehte Aden sich in der vorüberströmenden Menge langsam im Kreis, und alles, was sie sah, überraschte sie. Die zuvor empfundene Distanz war unmerklich verschwunden, und jetzt spürte sie nur noch das Verlangen zu lachen, zu tanzen oder aus vollem Hals zu schreien. Sie sah Frauen mit Niqab und Männer mit Kufija in leuchtend weißen Gewändern und begann endlich zu begreifen, wie weit entfernt sie von daheim war. Sie fühlte sich so schwerelos wie ein Vogel.

Irgendwann später standen sie in einem Zeitschriftenladen, und Adens Blick fiel auf eine Reihe Bücher in Arabisch und Persisch. Bücher ohne ein einziges englisches Wort. So weit waren sie gereist. Hatten die halbe Welt umrundet. Aden hielt den Atem an und fuhr mit dem Daumen über die farbprächtigen Buchrücken.

—Wir haben es geschafft, sagte Decker. —Sawyer, wir haben es geschafft.

Wahllos zog sie ein Buch aus dem Regal, um sich das Cover anzuschauen. Das in Silber gestanzte Wort des Titels hatte sie noch nie zuvor gesehen, und es wollte sich ihrer Zunge nicht fügen, als sie es auszusprechen versuchte. Sie spürte, dass Decker hinter ihr stand.

—Noch nicht, sagte sie.

Er hakte einen Finger unter ihren Gürtel und drehte sie zu sich um. —Zur Hölle damit. Wir haben es geschafft. Wir sind weg.

—Der alte Mann im Flugzeug.

—Was ist mit ihm? Er zog sie näher zu sich heran. —Erzähl mir jetzt nichts von irgendeinem alten fetten Mann.

—Er wollte wissen, ob du ein Abenteurer bist. So hat er sich ausgedrückt. Er fragte, ob wir über die Grenze wollen, um zu kämpfen.

—Natürlich nicht.

—Das habe ich ihm auch gesagt.

—Aber gib's zu, Sawyer. Es wäre …

—Es wäre ziemlich blöd.

—Für dich, schätze ich. Er zuckte mit den Achseln. —Weil du kein Mann bist.

Einen Moment lang sagte sie nichts. —Du schauspielerst nur, nichts weiter. Du probierst gerade eine Rolle aus.

—Na klar, erwiderte er. —Du doch auch.

Sie stand da, wich nicht vor ihm zurück und ließ sich von ihm taxieren. Das hatte er verdient, dieses bescheidene Zugeständnis. Sein Gesicht war ihrem zu nahe, um es genau sehen zu können, sein warmer Raucheratem auf ihren Lippen, an ihrem Hals. Leute drängten auf dem Flur an ihnen vorbei, aber er schien sie nicht wahrzunehmen. Durch ihr Leinenhemd konnte sie seinen Daumennagel spüren.

—Sawyer, flüsterte er. —Komm, suchen wir uns eine ruhige Ecke.

Ein Schauder überlief sie, als sie ihren rechten Handballen gegen seine Rippen presste. Er lächelte und beugte sich zu ihr herab, aber Aden schob ihn fort und merkte, wie sein Blick dunkler wurde.

—Immer langsam, Decker.

—Und warum?

—Schalte mal für eine Sekunde deinen Kopf ein. Okay? Denk dran, wo wir hier sind.

Er runzelte erneut die Stirn und schob die Hand unter ihr Hemd. Nach der Kälte fühlte sich ihre Wärme gut an. Aden holte tief Luft.

—Wir sind in den Emiraten, flüsterte sie. —Nicht auf irgendeiner Parkbank in Berkeley.

—Und wieso …

—Kein Ort, an dem man mit einem Jungen erwischt werden möchte.

—Einem Jungen? Er seufzte und zog sie noch fester an sich. —Sei nicht dämlich, Sawyer. So überzeugend bist du nun auch wieder nicht.

—Schau dich doch um.

Er wandte den Kopf, und sie sah, wie er plötzlich begriff. Er rückte von ihr ab. —Wie lange machen die das schon?

—Was denn?

—Das weißt du verdammt gut. Uns beobachten. Mich beobachten, als wollten sie mich an den Eiern aufhängen.

—Schätze, seit du einen Steifen hast.

Er lachte nicht. —Bring mich einfach weg von hier.

Sie zog ihn am Ärmel an der Kassiererin vorbei und an der Schlange streng blickender Kunden zu einem leeren Gate auf der anderen Seite des Gangs. Er folgte ihr gefügig und sah aus, als wäre er in Gedanken verloren.

—Du bist sauer auf mich, sagte sie, als sie sich setzten.

—Bin ich nicht. Er blinzelte und sah auf den Boden. —Ich weiß nicht, wie ich mich fühle.

—Jetzt hör mal zu, Decker. Du hast diese weite Reise gemacht, und dafür bin ich dir dankbar, wirklich sehr dankbar. Allein hätte ich das nie geschafft.

Er schüttelte den Kopf. —Du wärst gut ohne mich zurechtgekommen. Wahrscheinlich sogar besser.

—Du bist der einzige Freund, den ich habe. Das weißt du doch, oder?

—Denke schon. Aber du gehörst zu der Sorte Mensch, die nicht mehr als einen braucht. Wieder lachte er. —Vielleicht nicht mal diesen einen.

—Könntest du mal einen Moment lang still sein?

—Ich …

—Hör auf, komisch sein zu wollen. Sie beugte sich zu ihm vor und stieß ihn an den Schultern von sich. —Könnte sein, dass du das jetzt in den falschen Hals bekommst.

—Was denn?

—Noch ist es für dich nicht zu spät, wieder nach Hause zu fliegen.

Sein Mund öffnete sich, aber er brachte keinen Laut heraus.

—Weil es nie mehr dazu kommen wird, sagte sie langsam.

—Wovon redest du?

—Von dem, was du gerade wolltest. In dem Zeitungsladen. Das gibt es von jetzt an nicht mehr, kapiert? Hörst du, was ich sage? Nie wieder.

Sie dachte, ihre umständliche Art, sich auszudrücken, könnte ihn verwirren, aber er verstand auf Anhieb. —Aber dir hat es doch gefallen, sagte er. —Das hast du mir immer gesagt. Du hast es kein einziges Mal nicht gewollt.

—Das war früher, erwiderte sie. —In einem anderen Land.

—Was hat denn das *Land* damit zu tun?

—Schau mich an, Decker. Sehe ich noch wie die Frau aus, mit der du das gemacht hast? Sehe ich überhaupt noch wie Aden Sawyer aus?

—Du siehst aus wie Aden Sawyer mit einer anderen Frisur. Mehr nicht. Er schüttelte den Kopf. —Aber darauf kommt es nicht an. Ich weiß, wer du bist.

—Du weißt vielleicht, wer ich mal war. Als ich noch lange Haare hatte, Hasch geraucht habe und jeden Tag die Pisse aus den Laken meiner Mutter waschen musste. Aber selbst da bin ich mir nicht sicher.

Sie sah, wie sein Gesicht in sich zusammenfiel. Er wehrte sich nicht, brachte kein Gegenargument vor, und sie dankte ihm stumm für diese Atempause. Sie hätte es nicht besser erklären können, noch nicht. Sie versuchte ja erst, es sich selbst zu erklären.

—Ich sage nur, du kannst deine Pläne immer noch ändern. Du musst nicht mal mit mir in den nächsten Flieger steigen. Du kannst tun, was du willst.

Decker gab keine Antwort.

—Aber ich sage dir was.

—Und das wäre?

—Wenn ich an zu Hause denke, fällt mir nichts ein, was ich vermissen werde.

Zu ihrem Erstaunen sah er sie an und lachte. —Und ich habe geglaubt, die ganze Reise sei meine Idee gewesen. Die vielen Chatrooms. Die Bücher, die ich dir aufgedrängt habe. *Folgt der Karawane* und all das.

—Ich folge keiner Karawane. Und ich folge auch keiner Armee. Ändere mir nicht die Pläne, okay? Sie wartete, bis er nickte. —Und noch eines.

—Heilige Scheiße, was denn?

—Ich werde keine Schimpfworte mehr benutzen und nicht mehr fluchen.

Er blinzelte sie an. —Verdammt, du meinst das wirklich ernst.

—Natürlich tue ich das. Genau wie wir es immer gesagt haben.

—Moment mal. Er musterte sie mit zusammengekniffenen Augen. —Ist irgendwas mit deiner Stimme?

—Was meinst du?

—Sie klingt tiefer. Machst du das mit Absicht?

—Hast ja lange gebraucht, um das zu merken. Sie grinste ihn an. —Übe schon eine Ewigkeit. Bestimmt einen Monat.

Er lehnte sich zurück. —Die ganze Zeit habe ich gefürchtet, du könntest es dir anders überlegen. Ich bin ja wohl der dämlichste Typ, den es gibt.

—Und ich habe daran gezweifelt, dass du wirklich mitkommst, sagte sie und griff nach seiner Hand. —Was war ich überrascht, als ich dich in dem Bus gesehen habe.

*

Eine halbe Stunde vor dem Boarding fischte sie den Kulturbeutel aus dem Rucksack ihres Vaters und folgte der indirekt beleuchteten Beschilderung zur Toilette. Eine Milchglasscheibe trennte die Eingänge für Männer und Frauen, und Aden zögerte kurz, wartete schamrot und leicht schwindlig darauf, dass ihre Angst verflog. Männer eilten rechts an ihr vorbei, Frauen links. Die Frauen schauten sie unwillkürlich an, ehe sie den Blick abwandten, die Männer beachteten sie überhaupt nicht. Aden wartete, beobachtete und fühlte sich von der sichtbaren Gleichgültigkeit ermutigt. Ein Junge, kaum zehn Jahre alt, schlurfte an ihr vorbei, fummelte verschlafen am Reißverschluss seiner Jeans. Sie biss sich auf die Lippen und folgte ihm.

Die Toilette wirkte greller erleuchtet als die Gates in ihrem Rücken, und sie wollte schon umdrehen und von hier verschwinden, als sie sah, dass die Männer an den Pinkelbecken darauf achteten, niemand anderen als sich selbst anzusehen. Mit einer solch offensichtlichen Zurückhaltung hatte sie nicht gerechnet. Sie besaß eine undeutliche, doch schneidende Erinnerung daran, wie sie, als ihr Vater sie vor Jahren auf die Toilette mitgenommen hatte, erstaunt und verwirrt die Reihe Pinkelbecken angestarrt hatte; und sie stellte sich jetzt vor, wie er sie vorwärtsdrängte, seine warme, breite Hand zwischen ihren Schulterblättern. Aden ging zur letzten Kabine und schloss die Tür hinter sich.

Der Fußboden war mit Papierstreifen übersät, feuchter Müll von Körpern, die ihre Notdurft verrichteten, ein himmelweiter Unterschied zu dem blitzenden Terminal dort draußen. Aden war dankbar für die Sauerei; sie nahm ihr die Angst, machte diesen Ort weniger perfekt. Sie hätte auf irgendeiner öffentlichen Toilette sonst wo auf der Welt sein können. Sie schloss den Klodeckel, setzte sich – vorsichtig zunächst, dann mit dem ganzen Gewicht – und zog sich geräuschlos ihren Kamiz über den Kopf.

Reglos saß sie da, das Hemd im Schoß, hielt Augen und Ohren offen und lauschte auf die Geräusche vom Urinal, von Haartrocknern, Wasserhähnen und aus den Kabinen, Geräusche, die so anders als jene klangen, die Frauen machten. Sie merkte dem angestrengten Grunzen, der

Erleichterung um sie herum nicht die geringste Zurückhaltung an, keinerlei Scham.

Aden saß auf einer Toilette in einem Raum, der Männern vorbehalten war – und niemand hatte sie aufgehalten. Sie starrte auf ihre fischweißen Arme, die sommersprossigen, hageren Schultern. Bei dem Gedanken an ihr Geheimnis konnte sie kaum atmen. Sie streifte die Hose nach unten, den Slip. Die Verlockung der Unsichtbarkeit. Die Macht der Täuschung. Ihr Vergnügen war gewiss gottlos, und sie bemühte sich, es zu unterdrücken, trotzdem verging sie fast vor Aufregung. In diesem Moment war sie ein Niemand, eine Kreatur ohne Namen, ohne Geschichte, was auch hieß, dass sie kein Kind mehr war. Ihre Kindheit bedeutete ihr jetzt weniger als die Papierstreifen auf dem Boden.

Ein Mann kam an ihre Tür und versuchte, sie mit der Schulter gewaltsam aufzudrücken. Er trug Espadrilles zu Chinos und verfluchte die Tür auf Arabisch, ehe er ging. Offenbar nahm er an, die Toilette sei nicht besetzt.

Aden trug noch das Unterhemd, das Decker ihr geliehen hatte, und kaum war der Mann gegangen, schaute sie auf ihre Brust. Die Raumtemperatur im Terminal war perfekt eingestellt, trotzdem schwitzte sie, und ihre Nippel zeichneten sich deutlich unter dem Stoff ab. Der Mann saß jetzt zwei Kabinen weiter; sie hörte ihn murmeln und an seinem Gürtel hantieren. Aden zog das Unterhemd aus, hängte es an den Haken und legte sich die gewölbten Hände über die Brüste, wie sie es manchmal tat, um sich in den Schlaf zu wiegen. Die Hände konnten sie nur noch gerade eben bedecken. Sie fühlte sich wieder sicher, ließ ihre Gedanken eine Weile schweifen und hörte auf die pissenden Männer. Dann öffnete sie den Kulturbeutel, griff nach der Bandage, die einmal ihrer Mutter gehört hatte, und wickelte sie sich eng um Rippen und Brust.

*

Karatschi war eine noch größere Enttäuschung als der Flughafen von Dubai. Die Stadt erinnerte sie an Oakland oder Sacramento, an die Handvoll Städte, die sie kannte, nur war es hier heißer, hektischer und roch nach Dingen, für die sie keinen Namen wusste. Die Wohnsiedlungen, unbebauten Grundstücke, selbst die Baustellen fand sie archaisch, die Erde rissig und vermüllt, die vollen Basare und Gassen wie eine Bedeckung darunterliegender Ruinen. All das widerte sie an, bestürzte sie, und die Scham, die das auslöste, ließ sie fast in Panik geraten. Es lag an ihr, das wusste sie, nicht an der Stadt. Sie sah sie mit den Augen ihrer Mutter.

Aden winkte ein nicht gekennzeichnetes Taxi heran, nannte als Ziel den Bahnhof für Busse, die nach Norden fuhren, und kaufte zwei einfache Tickets. Sie rechnete damit, dass Decker protestierte, dass er darauf bestand, die erste Nacht in der Stadt zu verbringen, aber er folgte ihr wie im Halbschlaf. Er erwähnte nicht einmal seine Vettern in Karatschi.

Ein Bus nach Peschawar sollte am frühen Abend fahren. Sie warteten in dem nach Diesel stinkenden Hof der HINDUKUSCH HI-WAYS und tunkten Fladenbrot in Schalen mit lauwarmem Dhal. Die Busse, die vorbeifuhren, während sie auf ihrem Gepäck hockten, waren grellbunt und von Hand überreich mit Bildern bemalt, mit Diamanten,

Pferden oder primitiven Sternenbildern, mit Granatäpfeln oder Tigern, Rotkehlchen, Berggipfeln und dem Auge der Fatima. Sie staunte über die Vielfalt von Bildnissen in diesem muslimischen Land, bis sie sich daran erinnerte, wie weit diese Nation vom wahren Glauben abgefallen war. Aden stellte sich das Innere der Busse vor, dachte an weiche Polster, an Weihrauch und an Gerüche nach Anis und Zimt wie in jenem Restaurant, in das sie sonntagabends gern mit ihrem Vater und ihrer Mutter gegangen war, damals, vor langer Zeit, auf der anderen Seite der Welt.

Achtzehn Busse fuhren ab, jeder kunstvoller verziert als der vorherige, ehe der Bus der Bannu Line nach Peschawar eintraf. Die übrigen Passagiere ignorierten sie, der Mann aber, der ihnen Tee nachschenkte, beobachtete sie aufmerksam. Er beobachtete sie, wenn sie aufstand, um zur Toilette zu gehen, und er beobachtete sie bei ihrer Rückkehr. Sobald sie bezahlt hatten, verbeugte er sich tief, schaute Aden lüstern an und legte Decker die rechte Hand auf die Schulter. Und während er ihnen die Teebecher wieder abnahm, murmelte er irgendwas auf Urdu.

—Was hat er gesagt?

—Hab ich nicht verstanden, erwiderte Decker, als er an ihr vorbeiging.

—Sag schon.

—Hör auf, ihn anzustarren. Jetzt komm.

Als sie einstiegen, war der Bus nach Peschawar leer, fast als hätte es im Norden eine Katastrophe gegeben, von der sie nichts wussten. Sie setzten sich, warteten, das Gepäck auf den Knien, und redeten beide kein Wort; von Dhal und Dieselgestank wurde Aden übel. Dann stiegen die Männer ein, einzeln oder paarweise, manche hielten sich an den

Händen, und kaum saßen sie, schienen sie einzuschlafen. Sie wirkten verloren, verdrossen, niedergeschlagen, vielleicht aber waren sie auch nur müde. Viele trugen neugekaufte, frische Hemden mit Falten am Kragen und in den Ärmeln. Morgen war Yaum al-Dschum'a, ein Freitag also, und Aden nahm an, dass die Männer zu Dörfern entlang der Nordwestgrenze unterwegs waren, zu den Stammesgebieten, um den Tag der Zusammenkunft bei der Familie zu verbringen, ehe sie mit demselben stinkigen Bus zurück zu welcher Arbeit auch immer fuhren, die sie so ausdruckslos und still werden ließ.

Während sie unterwegs nach Norden waren, raus aus der Stadt, vorbei an von Planen überdachten Basaren, an protzigen Moscheen und schlammverstopften Aquädukten, begann Aden langsam, sich zu erholen. Die Sonne stand tief über dem blitzenden Schwemmland des Indus, und ein Schwarm Kraniche flog gemächlich über die rote Scheibe, als wären die langgezogenen Vororte, durch die der Bus fuhr, nur eine Sinnestäuschung. Deckers Kopf sackte an ihre Schulter. Seine Berührung im Schlaf war unschuldig, erinnerte sie an ihren Körper, und sie fühlte sich wieder sicher in den Kleidern, wohl und entspannt. Ein Satz, den sie in einem Chatroom gelesen hatte, fiel ihr ein, als ihr der Kopf schwer wurde: *Du kannst die Haut anderer Menschen berühren – oder das Gesicht Gottes.* Aden rückte näher an Decker heran, spürte sein dichtes, wuscheliges Haar an ihrem Hals. Er war schön; sie wollte ihn neben sich, und einen Moment lang wünschte sie sich, sie würde nicht verschwinden. Dann aber musste sie an den Teekellner im dieselverseuchten Hof denken und an den Blick in seinem Gesicht, als er etwas auf Urdu murmelte.

Sie erinnerte sich daran, wie die Zunge an seine Zähne stieß.

Sie wurde in der Nacht wach, spürte Deckers Atem im Gesicht und am Hals. —Hast du was gesagt?

—Erzähle es mir.

—Was? Ich bin gerade erst aufgewacht. Ich weiß nicht …

—Erzähl mir, warum du hier bist.

—Was genau meinst du?

—In diesem Bus. Nach Norden. Hier, mit mir.

Sie zwang sich, klarer zu denken. —Ich halte mich an den Plan, sagte sie. —Das ist alles. Den Plan, den wir in Santa Rosa gefasst haben.

—Den Teufel tust du.

Sie blieb stumm und beobachtete ihn. Er schien zu lächeln.

—Als du dir die Haare abgeschnitten und angefangen hast, diese Kleider zu tragen, dachte ich, es sei für uns beide. Für dich, weil du mir folgen wolltest. Für uns, damit wir zusammenbleiben. Er schüttelte den Kopf. —Da habe ich mich geirrt. Oder du hast gelogen.

—Ich habe dich nicht belogen. Dich nicht. Ich habe dich nie angelogen.

Er nickte, dachte über ihre Antwort nach. —Du ziehst Frauen vor.

—Hör schon auf, Decker. Das ist nicht mal eine Frage.

—Und wie lautet die Antwort?

Sie sah an ihm vorbei aus dem Fenster. Sein runder Kopf hing dort als Spiegelbild, ihrer direkt dahinter. Im Dunkeln sah sie keinen Unterschied.

—Ich weiß nicht.

Sie fuhren inzwischen durch das Hochland, am Himmel die schmalste Mondsichel. Aden dachte an ihre Bekehrung, an die Gelöbnisse, die sie abgelegt hatte, und wie immer beruhigten sie allein diese Tatsachen. Ein Feuer glomm im Hof einer neugebauten Moschee, und sie sah sich zum ersten Morgengebet ankommen, im Rücken die helle Dämmerung, sah, wie sich alle Köpfe zu ihr umdrehten, sobald sie die Schwelle übertrat. Sie malte sich die Entrüstung aus, dann das Staunen, dann die Stimme des Mullahs, der die Aufmerksamkeit der Gemeinde zurück zum Gebet lenkte. Sie sah sich mitten im Raum Platz nehmen, würdevoll in ihrer Bescheidenheit, gefasst in ihrer Hingabe. Sie besah sich in Gedanken dieses Bild von allen Seiten, fing mit jeder Facette Licht ein. Dann stellte sie sich vor, in ihrem kleinen Zimmer in Santa Rosa zu sein, an die Decke zu starren und auf das angestrengte Atmen ihrer Mutter hinter der Wand zu lauschen.

—Ich bitte dich um einen Gefallen, sagte sie. —Vorerst keine Fragen.

Er schüttelte den Kopf. —Viel hast du nicht mehr bei mir gut.

—Du kannst nach Hause fahren, wann immer du willst.

—Quatsch! Du sprichst weder Paschto noch Urdu, höchstens zwei, drei Worte, und außerhalb einer Moschee versteht kein Mensch dein merkwürdiges Arabisch. Wenn ich nach Hause fahre, bist du erledigt.

—Am Flughafen hast du gesagt, ich…

—Ich kann mir einfach nicht vorstellen, Sawyer, dass du sechs Wochen lang das ganze Land an der Nase herumführst. So viel aber kann ich dir verraten: Du tätest gut daran, eine Geschichte für den Fall parat zu haben, dass sie dich in Höschen und BH erwischen.

Sie zögerte. —Du hast gesagt, hier gäbe es einen bestimmten Brauch. Erinnerst du dich? Mädchen, die wie Jungen gekleidet werden. Sogar einen Namen gäbe es dafür, hast du gesagt.

—Das kann man doch nicht mit dem vergleichen, worüber wir hier reden. Überhaupt nicht.

—Sag mir den Namen noch mal, Decker.

—Den kennst du, sagte er. —*Bacha posh*. Aber das entscheiden die Eltern für ihre Kinder. Die Väter entscheiden. Wenn man dich erwischt, wird dir das nichts nützen. Er packte sie am Arm. —Verdammt, was grinst du so?

—Nur wegen dem, was du gesagt hast.

—Und was habe ich gesagt?

—Das mit den sechs Wochen.

—Jetzt hör mal zu, zischte er. —Mein Plan lautet, es heil zurück nach Santa Rosa zu schaffen und das mit jedem Teil meines Körpers in bester Verfassung. Mein Plan lautet, mit dem Kopf auf dem Hals und meinem Schwanz in der Hose zurückzukommen.

Sie lächelte im Dunkeln. —Kann ich verstehen.

—Und warum bist du dann so verflucht glücklich?

—Weil ich mir nicht sicher bin, ob ich jemals wieder zurückfahre.

*

Als sie das nächste Mal die Augen aufschlug, war es Morgen, und die Sonne stand hoch und fahl über dem Indus. Sie schaute über das schnellere, tiefere, schwärzere Wasser. Ein echter Nordfluss. Die Straße führte dicht am Ufer lang und folgte in ihrem Verlauf jeder Kluft und Bucht der hügeligen Landschaft. Gut achtzig Kilometer weit im Westen lagen die Stammesgebiete, und Aden meinte, ihre Nähe spüren zu können. Dann aber sagte sie sich, dass sie nichts dergleichen spürte.

Staub füllte die Luft bereits zu dieser frühen Stunde, und wie Gespenster wankten Männer mit ihren Ochsen durchs Land. Der Bus fuhr an Tiefladern mit Propangasflaschen, Steinsalz und Hühnern in blauen Weidenkörben vorbei. An einem Hang überholten sie drei Jungen auf einem Moped, die Hände voll Sand gegen ihr Fenster warfen. Dann streckten sie die Zunge raus, und Aden grüßte mit einem Salam.

—In einer Stunde sind wir da, meinte Decker.

—Wer behauptet das?

—Mein guter Freund Khalid, sagte er und zeigte auf die andere Gangseite. Er senkte die Stimme. —Er hat versucht, mir Haschisch zu verkaufen.

—In einer Stunde, wiederholte sie und beugte sich vor. —So bald schon.

Verschlafen wollte sie sich durchs Haar fahren und war für einen Moment überrascht von ihrem kurzgeschorenen Kopf. Sie wandte sie sich wieder zum Fenster, um ihre Verwirrung zu verbergen. Der Tumult draußen war so groß, dass sie an einen Massenexodus denken musste, an einen langen Treck gen Norden oder an den Ausklang einer riesigen Hochzeitsfeier.

—Das wolltest du doch, Sawyer. Decker langte an ihr vorbei und klopfte gegen die Scheibe. —Siebentausend Kilometer weit weg von deinem Zuhause.

Sie nickte. —Genau, das wollte ich.

Ein Grüppchen Frauen stand am Straßenrand. Sie achteten kaum auf das Chaos um sie herum und hielten sich am zerknitterten blauen Stoff ihrer Burkas gegenseitig fest. Aden stellte sich vor, wie sie durch das Spitzengitter starrten, stellte sie sich blicklos vor, dann gesichtslos. Ein Schauder überlief sie.

—Ich habe mir gerade ausgemalt, wie es wäre, wenn du eines dieser Dinger tragen würdest, sagte Decker. —Mit nichts drunter. Wie fändest du das, Sawyer?

—Halt den Mund.

—Wir könnten in Peschawar eine für dich kaufen. Würde vieles einfacher machen.

—Was zum Teufel wäre dann einfacher, Decker? Welcher Teil unseres Plans? Unsere Fahrt hierher? Unser Studium in der Medrese? Sie wartete auf seine Antwort. —Oder gibt es da etwas, das du mir nicht erzählst?

Er zuckte mit den Achseln. —Ich habe nur gedacht, du könntest mich darin verstecken, falls es mal brenzlig wird. Würdest du einem Gefährten diesen Wunsch in Zeiten der Not etwa verwehren?

Sie schob seine Hand fort und wandte sich wieder dem Fenster zu. Ein noch bunterer Bus zockelte in einer flirrenden Dieselwolke an ihnen vorbei.

—Wann hast du aufgehört, über meine Witze zu lachen?

—Sag einfach nichts mehr.

—Früher warst du nicht ständig sauer.

—Da liegst du falsch. Ich war schon immer sauer. Nur nicht auf dich.

*

Peschawar fand sie geradeso abstoßend wie Karatschi, doch ließ sie sich diesmal nicht täuschen. Sie ignorierte den fleckigen Beton und die bewaffneten Wachen an den Checkpoints, sah über die Abwasserkanäle hinweg die rotlippigen, unverschleierten Frauen, die sie lüstern von Werbetafeln herab anstarrten. Aden sah nur das heilige Fort, das diese Stadt einmal gewesen war. Der Bus fuhr an einem morastigen Feld vorbei, mit Zelten derart vollgestellt, dass es dazwischen keinen freien Platz mehr zu geben schien. Sonnengebleichte Planen, alte Kelims und mit Bruchsteinen beschwerte Seitenabhängungen. Humpelnde, räudige Hunde, Ströme von gelbem Dreck und verwüstete Gesichter. Der Mann auf der anderen Gangseite lachte plötzlich verärgert auf.

—Das waren Afghanen, murmelte sie Decker zu.

—Wer?

—Die da gerade. In den Zelten. Die Flüchtlinge.

—So hat mein Freund hier sie nicht genannt.

—Und wie hat er sie genannt?

—Das willst du nicht wissen.

Auf einem Basar unweit vom Busbahnhof kauften sie Wasser und Kekse, und Decker streifte sich widerwillig seinen Salwar Kamiz über. Die wenigen Frauen, die Aden auffielen, trugen Burkas, die Männer schlichte braune Kopftücher oder gefältelte Kappen aus kräftig gewalktem Filz. Hier und da entdeckte sie auch junge Männer mit Mützen wie Pillbox-Hüten, Studenten der Heiligen Schrift, und sie fragte sich, ob einige wohl zu jener Medrese gingen, an der sie mit Decker lernen würde. So weit fort, sagte sie vor sich hin, doch so leise, dass niemand sie hören konnte. So weit fort. So weit fort. So weit. Erneut erfasste sie eine sanfte Woge des Triumphs, und sie meinte, den Boden unter den Füßen zu verlieren. Decker flüsterte, sie solle aufhören zu lächeln, aber niemand in der Menge schien sie zu beachten. Dabei wollte Aden, dass sie es bemerkten. Sie alle. Sie wollte, dass alle sahen, wie weit sie gekommen war.

Die Universität lag in der Nähe. Unterwegs versuchte sie, die mit Kreide oder Wandfarbe geschriebenen Sprüche zu entziffern, die überall zu sehen waren. Einige waren obszön, zumindest in Deckers Übersetzung, manche warben für Autoteile, Reis oder Diesel, die meisten aber waren Aufrufe zum Dschihad. Viele nannten den Namen des Propheten oder den jener Gesegneten, die an seiner Seite kämpfen und sterben durften. Die Buchstaben waren ihr vertraut, nur verstand sie die Worte nicht, die sie ergaben. Manche Slogans schlossen mit Zitaten aus dem Koran oder mit präzisen, schablonengeschriebenen Ziffernreihen.

—Was hat es mit diesen Zahlen auf sich, Decker? Geben sie die Stellen im Koran an?

—Telefonnummern, erwiderte Decker und machte mit dem Finger eine Wählbewegung. —Folgt der Karawane, Pilger. Ein Anruf genügt.

Sie hatten sich mit Deckers Vetter Yaqub am Osttor der Universität verabredet, aber obwohl sie gut sichtbar warteten, auf ihren Taschen standen und die Menge absuchten, war bis zum Nachmittag niemand gekommen. Mit seinem fusseligen Bart und dem braunen Kamiz unterschied sich Decker kaum von den Einheimischen, trotzdem schienen sie Distanz zu ihm zu wahren. Seine Unschlüssigkeit verriet den Fremden, sagte Aden sich. Die

Unsicherheit machte ihn zu jemandem, von dem man sich fernhielt.

—Vielleicht sollten wir etwas Geld wechseln. Wie viel hast du noch übrig?

—Ich habe dir mein ganzes Geld gegeben, Decker. Das weißt du doch.

—Alles?

Ohne ihre Antwort abzuwarten, griff er nach seiner Tasche und stürzte sich in die Menge. Zwischen einem Tabakgeschäft und einer Bäckerei entdeckten sie ein Fenster, auf dessen Läden mit rosa und gelber Kreide die Symbole diverser Währungen gemalt worden waren. Ein Mann mit von Betelnuss rot gefärbten Zähnen nahm das Geld, das Decker ihm hinhielt, und gab ihm dafür eine Handvoll zerfledderter Rupienscheine. Noch nie hatte Aden ein so dickes Bündel gesehen. Decker zählte nach, zählte noch einmal und fuhr den Mann dann scharf auf Urdu an. Der Mann grinste nur breit, entblößte sein blutrotes Zahnfleisch, griff sich ins Hemd und fischte einen ordentlichen Stapel schweißschwarzer Münzen hervor.

—Nimm sie, sagte Decker zu Aden und wies mit einer Handbewegung auf die Rupien. Während sie am Fenster standen, hatte sich eine Traube Jungen um sie versammelt, Jungen, die jetzt näher rückten, sich zwischen sie und Decker drängten, sie leise segneten und dabei um Münzen bettelten. Bedenket das Leid der Kinder, o Gläubige, denn ihre Not ist größer. Die Bettler schoben sich vor. Ihre Segnungen klangen schriller.

—Was tust du da, Sawyer?

—Wir brauchen doch all das Geld nicht.

—Und wie wir das brauchen! Was machst …

—Es sind Kinder, Decker. Wir können sie nicht einfach ignorieren. Was bist du denn für ein Muslim?

Plötzlich wurden es immer mehr; sie zogen an ihren ausgestreckten Armen, langten nach den Ärmeln, ihr Betteln und Schmeicheln übertönten Deckers panische Rufe. Nicht alle waren Kinder, und sie kamen aus sämtlichen Richtungen. Aden spürte, dass sie rückwärts zum Fenster und an die Wand gedrängt wurde. Das Geld, das sie ihnen geben wollte, war längst aufgebraucht, aber die Menge hörte nicht auf, zu zetern und zu drängen, sich an sie zu pressen, an sie zu klammern. Die Jungen hingen an ihren Schultern und bohrten ihr Finger in den Bauch, in die Achselhöhlen und zwischen die Rippen. Sie zerrten an ihrem Kragen und an der Leinenkordel ihres Salwars. Sie schrie sie auf Arabisch an, und sie antworteten ihr auf Englisch. Aden meinte, die in ihrem Rücken geflüsterten Worte *bacha posh* zu hören, war sich aber nicht sicher. Jetzt lachte man ungeniert über sie, ahmte ihre Sprechweise nach. Die Stimmen wurden undeutlicher, das Licht schien zu verblassen, und Aden sah sich selbst so, wie die Männer sie sehen mussten. Das Blut stieg ihr in den Kopf, ihr wurde leicht, und sie hörte eine leise Stimme, die Gott um Vergebung bat. Sie sah sich nackt ausgezogen. Dann krachte ein Fensterladen auf, und sie spürte, wie sie rücklings ins Dunkel gezogen wurde.

*

Der Rupienhändler behielt sie im Laden, bis die Meute sich verlaufen hatte und Decker sie suchen kam. Ihre Dankbarkeit schien dem Händler peinlich zu sein, vielleicht war es aber auch sein gebrochenes Englisch oder schlicht ihre Anwesenheit in diesen spärlich eingerichteten, unbeleuchteten Zimmern. Kaum war Decker da, bat sie ihn, dem Mann auf Urdu zu danken und ihm ein bisschen Geld anzubieten. Er schaute sie nur an und sagte, sie solle den Mund halten.

Stumm folgte sie Decker zum Tor der Universität und erhob keine Einwände, als er sie dort zurückließ, um sich allein davonzumachen. Mit einer Tüte Chips und zwei lauwarmen Colas kam er wieder; dann stellten sie sich abwechselnd so hin, dass Deckers Vetter sie nicht übersehen konnte. Die Stunden vergingen, und Aden spürte, wie Mut und Geduld sie verließen. Sie fühlte sich nur noch leer und achtete darauf, leise zu sprechen, keinen Anstoß zu erregen und den Blick abzuwenden, wenn jemand sie anschaute. Sie wusste nichts, und sie verstand nichts. Selbst auf dieser befestigten Pflasterstraße hing Staub in der Luft, und sie merkte, am liebsten hätte sie dahinter Schutz gesucht. Eine mit einer Burka bekleidete Frau ging an ihnen vorbei, glitt gemessenen Schrittes über den unebenen Grund, und beinahe neidisch sah Aden ihr nach.

—Ich bin durchaus versucht, selbst so was anzuziehen, sagte Decker, der sie beobachtete, wie sie der Frau nachschaute. —Wenn du schon nicht willst, sollte ich es vielleicht mal damit versuchen.

Sie trank den letzten Schluck Cola. —Niemand hindert dich daran.

—Vielleicht hat mein Vetter das Datum verwechselt. Vielleicht glaubt er, wir treffen uns nach dem islamischen Kalender.

—Sehr komisch. Sie zögerte. —Oder wäre das möglich?

—Jede gottverdammte Nummer wurde hier an die Wände gesprüht, aber ich wette, unsere Medrese hat nicht mal ein Telefon. Vermutlich sollten wir uns einfach einer dieser Milizen anschließen.

—Ich bin noch nicht bereit, mich in die Luft sprengen zu lassen.

—Dazu war ich schon bei meiner Geburt bereit, Bruder.

—Vorher will ich mich noch duschen.

—Märtyrertum ist dein Begehr, unseres auch, sagte er und starrte dabei mit zusammengekniffenen Augen auf einen Wandslogan auf der anderen Straßenseite. —Eine ziemlich gute Beschreibung für unseren Tag heute.

—Du hast nicht mal eine Adresse? Nur den Nachnamen des Mullahs?

—Und den Namen des Dorfes. Decker zückte einen gefalteten Zettel. —Eine halbe Stunde Fahrt nach Westen. Hat Yaqub gesagt. Lust, ein bisschen zu wandern?

Sie warteten noch eine weitere Stunde am Tor. Mit dem Rücken an die Wand gelehnt, nickte Aden ein, die Beine um den Rucksack geklemmt wie um einen Sattel. Sie träumte, Blutstropfen würden ihr an den Schenkeln hinab in die Schuhe rinnen. Sie empfand keinen Schmerz, nur Scham. Als sie die Augen schließlich wieder aufschlug, hielt Decker den Zettel gegen das Licht wie ein Ladenbesitzer, der Falschgeld prüft.

—Wach auf, Schlafmütze!

Sie blinzelte zu ihm hoch. —Wie viel hast du gewechselt?

—Genug für ein Hotelzimmer. Eines mit einem Eimer zum Kacken.

Sie nickte und stand auf. —Dann lass uns gehen.

—Denkst du an was Bestimmtes?

—Wenn es für ein Zimmer reicht, reicht es auch für ein Auto.

Der Fahrer, den sie mieteten, hatte zwar von dem Dorf gehört, blickte aber eher zweifelnd drein, als sie nach der Schule fragten. Er schien weder Englisch noch Urdu zu sprechen und schüttelte auch bedauernd den Kopf, als Decker ihm den Namen auf ein Stück Papier schrieb. Dann fuhren sie gut eine Stunde auf einer Asphaltstraße, anschließend eine weitere Stunde auf gar keiner Straße, ehe er sie gegen Sonnenuntergang an einer Zisterne zwischen zwei hohen Felsen aussteigen hieß. Weit und breit war kein Haus in Sicht. Mit einem Kopfschütteln weigerte er sich, ihre Rupien anzunehmen, und ließ sie zwischen seinen Fingern auf den Boden fallen. Daraufhin boten sie ihm einen amerikanischen Fünf-Dollar-Schein an, und er nickte mit seinem kahlen Kopf, gestattete ihnen, sich ihr Gepäck aus dem Kofferraum zu nehmen, fuhr langsam wieder an und wünschte ihnen für ihre Studien Gottes Segen.

Es war schon so dunkel, dass sie weit hinten am Bachbett einen schwachen Lichtfleck entdecken konnten, also folgten sie seinem Verlauf und hielten stolpernd und fluchend auf ein Dorf zu, das aussah, als sei es von einem Kind oder Hohlkopf angelegt worden: Höfe, umrundet von nichtssagenden, sich nach außen wölbenden Lehmwänden mit angeschlagenen Ecken, allein unterbrochen von blassblauen Edelstahltoren. Aus einem dieser leeren Höfe bellte ein Hund sie halbherzig an, ohne sich auch nur zu erheben.

Ganz in der Nähe roch es nach köchelndem Dhal. Sie zogen von Gebäude zu Gebäude, suchten eine Klingel, zu erschöpft und eingeschüchtert, um laut zu rufen oder irgendwo anzuklopfen. Schließlich öffnete sich ein Tor, ein Mann trat nach draußen und winkte Decker zu sich.

Aden sah, wie die beiden sich in verhaltenem Flüsterton unterhielten, höflich und auf der Hut, die Arme hingen an den Seiten herab. Nach einer Zeit, die ihr lang vorkam, zog der Mann das Tor zu und verschwand mit Decker um die Ecke. Sofort fühlte sie sich hilflos wie ein Kleinkind. Sie folgte ihren Stimmen zu einem von hohen Mauern umschlossenen Hof, der an den ersten grenzte und dessen schmaler Eingang von den Scheinwerfern eines Lasters beleuchtet wurde. Erst jetzt fiel ihr auf, wie dunkel es bereits geworden war. Ihr blieb keine andere Wahl, als den erleuchteten Hof zu überqueren.

Einen Moment lang schloss sie die Augen, dann spürte sie, dass jemand sie berührte. Aden zitterte; sie bewegte sich unsicher und schien ihren Körper nicht länger unter Kontrolle zu haben. Eine kleine Hand tastete nach ihrem Arm und zog sie vorwärts. Ein kaum sechs Jahre alter Junge führte sie am Handgelenk ins Haus.

*

Der Mann, der sie am nächsten Morgen weckte, sprach Englisch und Arabisch mit einer schon fast allzu höflichen Stimme. In der einen Hand hielt er eine Tasse grünen Tee, in der anderen ein Fladenbrot, und wie gebannt sah er ihr beim Essen und Trinken zu. Er fragte nicht, warum sie um die halbe Welt gereist war und in seiner Lehmboden-

Medrese lernen wollte, auch nicht, wie sie geschlafen oder weshalb sie sich entschlossen hatte, die erste Nacht angezogen zu bleiben.

—Dir schmeckt das Brot?, fragte der Mullah auf Englisch.

—Danke, Muallim. Köstlich.

Das Zimmer war kahl, ohne Fenster, und durch die Wände drang der Klang von Stimmen, die den Koran aufsagten. Sie meinte sich zu erinnern, dass Decker neben ihr geschlafen hatte, aber er war nirgends zu sehen. Der Mullah trug eine Bifokalbrille und einen schlichten gelben Schal. Ein weinrotes Geburtsmal reichte vom linken Ohr bis zum Hemdkragen. Während er ihr zusah, bewegten sich seine Lippen kaum wahrnehmbar, fast wie im Einklang mit den körperlosen Stimmen. An einer Nylonschnur hing ihm eine zweite Brille um den Hals. Erst jetzt ging Aden auf, dass Decker ihr so gut wie nichts über den Mann vor ihr oder über die Schule selbst erzählt hatte. Sie hatte ihm blindlings vertraut. Nur den Namen des Mullahs hatte er ihr genannt, weiter nichts.

—Ich habe dich das erste Gebet verschlafen lassen, sagte der Mullah. —Für Reisende darf eine Ausnahme gemacht werden.

Sie nippte an dem Tee und lächelte schmallippig. Die Stimme schien ihr nicht länger zu gehorchen.

—Ich heiße Mufti Khizar Hayat Khan. Du und dein Freund, ihr seid in diesem Haus willkommen. Solange ihr bleibt, werde ich euch Vater und Mutter sein. Er deutete auf sie. —Und jetzt nenne mir deinen Namen.

Sie stellte die Tasse umsichtig auf den Boden zwischen ihren Füßen ab. —Aden Sawyer, sagte sie.

—Ja, das ist der Name, der mir genannt wurde. Lautet so dein ganzer, vollständiger Name?

Sie schüttelte den Kopf. —Mit zweitem Namen heiße ich Grace.

—Ach, sagte der Mullah. —Und was bedeutet der?

Wieder versagte ihr die Stimme. Ihre Füße waren nackt, und sie fürchtete plötzlich, der Blick des Mullahs könnte darauf fallen. Sie waren schlank, überaus mädchenhaft, nicht vorzeigbar. Sie zuckte zusammen.

—Du brauchst dich vor mir nicht zu fürchten, Kind. In diesem Haus kennen wir keine Angst. Er faltete seine schweren Hände. —Außerhalb des Hauses, nun, das ist etwas anderes.

Sie schluckte den letzten Bissen Fladenbrot herunter und fand das arabische Wort, nach dem sie gesucht hatte. Es klang seltsam in ihren Ohren, gröber und ärgerlicher, als sie es beabsichtigt hatte. Sie fragte sich, ob für alle jungen Männer ihre eigenen Stimmen so tief klangen.

—*Na'ama*, wiederholte der Mullah. —Grace bedeutet also *Na'ama*, so viel wie Gnade, Anmut.

—Ja, Muallim.

—Ist das in Kalifornien ein häufiger Name?

—Er war es, Muallim. In religiöseren Zeiten.

Er nickte wieder. —Und dein Vater?

—Was ist mit ihm?

Er drehte eine Handinnenfläche nach oben. —Wie heißt er? Was ist er von Beruf?

—Martin Isaiah Sawyer. Sie holte tief Luft. —Er ist Professor.

—Für was?

—Für Islam. Islamische Studien.

Der Mullah beugte sich vor. —Aha! Er steht einer Medrese vor?

—Nein, Muallim. Die Studenten, die er unterrichtet, sind keine Gläubigen.

—Keine Gläubigen?

—Nein, Muallim.

—Und warum studieren sie dann das heilige Buch?

—Mein Vater würde darauf antworten … Sie zögerte.

—Ja?

—Mein Vater würde antworten: Weil sie es interessant finden.

—Interessant?, sagte der Mullah.

—Ja, Muallim. Wie den Besuch eines fremden Landes.

Er verzog die Lippen, als hätte er auf etwas Saures gebissen. —Und dein Vater selbst? Wurde er mit dem wahren Glauben belohnt?

Die Stimmen im Nachbarraum schwollen an, und jetzt konnte sie die rezitierten Worte deutlich hören. Die Sure war ihr gut bekannt. Und wenn ihr straucheln solltet, nachdem die deutlichen Zeichen zu euch gekommen sind, dann wisset, dass Gott allmächtig ist und allweise.

—Ich weiß die Antwort auf diese Frage nicht, Muallim.

Seine Stirn umwölkte sich. —Wie kannst du das nicht wissen?

Erwarten diese Leute wahrhaftig, dass Gott ihnen beschirmt von Wolken erscheine und mit Ihm die Engel, wenn das Urteil verkündet ist und alle Dinge zu Gott zurückkehren?

—Weil er es mir nie gesagt hat.

—Betet er denn nicht daheim?

Anziehend erscheint den Ungläubigen das diesseitige Leben, und sie verhöhnen die Gläubigen.

—Mein Vater und meine Mutter, Muallim, wohnen in verschiedenen Häusern. Ihn sehe ich nicht so oft.

—Erzähle mir von deiner Mutter.

—Lieber nicht, Muallim.

—Ach, sagte er. —Und warum nicht?

—Weil sie eine Trinkerin ist.

Der Mullah räusperte sich und fuhr sich mit den Fingern durch den Bart. Er schien irgendwas unter ihrer Pritsche zu betrachten, schien dessen Vor- und Nachteile abzuwägen.

—Jetzt verstehe ich, warum du zu uns gekommen bist.

—Ja, Muallim.

—Lass mich dich noch etwas anderes fragen. Hast du ältere Brüder?

Sie schüttelte den Kopf.

—Du bist das älteste Kind im Haus?

—So ist es, Muallim.

—Warum trägst du dann nicht den Namen deines Vaters?

—Ich ... Sie hielt inne. —Das kann ich nicht sagen, Muallim. Ich habe nie gefragt.

Der Mullah nickte nachdenklich. Sie saß aufrecht da, ernst, und betrachtete ihn, während er über ihre Antworten nachsann. Ihn so anzustarren war ein Zeichen von mangelndem Respekt, doch schien der Mullah ihre Unhöflichkeit nicht zu bemerken. Sie versuchte, den Blick abzuwenden, aber es gelang ihr nicht.

—Ich verstehe, sagte der Mullah erneut, nahm ihr die Tasse ab und erhob sich. —In Anbetracht dessen, was du mir erzählt hast, ist es vielleicht ganz gut, dass der Name Martin Isaiah Sawyer nicht weitergetragen wird.

—Ja, Muallim.

—In diesem Haus wird man dich mit neuem Namen ansprechen. Einem, den du selbst gewählt hast. Du wirst merken, dass es so am besten ist. Er nahm sie bei der Hand.

—Entschuldigt, Muallim.

—Ja, Kind?

—Ich mag es nicht, wenn man mich anfasst.

Er schien sie nicht gehört zu haben. —Du bist ein junger Mann mit großem Mumm, so weit, wie du gereist bist. Sagt man das so? Ein Mann mit Mumm?

—Manche Leute sagen das so. Es ist ein altes Wort, Muallim. Genau wie Gnade.

—Verstehe. Er nickte. —Brauchst du schon einen Rasierer?

Sie öffnete den Mund und schloss ihn wieder.

—Das muss dir nicht peinlich sein, Kind. Wir haben Jungen in unserer Obhut, die noch keine sieben Jahre alt sind. Er richtete sich zu voller Größe auf und ging zur Tür. —Ich werde veranlassen, dass man dir ein Exemplar des Buches bringt, damit du dir deinen neuen Namen aussuchen kannst.

—Dafür brauche ich das Buch nicht, Muallim.

—Dafür brauchst du das Buch nicht? Wieso?

—Ich habe meinen neuen Namen an dem Tag gewählt, an dem ich das Haus meiner Mutter verließ.

*

Der Mullah gab ihr einen Koran und führte sie, eine Hand in ihrem Kreuz, über einen unbeleuchteten Flur. Er war ein bedächtiger, sanftmütiger Mann, der sie nicht drängte; sie selbst war es, die es eilig hatte. Die Stimmen wurden deutlicher, das Tageslicht weniger. Und Gott leitet, wen Er will, auf einen geraden Weg. Obwohl sie einen hellklingenden Singsang hörte, war offensichtlich, dass es ausnahmslos Männerstimmen waren; allein der Gedanke trieb ihr die Luft aus der Lunge und sorgte dafür, dass sie einen heißen Kopf bekam und sich schwach und wie ausgetrocknet fühlte. Wände und Boden konnte sie nicht länger sehen, und sie folgte allein ihrem Gehör.

Dort, wo der Flur eine Biegung machte, hielt der Mullah an und öffnete eine unlackierte Tür. Der Raum, den sie betraten, war schmal und langgezogen, und auch wenn darin lauter Männer mit Scheitelkäppchen saßen, blickte doch keiner zu ihnen auf. Reihenweise Leuchtröhren tauchten die Knienden in zitterndes gelbes Licht. Rezitiert wurde Vers 214 der zweiten Sure, wie sie dem Propheten vom Erzengel Gabriel offenbart wurde. Oder meint ihr etwa, ihr würdet ins Paradies eingehen, ohne dass Ähnliches über euch komme wie über jene, die vor euch dahingegangen sind? Not und Unheil erfasste sie, und sie wurden tief erschüttert, bis der Gesandte und die Gläubigen in seiner Nähe sagten: Wann wird Gott siegen?

—Kinder, sagte der Mullah auf Arabisch, kaum dass sie die Sure beendet hatten, und legte eine Hand auf die Schulter des Vortragenden. —Begrüßt mit mir Bruder Suleyman. Er kommt aus Kalifornien zu uns.

Jetzt hoben sie die Köpfe. Aden hatte von diesem Augenblick geträumt und gefürchtet, was darauf folgen mochte, doch konnte sie auf den ihr zugewandten Gesichtern keinerlei Böswilligkeit erkennen. Auf Arabisch wurde sie willkommen geheißen, auch in einer Sprache, die sie für Paschto hielt. Die Jüngsten saßen Ellbogen an Ellbogen in den ersten Reihen und sahen, wie Aden amüsiert bemerkte, am ernsthaftesten aus. Sie versuchte, Decker unter den Anwesenden zu finden, was ihr aber nicht gelang. Sie hatte sich noch nie so aufmerksam beobachtet und zugleich so ungesehen gefühlt.

—Macht Platz für Bruder Suleyman. Wir empfangen ihn heute als unseren Ehrengast.

Eine schulterbreite Lücke öffnete sich vor ihr, und sie nahm unter den Jüngsten Platz. Die ältesten Kinder waren gerade mal zehn, die meisten jünger, und Aden versuchte, sich so klein wie möglich zu machen. Zerfledderte braune Gebetbücher lagen auf Buchstützen vor ihnen, und Aden spürte die Schultern der Kleinen, die sich durch den Hemdstoff an sie pressten. Schweiß sammelte sich unter den Achseln und im Kreuz, und sie malte sich aus, dass die Männer hinter ihr erst neugierig und dann empört zusahen, wie ihr Körper, vor dessen Anblick sie die Kleider schützten, nach und nach sichtbar wurde. Aber natürlich taten die Männer nichts dergleichen. Sie starrten in ihre Gebetbücher, genau wie Aden. Als sie erneut den Blick hob, war der Mullah fort.

Der Vorleser räusperte sich und blätterte die Seite um.

—Der Gesandte glaubt an das, was ihm offenbart wurde.

—Der Gesandte glaubt an das, was ihm offenbart wurde von seinem Herrn, kam die Antwort. —Ebenso die Gläubigen.

Sie alle glauben an Gott und an seine Engel und an seine Bücher und an seine Gesandten. Wir machen keinen Unterschied zwischen seinen Gesandten. Und sie sagen: Wir hören und gehorchen.

Gewähre uns deine Vergebung, unser Herr, und zu dir ist die Heimkehr.

Gott fordert von keiner Seele mehr, als sie zu leisten vermag. Ihr wird zuteil, was sie erworben hat, und über sie kommt, was sie sich verdient hat.

Unser Herr, sagte der Vorleser.

Unser Herr, antwortete Aden. —Erlege uns keine Bürde auf, so wie du sie jenen aufgebürdet hast, die vor uns waren. Unser Herr, und bürde uns nichts auf, wofür wir keine Kraft haben.

*

Sie lasen ohne Pause, bis der Ruf zum Mittagsgebet erscholl, und als sie mit dem Gebet fertig waren, versammelten sie sich im Hof. Aden ging zur Latrine an der Rückseite des Gebäudes, erleichterte sich und achtete darauf, dass niemand sie sah. Dann machte sie sich auf die Suche nach Decker. Sie fand ihn im Schatten eines Maulbeerbaumes mit zwei bartlosen Männern, die sie zuvor noch nie gesehen hatte. Als sie näher kam, erhoben sich die Männer widerwillig, murmelten ein paar Grußworte und schlenderten davon. Decker hockte sich wieder auf die Fersen und blickte ihnen nach.

—Deine Freunde scheinen mich nicht besonders zu mögen, sagte sie.

Er lächelte zu ihr auf. —Sie wissen nicht, was sie von dir halten sollen.

Schlagartig stieg ihr das Blut zu Kopf. —Was sie von mir halten sollen?

Er zuckte mit den Achseln.

—Habe ich im Unterricht was falsch gemacht?

—Ich war nicht beim Unterricht.

—Warum nicht?

—Habe verschlafen.

—Willst du mir nicht sagen, was hier passiert? Willst du deine neuen Freunde beeindrucken? Geht es darum?

—Jetzt flipp nicht gleich aus, Sawyer. Du kannst es bestimmt erraten.

Sie stand mit dem Rücken zum Hof, spürte aber alle Blicke auf sich gerichtet. —Sag mir, was du mir sagen willst, Decker. Fass es einfach in Worte.

—Diese Leute hier sind so beschissen arm. Die haben noch nie ... Er unterdrückte ein Gähnen. —Ich weiß gar nicht, wo ich anfangen soll. Einen Sportwagen gesehen. Einen Laptop. Einen Amerikaner aus der Nähe. Du könntest genauso gut mit langem Schwanz und Hörnern auf dem Kopf rumlaufen.

Sie lachte fast vor Erleichterung. —Das ist alles? Weil ich aus den Staaten komme?

—Reicht doch.

—Mach mir nie wieder solche Angst. Okay?

—Hör einfach auf, dir Sorgen zu machen. Bringt doch sowieso nichts.

Sie legte eine Hand auf seine Schulter und spürte, wie er zurückwich. —Sagst du mir, warum du mich so behandelst?

—Wie denn?

—Als würdest du dir wünschen, ich wäre tot.

Er blinzelte in die Sonne. —Ich schätze, ich versuche zu verstehen, warum ich für dich lügen soll.

—Hierherzukommen war deine Idee, schon vergessen? Und wir haben immer gewusst, dass das Lügen dazugehören wird. Hat sich also nichts verändert.

—Du hast dich verändert. Hast deine Haare kurz geschnitten, redest mit verstellter Stimme und sagst nicht mal mehr fick dich. Sagst es nicht mehr, tust es nicht mehr. Also behaupte jetzt nicht, dass ich derjenige bin, der sich verändert hat. Wage das ja nicht.

Sie umschloss die Knie und konzentrierte sich auf die alltäglichen Laute in ihrer Nähe. Das Klappern von Teetassen. Das Keckern einer Elster. Das Wummern eines Generators an der anderen Mauerseite. —Ich werde dafür sorgen, dass dies hier gut ausgeht, sagte sie schließlich. —Ich werde es dir vergelten.

—Klar doch, Sawyer. Ganz wie du sagst.

—Was wirst du jetzt tun, Decker?

Müde schüttelte er den Kopf.

—Falls jemand was rausfindet, bin ich nicht die Einzige, die Ärger kriegt. Wir sind zusammen hergekommen.

—Ich kann jederzeit abreisen.

—Dadurch wird das, was ich gesagt habe, nicht weniger wahr.

Der Blick, den er ihr zuwarf, konnte sie kaum trösten. Kein verschlagener, kein übelwollender Blick, eher ein Blick ruhiger Gleichgültigkeit. Das ergab für sie keinen Sinn.

—Richte dich nicht gegen mich, Decker. Tu das nicht.

Er sah beiseite. —Du bringst da schon wieder was

durcheinander. Du bist diejenige, die sich von mir abwendet.

*

Sie psalmodierten den ganzen Nachmittag, bis schließlich zum dritten Gebet gerufen wurde, und nachdem sie gebetet hatten, lasen sie weiter bis zur Dämmerung im Koran. Nicht ein einziges Mal stockte der durchdringende Singsang des Vortragenden. Das Arabisch ihrer Mitschüler wurde von Paschto oder Urdu eingefärbt, auch von Sprachen, die sie nicht kannte. Steif saß sie in ihrer Mitte und rezitierte mit zögerlicher Stimme, so leise, dass sie sich selbst kaum hören konnte. Die Lichter wurden dunkler, dann heller. Die Taliban schaukelten im Rhythmus der Koranverse vor und zurück. In den besten Momenten schien sich Adens Blick ebenfalls zu trüben, und sie meinte, die Worte zwischen den Zähnen vibrieren zu spüren; das war, was sie wollte, mehr hatte sie sich nie gewünscht.

Nach dem Ruf zum vierten Gebet öffnete Decker die Tür und suchte sich einen Platz in den letzten Reihen. Sie waren beim zweihundertsechzigsten Vers der Sure angekommen, und Aden meinte, jede Stimme deutlich heraushören zu können. Sein kalifornisches Näseln übertönte auch die klarste Intonation: der Klang von Privileg und Selbstgefälligkeit und auch sonst allem, was sie hinter sich zu lassen hoffte. Ihre eigene Stimme kam ihr dagegen grotesk vor, leise und fehl am Platze, wie sie war. Aden gab sich Mühe, sie zu ignorieren, sah sich gleichsam von hoch oben rezitieren, eine schmale Gestalt in all der schaukelnden Bewegung, dem Tumult. Sie sah sich und die anderen, sah sie sich beugen, aufrichten und wieder verbeugen, ein sanftes Wogen in windgepeitschtem Gras.

Und als Saul mit den Heerscharen auszog, sagte er: Wahrlich, Gott wird euch an einem Fluss prüfen. Wer aus ihm trinkt, gehört nicht zu mir, und wer nicht davon kostet, der gehört wahrlich zu mir, außer dem, der nur eine Handvoll mit seiner Hand (daraus) schöpft.

Und sie tranken davon bis auf wenige von ihnen.

Und als sie den Fluss überquert hatten, er und diejenigen, die mit ihm gläubig waren, sagten sie: Wir haben heute keine Kraft gegen Goliath und seine Heerscharen.

Doch diejenigen, die damit rechneten, dass sie Gott begegnen würden, sagten: Wie oft hat nicht eine geringe Schar über eine große Schar gesiegt mit Gottes Erlaubnis! Und Gott ist mit den Standhaften.

*

Nach dem fünften Gebet aßen sie im Hof zu Abend, Dhal mit Fladenbrot, und als sie fertig waren, schickte Hayat nach ihr. Sie traf ihn in einem sonnenhellen Zimmer in der Südwestecke der Schule an, wo er mitten auf dem Boden auf einem leopardengefleckten Kissen hockte und unmusikalisch vor sich hin summte. Bis auf ein Teegeschirr und einen mit Vorhängeschloss gesicherten Schrank war der kleine Raum leer. Vor Hayat lag ein zweites Kissen, auf das er mit würdevoller Geste deutete.

Sobald sie vor dem Mullah saß, kümmerte er sich um das Teetablett. Ein Junge mit einer Lippenspalte eilte herbei, um sie zu bedienen, aber Hayat winkte ab. —Noch bin ich, dem Herrn sei Dank, nicht so hinfällig, sagte er zu ihr auf Englisch, —dass ich keinen Tee einschenken könnte. Sie nickte und lächelte ihm zaghaft zu.

—Ich nehme Büffelmilch zum Tee, sagte er, während er ihr eingoss. —Die Engländer bevorzugen Kuhmilch, wenn ich mich nicht irre.

—Ja, Muallim, erwiderte sie. —Allerdings bin ich kein Engländer.

—Natürlich nicht! Er neigte kurz den Kopf, was wie eine Verbeugung wirken mochte. —Aber dennoch nimmst du deinen Tee mit Kuhmilch.

—Ich trinke ihn ohne alles.

Das amüsierte Schmunzeln, das nie ganz aus seiner Miene verschwand, war auch zu sehen, während er sie beobachtete. Sie lächelte und nickte, um ihr Unbehagen zu kaschieren. Sie war müde und unsicher, die Kehle rau vom Rezitieren. Aden nahm einen Schluck.

—Auf deine Gesundheit, sagte der Mullah und hob gleichfalls die Tasse.

Sie hielt mitten im Schlucken inne und erwiderte seine guten Wünsche. —Verzeiht meinen mangelnden Anstand, Muallim, sagte sie auf Arabisch. —Ich habe noch viel zu lernen.

—Dabei weißt du schon sehr viel, Suleyman. Eine erstaunliche Menge. Sind viele amerikanischen Jungen so wie du?

Sie nahm noch einen Schluck. —Nicht sehr viele, fürchte ich, Muallim.

—Dein Arabisch ist besser als das der meisten jener Schwachköpfe, die Gott mich zu unterrichten heißt. Viel besser. Es zu hören entzückt meine armen halbtauben Ohren.

—Danke, Muallim.

—Es ist natürlich Hocharabisch. Kein Arabisch, wie man es im Alltag spricht. Und man hört einen leichten englischen Akzent. Besonders beim *qaf* und *ha*. Er lächelte. —Was uns nur daran erinnert, wie weit du gereist bist.

Sie wippte mit dem Kopf und sagte nichts.

—Wir hatten noch nie einen Besucher von so weit her. *Kalifornien*. Er betonte das Wort sehr sorgsam. —Ihr erweist uns eine große Ehre. Du und dein Bruder Ali.

—Ja, Muallim. Wer ist Ali?

—Dein Gefährte natürlich.

—Mein Gefährte? Ich …

—Ali ist der Name, den er sich ausgesucht hat.

Sie schaute ihn verständnislos an. Er nahm ihr die Teetasse ab und schenkte noch einmal nach.

—Verzeiht, Muallim. Ich habe wohl angenommen, er würde es mir selbst sagen.

—Du bist eng befreundet mit Ali, stimmt's? Er strahlte sie an. —Schon lange?

—Ich bin mir nicht sicher, Muallim, wie ich darauf antworten soll.

—Sei ganz direkt und sag die Wahrheit.

Sie zögerte. —Decker Yousafzai ist der beste Freund, den ich auf der Welt habe. Ohne ihn würde ich heute nicht hier sitzen.

—Das ist schön, sagte Hayat. —Es ist schön, so einen Freund zu haben. In diesem Haus allerdings heißt er Ali Al-Faridi.

Sie spürte, wie ihr das Blut zu Kopf schoss. —Ja, Muallim. Natürlich.

—Während du den Koran rezitiert hast, saß ich mit Bruder Ali hier in diesem Zimmer und habe ihm die gleichen Fragen gestellt, die ich jetzt auch dir stelle.

Sie richtete sich auf ihrem Kissen auf. —Und was hat er gesagt?

—Warum bist du hier, Suleyman?

Ihre Kopfhaut begann zu jucken. —Um den heiligen Koran zu lernen, Muallim. Ihn auswendig zu lernen. Mit Herz und Verstand.

Er dachte über ihre Antwort nach. —Ihn mit dem Herzen auswendig lernen. Ja, das unterrichten wir in diesem Haus. Du bist nicht in die Irre geführt worden.

—Wie bitte, Muallim?

—Niemand hat dich in die Irre geführt.

Sie wusste nicht, ob sie etwas darauf erwidern sollte. Er schien es nicht zu erwarten. Sie trank aus ihrer Tasse.

—Natürlich ist meine Schule nichts Besonderes. Wir sind Gläubige, aber wir können in keiner Weise mit – wie heißt das noch auf Englisch? Er runzelte die Stirn. —Wir können nicht mit den großen Medresen *konkurrieren*. Mit Ashraf ul Madaris in Karatschi zum Beispiel oder mit Jamia Ashrafia in Lahore. Ihr Ruhm strahlt hell und ist wohlverdient. Du hast von diesen Schulen gehört?

—Das habe ich, Muallim.

—Und doch hast du dich entschieden hierherzukommen. In meine Dorf-Medrese, die kaum vierzig Schüler zählt. Wir fühlen uns wahrhaft geehrt.

Sie nickte unwillkürlich.

—Heißt es nicht in der Heiligen Schrift: Und denjenigen, die um Gottes willen auswandern, wird Gott eine stattliche Versorgung bereiten? Und an anderer Stelle: Du wirst zweifellos finden, dass die, welche sagen ‹Wir sind Christen› den Gläubigen am freundlichsten gegenüberstehen. Dies ist so, weil sie nicht hochmütig sind. Er reckte ihr beide Arme entgegen. —Wie wahr sind doch die Worte, Suleyman, insbesondere in diesem Fall!

—Danke, Muallim.

—Ist es möglicherweise wahr, dass ihr zu meiner Schule gekommen seid, weil sie so nahe an der Grenze liegt?

—Wie bitte, Muallim? Ich verstehe nicht …

—Vielleicht ist dir gar nicht bewusst, dass wir hier tief innerhalb der Stammesgebiete sind, nur einen Tagesmarsch von der Grenze entfernt. Durch diese Gegend und sogar durch dieses Dorf kommen viele junge Männer auf ihrem Weg zu den Lagern der Mudschaheddin. War dir diese Tatsache bekannt?

Sie schüttelte steif den Kopf.

—Aber du hast in Peschawar doch ihre Reklame gesehen. Die Sprüche, mit denen sie junge Männer anwerben.

—Ich habe sie gesehen.

—Ich kann dir nur freundlich raten, Suleyman, dich nicht für dergleichen zu entscheiden.

Wie in jedem Raum dieses dünnwandigen Hauses war der Klang gedämpfter Stimmen zu hören. Von hinten oder auch von unten vernahm sie zudem Geräusche: die Fehlzündung eines Motors, Kinderlachen. Während sie mit geradem Rücken vor dem Mullah saß und sich um Antworten bemühte, ging ihr zum ersten Mal auf, dass es Kinder im Dorf geben mochte, die kein Interesse an dieser Schule hatten.

—Darf ich Euch eine Frage stellen, Muallim?

—Du darfst.

—Warum sagt Ihr mir das? Das mit den Mudschaheddin?

—Seit nahezu dreißig Jahren unterrichte ich nun junge Männer, Suleyman, und Gott allein verdanke ich es, dass mein Blick für gewisse Anzeichen geschärft wurde. Er wölbte die Hand und drehte sie nach oben, wie sie es schon einmal an ihm beobachtet hatte. —In dir steckt eine Ruhelosigkeit, Kind, auch wenn du dich bemühst, ruhig zu wirken. Dein Gefühl für die Schrift … Er atmete langsam aus. —Dein Gefühl für die Schrift ist ein verzweifeltes, sagte er schließlich. —Und ein solches Gefühl kann sich leicht der Gewalt zuneigen. Ich habe das schon oft erlebt und gelernt, darauf zu achten.

—Ich bin hier, um zu lernen, sagte sie. —Das ist alles. Um Gott näher zu kommen.

—Ich kann gegen den Dschihad nichts einwenden, fuhr er fort, als ob sie nichts gesagt hätte. —Der Prophet selbst lehrt uns: Zu kämpfen ist euch vorgeschrieben, auch wenn es euch widerwärtig ist.

Er beugte sich vor, hob seine Tasse und trank.

—Doch wohl kein Kampf, Suleyman, ist so unnütz für uns und für Gott wie ein Dschihad mit der Kalaschnikow. Viele junge Männer haben dieses Haus verlassen, um in die Lager zu wechseln. Nicht wenige verschwanden mitten in der Nacht und ließen alles hinter sich zurück – sogar das Buch, zu dessen Studium sie gekommen waren. Als hätte es seinen Nutzen überdauert. Und nur wenige von denen haben dieses Haus danach je wieder beehrt.

Er nahm Adens Tasse und schenkte ihr nach. Sie hörte nicht zum ersten Mal eine Drohung, die sich als Ratschlag tarnte – ihr Vater hatte ihr oft auf diese Weise zugesetzt, vor allem seit ihrer Bekehrung –, nur verstand sie nicht, worauf die Drohung des Mullahs hinauslief. Sie drückte sich nicht in Worten aus, nicht einmal im Ton seiner Stimme, und dennoch hing sie zwischen ihnen wie ein Wölkchen farbigen Rauchs.

—Du kannst hier schlafen, Suleyman Al-Na'ama. Du wirst mir die Ehre erweisen.

—Hier, Muallim? Aber dies ist Euer …

—Wir sind nicht so prunkvoll eingerichtet wie die Schulen in Lahore, doch wirst du merken, dass wir dich mit Respekt behandeln. Vielleicht hast du die Säle gesehen – die Schlafsäle, ja? Sagt man so? –, in denen die Männer ihre Betten haben. Du bist an diesen Sälen vorbeigegangen?

—Das bin ich, Muallim.

—Dann hast du gesehen, wie sehr sie sich von dem unterscheiden, was du gewohnt bist. Dieses Zimmer hier dürfte für dich angemessener sein. Man kann die Kissen zusammenschieben und daraus ein Bett bauen.

—Darf ich etwas sagen, Muallim?

—Du darfst.

—Wenn es in Ordnung ist, würde ich gern im Schlafsaal bleiben. Bei den anderen. Ich möchte nichts haben, was niemand sonst hat. Ich möchte nicht, dass man mich anders behandelt.

Hayat beobachtete sie aufmerksam. —Und doch bist du anders, Suleyman. Sogar für mich.

—Aber nicht mehr lange, Muallim. Nicht wenn Gott es will. Ich kann für Euch so normal sein wie diese Teekanne hier.

Der Mullah fuhr sich mit den Fingern durch den Bart, dann lächelte er Aden an und nickte. —Du schläfst in diesem Raum, Suleyman, sagte er.

*

Sie schlief angezogen, und als sie der Ruf zum Gebet weckte, fand sie am Fußende eine Schale Wasser sowie einen Waschlappen. Einen Moment lang lauschte sie mit angehaltenem Atem, stand dann leise auf und verriegelte die Tür. Lautlos öffnete sie ihr Gepäck, durchsuchte die Innentasche und fischte ein ordentlich zu Größe und Stärke eines Kartendecks gefaltetes Taschentuch heraus. Kühl und trocken lag das Tuch in ihrer Hand. Sie schlug es auf, griff nach der silbrigen Scheibe Tabletten in Alufolie und riss die Packung auf. Das spröde Geräusch war irgendwie angenehm. Sie legte sich die erste Pille auf die Zunge, packte das Taschentuch wieder fort und kniete sich hin, um ihre morgendlichen Waschungen vorzunehmen. Sie wusch sich mit aller Sorgfalt, denn ihre Anwesenheit in diesem Haus war eine Verunreinigung, ein Skandal. Sie war eine Lügnerin, eine Heuchlerin, und doch war sie in ihrem Leben nie so glücklich gewesen. Sie rannte den Flur entlang, um sich auf dem eisigen, unbeleuchteten Hof den anderen anzuschließen und ihre Gebetsmatte in die letzte Reihe zu legen, sodass niemand sie sah. Dennoch nickte ihr der Mullah zu.

Mittags fand sie Decker am selben Ort wie tags zuvor. Mit krummem Rücken hockte er im Tüpfelschatten der Maulbeere und sah sie näher kommen. Aufs Neue versuchte sie zu verstehen, wie er sich verändert hatte. Bei ihm waren dieselben zwei Männer, blieben dieses Mal aber sitzen. Sie lächelten, als Aden sie grüßte, doch konnte sie sich nicht daran erinnern, die beiden im Unterricht oder beim Gebet gesehen zu haben.

—Das hier sind meine Vettern, sagte Decker. —Altaf und Yaqub. Altaf ist früher einmal Talib an dieser Schule gewesen.

Aden trat von einem Fuß auf den anderen, wusste nicht, was sie tun sollte. —Es ehrt mich, euch kennenzulernen, sagte sie schließlich auf Arabisch. Sie nickten und legten die rechte Hand an die Brust.

—Mein Bruder kann kein Arabisch, sagte der, den Decker Altaf genannt hatte.

—Ist schon in Ordnung. Sie lächelte ihn an. —Dafür kann ich kein Urdu.

—Ist eine dreckige Sprache. Mir gefällt, dass du kein Urdu kannst. Diese Sprache der Ignoranten. Der Landstreicher.

Decker lachte auf eine Art, die sie an ihm nicht kannte. Er lachte auf Urdu, dachte sie. Oder auf Paschto. Der Mann, der Yaqub hieß, nickte erneut und grinste verständnislos, sah von einem zum anderen. Von den dreien schien er der Sanfteste zu sein.

—Ich bin mir sicher, dass das nicht stimmt, erwiderte sie. —Bitte sage das deinem Bruder.

—Dein Arabisch ist schön, sagte der Mann, ihren Kommentar ignorierend. —Du sprichst es sehr klangvoll. Als würdest du ein Gedicht lesen.

Als er das sagte, kam ihr eine Frage oder ein leiser Zweifel, weshalb sie zu Decker hinübersah und auf ein Zeichen hoffte, aber sein Gesicht blieb verschlossen. Sie verstand jetzt, was ihn verändert hatte. Die Ankunft dieser Männer. Jener, den sie Altaf nannten, beobachtete sie amüsiert, und sein hinter ihm stehender Bruder nickte mit schwerem Schädel. Vielleicht grinsten sie angesichts ihrer Art, die Kleidung zu tragen oder darüber, wie sie das Arabische aussprach oder bloß über die Blässe ihrer Haut. Vielleicht grinsten sie aber auch einfach nur so. Sie blickte von Altaf zu Decker und fand keinerlei Ähnlichkeit.

—Du bist hier ein Lieblingsschüler, sagte der Altaf Genannte. —Wirst bevorzugt wie sonst keiner. Mir wurde gesagt, du hast sogar ein Zimmer für dich allein. Sein Grinsen veränderte sich kaum merklich. —Vielleicht ist dein Arabisch deshalb noch so rein.

—Du hast hier gelernt? Bei Muallim Hayat?

Altaf zuckte mit den Achseln.

—Wann war das?

—Vielleicht vor sechs, sieben Jahren.

—Wie lange hast du gebraucht?

—Wofür?

—Den Koran auswendig zu lernen. Sie beugte sich vor und stützte die Ellbogen auf die Knie, wie sie es bei den Männern am Abend zuvor gesehen hatte. —Ich hoffe, ich kann ihn in einem Jahr.

Altafs Miene verdüsterte sich. Decker sagte etwas zu ihm, doch gab er nur ein kurzes, hartes Lachen von sich und schüttelte den Kopf. Wieder hatte sie irgendwas Falsches gesagt.

—Ich habe es nicht geschafft, erklärte Altaf. Er sagte es leichthin, so als wäre es nicht weiter von Bedeutung. —Will man das Buch auswendig lernen, Bruder Suleyman, muss man Abstand wahren zu den Problemen der Welt.

—Natürlich, warf Decker ein. —Man sehe sich nur an, wer diese Schule führt.

—Ich habe den Muallim enttäuscht und mein Studium abgebrochen.

Sie entschuldigte sich und gab sich Mühe, ihre Verwirrung zu verbergen. Dass das Schulgelände für Leute aus dem Dorf, aber auch für Reisende offenstand, hatte sie gewusst, nur konnte sich nicht daran erinnern, Altaf oder seinen Bruder beim ersten oder zweiten Gebet gesehen zu haben. Es schien ihr eine schwere Sünde zu sein, die Schule für einen anderen Zweck zu nutzen.

—Der Muallim kann nicht allzu enttäuscht von dir gewesen sein, Bruder Altaf, sagte sie. —Immerhin empfängt er dich noch in seinem Haus.

Altaf schüttelte den Kopf. —Wir sind nicht wegen des Alten hier, sagte er. —Wir sind wegen unseres Vetters hier. Deines guten Freundes.

—Verstehe, hörte sie sich murmeln. —Ich dachte …

—Unser Vetter ist zum Mann herangewachsen, Bruder Suleyman, wie du selbst sehen kannst. Altaf packte Decker am Hemdkragen. —Du aber bist noch ein Kind und hast noch viel zu lernen, bevor du dich ihm anschließen kannst.

—Das stimmt, sagte sie und blickte auf den kiesbedeckten Boden.

—Was denn?

—Dass ich noch viel zu lernen habe.

—Und das wirst du auch, so Gott will. Er beugte sich vor und legte ihr leicht eine Hand auf die Schulter. —Streng dich an, kleiner Bruder, damit du bald folgen kannst.

Die beiden Männer erhoben sich und liefen gemächlich im Schatten der Mauer zu den Betonstufen hinüber, die ins

Haus führten, dabei grüßten sie niemanden und wurden von niemandem gegrüßt. Decker sah ihnen nach, bis sie verschwunden waren.

—Wer sind diese Männer, Decker?

—Das habe ich dir gesagt. Meine Vettern.

—Willst du mir nicht erklären, was zum Teufel hier vor sich geht?

—Bruder Suleyman! Ich dachte, du hättest das Fluchen aufgegeben. Muss ich wohl was missverstanden haben.

—Ich frage dich nur noch dieses eine Mal.

—Und dann was?

—Ich schätze, dann wirst du einen Freund verlieren.

Darauf erwiderte er nichts, zupfte nur müßig am Saum seines Salwar Kamiz. Sie zwang sich, ruhig zu atmen, wartete und fühlte sich dabei allem fern, aber ruhig und hellwach.

—Einer von denen ist es, murmelte er schließlich. —Mein Vetter, meine ich. Yaqubs Vater hat uns den Platz in der Medrese besorgt. Er ist der älteste Bruder meines Vaters. Er wohnt ein paar Dörfer weiter.

—Er sieht dir überhaupt nicht ähnlich. Auch nicht deinem Vater.

—Tja, dafür kann ich nichts, Sawyer.

—Was wollen die von uns?

Er gab keine Antwort. Die anderen im Hof standen auf und klopften sich den Staub von den Hemden. Aden zwang sich, leise zu sprechen.

—Warum hast du uns nicht gestern bekannt gemacht?

—Das habe ich dir doch schon gesagt. Sie haben sich nicht sicher gefühlt. Sind ein bisschen nervös.

Sie hockte sich hin und wartete. Es dauerte nicht lang.

—Sie verstecken sich, sagte Decker.

—Vor wem?

—Komm schon, Sawyer. Das würden sie mir doch nie sagen. Und wenn, müssten sie mich erschießen oder was weiß ich.

—Klingt, als könntest du dir nichts Besseres vorstellen.

Er setzte eine ernste Miene auf. —Was ich gerade gesagt habe, darfst du eigentlich gar nicht wissen. Sie trauen dir noch nicht.

—Sie brauchen mir nicht zu trauen. Ich bin hergekommen, um hier zur Schule zu gehen.

—Ich schätze, das muss ich dir wohl glauben.

—Decker, ich finde, du solltest mir erzählen, was du …

—Du weißt genau, was ich meine. Wenn du nur lernen wolltest, hätten wir auch in Karatschi bleiben können. Oder in den Emiraten, wo dich deine Mom, dein Dad und alle anderen vermuten. Wir hätten sogar in Santa Rosa bleiben können.

—Aber du hast Familie hier. Deshalb sind wir hergekommen. Gerade hast du gesagt, dein Onkel …

—Verarschen kann ich mich allein, Sawyer.

Sie lehnte sich zurück und vergrub die Hände im Kies. —Nie im Leben wäre ich in Santa Rosa geblieben, sagte sie schließlich. —Du weißt, wie es da ist.

—Ich sage nur …

—In Santa Rosa war ich ein Freak. Ein gottverdammter Freak für alle Leute in der Stadt.

—Jetzt schau dich doch um, Sawyer. Willst du mir etwa erzählen, dass du hier kein Freak bist?

*

Am nächsten Tag war sie mittags die Erste im Hof und fand einen Platz bei den Fenstern des Unterrichtsraumes. Im Schatten lag ein Streifen roter Veloursamt, auf dem in ordentlichen Reihen Schalen mit Dhal und Plastikteller mit Naan standen. Aden setzte sich neben einen Krug Tee mit Schildpattgriff; die übrigen Schüler nahmen um sie herum Platz und begannen unverzüglich zu essen und zu trinken. Ein Gespräch kam nur langsam auf, fast zögerlich. Die Männer links und rechts von ihr redeten mit niemandem, und der Junge, der ihr gegenübersaß, summte zwischen den Bissen Brot eine traurige, eintönige Melodie. Ein glattrasierter Mann neben ihm reichte ihr seine Tasse.

—Wärst du so freundlich, Bruder, sagte er auf Englisch.

Sie schenkte ihm aus dem Krug nach. —Ich spreche lieber Arabisch, falls es dir nichts ausmacht. Kann die Übung gebrauchen.

—Kriegst du drinnen nicht genug Übung? Hier draußen dürfen wir jede Sprache sprechen, die wir sprechen wollen. Und können über jedes Thema reden.

—Gott ist es nicht egal, was du machst, Ibra, rief ihm jemand zu.

Er seufzte. Ein deutlich älterer Mann neben ihm schüttelte den geschorenen Kopf und setzte die leidgeprüfte Miene eines Erwachsenen auf, der sich genötigt sieht, seine Tage in der Gesellschaft von Kindern zu verbringen. Während er an seinem Tee nippte, brummelte er vernehmlich vor sich hin. Der Glattrasierte zuckte freundlich mit den Schultern.

—Nimm es ihm nicht krumm, Bruder. Er meint es gut, auch wenn man's ihm nicht ansieht.

—Ich kann ihm nichts krummnehmen, erwiderte sie lächelnd. —Ich verstehe ja nicht, was er sagt.

Sie beendeten ihr Mahl, und das Geschirr wurde abgeräumt. Nach dem ersten, tapsigen Wortwechsel hatte Aden kaum mehr etwas gesagt, dennoch war deutlich geworden, dass sich etwas verändert hatte. Sie war jetzt sichtbar. Mehr als einmal blickte sie von ihrem Teller auf und merkte, dass die jüngeren Schüler sie offen anstarrten.

—Ich heiße Ibrahim Schah, sagte der Glattrasierte, als sie aufstanden, —und mein Vater ist Schah Qutub Mohammed.

Sie nahm seine Rechte in beide Hände, wie es hier Brauch zu sein schien. —Suleyman Al-Na'ama, sagte sie. —Und der Herr dort ist dein Vater?

Der Mann lachte. —In gewisser Weise ist er für uns alle wie ein Vater, Suleyman, und auch wie eine Mutter. Abu Omar ist der Koch, und er macht auch sauber.

—Entschuldige, da habe ich offensichtlich was falsch verstanden…

—Und du vergib ihm bitte seine Manieren. Er ist ein alter Soldat und hält nicht viel von *khariji*. Für ihn sind alle Ausländer nur gottlose Affen.

—Verstehe.

—Tust du das, Suleyman? Das hoffen wir sehr.

Über die Betonstufen betraten sie den kühlen, dämmrigen Flur. Ibrahim blieb an der Tür zum Unterrichtsraum stehen. —Wir freuen uns, dich bei uns zu haben, Suleyman. Du gereichst der Schule zur Ehre. Und außerdem, was Abu Omar gesagt hat, war keine schwere Beleidigung.

—Ist schon gut. Was hat er denn gesagt?

—Bitte! Es war völlig unwichtig. Er meinte, du hältst die Teetasse wie ein Mädchen.

*

In der Nacht wurde sie plötzlich wach, riss die Augen auf und sah Decker vor sich. Sie brauchte kein Licht, um zu wissen, wer es war oder was er vorhatte. Sie hätte ihn schon an seinem Geruch erkannt, auch an seiner Silhouette oder an seiner nervösen Art, auf den Fersen zu wippen.

—Wach auf, Sawyer, flüsterte er.

Im Zimmer war es so still, dass sie hören konnte, wie er mit der Zunge über seine Zähne fuhr. Dann streckte er eine Hand aus und berührte den Wirbel Stoppelhaar auf ihrem Scheitel. Er schien anzunehmen, dass sie noch schlief, hielt die Hand wieder vor den Mund und holte tief Luft. Anschließend legte er sich neben sie und sagte ihren Namen.

—Jetzt komm schon, Aden. Wach auf. Du kannst gar nicht mehr schlafen.

—Ich bin wach.

—Gut. Er zögerte. —Okay. Gut.

—Ich höre nur nicht auf diesen Namen. Nicht mehr.

—Du hörst gefälligst auf jeden Namen, mit dem ich dich anrede, egal ob Aden, Volltrottel oder Schah von Persien.

Sie stützte sich auf die Ellbogen und wartete.

—Ich will hier raus, Sawyer. Ich halte es nicht länger aus.

Sie sagte nichts. Er starrte an die Decke und biss die Zähne zusammen.

—Hörst du mir zu, Sawyer? Schlaf nicht wieder ein.

—Ich höre dir zu. Sie setzte sich auf und betrachtete ihn. —Ich frage mich nur, was du erwartet hast.

—Ist das hier denn, was du dir gewünscht hast? Diese Hütte aus Lehm, Ziegel und Scheiße? Bohnen und Spülwasser zum Abendessen? Dieselben Gebete, von denen wir schon in Santa Rosa die Nase voll hatten?

—Das mag für dich gelten, aber sprich nicht für mich.

—Du bist kein bisschen angewidert? Schau mir in die Augen. Du bist nicht angeödet?

Sie ließ den Kopf langsam wieder auf die verschränkten Arme sinken. Es war kalt im Zimmer, und sie war Decker für seine Körperwärme dankbar. Sie meinte, ihn im Dunkeln fast dampfen sehen zu können.

—Das Essen könnte besser sein, sagte sie schließlich.

—Scheiße ja, das könnte es. Wie wär's für den Anfang mit ein bisschen Salz? Verdammt! Oder Käse. Pfeffer!

—Ich hätte gern einen Cheeseburger. Ob die hier Cheeseburger haben?

—Gestern habe ich einen Blick auf die Butter geworfen, die sie benutzen. Die wird in Blechdosen mit russischer Aufschrift geliefert.

Sie drehte den Kopf zu ihm um. —Russische Buchstaben? Kyrillisch?

—Ganz genau, Partner. Wir essen Butter aus der Zeit der Disco-Ära.

Gedankenleer blieben sie eine Zeitlang nebeneinander liegen. Irgendwo in der Nähe gab ein Hahn einen untröstlichen Laut von sich.

—Ist noch nicht mal Mitternacht, sagte er. —Selbst das Federvieh hat keinen Schimmer.

—Geh wieder schlafen, Decker.

—Glaubst du wirklich, dass du das hier durchziehen kannst?

—Ich hoffe es.

—Was, denkst du, passiert, wenn du auffliegst?

Sie rollte sich auf die Seite, sagte nichts.

—Eines Tages wird dich irgendwer erwischen, wenn du dich hinter einen Busch hockst. Hast du daran schon mal gedacht?

—Hier hocken sich alle hin. Sie lächelte in die Dunkelheit. —Das gefällt mir so gut an diesem Land.

—Nicht wie du. Mädchen machen das anders. Du machst es anders.

—Das bildest du dir nur ein. Ich pisse genau wie du.

—Sie werden sich an dich gewöhnen, Sawyer. Sie werden sich fragen, warum du dich nicht rasieren musst. Und sie werden es merken, wenn du deine Tage hast.

Sie seufzte. —Darüber haben wir doch schon geredet. Die hören von allein auf, wenn man stark genug abnimmt. Außerdem nehme ich Pillen, die mir dabei helfen.

—Sie werden die Pillen finden.

—Nicht wenn du ihnen nicht davon erzählst.

Er fluchte und drehte sich zu ihr um. —Was ist mit deinen Titten, Sawyer? Willst du die Bandage für den Rest deines Lebens tragen? Ich weiß, bei dir reicht es kaum für einen Bikini-Wettbewerb, aber so werden die wund. Oder sie fangen an zu jucken.

—Mach du dir deshalb mal keine Sorgen.

—Sawyer …

—Ich trage die Bandage jetzt ständig. Auch beim Schlafen.

—Du lügst, sagte er, und ließ eine Hand unter ihr Hemd gleiten.

Sie spürte keine Überraschung, keinen Schock, nur eine plötzliche Kälte, und die war elektrisch, ein Stromschlag, der durch ihren Körper fuhr und ihr den Mund verschloss. Sie hatte so gehofft, einfach an seiner Seite schlafen zu können.

—Ich hatte fast vergessen, wie du dich anfühlst, sagte er. —So gut.

Ihr war, als klapperten ihre Zähne.

—Was ist?

—Wir können das nicht tun, Decker. Nicht hier.

—Ein Zimmer mit einer Tür. Einen besseren Ort finden wir nicht.

—Es geht nicht.

—Halt den Mund und komm her.

—Es geht aber nicht, sagte sie mit dünner, leicht gezierter Stimme.

—Wieso denn nicht?

—Weil ich meine Tage habe. Ich darf keine Flecken machen.

—Du nimmst doch diese Pillen. Hast du gerade selbst gesagt.

—Noch nehme ich sie nicht. Spare sie für später.

Er starrte sie an. Sie konnte jetzt seine Augen sehen, das Weiß seiner Zähne. Er schaute sich zur Tür um, dann aus dem Fenster in den leeren, unbeleuchteten Hof.

—Lügen ist eine Sünde. Sawyer. Bist du eine Sünderin?

—Bitte, Decker. Es geht nicht. Habe ich doch gesagt.

—Du hast es mir versprochen. Er rückte ihr jetzt so nahe, dass sein Gesicht zu verschwimmen begann. Mit einer Hand stützte er sich auf ihrem Brustkorb ab, mit der anderen umklammerte er ihr Handgelenk. —Du hast es mir versprochen. Du hast gesagt, du sorgst dafür, dass alles gut wird.

Sie schloss die Augen, ließ die Gedanken verstummen und fragte sich, ob sie es schaffen würde. Eine Zeile aus der morgendlichen Rezitation ging ihr durch den Kopf: Und Gott hat euch aus Erde erschaffen, dann aus einem Samentropfen, dann aus einem Klümpchen Blut. Langsam und sorgfältig ging sie den Akt an sich durch und verglich ihn mit der Sünde tödlichen Versagens. Sie hatte es schließlich schon öfter getan, hatte jedes Mal nachgegeben, wenn er sie darum bat, und seine Lust geteilt. Erst hinterher hatte sie Scham empfunden. Und in den Augen der Rechtschaffenen war sie in Wahrheit doch längst eine Sünderin in Wort und Tat. Sie blickte zu Decker auf. Er war vielleicht unwissend und schwach, aber er war nicht unfreundlich. Er war ihr treu. Und wie bescheiden war doch sein Begehren im Vergleich zu der Sünde, die sie verkörperte.

—Das werde ich auch, sagte sie. —Das werde ich, okay? Aber nicht heute Nacht. Nicht jetzt.

—Jetzt hör mir mal zu, zischte er und setzte sich rittlings auf ihre Hüfte. —Mir reicht es …

Sie schlug mit der Handinnenfläche kräftig gegen sein Kinn, so wie sie es von ihrem Vater gelernt hatte. Wie seltsam, dass sie gerade jetzt an ihn denken musste. Ausgerechnet an ihren Vater. Sie griff Decker beim Ärmel, als er fiel, und zog ihn mit aller Kraft nach rechts. Er fiel, sein Körper verkrampfte sich, dann keuchte er, stöhnte und versuchte, auf die Beine zu kommen, als auf dem Flur plötzlich Schritte zu hören waren. Sicher nur ein Schüler auf dem Weg zur Latrine, trotzdem erstarrten sie beide, bis das letzte Echo verklungen war. Es tat gut zu sehen, dass Decker sich fürchtete. Er hatte den Arm gehoben, als ob er sie schlagen wollte, ließ ihn jetzt aber sinken und taumelte zur Tür.

—Habe ich dir weh getan?

Bei ihren Worten zuckte er zusammen und hustete in seinen Ärmel. So taktlos. So jungenhaft. Er stand mitten in dem kleinen kahlen Zimmer, die Arme halb ausgebreitet, als hätte der Sturz sein Gleichgewichtsgefühl beeinträchtigt. Dann nickte er knapp und trat hinaus auf den Flur.

*

Als sie am nächsten Morgen Hayat aufsuchte, saß er auf dem Boden, neben sich eine zerfledderte, wasserfleckige Zeitschrift. Im Näherkommen erkannte sie eine Ausgabe des *Scientific American* vom Vorjahr, die sie bereits auf dem Küchentisch im neuen Haus ihres Vaters gesehen hatte. Aufgeschlagen war ein Beitrag mit dem Titel: «Wie man im Weltall bei Verstand bleibt – genügt der ‹richtige Stoff›?» Sie war so überrascht, dass sie vergaß, ihren Lehrer zu begrüßen.

—Druckausgleich, las Hayat betont langsam vor.

—Verzeihung, Muallim?

—Druckausgleich, wiederholte er, dieses Mal zuversichtlicher. —Scheint ein Problem zu sein. Das Gewicht der Luft.

—Davon weiß ich nichts, Muallim.

—Nein? Er legte die Zeitschrift wieder hin. —Hast du es nicht gespürt? Im Flugzeug?

—Habe ich nicht, Muallim. Sie setzte sich neben ihn. —Ich glaube, dazu war ich viel zu aufgeregt.

—Natürlich. Er lächelte. —Und wie es aussieht, bist du immer noch ziemlich aufgeregt.

—Ich mache mir Sorgen.

Das Lächeln verblasste. —Wieso das, Suleyman?

—Um meinen Freund Ali.

Er wartete. —Ja?

—Wir hatten eine Art Streit.

—Ah, sagte er. —Verstehe.

—Der Streit macht mir aber eigentlich keine Sorgen. Jedenfalls nicht so richtig.

—Nein, mein Kind? Was dann?

—Ich fürchte, ich weiß nicht, ob er recht hat.

Er beugte sich vor. —Das musst du mir erklären. Worüber wart ihr unterschiedlicher Meinung?

—Es ging um die Sünde, Muallim.

—Ein Thema, das eine Diskussion durchaus lohnt. Er musterte sie einen Moment lang. —Was für eine Sünde?

Die Luft in ihren Lungen schien zu verklumpen. —Die Sünde der Falschheit, Muallim.

—Falschheit welcher Art?

—Falsches Zeugnis ablegen, erwiderte sie mit Mühe. —An einen heiligen Ort kommen, eine Moschee zum Beispiel oder eine Schule …

—Ja?

—Und das unter Umständen, die möglicherweise nicht vollkommen ehrlich sind.

—Ich verstehe. Hayat machte eine Geste, die sie nicht

zu deuten wusste. —Und hat sich Ali einer Sünde dieser Art schuldig gemacht? Hat er gelogen, um Zugang zu erhalten?

—Nein, Muallim, antwortete sie heiser. —Nicht soweit ich weiß.

Es war offensichtlich, dass er ihr nicht glaubte. —Und was genau hat Ali zu dir gesagt, mein Kind?

—Hierher kann jeder kommen, der lernen will, nicht wahr? Sie zögerte. —Wirklich jeder, wenn er es nur ernst meint? Unabhängig davon, wer er ist oder einmal war?

—Jeder, der aufrichtigen Glaubens ist, ist in diesem Haus willkommen.

Jetzt würde er sie fragen. Davon war sie überzeugt. Er würde sie fragen, und sie würde ihm antworten, und das wäre dann das Ende.

—Das Gewicht der Luft, sagte er und griff wieder nach der Zeitschrift.

—Ja, Muallim?

Er runzelte leicht die Stirn. —Gibt es noch etwas?

—Nein, Muallim.

—Dann segne ich dich, mein Kind. Du darfst jetzt zu deinen Studien zurückkehren.

*

Zwei Tage später meldete sie sich krank und wurde vom Unterricht freigestellt. Ihre Mußestunden verbrachte sie allein im sonnenhellen Büro des Mullahs, hörte zu, wie draußen auf dem Markt geschwätzt und gefeilscht wurde und studierte das Spiel von Licht und Staub an der Zimmerdecke. Niemand besuchte sie hier, nicht mal Decker.

Gegen Abend fühlte sie sich ein wenig besser, stand auf und trat mit wackligen Beinen und nackten Füßen auf den Flur. Das Fieber war offenbar gesunken, und die Fliesen fühlten sich herrlich kühl an. Die übrigen Schüler waren noch im Hof, und das Haus kam ihr stiller vor als sonst bei Tageslicht. Sie fühlte sich etwas kräftiger, musste aber unbedingt Decker sehen. Ihn sehen und ihn um Entschuldigung bitten. Sie hatte eine Erinnerung oder Vision, in der sie ihn auf dem Boden neben ihrem Bett knien sah.

Die Tür zum Schlafsaal war nicht verriegelt, der Raum dahinter dunkel und unaufgeräumt. Eine Zeitlang stand sie nur da, ertastete die Schwelle mit den Zehen, versuchte die Dunkelheit mit ihren Blicken zu durchdringen und lauschte auf ein Lebenszeichen. Es roch nach Farbe, nach Männerleibern, außerdem nach etwas anderem, das sie wahrnahm, aber nicht benennen konnte. Bislang hatte sie noch nie einen Fuß in diesen Raum gesetzt, und die geballte Männlichkeit, die ihr entgegenschlug, widersagte sich ihrem Eindringen, als herrschte drinnen ein höherer Luftdruck. Das wenige, fahle Licht suppte durch schwere Veloursamtvorhänge, und sie stellte sich vor, wie eine Taucherin durch den Dämmer zu schwimmen. In der gesamten Medrese war dies der einzige Boden, den man mit Teppich ausgelegt hatte, weshalb sie ihre Schritte nicht hören konnte. Einige Decken lagen säuberlich gefaltet auf den Betten, andere unordentlich abgeworfen, als der Ruf zum Gebet ertönte. Der säuerliche Moschusgeruch ungewaschener Kleider drang ihr in die Nase. Langsam tastete sich Aden tiefer in den Raum vor und suchte mit weit geöffneten Augen die beidseitigen Reihen nach Deckers

Sporttasche ab. An der hinteren Wand hing ein Spruchband mit den englischen Worten:

FÜHRE UNS DEN GERADEN WEG,
DEN WEG DERER, DENEN DU GNADE ERWIESEN HAST,
NICHT DEN WEG DERER,
DIE DEINEN ZORN ERREGT HABEN,
UND NICHT DEN WEG DER IRREGEHENDEN.

In der äußersten linken Ecke fand sie Deckers Tasche und seinen Schlafsack. Nebenan lag ein kleiner Junge unter einer Superman-Decke, weshalb sie den Atem anhielt, als sie sich auf alle viere sinken ließ. Der Junge rührte sich nicht. Mit einer Hand tastete sie Deckers Bett ab und spürte oder meinte doch zu spüren, dass es noch warm war. Sie widerstand dem Verlangen, sich darin zu verkriechen; der Junge pfiff im Schlaf leise ein und aus. Deckers Tasche stand offen, ein Buch ohne Einband lag halb versteckt unter seinen Sachen. *Die Verteidigung der islamischen Länder* von Scheich Abdallah Azzam. Langsam blätterte sie es durch, überflog die Passagen, die Decker mit Bleistift angestrichen hatte.

Eine Zeitlang saß sie nur da, das Buch in den Händen, und lauschte auf das angestrengte Atmen des Jungen. Sobald sie davon überzeugt war, dass er schlief, zog sie die Tasche näher zu sich heran. Unter Deckers sauberer wie dreckiger, achtlos zerknüllter Wäsche lagen seine Übungshefte, klamm, vernachlässigt, an den Rändern gewellt. Ein veralteter Reiseführer für Pakistan. Eine Ausgabe der Zeitschrift *Vibe* vom Flughafen in Dubai. Die Autobiographie von Malcolm X. Der Junge wimmerte.

Sie nahm eines von Deckers Heften, schlug es irgendwo auf und versuchte, das akribisch hingekritzelte Arabisch zu entziffern. Sie musste daran denken, wie er im Flughafenbus saß, ein Heft im Schoß, und Konjugationen übte, einen Stift zwischen den Zähnen. Dann sah sie ihn im Hof mit Altaf und Yaqub, wie er mürrisch und lustlos auf seinen Hacken hockte.

Auf dem Flur machte sich eine Unruhe bemerkbar. Hastig stopfte sie Bücher, Notizhefte und Zeitschrift wieder in die Tasche, ehe die ersten Männer den Saal betraten. Als sie an ihnen vorbeiging, sahen sie kurz zu ihr hin, sagten aber kein Wort. Aden beschloss, draußen nach Decker zu suchen, und hatte schon fast die Stufen zum Hof erreicht, als sie hinter sich Hayat hörte. Er fragte sie in seinem leisen, zufriedenen Ton, wohin sie ging.

—Ich wollte mit Bruder Ali reden, Muallim. Darf ich?

—Du bist in diesem Haus kein Gefangener, Suleyman. Nach dem letzten Gebet dürfen wir alle machen, was wir wollen.

Sie wartete darauf, dass er weiterredete. —Ist noch etwas, Muallim?

—Es wird Nacht, Kind, und du stehst hier ohne Schuhe. Er legte eine Hand auf ihren Arm. —Deine Haut ist heiß. Das spüre ich selbst durch den Stoff deines Kamiz.

—Ich fühle mich schon viel besser. Ehrlich.

—Das höre ich gern. Er ließ ihren Arm los. —Trotzdem gehörst du auf dein Zimmer. Ich lasse dir eine Kanne Tee bringen. Vielleicht auch noch etwas Brot.

Sie blieb stumm, wippte auf den nackten Fußballen. Im Türrahmen leuchtete rot der Abendhimmel.

—Außerdem hält Bruder Ali sich sowieso nicht draußen auf. Er ist zu Besuch bei der Familie seiner Vettern.

—Er ist mit ihnen gegangen?, stammelte sie. —Mit Yaqub und Altaf?

—Wenn sie so heißen.

Sie ließ sich vom Mullah den Flur entlangführen. —Altaf ist auf diese Schule gegangen, Muallim. Vor sechs oder sieben Jahren. Wart Ihr damals schon hier?

Er lächelte. —Liebes Kind! Diese Schule nahm mit mir ihren Anfang. Und in meiner Eitelkeit erlaube ich mir manchmal zu glauben, dass sie mit mir ihr Ende finden wird.

—Entschuldigt, Muallim. Man kann kaum erwarten, dass Ihr Euch an die Namen all der Jungen erinnert, die in dieser langen Zeit gekommen und gegangen sind. Es tut mir leid.

Die Beine drohten unter ihr nachzugeben, weshalb sie sich im Gehen an der Wand abstützte. Hayat sagte nichts weiter.

—Warum lächelt Ihr, Muallim?

—Ach, Suleyman. Du bist jung und fest im Glauben, aber auch ein wenig töricht.

—Wie meint Ihr das?

—Diese Männer sind nie an meiner Schule gewesen.

*

Als sie am nächsten Tag den Unterrichtsraum betrat, sah sie Decker allein in der letzten Reihe sitzen. Ein Gefühl wie Seekrankheit überkam sie. Er winkte ihr freundlich zu und wies auf den leeren Platz an seiner Seite. Der Raum war kaum halbvoll, und der Rezitator unterhielt sich noch mit Hayat. Decker gähnte, als sie zu ihm kam, und fragte, wie sie sich fühle, genau so, als wäre er nie fort gewesen.

—Ich hatte tagelang Fieber. Seit dem Morgen, an dem du weggegangen bist.

Er nickte und blickte an ihr vorbei. —Aber es geht dir offensichtlich wieder gut.

Sie schlug den Koran auf und begann, die nächste Sure zu überfliegen.

—Jetzt sei nicht eingeschnappt, Sawyer. Ich wollte es dir ja sagen, aber Altaf meinte, das dürfe ich nicht. Diese Jungs verstehen da echt keinen Spaß.

—Wenn du wieder gehen willst, geh einfach. Mir ist das egal.

—Ich habe mir Sorgen um dich gemacht, Sawyer. Mache ich mir immer noch.

Darauf sagte sie nichts.

—Jedenfalls musste ich einfach zurückkommen.

—Wozu?

—Um dir von dem verrückten Scheiß zu erzählen, den ich gesehen habe.

Der Vorleser schloss die Tür zum Flur und nahm unter dem großen Buntglasfenster Platz. Aden suchte nach Anzeichen dafür, dass ihm ihre Abwesenheit in der ersten Reihe auffiel, doch wie gewöhnlich schien er nichts zu bemerken. Decker rückte näher und beugte sich zu ihr.

—Die haben mich über die Grenze mitgenommen. Was sagst du dazu?

Sie gab keine Antwort und hielt den Blick auf den Vorleser gerichtet.

—Dabei war es nicht mal dunkel, als wir rüber sind.

War wie eine Wanderung. Hätte ebenso gut auch keine Grenze sein können.

Es wurde still, als der Rezitator sich zum Buch vorbeugte. Der Raum mit den kahlen Wänden hätte sich kaum stärker von ihrem Klassenzimmer in Santa Rosa unterscheiden können, das Knarzen der etwa vierzig Lesepulte aber war derselbe zögerliche Laut, an den sie sich erinnerte. —Lasst uns beginnen. Er drückte den Buchrücken durch und blätterte langsam um.

—Die sechsundfünfzigste Sure, intonierte er. —Wenn das Ereignis eintrifft.

—Wenn das Ereignis eintrifft, wiederholten sie.

*

Wenn das Ereignis eintrifft, gibt es keinen, der sein Eintreffen leugnen könnte. Dann wird es die einen erniedrigen, andere aber erhöhen.

Wenn die Erde heftig geschüttelt wird und wenn die Berge gänzlich zerbröckelt und zu weithin verstreutem Staub werden, dann wird man euch in drei Gattungen gliedern: Jene zur Rechten – gesegnet seien jene zur Rechten. Jene zur Linken – verdammt seien die zur Linken. Und die Vordersten werden die Vordersten sein. Das sind die, die ihrem Herrn nahe sein werden in den Gärten der Wonne: Eine große Schar der Früheren und einige wenige nur der Späteren.

Auf Polstern, mit Gold durchwoben, sitzen sie einander gegenüber und werden bedient von unsterblichen Jünglingen mit Bechern und Krügen voll reinstem Wein, der keinen Kopfschmerz bereitet und niemandem den Verstand raubt. Dazu alle Früchte, die sie sich wünschen, und Fleisch vom Geflügel, wie sie es begehren. Dunkeläugige Huris werden ihnen zu Diensten sein, keusch wie jungfräuliche Perlen: eine Belohnung für vollbrachte Taten.

Und sie werden dort weder leeres Gerede noch Anschuldigungen der Sünde hören, nur das Wort: Frieden! Frieden!

*

—Sawyer, wisperte Decker. —Sawyer. Hör zu.

Sie schüttelte den Kopf und gab sich ganz dem Rezitieren hin. Er legte ihr die linke Hand ins Kreuz.

—Hör doch. Hörst du mir zu? Ich gehe da wieder hin.

*

Und die zur Linken – verdammt sollen die zur Linken sein! – Sie werden inmitten glühender Winde und in siedendem Wasser sein sowie im Schatten schwarzen Rauches, der weder kühl ist noch erfrischend. Denn sie führten ein Wohlleben und verharrten in großer Sünde und sagten: Wenn wir tot sind und zu Staub und Gebeinen geworden, sollen wir wirklich auferweckt werden?

*

Bei der nächsten Pause im Vortrag stand sie von ihrem Platz auf und drängte an Männern und Jungen vorbei nach draußen. Decker sagte nichts und machte auch keine Anstalten, ihr zu folgen. Mit jedem Schritt wurde das

Gedränge größer, und es kostete all ihre Beherrschung, nicht laut zu rufen, sie sollten ihr Platz machen. Die Erinnerung an Altafs halbgeschlossene Augen, als er ihr Arabisch lobte, verschmolz mit dem Gesicht des Mannes in Karatschi und mit Deckers Gesichtsausdruck, als er sich im Zeitungsladen in Dubai an sie presste. Warum diese drei Bilder sie jetzt bedrängten, verstand sie nicht, doch begriff sie genug, um es als Warnung zu verstehen. Alle drei hatten etwas von ihr gewollt.

Die präzise, mädchenhafte Stimme des Vorlesers begleitete sie hinaus auf den Hof:

Wir haben für euch den Tod verordnet, und wir sind dazu nicht unfähig, euch durch andere wie euch zu ersetzen. Oder euch in einer Gestalt neu zu erschaffen, die ihr nicht wiedererkennt.

*

Am Nachmittag lag sie auf ihrem Schlafsack, die Tür verschlossen und verriegelt, als ans lackierte Holz geklopft wurde. Sie zog den Riegel zurück und sah Hayat vor sich, neben ihm der kleine Junge mit der Lippenspalte. Sie begann, sich dafür zu entschuldigen, dass sie im Unterricht gefehlt und ihn aus seinem Arbeitszimmer ausgeschlossen hatte, aber der Mullah nahm sie nur bei den Händen und schüttelte den Kopf. Wie ein halbwildes Tier glitt der Junge an ihnen beiden vorbei und machte sich daran, ihre Sachen zu ordnen und in die Ecke des Zimmers zu tragen, die am weitesten vom Tisch des Mullahs entfernt war. Im ersten Moment erwartete sie, dass man sie der Medrese verweisen würde, und kurz empfand sie fast so etwas wie Erleichterung. Hayat aber deutete schlicht auf ihren Schal, ein Häufchen, das neben ihrer Tasche lag, und fragte, ob es ihr gut genug gehe, ihn auf einen Spaziergang zu begleiten.

Ibrahim Schah wartete am Tor des Geländes, den Schal des Mullahs und seinen Spazierstock in den Händen. Er nickte ihr auf seine ironische, höfliche Art zu und legte kurz einen Finger an seine Lippen, weshalb sie annahm, dass die Idee, sie zu diesem Spaziergang einzuladen, nicht von Hayat stammte. Sorgsam legte er dem Mullah den Schal um die Schultern und ging auf dem Weg über den unebenen, leeren Platz voran. Im Sonnenlicht kam Hayat ihr älter vor als innerhalb des Hauses. Seine Sandalen glitten wie Schlittenkufen über den Grund, hinterließen Spuren im Sand, und der Spazierstock schlug bei jedem tastenden Schritt an seine Knie. Sie holte zu ihm auf und fragte ihn, wohin sie gingen, doch er stieß nur brummend irgendwas zwischen den Zähnen hervor, und sie verstand kein Wort. Erst allmählich dämmerte ihr, dass er fluchte.

—Wir gehen zu einem Bauernhof, sagte Ibrahim Schah.
—Die Familie dort hat einen kranken Sohn, eine einfache, aber fromme Familie. Sie sind Förderer und Unterstützer unserer Schule.

Sie widerstand dem Drang, ihn zu fragen, wie eine Familie armer Bauern Förderer von irgendwas sein konnte, und griff stattdessen Hayat unter den Arm. Um diese Zeit herrschte auf der Straße nur wenig Verkehr, und die wenigen Menschen, die sie trafen, murmelten dem Mullah im Vorübergehen einen Gruß zu. Er aber war zu kurzatmig, um antworten zu können. Als sie schließlich das westliche Tor des Dorfes erreichten, fragte Aden, ob sie nicht kurz ausruhen könnten, sie sei vom Fieber doch noch etwas schwach, und Ibrahim Schah, gerade außerhalb des Blickfeldes des alten Mannes, lächelte ihr zu und sagte, dass sie gewiss die Zeit hätten, ein wenig Zuflucht vor der Sonne zu suchen.

Sie saßen im Schatten des Tores mit Blick nach Norden auf die Berge, die Fliesen unter ihnen kühl wie Wasser. Ibrahim Schah sagte, man ruhe sich gern dort aus und sehe den Freunden, Konkurrenten und Verwandten zu, die geschäftig vorübereilten. Er sagte, es sei wie Fernsehen, und Aden lächelte über seinen Scherz. Dann fragte er in akkuratem Englisch, welche Sendung sie gern sähe, und schien überrascht, als sie erwiderte, dass ihr keine einfiele, die ihr gefalle. Hayat saß zwischen ihnen, keuchend, mit grimmiger Miene, und nahm mürrisch die Grüße der Passanten entgegen. Nach dem Zwielicht in der Medrese wirkte die blaue Ebene vor ihnen wie elektrisch beleuchtet. Aden nahm an, dass es in allen Häusern so dunkel war wie in der Medrese, Häuser mit wenigen Fenstern, wenn überhaupt, die auf die gottlose Welt schauten, und dass ihr Dunkel der Preis für die Sicherheit in diesem alten, verwüsteten Land war. Ibrahim Schah seufzte, als sie ihn fragte, ob sie mit ihrer Vermutung richtigliege.

Als Hayat sich schließlich erholt hatte, beugte er sich steif vor und fragte, wie es ihr gehe. Sie dankte ihm und erwiderte, es gehe ihr schon viel besser. Also erhoben sie sich und schlugen einen Pfad ein, der offenbar einem alten Abwasserkanal oder Entwässerungsgraben folgte, auch wenn heute davon nichts weiter als eine Furche im zerklüfteten gelben Boden übrig war. Sie mussten hintereinandergehen, und als Ibrahim Schah versuchte, den Mullah unter den Ellbogen zu fassen, um ihn zu stützen, richtete sich der alte Mann würdevoll auf und verkündete, noch sei er kein Kadaver. Bald vielleicht, aber noch nicht. Aden ging einige Schritte vor ihm und wies ihn auf schlecht erkennbare Senken und Rinnen hin, während Hayat gut gelaunt behauptete, jeder Schritt falle ihm nun leichter, da das gute Essen der Bauersfrau ihn locke. Bald begann er, leise vor sich hin zu pfeifen, und meinte, er könne schon in gusseisernem Topf simmernde Schafsmilch riechen und hören, wie das Wasser im Kessel koche; selbst das Öl des Pilaws der Gastgeberin glaubte er bereits auf der Zunge zu schmecken.

Offenbar hatte man sie auf dem Pfad längst entdeckt, denn als sie zum Hof kamen, standen ein Mann mit Kopftuch nebst acht kleinen Kindern versammelt zu ihrem Empfang. Der Mann legte eine Hand an seine Brust und begrüßte sie der Reihe nach. Er sagte, seine Söhne arbeiteten auf einem gut zehn Kilometer entfernten Weizenfeld, weshalb ihm nichts anderes übrigbleibe, als auf die Kinder aufzupassen. Hayat antwortete, diese Belohnung habe er sich redlich verdient, woraufhin der Mann lächelte und gestand, mit seiner Rolle durchaus zufrieden zu sein. Sie sprachen in gemessenem Ton, redeten Urdu und hielten oft inne, um den anderen zu betrachten, sodass Ibrahim Schah das Gesagte für Aden in sein elegantes Arabisch übersetzen konnte. Ihr Gastgeber zeigte nur ein höfliches Interesse für den ausländischen Besucher, die Kinder aber studierten sie ernst und aufmerksam. Das Jüngste, ein vier Jahre altes Mädchen, griff nach Adens Daumen.

Nach dieser Begrüßung ging ihr Gastgeber mit ihnen durch das Tor und über einen großen gefliesten Hof in einen niedrigen, vom Rauch ganz blauen Raum mit geschlossenen Fensterläden. In der Mitte lag ein junger Mann auf einem Seilbett und beobachtete ohne jegliches Interesse die Leute, die sich am Fußende versammelten. Seine halbgeschlossenen Augenlider sahen aus wie bemalt, und einen Moment lang glaubte Aden, er hätte Kajal aufgetragen. Als sein Vater mit ihm redete, wandte er sein dünnhäutiges, vogelgleiches Gesicht ab. Aden begriff, dass er dem Tode nahe war.

Ein Stuhl wurde ans Bett gestellt. Hayat ließ sich vorsichtig darauf nieder und sprach leise zu dem Sohn, ein heiseres, an- und abschwellendes Murmeln. Obwohl alle anderen schwiegen, war doch unmissverständlich, dass die Worte des Mullahs allein für den Sterbenden gedacht waren. Manchmal glaubte Aden, er spräche Arabisch, aber es konnte auch Urdu sein, Paschto oder gar eine Sprache, die sie noch nie zuvor gehört hatte. Nach einer Weile wandte sich Hayat zu Ibrahim Schah um und machte eine kleine, drängende Geste, woraufhin Ibrahim Schah ihre Hand nahm und sie zurück ins Licht führte. Als sie über die Schwelle trat, fühlte sie den Blick des Sohnes auf sich, sagte sich aber, dass die Augen des Sohnes bereits in eine andere Welt schauten. Und wie sie ins Tageslicht blinzelte, hörte sie im Haus hinter sich tatsächlich ein Wehklagen aufbranden. Sie widerstand dem Drang, sich umzudrehen.

Die Kinder hatten im Hof auf sie gewartet, und schon nach wenigen Schritten sah sie sich von ihnen umringt. Das Wehklagen kümmerte die Kinder nicht weiter. Die älteren versuchten, ihre jüngeren Geschwister im Zaum zu halten, die um ihre Aufmerksamkeit rangelten, sodass es dem einen oder anderen gelang, sie am Hemdzipfel zu fassen oder ihre Hosenbeine zu berühren. Die rechte Hand wurde wieder von dem kleinen Mädchen im gelben Kamiz in Beschlag genommen. Ibrahim Schah übersetzte jede Fragensalve wie auch die Antworten, die sie gab, ohne sich die geringste Ungeduld anmerken zu lassen. Er schien selbst so neugierig wie die Kinder auf das zu sein, was sie zu sagen hatte.

—Trinkt man Milch in Amerika? Milch mit Schokopulver?

—Manchmal, antwortete sie. —Vor allem wenn es kalt ist.

—Und im Urlaub, ergänzte einer der älteren Jungen. —Und wenn man genug Rupien hat.

—Und eine Kuh für die Milch, setzte ein anderer hinzu.

—Das ist richtig, aber es gibt nicht mehr viele Amerikaner, die noch Kühe halten.

Der Junge nickte mitfühlend. Auch in Pakistan, informierte er sie, besäßen viele Familien keine eigene Herde mehr. Dann wandte er sich Ibrahim zu und verkündete, er selbst habe schon einmal Schokolade gegessen. Im vergangenen Jahr sei er an Ramadan in Peschawar gewesen. Ein schlaksiges Mädchen hinter ihm fragte Aden, was mit ihrer Haut passiert sei. Ibrahim Schah rügte sie auf Urdu in scharfem Ton.

—Entschuldigung, sagte das Mädchen und senkte den Blick.

—Ist schon in Ordnung.

—Und wie hast du es geschafft, dass dein Haar so schwarz ist?

—Ich wurde mit schwarzem Haar geboren. Viele Menschen haben Haare wie ich.

—Hast du schon viele Kinder gemacht, fragte ein grinsender, lispelnder Junge.

Sie schüttelte den Kopf. —Keine Familie. Keine Frau.

—*Noch* nicht, warf Ibrahim Schah ein und lächelte sie über die Köpfe der Kinder an.

—Das stimmt, erwiderte sie. —Noch nicht. Es folgten weitere Fragen übers Essen, dann nach der englischen Sprache, über Flugreisen, Fußball oder Videokassettenrekorder, und sie antwortete möglichst klar und deutlich. Ihr kam der Gedanke, dass diese Kinder sich ebenso bemühten, die Welt der Erwachsenen wie jenen fernen Kontinent zu verstehen, als dessen Botschafter sie galt, was diesem Spiel einen ganz eigenen Reiz verlieh. Ibrahim Schah schmückte ihre Antworten offenkundig noch ein wenig aus, wofür sie ihm dankbar war. Sie war noch nie gut darin gewesen, vor Publikum zu sprechen.

—Bist du hier, um beim Dschihad mitzumachen?, fragte der Junge, der schon nach der Schokomilch gefragt hatte.

—Bruder Suleyman ist zu uns gekommen, um zu lernen, antwortete Ibrahim Schah. Er sagte es rasch, auf Urdu und auf Englisch. —Sein Dschihad war seine Reise zum Glauben. Sein Dschihad war seine Pilgerfahrt zu uns. Um seine *Safar* zu machen.

—Das Wort kenne ich nicht, sagte Aden. —Was bedeutet es?

—*Safar*, wiederholte Ibrahim Schah und nickte. —Das heißt Reise. Unter anderem.

Der Junge kaute auf der Unterlippe und beobachtete sie aufmerksam. —*Safar?*, sagte er und kniff die Augen zusammen. —*Mudschaheddin?*

Sie wollte gerade antworten, als sie lautes Gebrüll hörte und Ibrahim Schah sie an der Schulter fasste. Ein Mann, um die dreißig, taumelte aus dem Haus, zog das rechte Bein nach und fuchtelte mit den Armen, als würde er von Wespen verfolgt. Sobald er die Kinder bemerkte, blieb er ruckartig stehen, dann heulte er wieder auf und trieb sich erneut voran. Er war ein großer, gebeugter Mann, dessen Körper nur widerstrebend gehorchte. Er sah dem Kranken auf dem Bett so ähnlich wie ein Zwillingsbruder, nur die Augen waren überraschend anders, blassblau und weit auseinanderstehend. Und er rollte mit ihnen wie ein erschrockenes Kalb, als sein Blick auf sie fiel. Die Kinder hielten sich die Hände vor den Mund, als er an ihnen vorbeidrängte und sein breites bleiches Gesicht dicht vor Adens Nase schob. Ibrahim Schahs Griff wurde fester.

—Du brauchst dich nicht zu fürchten, Suleyman. Bleib einfach ruhig.

Die blauen Augen des Mannes waren hell, fast weiß, und wirkten eigenartig flach, stumpf und blind; als sie sich nun weiteten, sah sie ihren kurzgeschorenen dunklen Kopf darin gespiegelt. Der Atem des Mannes roch wie der einer Kuh nach feuchtem Gras, und während er Aden betrachtete, stieß er eine Kaskade leiser Klagelaute aus. Die Kinder waren verstummt und warteten ab, was nun für ein Wunder geschehe. Der Idiot aber schloss den mit Schaum besetzten Mund, hörte auf zu jammern, schwankte auf seinen breiten, schwieligen Füßen und nickte mit dem Kopf wie im Takt zu einer Melodie. Dann drückte er seine warme Rechte an ihre Brust.

—Er will dir nichts, Suleyman. Du bist nur neu für ihn. Er tut dir nicht weh.

Sie ballte die Fäuste, um sich nicht wegzuducken, und starrte in diese flachen, panikweiten Augen. Unter ihrem Kamiz war die Brust straff zurückgebunden, aber die Art, wie seine große Hand nach ihr griff, verriet Wissen. Fast hatte sie vergessen, dass sie einen Körper besaß, und sie sah sich jetzt, wie die Kinder sie sahen, wie sie beide in ihrer unnatürlichen Umarmung auf die Kleinen wirken mussten. Und obwohl ihr das Blut in den Kopf stieg, fühlte sie sich wieder ruhig und ohne Angst. Was sie von ihm, von all den anderen trennte, schützte sie zugleich. Ihre deutliche, vollkommene Fremdheit verbarg sie vor ihnen. Ihre Fremdheit war eine Burka, die ihnen ihre Gestalt vorenthielt.

Als Hayat und der Bauer aus dem Haus kamen, zog Ibrahim Schah behutsam die Hand des Idioten fort. Weitere Familienmitglieder folgten kurz darauf – viel mehr, als im verrauchten Zimmer gewesen waren. Auf den Bodenplatten wurde ein Tuch ausgebreitet, und zwei junge Männer mit einem Bartflaum, der Aden an Decker denken ließ, servierten Essen und Tee. Die Kinder blieben im Hof und flüsterten aufgeregt, doch räumte man weder ihnen noch dem alten Mann einen Platz am Tuch ein. Hayat aß hastig, fast unanständig, und grunzte mit vollem Mund, als ihr Gastgeber eine Frage stellte. Der Bauer saß aufrecht da, die Hände im Schoß, und sah dem Mullah beim Essen zu. Sie fragte sich, was es für die Familie am Abend wohl zu essen gab oder am nächsten, auch am übernächsten Tag. Bestimmt kein Pilaw mit Mandeln, Rosinen und Stückchen von zart gebratenem Lamm.

Mit Ibrahim Schah saß sie ein wenig abseits von den älteren Männern und aß mit großem Bedacht, achtete darauf, jeden saftigen Bissen zu genießen, und dachte an die vor ihr liegenden Wochen mit Brot und Dhal. Sie fand es beschämend, kaum zehn Schritte vom Krankenzimmer entfernt so gut zu speisen, aber vielleicht war das hier ja Brauch. Sie fürchtete sich zu fragen und tat, was Ibrahim Schah tat, griff in den Pilaw und legte sich davon in die Handfläche. Sie machte ein Spiel daraus und nahm sich jedes Mal Reis, wenn er es tat, trank, wenn er trank. Ihm schien es nicht aufzufallen. Zwischen den einzelnen Bissen fragte er, wie sie Bruder Ali kennengelernt hatte.

—Muallim Hayat hat mir dieselbe Frage gestellt.

—Und was hast du geantwortet?

—Wir haben uns auf der Straße in einer Stadt getroffen, die unweit von meiner Heimatstadt liegt. Ich trug einen Salwar Kamiz, und er kam auf mich zu und hat gefragt, warum.

—Aha!, sagte Ibrahim Schah. —Mir hat man gesagt, ihr hättet euch in einer Moschee kennengelernt.

—Wer hat das behauptet?

—Ich erinnere mich nicht. Vielleicht Ali selbst.

Darauf erwiderte sie nichts.

—Ali hat mir erzählt, es hätte eine Verlobung gegeben.

—Eine was?

Ohne jede Eile nahm er einen Schluck aus seiner Teetasse. —Ali meinte, es hätte eine Verlobung gegeben, du, Suleyman, mit jemandem aus seiner Familie. Aber manchmal sind diese Dinge nicht ganz so einfach.

Sie stellte ihren Teller behutsam auf das gewellte Tuch. —Ich verstehe immer noch nicht.

—Deine Gefühle haben sich geändert. Du wolltest dich ganz deinem Studium widmen.

—Ali irrt sich, sagte sie. —Es gab keine Verlobung.

—Verstehe, erwiderte Ibrahim Schah. —Ich muss mich wohl verhört haben.

Er beugte sich vor und nahm sich eine weitere Handvoll Reis. Sie sah ihm zu, wie er das Essen betrachtete, als würde er dessen Vorzüge abwägen, um es dann an die Lippen zu führen. Das schien seine ganze Aufmerksamkeit zu erfordern.

—Es war ein Fehler, mich von ihm herbringen zu lassen, sagte sie. —Das weiß ich heute. Ich hätte allein kommen sollen.

Ibrahim Schah kaute eine Weile mit abwesender Miene. —Es stimmt, Bruder Ali ist kein besonders eifriger Schüler. Er hat seine eigenen Gedanken, könnte man sagen, und die gelten anderen Zielen. Vor allem seit der Ankunft seiner Freunde. Er träumt vom Kampf jenseits der Grenze.

—Er und ich sind zwei verschiedene Menschen.

—Natürlich, Suleyman. Das ist mir klar.

*

Vom schweren Essen schlief sie in jener Nacht so tief, dass sie am nächsten Morgen zu spät zum Gebet kam. Blindlings tastete sie sich in den Hof vor und fand neben den Betonstufen einen Platz zum Hinknien. Der aschfarbene Himmel im Osten gab gerade genug Licht, um das Raster gebeugter, eng zusammengedrängter Leiber erkennen zu können. Ihr war, als stürzte etwas Mächtiges auf sie ein, etwas Schweres, Endgültiges, und schlagartig fühlte sie sich hellwach, abgeklärt und fest im Glauben. Das Morgengebet hatte sie schon immer am liebsten gemocht; sie kniete sich hin, berührte mit der Stirn den nachtkühlen Boden und lauschte dem Imam, der den Tag ins Leben rief. Sie lenkte ihre Aufmerksamkeit auf die Geräusche in ihrer Umgebung. Das Husten, Seufzen, der tiefe, stimmige Singsang. Das Rascheln der Kleider und die knirschenden Gelenke. Sie raffte ihren Mut zusammen, nahm die Geräusche wahr und bat Gott um Vergebung. Als sie die Augen aufschlug, war es fast schon Tag.

Altaf und Yaqub saßen keine zehn Plätze weiter, und ein Mann, den Aden noch nie zuvor gesehen hatte, kniete anmutig zwischen ihnen. Seine Augen waren blau oder grün, Hals wie Gesicht aber dunkel von der Sonne, und das dichte, nicht gescheitelte Haar wirkte noch dunkler. Sie hielt im Gebet inne, um ihn zu betrachten. Er war älter als Altaf, vielleicht doppelt so alt wie Decker, und er hielt den Blick auf den Mullah gerichtet, die Arme an den Seiten. Sie hatte Yaqub und Altaf nie vor dem Mittagessen gesehen, und sie bemerkte die neuentdeckte Würde, mit der sie ihre Gebete sprachen. Dem Knienden räumten sie so viel Platz ein, wie es der gedrängt volle Hof zuließ. Seine Hände zitterten leicht. Als das Gebet zu Ende ging, war er der Erste, der sich erhob.

Mittags saß der Mann dort, wo sie selbst vor zwei Tagen gesessen hatte, unter dem farbigen Fenster des Unterrichtsraumes. Dasselbe plastikgesäumte Tuch war vor der Wand ausgerollt worden, und er schenkte aus der Kanne mit dem Schildpattgriff Tee ein. Von den Stufen sah sie eine Weile zu. Er schien viele der Schüler zu kennen und nickte Ibrahim Schah freundlich zu, als der vorüberging. Decker hockte dem Mann direkt gegenüber und rührte sein Essen kaum an.

Altaf erhob sich und begrüßte sie, als sie die Stufen herunterkam.

—Bruder Suleyman! Komm, setz dich zu uns.

—Aber da ist kein Platz.

—Wir machen für dich Platz, sagte er und nahm sie am Arm. —Du kannst meinen haben. Ich habe gegessen.

Sie ließ sich von ihm vorwärtsziehen und hielt die Augen gesenkt, züchtig und scheu wie eine Jungfrau. Der leere Platz war neben Decker, und sie warf ihm einen flüchtigen Blick zu, als Altaf sie nach unten drückte. Deckers Hände lagen schlaff im Schoß, und den Ausdruck in seinem Gesicht meinte sie zu kennen. Er war entweder begeistert, oder er hatte Angst.

—Dies ist der Junge, sagte Altaf und hockte sich genau hinter sie, —Suleyman Al-Na'ama aus Kalifornien. Sein Vater ist in seinem Land ein Mullah.

Decker weigerte sich noch immer, sie anzusehen. Er kaute auf der Unterlippe, wirkte nervös. In der Moschee in Santa Rosa war er ihr fast wie ein Mann vorgekommen, ein Jahr und elftausend Kilometer weit entfernt von diesem glühend heißen Kieselhof, in dem sie heute hockten. Schwer vorstellbar. Gott allein wusste, was er denen alles erzählt hatte.

—Kalifornien ist kein Land, Bruder Altaf, sagte der Mann.

Sie schaute auf und sah, dass sein Blick auf sie gerichtet war. Was die Farbe seiner Augen betraf, hatte sie sich getäuscht: Sie glichen Sandsteinen. Der Drang, den Blick zu senken, schien übermächtig, aber sie war kein furchtsames Kind wie Decker. Ein Schwächling hätte den Blick abgewandt oder ein Mädchen, jemand, der hoffte, etwas verbergen zu können. Sie jedoch saß aufrecht und reglos da und erwiderte seinen Blick. Sie musterte ihn, während sie gemustert wurde.

Während sie beobachtet wurde, bekam sie undeutlich mit, dass Altaf protestierte und behauptete, sehr wohl zu wissen, was Kalifornien sei. Ein Teil der Vereinigten Staaten von Amerika, der Teil im Süden, der ans Meer grenze.

—Stimmt das, Bruder Suleyman?, fragte sie der Mann.

—So ziemlich, hörte sie sich mit ihrer Stimme erwidern. Mit ihrer oder der des Jungen, der zu sein sie vorgab. Die Stimme klang fest und überzeugend, wie sie zu ihrer Erleichterung bemerkte.

—Erzähle uns mehr von deinem Land, Bruder. Wir hören natürlich viel darüber, doch kaum mehr als Gerüchte. Niemand von uns hat je das Privileg gehabt, es besuchen zu können, verstehst du? Für uns bist du wie ein Händler – ein sehr junger, sehr mutiger Händler –, der von einem der weißen Flecken auf der Weltkarte zu uns kommt.

Ihr Arabisch war nicht so gut, dass sie seinen Akzent hätte zuordnen können, doch hörte sie, dass er sich von dem der anderen unterschied. Wären die Augen nicht, sein Gesicht wäre nicht weiter bemerkenswert gewesen. Die Augen eines Heckenschützen, der Blick starr, unerbittlich. Und als er die Tasse hob, sah sie, dass ihm zwei Finger fehlten.

—Einige Kinder haben mich gestern dasselbe gefragt, sagte sie. —Wir haben uns über Schokomilch unterhalten.

—Ihr nehmt Schokolade zur Milch?, fragte Altaf. —Drin aufgelöst?

—Ah!, sagte der Mann. —Wie du siehst, Suleyman, sind wir selber kaum besser als Kinder. Da bist du Tausende Kilometer weit gereist, und wir fragen dich, wie ihr eure Milch trinkt.

Eine Zeitlang sagte niemand etwas. Sie versuchte, Altafs unübersehbare Aufregung zu begreifen, Deckers verlegenes Schweigen, scheiterte aber, obwohl sie wusste, dass der Mann Grund für beides war.

—Bruder Ali könnte euch alles über unser Land erzählen, was ihr wissen wollt, sagte sie. —Er ist älter als ich.

Der Mann schüttelte den Kopf. —Wir wollen deine Antworten hören, kleiner Bruder, nicht die deines Freundes. Du wirst sie uns doch nicht vorenthalten, oder?

—Es soll mir ein Privileg sein, Eure Fragen zu beantworten, erwiderte sie. —Doch wäre es mir eine Ehre, wenn ich zuvor erführe, wer Ihr seid.

Der Mann zog die Brauen hoch. —Haben meine Kollegen mich nie erwähnt? Mein Name ist Ziar Khan, ich wurde in diesem Dorf geboren.

Sie nickte langsam und nachdenklich, wie sie es bei anderen gesehen hatte, denen jemand vorgestellt worden war. —Ziar Khan, wiederholte sie. —Und wie lautet der Name Eures Vaters?

—Du kennst seinen Namen, Suleyman. Er lächelte. —Mein Vater ist der Lehrer an dieser Schule.

*

Ziar Khan war der Erstgeborene des Mullahs, das einzige überlebende Kind, und die Frau, die ihn geboren hatte, war schon vor langer Zeit gestorben und offenbar vergessen. Kurz nach ihrem Tod hatte man den Jungen in den Jemen geschickt, damit er von einer Verwandten aufgezogen werde, deren Gatte ein freundlicher, gottesfürchtiger Mann war, ein Schriftgelehrter und Ingenieur. Mit vierzehn Jahren wurde er dann zurück in die Medrese gebracht, von einem Tag auf den anderen, um hier die Rezitation von seinem Vater zu erlernen. Er hatte darum gebettelt, im Jemen bleiben zu dürfen, aber der Mullah bestand auf seiner Rückkehr. Er träumte oft von seinen Zieheltern, auch heute noch, und von dem gelben Zimmer, in dem er geschlafen hatte. Seine Kleider, seine Art, selbst sein Arabisch dienten vor allem dazu, den Bruch zwischen ihm und seinem Vater zu betonen.

All dies erzählte Ziar ihr im Laufe der folgenden acht Tage bruchstückhaft und mit vielen Unterbrechungen, auf Arabisch oder Englisch. Seine Neugier, was sie selbst betraf, schien unerschöpflich, und die Geschichten, die sie erfand, dienten ebenso dazu, ihn zufriedenzustellen, wie dazu, die Wahrheit vor ihm zu verbergen. Noch nie hatte ihr jemand so aufmerksam zugehört. Sie erzählte von kindlichen Streichen und Fußballspielen, von Mädchen, die sie auf den billigen Rängen im Stadion zu küssen versucht hatte. Sie machte sich sämtliche Vorurteile und Klischees zunutze; und er nahm alles, was sie sagte, ohne jedes Misstrauen hin und schüttelte den Kopf in unschuldigem Vergnügen. Mit jedem weiteren Detail wurde ihre Geschichte realer, und das war das erste Geschenk, das er ihr machte: Durch ihn füllte sich die Figur Suleyman mit Leben. Mehr als seine Autorität, sein Anstand war es dieser Glaube an sie, der sie betörte. Und trotz aller Lügen, die sie erzählte – vielleicht gerade wegen dieser Lügen, dachte sie manchmal –, fühlte sie sich immer besser von ihm verstanden.

Jeden Morgen rief sie sich das Risiko in Erinnerung. Es

geschah nur selten, dass er ihre Fragen direkt beantwortete, zumindest zu Beginn, und sie registrierte es jedes Mal gewissenhaft, wenn er ihr auswich. So sollte sie nie erfahren, warum man ihn fortgeschickt oder wieso man ihn ein Jahrzehnt später zurückgebracht hatte. Und nie erwähnte er irgendwelche Beweggründe. Anders als Altaf zeigte er aber auch keinerlei Misstrauen, ihr gegenüber jedenfalls nicht, auch wenn er durch Gewohnheit und vom Charakter her verschwiegen war. Manchmal ließ er sie mitten im Gespräch stehen, oft ehe sie ausgesprochen hatte, und verschwand für den Rest des Tages. Am nächsten Morgen aber wiederholte er dann Wort für Wort, was sie ihm zuletzt gesagt hatte.

Er trug ein in Plastik gerahmtes und in Zellophan geschlagenes Bild seiner Mutter bei sich, exakt so groß wie die Innentasche seiner Jacke, das er ihr am fünften Tag zeigte. Er brauchte einen Moment, um das Foto aus der Hand geben zu können. Die Dargestellte stand am Straßenrand im Schatten einer Zypresse und blickte direkt in die Kamera. Sie war schlank, von heller Haut und das Lächeln auf ihren dünnen Lippen eher zurückhaltend, das Lächeln eines Menschen, der nur selten lächelte.

Ziar gestattete ihr einige Atemzüge lang, das Bild zu halten, während er sich nervös die Finger rieb, dann nahm er es zurück.

—Einmal lag ich im Sterben, erzählte er auf Englisch. —Und ich betete zu dieser Frau. Diesem Mädchen. Er lächelte vor sich hin. —Was vielleicht eine Sünde war. Ich wollte nicht sterben, was auch eine Sünde ist. Vielleicht. Aber ich dachte an diese junge Frau, die hoch oben im Himmel sein musste.

—Hoch oben im Himmel?

Er nickte. —Vielleicht sogar an Gottes Ohr.

*

Mehr als einmal hatte sie nach Decker gesucht, um ihm zu erzählen, was geschah, traf ihn aber selten allein an. Er hielt Distanz zu ihr oder wurde auf Distanz gehalten: Was genau, das wusste sie nicht. Trotzdem versuchte sie, mit ihm zu reden, erst auf Englisch, dann auf Arabisch, doch er riet ihr nur mit hölzerner Stimme, Ziars Fragen zu beantworten. Sie hatte da längst begriffen, dass die Antworten, die sie gab, mit dem abgeglichen wurde, was Decker erzählte, aber irgendwie machte sie sich deshalb keine Sorgen. Auch wenn er so furchtsam wirkte wie nie zuvor, dachte sie nicht daran, seine Furcht zu teilen. Nicht in Bezug auf Ziar. Sie gab Antwort auf jede Frage, die er ihr stellte.

Am achten Tag bat Ziar sie, mit ihr zum westlichen Tor hinauszuspazieren. Das Abendessen war vorbei, der Hof wurde gefegt. —Zu lange sitzen ist Gift für den Geist, Suleyman, sagte er und fasste sie mit der Hand leicht am rechten Ellbogen. —Was auch immer mein werter Vater dazu sagt.

Als sie aufstand, fühlte sie sich schwerelos und leer. Altaf lächelte sie beide an und wünschte ihnen einen schönen Spaziergang. Decker blickte zu Boden und sagte nichts.

Am Tor zum Grundstück trafen sie Ibrahim Schah. Er kam vom Basar in Sadda mit einem Leiterwagen, mannshoch beladen mit Plastiksäcken voller Mehl, chinesischem

Tee sowie Dingen, die sie nur erraten konnte. Er grüßte Ziar mit kühler Höflichkeit, ein Ton, den er neuerdings auch ihr gegenüber anschlug.

—Seid gegrüßt, Brüder. Ein schöner Tag für einen Ausflug.

—Wir wollen durchs Westtor zur Moschee, erwiderte Ziar. —Das kannst du dem Muallim ausrichten, wenn er fragt.

—Ah!, sagte Ibrahim. —Ich fürchte nur, unsere kleine Moschee bietet keinen großartigen Anblick für einen Weltreisenden.

—Da hast du wohl recht, Bruder, aber irgendwohin muss man in diesem Kaff ja gehen, und da eignet sich die Moschee so gut wie alles andere.

Falls Ibrahim von seiner Wortwahl schockiert war, ließ er es sich nicht anmerken. —Dasselbe habe ich Bruder Suleyman auch schon gesagt, erwiderte er höflich. —Solltest du mal abschweifen wollen, habe ich gesagt, werden deine Studien schon nicht fortlaufen. Sie warten auf dich, wenn du zurückkehrst. Erinnerst du dich?

—Ich erinnere mich, murmelte sie.

—Deine Worte sind sehr freundlich, Bruder Suleyman. Wie immer gereichst du uns zur Ehre. Er schob das Tor auf und lenkte den Karren auf den Hof. —Ich wünsche euch eine schöne, angenehme Zeit.

Sie dankten ihm und gingen gemessenen Schrittes über den Platz. —Ibrahim Schah ist ein ehrenwerter Mann, sagte Ziar. —Während meiner Abwesenheit war er wie ein Sohn für meinen Vater. Beim Tod des Mullahs wird er ihm pflichtbewusst nachfolgen.

—Warum sagst du das, Bruder Ziar?

—Was stellst du doch für seltsame Fragen, Suleyman. Habe ich nicht gerade gesagt, er sei ein ehrenwerter Mann?

Sie spürte, wie sie rot wurde. —Aber warum nicht du?

—Auch wenn dein Verstand scharf ist, kleiner Bruder, du bist noch sehr jung. Diese Dinge sind schwer zu verstehen.

—Ich mag es nicht, wenn Leute das zu mir sagen. Ich bin kein Kind mehr.

—Stimmt. Das bist du nicht. Er lächelte. —Auch wenn ich mich während unserer Gespräche manchmal gefragt habe, was genau du eigentlich bist.

Sie kamen an der Lehmzisterne vorbei und am neuen Betonbrunnen, gebohrt mit amerikanischen, für den Basar und die Moschee gespendeten Geldern, und gingen weiter nach Westen. Als sie das Tor passierten, in dessen Schatten sie mit Hayat und Ibrahim Schah gesessen hatte, bat sie Ziar, ihr die Geschichte vom Foto seiner Mutter zu erzählen. Und er begann, ohne einen Moment zu zögern.

*

Ich war sechzehn, als ich diese Schule verließ, um jenseits der Grenze zu kämpfen. Noch kein Mann, Suleyman, wie jeder meinte, nur ich selbst nicht. Meinen Schwestern sagte ich, in sechs Monaten würde ich mit einem Gürtel zurückkommen, geflochten aus dem Haar russischer Soldaten. Sie haben mich ausgelacht, natürlich, aber ich riet ihnen, lieber nicht zu lachen, ich würde sonst sicher als Märtyrer sterben. Das Leben, kleiner Bruder, fügt sich selten den Vorstellungen, die wir davon haben, doch war ich noch zu weltfremd, um das bereits gelernt zu haben. Nach anderthalb Jahren kehrte ich zurück, gesund und kräftig, und musste erfahren, dass meine beiden Schwestern in der Erde lagen.

Heimat fand ich damals bereits in den Lagern, nicht hier. In den Lagern, aber auch in der Hoffnung, die sie verkörperten. In den Jahren des Krieges mit Russland waren es schöne Lager, nicht solche Hühnerhöfe wie die, die uns geblieben sind. Geld floss aus allen Himmelsrichtungen – aus Karatschi, von den Saudis, aus Marokko, sogar aus deinem Land. In meiner Jugend haben Männer natürlich Waffen getragen – Messer im Gürtel, auch Makarows, manche hatten sogar Kalaschnikows, sofern es sich um wohlhabende Männer handelte –, doch waren das damals nur Trophäen. In dem Lager, genannt *Der Berg*, lernte ich mit Faustfeuerwaffen umzugehen, mit Kalaschnikows und M-16, mit Stinger-Raketen und mit Sprengstoff, Plastiksprengstoff wie auch mit selbstgebautem. Es gab sogar einen Lehrgang in Ballistik, gehalten von einem Professor aus Lahore, einem Genie. Der Berg war für mich wie eine Universität. Kindisch – und sündhaft – wie mein Wunsch vielleicht war, betete ich, das Lager niemals mehr verlassen zu müssen.

Meine Gebete aber blieben unerhört, wie es nur recht und billig war. Mein neues Leben begann am ersten Tag an der Front. Wir stiegen einen Pass hinauf, marschierten von einer Bergkette zur nächsten, als der Junge vor mir plötzlich zu pfeifen und gleich darauf zu lachen schien. Alle warfen sich zu Boden – nur der Junge und ich, wir waren noch auf den Beinen. Seine Kappe hing schief, und ich zupfte daran, um ihn zu fragen, was los sei. Die Kappe fiel in meine Hände, kleiner Bruder, und damit fast der ganze Kopf, vom Scheitel bis zu den Ohren. Ehe er auf dem Boden aufschlug, wurde er von zwei weiteren Kugeln getroffen.

Gottes Wege sind unergründlich, doch ich war noch ein junger Mann und versuchte zu verstehen, warum dieser Junge getötet, ich aber verschont worden war. Im Lager Berg war er ein mir lieber Kamerad gewesen, und wir hatten darum gebeten, gemeinsam in den Krieg geschickt zu werden. Sein Haar war schwarz, das Gesicht blass und ernst, fast so wie dein Gesicht, Bruder, wenn ich darüber nachdenke. Im Lager haben wir ihn Abu Mushkil genannt, Vater der Probleme, weil er kein Talent für seine Ausbildung besaß. Sein eigentlicher Name lautete Sangar. Sangar Kost.

Während die Wochen vergingen, wurde deutlich, dass Gott es offenbar vorzog, mich zu verschonen. Ich gewöhnte mich an diesen Gedanken, nahm ihn als Tatsache hin, was mir den Anschein von Mut verlieh. Dabei war ich nicht mutig, Suleyman, nur selbstgefällig. Ich hielt mich für unverwundbar, für etwas Besonderes, aufgespart für Künftiges, und ich fürchtete nur um meine Brüder. Sie hielten sich im Kampf möglichst in meiner Nähe auf, in der Hoffnung, Gottes Liebe für mich könnte sie gleichfalls schützen. Sie hätten von Sangars Beispiel lernen sollen, aber Selbstsucht trübte ihr Urteilsvermögen. Ich sah Männer und Jungen um mich herum fallen wie Spreu im Wind.

Es verging ein ganzes Jahr, ehe Gott es angebracht fand, seine schützende Hand von mir abzuziehen. Es geschah lautlos, unsichtbar, im Laufe nur eines einzigen Nachmittags. Für eine kleine Gruppe wie die unsrige verfolgten wir eine vernünftige Strategie – wir bevorzugten Gelände, in dem wir uns auskannten, blieben in Tälern, die für Luftunterstützung zu schmal waren, und beschränkten uns auf Nachtoperationen –, nur begannen wir, uns allzu gerissen zu fühlen, Suleyman, vielleicht auch zu hochmütig. Bescheidenheit ist eine Tugend, sogar im Krieg. Wir hatten zu viel Aufmerksamkeit erregt.

Vor den Hubschraubern – Schwarze Haie wurden sie genannt, Black Sharks – fürchtete sich meine Einheit am meisten. Ich hatte sie aus der Ferne beobachtet und mit eigenen Augen gesehen, was ihre Waffen anrichten konnten. Fünfmal waren sie über unsere Köpfe hinweggeflogen, und fünfmal wurden wir nicht gesehen. Beim letzten Mal kamen sie uns so nahe, dass ich das Gesicht des Piloten durchs Fernglas erkennen konnte. Er wirkte lachhaft jung, jünger noch, als ich es war, auch wenn sich das Alter bei diesen bartlosen russischen Gesichtern nur schwer schätzen lässt. Er hat mich ebenfalls gesehen, davon war ich überzeugt, behielt aber seinen Kurs bei. Er sagte sich wahrscheinlich, ein halbwüchsiger Mudschaheddin ist das Benzin – oder die Zeit und Munition – nicht wert. Vielleicht war er auch nur müde. Oder aber es war Gottes Warnung an mich, die ich nicht verstand.

Zwei Tage später badeten wir, als ein Geschwader Black Sharks uns entdeckte. Zwei Gruppen zu je sechs Maschinen in Pfeilformation – mehr, als ich je auf einen Schlag gesehen hatte. Wie gesagt, wir waren zu hochmütig geworden. Keine Deckung auf hundert Schritt im Umkreis, und die meisten von uns hüfttief im Wasser. Sie kamen im Tiefflug aus östlicher Richtung, die Sonne im Rücken, und ihre Schatten erreichten uns, schon zwanzig Sekunden ehe sie selbst in Schussweite waren. Ich richtete mich in diesem Schatten langsam auf, nass und bis zur Hüfte nackt, und ich sah diese großen schwarzen Sonnenflecken zu mir niedersinken. Deckung zu suchen war sinnlos, sinnlos, nach dem Gewehr zu greifen, sinnlos sogar, irgendwas zu sagen. Ebenso gut hätten wir Ziele aus Lehm sein können, die sie zu treffen versuchten.

Der erste Überflug war zu hoch, was mir das Leben rettete. Aus keinem mir erklärbaren Grund hatte ich den rechten Arm in die Luft gereckt: Für sie muss es wie ein Willkommensgruß ausgesehen haben. Ich fühlte einen Schock, das weiß ich noch, fast als hätte mir jemand auf die Hand geschlagen. Schmerz spürte ich nur in der Schulter. Ich schaute auf meine Finger und stellte fest, dass zwei fehlten. Der Anblick ließ mich loslaufen, obwohl ich nicht hoffen konnte, Deckung zu finden oder gar zu entkommen. Um mich herum sah ich Männer schreien, hörte aber keinen Laut.

Insgesamt flogen sie siebenmal über uns hinweg, alle zwölf Maschinen, und keiner von uns kam unverletzt davon. Manche wurden von den Kugeln der Maschinengewehre getroffen, andere von abplatzenden Sandsteinsplittern oder Felsbrocken. Ein Bruder half mir auf, verband meine Hand und führte mich das Bachbett hinauf. Er blutete aus einer Wunde am Knie, einem oberflächlichen Schnitt, allem Anschein nach. Kaum hatten wir Schutz gefunden, zog er den Mantel enger um sich, und als ich das nächste Mal nach ihm sah, war er tot.

Da rollte ich mich auf die Seite und bat Gott, mir zu helfen. Ich wimmerte, flehte ihn an und stammelte sein Lob. Wir lagen unweit vom Wasser unter einigen dürren Tamarisken, überall um uns herum das Geräusch des

Sterbens. Hast du das schon mal gehört, kleiner Bruder, wenn junge Menschen sterben? Die Laute, die sie von sich geben, sind keineswegs so nobel, wie Schauspieler und Dichter uns dies glauben lassen wollen. Vierzehn junge Männer lagen irgendwo unterhalb von mir, schrien, verloren das Bewusstsein, wachten mit Schrecken wieder auf und schrien von neuem. Diese Geräusche waren viel schlimmer als der Schmerz, den ich empfand, aber dann stellte ich fest, dass ich stehen konnte, ohne bewusstlos zu werden. Also durchsuchte ich den Leichnam meines Bruders und fand an seinem Gürtel eine Makarow, dazu ein Magazin. Ich legte Steine vom Fluss an seinen Kopf und neben seine Füße, nahm die Pistole und prüfte, ob das Magazin voll war, stolperte zurück zu den anderen und schickte einen nach dem anderen zu Gott.

Die Höhlen in jenem Tal sind uralt, an den Wänden findet man immer wieder Verse auf Arabisch oder Inschriften in alten Sprachen, die wir schon lange nicht mehr kennen. Die Nacht und den folgenden Tag verbrachte ich in einem Loch hoch oben am Flussufer, feucht, tief, kaum breiter als meine Schultern. Von seinem Rand aus, an dem ich abwechselnd schwitzend und zitternd lag, beobachtete ich, wie der sowjetische Suchtrupp sein Werk verrichtete. Jetzt, da meine Brüder im Himmel waren, war mit ihnen nicht mehr viel anzufangen, doch sie amüsierten sich mit ihnen, so gut es eben ging. Sie blieben lang, ein ganzer Zug, rissen Witze in schrillem Russisch, schändeten die Leichen und wuschen sich dann in dem Fluss, in dem meine Brüder keine sechs Stunden zuvor noch gebadet hatten. Es war ein Urteil über mich, das ich in meiner Wut aber nicht verstehen konnte. Als sie schließlich abzogen, klapperten mir die Zähne im Schädel; ich starb vor Durst, und wie ein lebendiges Etwas drückte der Sandstein auf mich herab.

Es war kalt beim ersten Tageslicht, bitterkalt, und ich hörte das Leben aus meinem Körper weichen: ein Laut wie Dampf, der aus einem Teekessel strömt, ein dünnes, gleichmäßiges Zischen. Die Wunde an meiner Hand blutete durch den Verband und war durch das Blut am Tunnelboden angefroren. Es klang, als zerrisse ich Papier, als ich sie von der Erde löste, doch fühlte ich keinen Schmerz mehr. Das Leben verließ mich rasch.

Und in dem Moment dachte ich an ihr Bild.

Das Foto war in das Zellophan einer Zigarettenschachtel gehüllt, genau wie jetzt, und steckte in der Tasche meines sowjetischen Armeemantels. Wäre ich ein Dichter, würde ich dir erzählen, dass ich es immer dort aufbewahrte, direkt über dem Herzen, in Wahrheit aber befand es sich rein zufällig dort. Es war fleckig und dreckig von Monaten anstrengenden Marschierens, weshalb ich ihr Gesicht im Dämmerlicht kaum erkennen konnte. Ich versuchte, das Zellophan abzuziehen, aber es gelang mir nicht. Ich schob das Bild zu meinem Mund und leckte es sauber. Eine Weile hielt ich ihr Foto mit den Zähnen fest, wie die Kandare eines Zaumzeugs, und fing an zu zittern. Man kann die Bissspuren noch erkennen: hier, in der unteren linken Ecke. Siehst du?

Dann betete ich zu meiner jungen Mutter, nicht zu Gott – womöglich war es auch eine Art Zwiegespräch. Sicher war es keine Todsünde. Ein Gespräch mit Verstorbenen, wie einseitig auch immer, ist etwas anderes als ein Gebet. Ich wusste, dass meine Mutter keinen großen

Einfluss bei Gott haben konnte. Sonst würde ich nicht in dieser Klemme stecken. Dann aber dachte ich: Vielleicht hat sie mich vergessen. Schließlich war es über zehn Jahre her. Vielleicht vergessen die Toten ihr Leben, wenn sie erst einmal in der Stille des himmlischen Gartens weilen. Vielleicht ist der Himmel ja nichts anderes als ein Vergessen.

Ich war im Delirium, verstehst du, und dachte Gedanken, die an einen Abfall vom Glauben grenzten. In jenen Stunden in der Höhle war ich wahrhaftig ein Gotteslästerer. Mit jedem meiner Atemzüge umarmten mich die Wände enger, nahmen mein Durst, mein Fieber zu, und am zweiten Tag kroch ich tiefer in die Dunkelheit oder bildete es mir zumindest ein und fand heraus, dass sich der Tunnel zu einer Kammer öffnete. Ich lag flach auf dem Rücken, ich weiß nicht, wie lang, schluchzte, lachte und redete laut. Ich bin verletzt, kleine Mutter. Ich liege auf dem Boden in einer Höhle und kann dich deutlich sehen, wie du aus dem Schatten einer Zypresse am Straßenrand schaust. Wie du aus ihrem sicheren Schatten den Mann ansiehst, der die Kamera hält, den Mann mit den blauen Augen, der nicht dein Ehemann ist. Es ist das erste Foto, das je von dir gemacht wurde, und du weißt nicht genau, welche Haltung du einnehmen sollst. Du willst dem Mann gefällig sein, willst tun, worum er dich bittet, also ziehst du den Schleier beiseite und hebst das Kinn. Du denkst gar nicht daran, dass dieses Foto ein Beweis sein könnte. Du denkst überhaupt nicht an dieses Foto, nur an den Mann hinter der Kamera. Der Vetter zweiten Grades deines Gatten, ein Mann aus Karatschi, weit gereist und vornehm, der dich sanft gebeten hat, den Schleier abzulegen. Obwohl du eine tugendhafte und ehrbare Frau bist, frisch verheiratet.

Bis zu deinem Tod wird niemand sonst das Foto zu Gesicht bekommen. Es ist allein für deinen Bewunderer. Ich aber habe es gesehen, kleine Mutter, habe es zwischen den Zähnen gehalten. Es ist für mich der Beweis dafür, dass du einmal gelebt hast, so wie es auch deinem Gatten als Beweis gedient hat – für ihn eine Erinnerung daran, dass ihr einander etwas bedeutet habt. Und für mich, hier in der Höhle, ist es ein Beweis dafür, dass ich lebe.

*

Am selben Abend wartete Ibrahim Schah nach dem Abendgebet in ihrem Zimmer. Er saß mit überkreuzten Beinen auf einem der zwei Kissen, die Arme penibel verschränkt, und er grüßte sie so herzlich wie eh und je. Adens Brust schmerzte, und sie wünschte sich nichts sehnlicher, als die Bandage abwickeln, sich hinlegen und ausruhen zu können. Für Ibrahim Schah hatte sie seit jeher freundschaftliche Gefühle gehegt, doch angesichts seines unangemeldeten Besuches am Ende des Tages, insbesondere am Ende *dieses* Tages, war sie gleich auf der Hut. Seine Haltung war perfekt, die Stimme selbstbewusst und der Tadel hinter seiner Höflichkeit so klar wie die Luft an einem Wintertag.

—Wie war heute Abend dein Spaziergang, Suleyman? Hat er dir gutgetan?

—Es war ein Spaziergang, mehr nicht. Du kennst das, du warst selbst auch schon spazieren.

—Das war ich, kleiner Bruder. Einmal hatte ich sogar das Vergnügen, mit dir spazieren gehen zu dürfen. Er schürzte die Lippen. —Bruder Ziar und ich aber, wie ich zu meinem Leidwesen gestehen muss, haben noch nie zusammen einen Spaziergang gemacht.

—Ihr solltet es einmal versuchen, sagte sie und blieb an der Tür stehen. —Du könntest manch Interessantes erfahren.

—Ach ja? Was denn?

—Etwas über den Kampf jenseits der Grenze.

—Über den Kampf jenseits der Grenze, wiederholte Ibrahim Schah. Er nickte nachdenklich. —Lass mich dir etwas erzählen.

—Ich höre.

—Ich war zwölf Jahre alt, als ich in dieses Haus kam. Meine Familie stammt aus einem Dorf nördlich von Kabul. Der Name des Ortes tut nichts zur Sache, heute nicht mehr, da er ausradiert wurde. Das geschah in drei Schritten. Zuerst kamen die Soldaten der Bundesarmee, dann die Sowjets und schließlich Gottes eigene Mudschaheddin.

Von diesen Besatzungsmächten, so viel kann ich dir sagen, Suleyman, haben sich die Mudschaheddin keineswegs besonders gemäßigt verhalten. Weil mein Vater und meine Schwester Zigaretten an russische Soldaten verkauft hatten, wurden sie in unserem Haus bei lebendigem Leibe verbrannt. Meine Mutter starb auf eine Weise, die ich lieber nicht beschreiben möchte. Die folgenden achtzehn Monate habe ich allein gelebt, gelangte schließlich in das Flüchtlingslager von Peschawar und durch die Gnade Gottes dann an diesen Ort. Seither lebe ich hier, kleiner Bruder, und bis zu meinem Tod werde ich nicht mehr von hier fortgehen. Was jenseits der Grenze geschieht, interessiert mich nicht. Ich habe dieses Haus, ich habe meinen Glauben, und das genügt.

Stille senkte sich herab, als Ibrahim Schah verstummte. Sein Gesichtsausdruck blieb unverändert.

—Entschuldigung, sagte sie schließlich. —Mein Beileid. Das habe ich nicht gewusst.

—Natürlich nicht. Ich habe es dir ja nicht erzählt.

—Doch du erzählst es mir heute Abend, Bruder Schah, nur bin ich mir nicht sicher, warum du das tust.

—Vielleicht weißt du es doch.

—Bitte sag, was du sagen willst.

Wieder nickte er. —Du glaubst bestimmt, ich würde den bewaffneten Dschihad dafür hassen, sagte er. —Natürlich glaubst du das. Aber ich verwechsle die Männer, die mein Haus niederbrannten, nicht mit jenen Leuten, die sich heute Taliban nennen, auch nicht mit irgendwelchen anderen Gruppen von Paschtunen. Sollten die Mörder meiner Familie noch leben, kämpfen sie vermutlich für den Norden, wie so viele ehemalige Mudschaheddin. Sie kämpfen, um sich zu rächen, um Geld oder einfach um zu kämpfen.

—Genau das hat Ziar auch gesagt. Deshalb sind alle wahren Gläubigen …

Ibrahim Schah hob eine Hand. —Bitte, lass mich ausreden. Die Taliban haben gegen eine Armee von Ungläubigen zu den Waffen gegriffen, um einen rechtschaffenen muslimischen Staat zu gründen. Daran zweifle ich nicht.

—Aber warum …

—Ich bin gegen den Dschihad mit der Kalaschnikow, kleiner Bruder, weil der Gott, dem ich folge, ein Gott der Gnade ist. *Gnädig zu allen, zu jedem barmherzig*. Für mich ist dies der wichtigste Satz im ganzen heiligen Buch. Worte, die häufiger wiederholt werden als alle anderen. Weit häufiger. Erinnerst du dich?

Sie starrte ihn an. —Natürlich erinnere ich mich an diese Worte, sagte sie schließlich.

—Ich glaube dir, denn niemand könnte sie vergessen. Er legte eine Hand an seine Brust. —Für den Glauben, dem ich anhänge, ist Demut wichtiger als jede andere Tugend, Suleyman. Die Selbstverliebtheit der Mudschaheddin aber kennt keine Demut. Auch keine Bescheidenheit, kein Zügeln des Verlangens, keine Unterwürfigkeit, keine Zurückhaltung. Er seufzte. —Die jungen Leute finden solche Tugenden natürlich nicht besonders attraktiv. Vor allem jene jungen Männer nicht, für die der Krieg noch ein Märchen ist. Für sie gilt Nichtstun als die größte aller Sünden. Für andere wiederum – wie vielleicht auch für Ziar Khan – ist dies vermutlich die einzige Sünde.

—Hab Dank für deinen Rat, sagte sie. —Ich würde jetzt gern schlafen.

—Natürlich. Möge Gott deinen Schlummer versüßen. Er musterte sie noch einen Moment, dann erhob er sich von seinem Kissen. —Bitte ihn, kleiner Bruder, dass du erleuchtet erwachst.

Als Ziar nicht zum Morgengebet erschien, redete sie sich ein, er sei geschäftlich abgerufen worden, und widmete sich der Rezitation mit einer Hingabe, die ein Lächeln auf das freudlose Gesicht des Vortragenden zauberte. Er fehlte aber auch beim zweiten Gebet, ebenso Decker, und kaum war das Gebet vorbei, machte sie sich auf die Suche nach Hayat. Sie fand ihn in seinem Büro, wie er, kaum eine Armeslänge von ihrem Schlafsack entfernt, eine Bedienungsanleitung für einen Zenit-Farbfernseher studierte. Sie schloss die Tür hinter sich.

—Bruder Suleyman!, rief er, machte ein Eselsohr in

die Seite der Bedienungsanleitung und legte sie beiseite. —Du bist nicht bei der Nachmittagslesung? Ich habe das Thema selbst ausgesucht und dabei an dich gedacht.

—Ich bitte um Vergebung, Muallim. Ich bin auf der Suche nach …

—Was ist denn, Suleyman? Fühlst du dich nicht gut?

—Nein, Muallim.

Er wartete darauf, dass sie fortfuhr. —Und was bekümmert dich, mein Kind?

—Sind sie weg?

—Ich bin ein alter Mann, Suleyman. Und jemand, der sich leicht verwirren lässt. Geht es vielleicht etwas genauer?

—Ihr wisst, was ich Euch frage.

Aden hatte, ohne nachzudenken, geredet und nahm an, dass ihre Impertinenz ihn überraschte, dass er womöglich sogar wütend wurde, doch blieb Hayats Miene unverändert freundlich und gefasst. Anscheinend konnte ihn nichts verärgern, ihn so wenig wie Ibrahim Schah oder sonst jemanden unter diesem Dach. Plötzlich war sie all diese lächelnden Gesichter leid.

—Setz dich, sagte der Mullah und wies auf das Kissen. Aden setzte sich, die Füße auf dem Kelim. Er hob den gelb glasierten Deckel der Teekanne an und sah kurz bekümmert drein, als er entdeckte, dass sie leer war. Dann gluckste er, schüttelte den Kopf und stellte die Kanne beiseite. Sie saß steif da, die Arme um die Knie geschlungen, folgte seinen kleinen, bedächtigen Bewegungen und fragte sich, was sie bedeuten mochten.

—Erinnerst du dich daran, Suleyman, wie du das erste Mal bei mir in diesem Zimmer gesessen hast?

—Ja, Muallim. Ich musste gerade daran denken.

—An jenem Tag habe ich dich gefragt, warum du zu uns gekommen bist. Und du hast geantwortet, du seist gekommen, um zu lernen.

—Das habe ich, erwiderte sie.

—Und du bist ein guter Schüler. Er schürzte leicht die Lippen, genau wie Ibrahim Schah es am Abend zuvor getan hatte. —Doch was du in der kurzen Zeit bei uns gelernt hast, passt in eine Falte deines Kamiz.

—Es wäre mir lieb, Ihr könntet mir sagen, wohin sie gegangen sind.

—Wen meinst du? Deinen Reisegefährten? Den Jungen, genannt Ali?

Sie brachte es fertig zu nicken.

—Dein Freund hat die Grenze überquert, zusammen mit meinem Sohn.

Obwohl sie saß, spürte sie, wie sie zur Seite sank. Sie stützte sich mit den Händen auf dem Boden ab, bis sich der Schwindel gelegt hatte. Hayat beobachtete sie interessiert.

—Die Neuigkeit ist dir unangenehm, sagte er. —Du fragst dich, warum man dich nicht informiert hat.

Sie zwang sich, Luft zu holen, ehe sie antwortete. —Haben sie gesagt, wann sie zurückkommen?

Der Mullah machte eine seltsame, zu Boden gerichtete Bewegung mit dem Kinn, die für sie keinen Sinn ergab. Irgendwo draußen röhrte ein Motorrad auf und verstummte wieder. Eine Weile später wurde es erneut angelassen.

—Soweit ich es verstanden habe, sagte er schließlich, —ist dein Freund in den Krieg gezogen.

Sie spürte, wie sie zusammenzuckte.

—Siehst du das auch so, Suleyman?

—Ich weiß von alldem nichts.

—Verstehe. Er strich die Vorderseite seines Hemdes glatt und bewegte sich so langsam, als wollte er sie provozieren. Dann rief er nach Tee.

—Mein Sohn besucht die Medrese nur selten, Suleyman, und nie um zu lernen. Er kommt, weil er sich ausruhen will, weil er sich verstecken muss oder weil er in Sadda medizinische Hilfe braucht. Meistens aber kommt er auf der Suche nach Rekruten.

—Ihr habt nichts gegen den bewaffneten Dschihad einzuwenden, das habt Ihr mir gesagt.

Der Junge mit der Lippenspalte betrat das Zimmer, und Hayat lehnte sich zurück, damit er die Teekanne nehmen konnte. —Ich habe dir noch etwas anderes gesagt. Ich habe gesagt, er ist eine Vergeudung prächtiger, begabter Jungen.

—Nicht alle können hier sitzen und den ganzen Tag rezitieren. Nicht wenn ein souveräner muslimischer Staat angegriffen wird.

—Von anderen Muslimen.

—Die Warlords? Das meint Ihr nicht ernst, Muallim. Diese Männer sind nur dem Namen nach Muslime. Oft nicht einmal das.

Hayats Lächeln kehrte zurück. —Wie ich sehe, war die Zeit meines Sohnes mit dir nicht vergeudet.

—Ihr würdet ihn nicht hier wohnen lassen, wenn Ihr dächtet, dass er im Unrecht ist. Ihr würdet ihn nicht einmal durchs Tor lassen.

—Gott segne dich, Suleyman!, sagte der Mullah. —Welchen Preis würde manch alter Mann dafür zahlen, könnte er die Welt für so einfach halten. Er hustete in seine Faust. —Je näher wir seinem Thron kommen, mein Kind, desto seltsamer erscheint uns Gott. Er ist nicht einfach, ebenso wenig wie die Welt, die er geschaffen hat. Wenn du dich ihm näherst, wirst du merken, dass sein Gesicht oft ganz und gar nicht menschlich ist. Wieder hüstelte er. —Natürlich fragst du dich, was ich damit meine. Solltest du dich entscheiden hierzubleiben, wirst du es vielleicht einmal begreifen.

—Für seinen Propheten war Gott einfach, erwiderte sie und presste die Hände auf den Boden. —Er fand ihn auch nicht seltsam. Überhaupt nicht.

—Der Prophet war Gottes Bote, Suleyman, und ihm eine besondere Freude. Er schüttelte den Kopf. —Du und ich, fürchte ich, sind kaum mehr als ein Blütenstaubkorn in seinem Augenwinkel.

Er blinzelte sie nun an und wiegte sich dabei leicht vor und zurück wie ein Schüler im Unterricht. Eine Frage formte sich in seinem Kopf. Und obwohl sie wusste, wie sie in seinen Augen aussehen musste, konnte sie nur so bleiben, wie sie war, hingeduckt, mit rotem Gesicht, die Hände auf dem Boden in der Haltung des allererbärmlichsten Sünders. Sie betete zu Gott, dass der Junge mit der Lippenspalte kommen möge. Wenn er käme, könnte sie gehen.

—Es betrübt mich, dass du heute nicht im Unterricht bist, Suleyman. Ebenso wie es Bruder Ibrahim betrüben wird.

Er nahm sich eine Taschenbuchausgabe des Korans von einem Stapel auf dem Schreibtisch in seinem Rücken. —Wie gesagt, ich habe Anweisungen gegeben, sich auf einen bestimmten Passus zu konzentrieren. Vielleicht darf ich ihn dir vorlesen.

Als sie keine Antwort gab, setzte er sich die Brille auf und schlug das Buch auf. —Aus der neunten Sure, sprach er feierlich, als stünde er in einem Saal voll lernbegieriger Schüler. —Der Titel dieser Sure lautet: Die Reue.

Er räusperte sich leise und hob eine Hand.

—Wären sie aber zum Ausmarsch entschlossen gewesen, hätten sie sich doch gewiss für ihn gerüstet; Gott aber wollte ihren Abmarsch nicht. So hielt er sie zurück, und es wurde ihnen gesagt: —Bleibet daheim bei denen, die daheimbleiben.

—Muallim, ich …

—Wären sie mit euch ausgezogen, hätten sie nur eure Sorgen vermehrt, wären in eurer Mitte hin- und hergelaufen und hätten Zwietracht unter euch gesät. Und unter euch sind manche, die auf sie gehört hätten, aber Gott kennt die Frevler wohl. Schon vorher trachteten sie nach Verwirrung und schmiedeten Pläne gegen dich, bis die Wahrheit kam und Gottes Wille durchgesetzt wurde, obgleich es ihnen zuwider war.

—Das bin ich für Euch, Muallim? Ein Frevler?

—Ganz und gar nicht, Suleyman. Er schüttelte den Kopf, entspannt und nachsichtig, wie sie es zahllose Male bei ihrem Vater gesehen hatte. —Doch vielleicht wärest du das, wärest du mit meinem Sohn gegangen.

Endlich kam der Junge, stellte die Teekanne zwischen sie und blieb links neben dem Mullah stehen, die Arme leicht verschränkt, um Aden still zu betrachten. Eine Geste von Hayats Hand, und er verschwand.

—Noor ist ein prima Junge, sagte er. —Wie so viele hatte er anfangs Probleme. Er war ruhelos, weinte und verlangte nach seiner Mutter. Außerdem war er störrisch, wie kleine Jungen es gern sind, und misstrauisch. Aber er hat gelernt, sich zu unterwerfen. Hayat nahm ihre Tasse und schenkte Tee ein. —Verliere nicht die Hoffnung, Suleyman. Dies könnte auch für dich zutreffen.

—Bitte sagt mir, Muallim, wohin sie gegangen sind. Ich unterwerfe mich allem, was Ihr wollt, dies ist das Einzige, worum ich jemals bitte, ich schwöre es. Nur das Eine.

Wie sie da in völliger Stille in diesem sonnenhellen Zimmer saßen, hörte Aden Schritte auf dem Flur. Mühsame Schritte, ein zögerliches Schlurfen wie das eines sehr alten oder sehr müden Mannes. Sie dachte an den Hausmeister, an Abu Omar, und malte sich aus, wie er Tag für Tag seinen unabänderlichen Pflichten nachging. Dieses Bild war ihr ein Trost, und sie dankte dem Himmel dafür. Dann fiel ihr wieder ein, wie der alte Mann sie auf dem Hof an ihrem ersten Tag angesehen hatte, dieser verächtliche Blick, darauf das Kopfschütteln und seine Bemerkung zu Ibrahim über ihre Mädchenhaftigkeit. Aden stellte die Tasse ab, ohne vom Tee getrunken zu haben.

—Wir reden über die neunte Sure, Suleyman, sagte der Mullah. —Über nichts sonst. Und was meinen Sohn angeht, habe ich dir auch nichts weiter zu sagen.

Sie hielt den Blick gesenkt und nickte.

—Hast du zu dem Abschnitt, den ich dir vorgelesen habe, nichts anzumerken?

Nach einem Moment nickte sie erneut.

—Dann lass hören.

—O Prophet, zitierte sie mit hölzerner Stimme, —feuere die Gläubigen zum Kampf an. Sind auch nur zwanzig unter euch, die Geduld haben, so sollen sie zweihundert überwältigen; und sind einhundert unter euch, so werden sie eintausend von denen überwältigen, die ungläubig sind, weil das ein Volk ist, das nicht begreift.

Seine Mundwinkel zuckten. —Das ist aus der achten Sure, Suleyman. Wir reden aber über die neunte.

—Die Heuchler und Heuchlerinnen gehören zueinander. Sie gebieten das Böse und verbieten das Gute; und ihre Hände bleiben geschlossen.

Hayat schnappte nach Luft. —Sei vorsichtig, Suleyman. Du mehrst den Ruf unseres Hauses, aber wir sind nicht auf dich angewiesen. Wir können dir jederzeit unsere Türen verschließen.

—Warum sind sie ohne mich gegangen? Ich bitte Euch, helft mir, es zu verstehen. Sie holte Luft. —Ich flehe Euch an, Muallim.

Der Mullah setzte an, um zu sprechen, dann aber hielt er inne. —Sie sind sehr plötzlich aufgebrochen, sagte er schließlich. —Mitten in der Nacht, wie es Brauch ist.

—Er hat nie versucht, mich zu rekrutieren, hörte sie sich stammeln. —Er hat mich nie gefragt, nicht einmal das. Bin ich für ihre Sache so wertlos? Bin ich so dumm? Bin ich so schwach?

—Du hast gesagt, Suleyman, das Kämpfen interessiert dich nicht. Hier in diesem Zimmer hast du geschworen, dass mein Misstrauen unangebracht ist.

Eine Zeitlang erwiderte sie darauf nichts. —Habe ich nicht, sagte sie schließlich.

—Was soll das heißen?

—Was ich gesagt habe, ist die Wahrheit.

—Jetzt nuschle nicht so, Kind. Ich kann dich kaum verstehen.

—Entschuldigt, Muallim.

—Entschuldigungen helfen mir auch nicht weiter. In meinen Augen bist du nicht verantwortlich. Er blickte an ihr vorbei und seufzte. —Ich weiß sehr wohl, dass mein Sohn dich verführt hat.

—Bitte, Muallim. Warum sollte er das tun? Warum sollte er das tun und mich dann allein zurücklassen?

Der Mullah drehte seine Teetasse langsam hin und her.

—Was ist?

—Ich habe ihn gebeten, dich nicht mitzunehmen, erklärte er. —Ich habe meinen Sohn gebeten, dich bei mir zu lassen.

—Was sagt Ihr? Tränen traten ihr in die Augen, und sie hatte Mühe zu atmen. —Ihr habt *was* getan?

—Du beweist solche Hingabe, Suleyman. Solchen Glauben. Wir setzen große Hoffnungen in dich.

Sie hob den Kopf. —Ihr habt ihm gesagt, mich nicht mitzunehmen. Ihr habt das entschieden.

—Deine Aufgabe liegt im Studium, kleiner Bruder, in Sunna und Rezitation in diesem bescheidenen Haus. Der bewaffnete Kampf ist nichts für Kinder. Glaube mir, wenn ich dir sage, wir beide ziehen es vor, dich hier zu wissen.

Die Stimme des Mullahs klang jetzt liebevoll, fast zärtlich. Sie senkte den Kopf und presste ihre Fäuste gegen die Augen.

—Verstehst du das, mein Kind? Sind diese Gründe ausreichend?

—Ich verstehe, antwortete sie leise.

Als ich hier ankam, Lehrer, beging ich einen Fehler.

Ich dachte, sie sehen mich und erraten, was ich bin. Jeder, den ich traf. Ich sagte mir, sie können es nicht, aber es kam mir vor, als könnten sie es doch, als könnten sie sogar durch meine Kleidung hindurchsehen. Röntgenblick, was weiß ich. Oder der mystische Blick. Es fühlte sich so verrückt an, hier zu sein. Als würden sie nur darauf warten, dass ich etwas falsch machte. Damals hatte ich große Angst, Lehrer. Ich habe dir einen Brief geschrieben, ihn aber weggeworfen.

Unter anderem habe ich dich in dem Brief gefragt, was du gedacht hast, als ich zum Islam konvertierte. Und wann du mir letztlich geglaubt hast. Anfangs hast du geglaubt, ich wolle mich über dich lustig machen, weißt du noch? Du sagtest, ich würde nur so tun, als ob. Aber ich ließ meine Zimmertür offen, damit du mich beten sehen konntest, wenn du vorbeikamst.

Mein nächster Fehler war: Ich hätte dir den Brief schicken sollen. Du schuldest mir eine Antwort. Wie du es aufgenommen hast, als dir klarwurde, dass ich meine Entscheidung gefällt hatte. Dass es für mich ganz bestimmt kein Scherz war. Dass es mir auf eine Weise ernst war, wie es für dich nie ernst gewesen ist. Was Mom dachte, war mir klar und deutlich, du aber bist bloß immer stiller geworden. Du wurdest stiller und stiller, und dann bist du verschwunden.

Habe ich dir erzählt, was sie mir sagte, als ich endlich mein Visum bekam? Sie sagte, ich wette, er fühlt sich bestätigt und gerechtfertigt. Sie glaubt, ich hätte dies getan, um dich zu beeindrucken, aber ich weiß, dass du es besser weißt. Ich habe es getan, um dich auszulöschen. Und es hat geklappt, Lehrer. Es hat wirklich geklappt. Ich habe vergessen, was du mich gelehrt hast, auch dass ich deine Tochter bin; ich habe sogar den Ort vergessen, an dem ich geboren wurde. Das hat alles einfacher gemacht.

Als ich meinem Freund Ibrahim Schah von meiner Familie erzählte, hat er etwas gesagt. Dein Vater, Suleyman, hat er gesagt, war wie ein Gott für dich. Jetzt weißt du, dass es keinen Gott gibt außer Gott.

2

Drei Tage später suchte sie ein niedriges Stuckgebäude auf, nur einen Steinwurf entfernt vom Ziegel- und Terrakotta-Eingang der Universität von Peschawar. Der Raum, den sie betrat, war mit weißen Fliesen ausgelegt und musste früher einmal eine Apotheke oder eine Art Klinik gewesen sein. Graue Kleberstreifen verliefen entlang der Wände, wo einmal Regale mit Kosmetik, Hautcreme oder Medizin gehangen hatten, damals, in jener längst vergangenen Zeit, als derlei Extravaganzen noch zu kaufen gewesen waren. Jetzt ließ sich die Farbe der Fliesen unter der Schicht Abfall und graphitgrauem Staub kaum mehr erahnen.

Der Raum war leer bis auf einen Mann mit Scheitelkappe, der sich über einen Tisch beugte. An der Wand über ihm konnte man unter dem gelben Anstrich noch deutlich das grüne Apothekerkreuz erkennen. Darunter hatte irgendwer etwas auf Arabisch gekritzelt, das Aden aber nicht entziffern konnte. Sie blieb vor dem Tisch stehen und wartete. Der Mann nahm ein tragbares Transistorradio auseinander, eines der Art, wie es ihre Mutter mit an den Strand genommen haben mochte. Er gab nicht zu erkennen, ob er sie gehört hatte.

—*Assalamu alaikum*, sagte sie.

Der Mann drehte das Radio um. —*Wa alaikum assalam*.

—Ich komme aus Sadda. Von der dortigen Medrese.

Der Mann zuckte die Achseln.

—Ich habe die ersten sechzehn Suren auswendig gelernt, sagte sie, und zwang sich, langsam zu sprechen. —Fast das halbe Buch. Und ich werde dorthin zurückkehren, so Gott will, wenn ich meine Pflicht erfüllt habe.

Gleichgültig blickte er zu ihr auf.

—Und meine Pflicht ist es, zu dem Berg zu gehen, fuhr sie fort. —Das Versprechen zu erfüllen, das ich Ziar Khan gegeben habe.

Der Mann schob das Radio beiseite und stützte sich mit den Ellbogen auf dem Tisch ab. —Ziar Khan, wiederholte er. Er sprach mit belegter, feuchter, seltsam verzerrter Stimme, und als er lächelte, sah sie, dass ihm der halbe Unterkiefer fehlte.

—Ganz genau, sagte sie. —Ich nehme an, Sie haben den Namen schon einmal gehört.

Eine Zeitlang sagte der Mann nichts, grinste sie nur auf seine feindselige, schlafflippige Weise an. Dann antwortete er auf Paschto und langte unter den Tisch.

—*Nenet Paschto*, sagte sie und hob beide Arme. —*Nenet Paschto. Suk Arabi. Suk Arabi*. Ziar Khan.

Er richtete sich in seinem Stuhl auf, während sein Blick zwischen ihr und dem Durcheinander auf dem Tisch hin- und herwanderte. Das Radio, ein Jagdmesser, zwei Rollen Klebeband und eine Schlinge Kupferdraht. Einen Moment lang blieb es still. Dann öffnete sich hinter ihm eine Tür, woraufhin er sich rasch erhob und ein Mann mit getönter Brille seinen Platz am Tisch einnahm.

—Du sprichst kein Paschto, sagte der Mann mit der Brille auf Englisch. —Und auch kein Urdu. Was sprichst du also?

—Ich spreche die Sprache des Propheten, die Sprache des heiligen Korans.

—Das ist lobenswert, aber wir sind hier in Peschawar, nicht im Paradies.

Sie nickte.

—Nicht im Paradies, wiederholte er und sah sie ausdruckslos an. —Nicht in irgendeiner abgelegenen Medrese. Nicht in einem schattigen Garten, durch den kühle Bäche fließen.

—Ich schaffe es allein dahin. Zeigen Sie mir nur den Weg.

Er hob die Brauen. —Den Weg wohin, kleiner Bruder?

Sie zögerte einen Moment. —Zu dem Berg.

—Hier gibt es überall Berge, du darfst jeden aufsuchen. Wie du deinen Urlaub verbringst, geht uns nichts an.

—Ich bin hier auf Bitten von Ziar Khan. Er kam zu meiner Medrese, um uns zu den Waffen zu rufen. Ich soll so bald wie möglich zu dem Berg kommen. Ich gab ihm mein Wort.

—So bald wie möglich? Auf Bitten von Ziar Khan?

—Ganz richtig, sagte sie. —Sobald ich aufbrechen kann.

—Du lügst, sagte der Mann.

Sie wich einen Schritt zurück. Draußen hielt ein Laster, und im Raum wurde es dunkler. Sie rang nach Atem, um etwas zu sagen, aber sie bekam kaum Luft. Der schlafflippige Mann stand dicht neben ihr.

—Komm mit, sagte der kleinere Mann, schob den Stuhl zurück und schloss die Tischschublade.

Sie nickte und griff nach ihrer Sporttasche, aber der schlafflippige Mann nahm sie ihr ab und drängte sie vorwärts. —Kümmere dich nicht um dein Gepäck, sagte der kleinere Mann in sachlichem Ton. —Du wirst es nicht brauchen.

Man führte sie in eine fensterlose, niedrige Kammer, die aussah, als hätte sie früher einmal als Schutzraum gedient. Die Wände waren aus Gasbetonstein und feucht vom Kondenswasser. Links hing an Kragarmen ein gepolsterter Metallapparat, wie zum Aufhängen oder Fesseln menschlicher Körper. Man lenkte sie darauf zu, und ihr entwich ein angstvolles Schluchzen. Einen Moment später erkannte sie, dass es sich um ein Fitnessgerät handelte.

Die beiden Männer ließen sie allein und schlossen die Tür hinter sich. Aden nahm an, dass sie ihre Tasche durchsuchten, setzte sich auf den Boden und versuchte, sich daran zu erinnern, was sie eingepackt hatte. Zwischen den T-Shirts und Boxershorts lag der Slip, den sie auf dem Flug von San Francisco getragen hatte. Der und die kleine silberne Scheibe mit Pillen. Gut möglich, dass sie den Slip weggeworfen hatte, aber irgendwie gelang es ihr nicht, sich daran zu erinnern. Die Brust schmerzte von der Bandage, und ihr Unterleib verkrampfte sich. Bis hierher hatte ihre Wut sie getrieben, aber jetzt spürte sie in den Beinen und in der Kehle, dass die Wut nicht mehr weiterhelfen würde. Es war kindische Empörung, kindische Rechthaberei. Von jetzt an würde sie ihr nur noch Kummer bringen.

Am meisten fürchtete sie die Aufforderung, ihnen zu erklären, warum sie die Medrese verlassen wollte. Sie hatte keine Erklärung, die ihrer Überprüfung standhalten würde. Sie konnte ihre Kenntnis der Heiligen Schrift anführen und ihre Sorge um Decker, das aber war auch schon alles oder doch fast alles. Da war noch ihr Ärger über die Einmischung des Mullahs. Die Erinnerung an Ziars Stimme, als er das Bild seiner Mutter beschrieb.

Jetzt, in diesem fensterlosen Zimmer, fürchtete sie jedoch, keine Erklärung für irgendwas zu haben, das sie gesagt oder getan hatte, seit sie aus Santa Rosa fortgegangen war: keine Erklärung und keine Alternative. Ihr Leben glich einer geraden Linie, einem durchgehenden Draht, zu dünn und zu dunkel, als dass sie ihn erkennen könnte. Sie schloss die Augen und spürte, wie er vor ihr zitterte.

Viel später saß der Mann mit der getönten Brille neben ihr auf einem Schemel. Auf dem Boden zwischen ihnen lag ihre geöffnete Tasche.

—Warum gehst du zum Berg, sagte der Mann.

—Das habe ich schon erklärt, sagte sie. —Ich möchte dienen.

—Dienen, wiederholte er. Wem. Ziar Khan?

—Ich möchte Gott dienen, sagte sie. —Ihm gehorchen. Ihm und seinen erwählten Dienern.

—Aber du bist ein Lügner. Er lächelte sie an. —Also solltest du Gott fürchten und die Männer, die ihm zu Diensten sind.

—Aber ich fürchte Gott, sagte sie.

Er verzog das Gesicht und langte in ihre Tasche. —Was ist denn das hier, sagte er und zog die Pillen heraus.

—Medikamente.

—Was?

—Medikamente, wiederholte sie langsam. —Ohne die könnte ich nicht hier sein.

Stirnrunzelnd musterte er die Pillen und presste die Kiefer zusammen, womöglich um einen Wutschrei zu unterdrücken, vielleicht aber auch nur ein Gähnen. Schließlich warf er die Scheibe zurück in die Tasche, griff nach einem Paar Boxershorts und hielt sie gegen das Licht. Sie schienen ihn zu faszinieren.

—Wo ist dein Pass.

—Ich habe keinen Pass.

—Du bist ein *khariji*. Du bist Israeli, Brite oder Franzose. Natürlich hast du einen Pass.

—Ich bin Amerikaner.

Er sog hörbar Luft ein und nickte.

—Ich sage Ihnen alles, was Sie wissen wollen, sagte sie. —Ich bin hierher zu Ihnen gekommen, erinnern Sie sich? Sie brauchen mich nur zu fragen.

—Wo ist dein Pass.

—Ich habe ihn weggeworfen.

Draußen auf der Straße wurde ein Ein-Zylinder-Roller angelassen. *Pock pock pock*. Der Mann beugte sich vor. —Aber warum hast du das getan?

—Ich brauche ihn nicht mehr.

Zum ersten Mal zeigte sich Überraschung auf seinem Gesicht. —Natürlich brauchst du ihn noch. Du brauchst ihn, um wieder wegzugehen.

Sie sagte nichts dazu.

—Du bist ein Narr, sagte der Mann. —Wo ist dieser Ort, an dem man keinen Pass braucht? In Sadda? Im Paradies? Im Gefängnis?

Wieder gab sie keine Antwort. Er drehte sich um und redete mit dem anderen Mann auf Paschto, der daraufhin freudlos auflachte.

—Du wirst nie an diesen Ort gelangen, sagte der Mann. —Tut mir leid.

—Ich schaffe es. Und wenn Sie mir nicht helfen wollen, finde ich den Weg allein.

Er schüttelte bedächtig den Kopf, bückte sich und zog den Reißverschluss ihrer Tasche zu. Er hatte eine feierliche Miene aufgesetzt und winkte jemandem zu, der gleich hinter der Tür stand.

—Fragen Sie Ziar Khan nach mir, sagte sie rasch. —Fragen Sie ihn einfach.

—Diese Person, die du nennst, ist uns gut bekannt, erwiderte der Mann, während er zusah, wie sie auf die Füße gehoben wurde. —Und du irrst dich in ihm. Er ist in diesem Land berüchtigt als ein Lügner und ein Dieb.

—Das glaube ich nicht, sagte sie und spürte, wie ihr die Knie einzuknicken drohten.

—Du bist noch zu jung, sagte der Mann mit der Brille. —Jung, bartlos und dumm. Hörst du, was ich sage? Du bist dumm, weil du in eine Gegend willst, von der du nichts verstehst. Du wirst dich entwürdigen. Du wirst dich schämen.

—Ich habe vor Ihnen keine Angst, stammelte sie, während sie zurückgezogen wurde. Die Tränen liefen ihr jetzt über die Wangen.

—Warum gehst du zu dem Berg, sagte der Mann. Und während er das sagte, wurde ihr ein Jutesack über den Kopf gestülpt.

—Das habe ich schon gesagt. Um mein Versprechen zu halten …

—Warum gehst du zu dem Berg.

Sie rang nach Luft und spürte, wie sich der Stoff über ihren Mund legte.

—Bitte, rief sie. —Bitte. Wenn Sie mich für unwürdig halten …

—Ich sage dir, warum. Du gehst zu dem Berg, um dort zu sterben.

*

Es schienen endlose Stunden zu sein, die sie den Jutesack tragen musste. Wenn sie um Wasser bat, hob man ihn gerade so weit an, dass sie trinken konnte. Aden wusste nicht, warum man ihr den Sack übergestülpt hatte, es sei denn, man wollte sie töten, bloß würde das niemandem Ruhm einbringen. Man wartete auf irgendwas.

Als das Türgitter nach oben rasselte und Aden die Männer an ihrer Seite spürte, stand sie auf und ließ sich am Ärmel fortführen. Eine zweite Lage Stoff wurde über den ersten gestreift. Er reichte fast bis zum Boden, und das Geräusch beim Gehen verriet ihr, dass es sich um eine Burka handeln musste. Das Gewebe vor Mund und Augen machte sie fast verrückt, und die Fliesen unter ihren Füßen schienen zu vibrieren. Man würde keinen Ruhm ernten, und Profit brachte sie auch nicht ein. Die ungeduldige Hand in ihrem Rücken kam ihr riesig vor. Aden spürte nun die Kühle des Abends und die Pflastersteine der Straße unter ihren Füßen. Sie hörte die Stimmen vorübergehender Frauen. Einen Motor im Leerlauf. Eine Autotür quietschte, und kleine Hände zogen sie ins Innere. Frauenhände, entschied sie. Weitere Türen wurden aufgerissen, knallten wieder zu, ein Gang wurde eingelegt. Es stank nach Getriebeöl und Zigarettenqualm. Sie wunderte sich, dass sie durch das dichte Maschengeflecht des Stoffs überhaupt atmen und etwas riechen konnte. Links und rechts von ihr saßen Leute, zwischen deren Ellbogen und Schultern sie eingezwängt hockte, fast wie während des Koranunterrichts. Aden versuchte, Ruhe zu bewahren, indem sie lautlos ihre Suren aufsagte. Der Atem der übrigen Mitfahrer ging flach, genau wie ihrer, und sie spürte ihre nervösen Leiber. Irgendwann begannen sie, auf Paschto zu flüstern, und Aden begriff, dass es Kinder waren.

Nach einer Stunde stockender Fahrt quer durch die Stadt, dann über holprige Landstraßen und schließlich über Wege, die kaum Straßen genannt werden konnten, hielt man so abrupt an, dass sie fast vom Sitz geschleudert wurde. Sie hörte einen raschen Wortwechsel zwischen Männern, von den Scheiben nur leicht gedämpft, und dann zischte eine Frau neben ihr etwas, das bloß eine Warnung sein konnte. Erst als sich der Wagen wieder in Gang setzte, begriff Aden, dass sie offenbar an einem Checkpoint gehalten hatten. Sie versuchte sich vorzustellen, wie sie für die Männer ausgesehen haben musste, die den Wagen angehalten hatten, vornübergebeugt in einer Burka, mit Jute anstelle ihrer Gesichtszüge. In diesem Teil des Landes vielleicht ein ganz gewöhnlicher Anblick. Oder niemand hatte auf sie geachtet.

Sie versuchte sich immer noch ein Bild von der Situation zu machen, als die Kinder aus dem Wagen stiegen, plötzlich und wortlos, fast als würden sie nun ihrerseits entführt. Sobald sie fort waren, fuhr der Wagen weiter; auf einmal aber blieb er wieder stehen, die Türen gingen auf, und man sagte ihr, sie solle aussteigen, Hände an den Seiten. Ihre Unterwäsche und das Hemd waren schweißnass. Aden meinte, sich übergeben zu müssen, saugte die feuchte Jute zwischen die Zähne und biss darauf, so fest sie konnte. Sie fragte sich, ob wirklich jemals Kinder neben ihr gesessen hatten. Jetzt war sie draußen und wurde vorwärtsgestoßen. Ungebeten kam ihr das Bild einer Gestalt in den Sinn, die eine billige, zerknitterte Burka trug und im Dunkeln wie betrunken über unebenen Grund torkelte, und sie empfand Mitleid. Sie fiel hin, wurde wieder hochgezerrt und erneut vorwärtsgestoßen. Männer unterhielten sich um sie herum in geschäftsmäßigem Flüsterton, und sie hörte ein Geräusch, als würde eine Kugel in ein Magazin geschoben. Sie konnte sich die Pistole vorstellen, den ernsten Mann, der sie hielt, meinte ihre eigene traurige, zusammengekauerte Gestalt von hinten zu sehen. Dann hörte sie das gleiche Geräusch erneut, sie nahm Rauch wahr, und eine raue Stimme sagte auf Arabisch, man solle den Jungen von der Straße reinholen.

Irgendein Tor wurde aufgestoßen; sie taumelte hindurch und hörte, wie man es hinter ihr wieder verriegelte. Zwei Paar Hände hielten sie, ein drittes zog ihr mit einer schnellen, geübten Bewegung die Burka aus. Jetzt verstand sie, was gesagt wurde, aber das beruhigte sie nicht. Jemand befahl ihr in scharfem Ton stillzuhalten: ein ausländischer Akzent, saudisch vielleicht oder jemenitisch. Sie holte Luft, um zu sagen, dass sie doch stillhielt, als ihr der Sack abgenommen wurde. Sie konnte wieder sehen.

Sie stand in sternenheller Dunkelheit, in ihrem Rücken eine Gruppe Männer. Jemand verlangte, ihren Namen zu wissen, und sie stammelte eine Antwort. Irgendwie schien man zu wissen, dass sie Arabisch sprach. Aden wurde durch eine Tür geführt, dann noch eine und schließlich über einen Schotterhof. Man brachte sie in einen L-förmigen Raum, an den Wänden mit Heftzwecken befestigte Reiseplakate, und auf dem Boden fläzte sich ein Dutzend junger Männer auf zerschlissenen Kelims. Niemand schien überrascht, sie hier zu sehen. Sie brachte einen Gruß über die Lippen, und die Männer antworteten leise im Chor und machten Platz.

Sie sank auf die Knie und schaute sich um. Sie zitterte noch am ganzen Leib. Obwohl die meisten Männer so jung waren, dass man die Konturen ihres Kinns unter dem flaumigen Bart erkennen konnte, machten sie einen weitgereisten Eindruck. Manche trugen Jeans und T-Shirts oder schäbig aussehende Trainingsanzüge, und während sie sprachen, musste Aden an Decker denken, an seinen Scherz über American Express. Mit Ausnahme eines Paschtunen, der kein Wort sagte, waren sie Araber, aus dem Jemen, aus Oman oder Saudi-Arabien, junge Männer, die in das Lager gekommen waren, um für den Kampf jenseits der Grenze zu trainieren. Sie stellten höfliche Fragen, unterbrachen sie fast nie und verbargen ihre Neugier, so gut sie konnten. Und während Aden antwortete, schwand allmählich ihre Angst. Über sich selbst verrieten sie so gut wie nichts, nannten nur die Länder, aus denen sie kamen, sowie die Namen, die sie in den Lagern für sich gewählt hatten. Das Wort Dschihad fiel oft, doch nie im Sinne von «innerer Kampf» oder «spirituelle Reise». Für diese Männer hatte Dschihad nur eine einzige Bedeutung.

So spät, dass der Himmel bereits wieder hell wurde, führte man sie über den Hof in einen schmalen gewölbten Raum. Ein Mann mit einem herrlich weißen, hennagestreiften Bart saß darin, allein, elegant und kerzengerade, auf einem Podest aus Nestlé-Packkartons. Er stellte ihr dieselben Fragen wie die Araber, fragte im selben Ton, und wie sie schien ihn weder ihre Geschichte noch ihre Nationalität oder auch ihre Anwesenheit in diesem schonungslos ausgeleuchteten, klimatisierten Raum zu verwundern. Selbst ihre Antworten schien er kaum zu registrieren, doch sie wusste, dass er aufmerksam zuhörte. Er achtete auf mögliche Widersprüche. Er fragte nach den Vereinigten Staaten – nach den Lebensbedingungen der Armen; ob man behaupten könne, die Amerikaner besäßen einen Sinn für Recht und Unrecht und ob sie finde, die Amerikaner seien überzeugte Gläubige welchen Glaubens auch immer. Kaum hatte sie nach bestem Wissen und Gewissen geantwortet, lächelte er und bat sie, etwas aus dem Koran vorzutragen. Er wirkte unendlich geduldig und schien keinen Schlaf zu benötigen. Als sie selbst schließlich so müde wurde, dass ihr Arabisch schlechter wurde, fragte er sie nach den Namen der Männer, die sie in der Medrese kennengelernt hatte.

—Altaf Rahimi und Yaqub Yesharraf, Muallim, antwortete sie. —Und Ziar Khan.

—Ich bin kein Mullah, korrigierte sie der Mann liebenswürdig und wickelte sich dabei die rote Bartspitze um den Daumen. —Folglich steht mir dieser Ehrentitel nicht zu.

—Entschuldigung.

—Du brauchst dich nicht zu entschuldigen. Dein Irrtum gereicht mir zur Ehre. Er faltete die Hände. —Liegt dir viel an diesem Land, Suleyman Al-Na'ama? Bist du gut behandelt worden?

Sie sah zu ihm auf. —Behandelt?

—Mit der Höflichkeit und Nachsicht, die einem Reisenden vom anderen Ende der Welt gebührt.

—Man hat mich sehr gut behandelt. Besser, als ich es verdiene. Und mir liegt viel an diesem Land.

—Das du gar nicht kennst.

Sie senkte den Blick und schwieg.

—Deine Familie sind Menschen des Buches, so deine Worte. Doch bei dem Buch, auf das du dich bezogen hast, handelt es sich nicht um den heiligen Koran.

—Das ist richtig.

Er musterte sie aufmerksam. —Erzähle mir, was genau hat dich zum Propheten geführt? Was war es, das dich dazu brachte, den Ort deiner Geburt zu verlassen?

—Es gibt keinen Gott außer Gott, sagte sie, —und Mohammed ist sein Prophet.

—Das ist eine Tatsache, sagte der Mann, —aber keine Erklärung.

Plötzlich war sie wieder hellwach. —Dieselbe Frage stellt man mir seit eineinhalb Jahren, sagte sie. —Wieder und wieder. Man hat sie mir in der Schule gestellt, im Haus meiner Eltern und überall dort, wo ich seither gewesen bin. Sie wurde mir gestellt, ehe ich zum allerersten Mal eine Moschee betreten habe. Ich hätte nie damit gerechnet, dass man sie mir auch hier stellt.

—Du bist verärgert, erwiderte der Mann mit sanfter Stimme. —Und natürlich hast du Angst.

—Ich bin nur müde.

—Du brauchst jetzt einen klaren Kopf, Suleyman Al-Na'ama. Stell dir die vorangegangenen Befragungen als eine Probe zu deinem Besuch in diesem Raum vor.

Im Schneidersitz saß sie da auf dem glänzenden Boden und gab dem Mann keine Antwort. Hier war es still wie bisher nirgendwo in diesem Land. Eine Stille, die sie an den Hof in Sadda kurz vor Tagesanbruch erinnerte. Sie meinte, irgendwo Männer zu hören, die sich auf Urdu stritten, aber vielleicht waren es auch nur Stimmen im Radio, und die Sprache, in der sie sich stritten, hätte irgendeine Sprache sein können. Sie dachte an Hayat Khan und an Ibrahim Schah und daran, wie sehr sie sich von jenem Mann unterschieden, der sie jetzt aufmerksam, mit halbgeschlossenen Augen beobachtete. Um diese Zeit wäre sie in ihrer von Lehmmauern umschlossenen Medrese vermutlich der einzige Mensch gewesen, der wach war, der einzige, der nicht den Schlaf der Gerechten schlief. Bald wäre es Zeit für das erste Gebet im Hof; wie aus dem Nichts würde die Kette niedriger Berge am Horizont auftauchen und der Nachthimmel an seinem Saum den ersten verwaschenen Streifen Dämmerung zeigen.

—Dinge in dieser Welt sind so schön, murmelte sie. —Manche Dinge. Ich weiß nicht, warum Gott manche Dinge vollkommen erschafft, und andere sind einfach falsch. Warum erschafft er manche Dinge leer und andere Dinge voll. Voll und vollkommen. Könnt Ihr mir das sagen?

Sie wartete, dass der Mann etwas erwiderte, aber er blieb stumm. Sie blickte hinauf in das weiße Ziegelgewölbe.

—So habe ich mich fast mein Leben lang gefühlt. Wie ein leeres Etwas. Nicht allein und nicht verängstigt. Nur leer. Sie schaute hinunter auf ihre Hände. —Und dann ging ich mit meinem Vater in eine Moschee. Eine kleine hässliche Moschee in einer Ladenzeile. Sie war nicht mal annähernd schön, aber leer war sie auch nicht. Eher im Gegenteil. Sie war bis zum Rand voll mit Gläubigen. Es gab kaum einen Platz zum Stehen.

—Ja, sagte der Mann.

—Ich weiß bis heute nicht, warum er mich mitnahm, aber ich weiß noch, was er hinterher gesagt hat. Er hat über die Gläubigen gelacht und gesagt, sie würden kaum ihre Gebete kennen.

—Ja, mein Kind, sagte der Mann.

—Ich bin wieder hingegangen, ohne meinem Vater davon zu erzählen. Ich wusste, was er dazu sagen würde, deshalb hielt ich es geheim. Ich bin jeden Tag hingegangen, einen Monat lang. Dann habe ich meinen Freund Decker kennengelernt. Und dann fühlte ich mich voll.

Der Mann zeigte keine Reaktion. Sie zögerte. Er schien zu glauben, dass sie mehr zu erzählen hätte.

—Ich weiß, es klingt dumm. Viel zu einfach. Wie ein Abendessen oder so.

Sein Blick flackerte nicht. Die Augen bernsteinfarben und so unbeirrbar wie die einer Katze.

—Voll, sagte er und bewegte fast unmerklich die Lippen, nachdem er gesprochen hatte, als wären ihm Wort oder Idee neu. —Nicht länger leer.

Sie nickte.

—Und müde, sagte er.

Sie spürte seinen Blick auf ihr ruhen. Der Hof in Sadda. Das Grau vor dem Sonnenaufgang. Sie nickte erneut.

—Sehr müde. Und auch ängstlich.

Sie wollte an ihm vorbeisehen, auf das Fenster hoch oben in der kreideweißen Wand, aber irgendetwas an seinen Händen weckte ihre Aufmerksamkeit. Sie waren zierlich, mit Leberflecken übersät und liefen in schlanken Fingern aus. Schließlich sagte sie dem alten Mann, er habe recht.

—Natürlich habe ich recht. Du glaubst, Tapferkeit habe dich hergeführt, Übermut oder die Schönheit und Bedeutsamkeit unserer Sache, dabei ist es die Angst, die Menschen zu Taten antreibt. Vor allem zu dummen Taten. Die Angst.

Sie behielt seine Hände im Blick und sagte nichts. Er hielt sie vollkommen still.

—Es ist etwas Besonderes an dir, Suleyman. Eine Eigenschaft, für die ich noch keinen Namen habe. Schade, dass du nicht länger bei uns bleibst.

Sie brauchte einen Moment, ehe sie antworten konnte.
—Warum nicht?

—Wie bitte?

—Warum bleibe ich nicht?

Seine Augen weiteten sich. —Aber du kennst die Antwort natürlich, kleiner Bruder. Weil du in ein Lager gehst.

Wie über einen widerhallenden Flur hinweg hörte sie sich lachen und ihren Dank stammeln. Dem alten Mann verging das Lächeln. Mit ihrem Dank wusste er nichts anzufangen.

—Ich will dir noch etwas sagen, sagte er leise.

Sie beteuerte, sie würde sich anhören, was immer er zu sagen habe. Er beugte sich vor und ergriff ihre Finger. Die Haut seiner Hand fühlte sich schlaff und trocken an.

—In Kandahar, wo ich geboren wurde, gibt es einen Brauch. Einen uralten und verhassten Brauch. Eine Schande für jeden Muslim. Kleine Jungen werden ihren Müttern fortgenommen, viele davon kaum zehn Jahre alt, und sie werden erzogen und ausgebildet, um dem Vergnügen der Männer zu dienen. Tanzjungen nennt man sie, und ihr Tanz ist wahrlich ein Wunder. Allerdings sind sie nur dem

Wort nach Jungen. Sie sind schön, begabt und werden hoch geschätzt, obwohl sie ihre Familien, ihre Kindheit und den Namen vergessen haben, den ihre Väter ihnen gaben. Sie haben jede Tugend verloren. Sie essen und schlafen und sterben im Schatten des Himmels. Hörst du mir auch zu, Suleyman Al-Na'ama?

Sie widerstand dem Drang, ihre Hand fortzuziehen. —Ich verstehe nicht, was Ihr mir sagen wollt. Heißt das …

—Ich sage nur das eine. Seine Katzenaugen schlossen sich, als er ihre Hand freigab. —Gehe niemals, unter keinen Umständen, nach Kandahar.

*

Das Lager, genannt *Der Berg*, war in Wahrheit nur eine Ansammlung von Gebäuden aus Betonziegeln, am Rand der Stadt Mansehra, einen Steinwurf von der Grenze zu Kaschmir. Sie fuhr auf einem Pritschenwagen zusammen mit jenen Arabern, die sie in der Nacht kennengelernt hatte, und noch ehe der Laster die östlichen Vororte hinter sich ließ, vernahm sie den Widerhall von Gewehrschüssen. Niemand auf den Straßen schien sie zu hören. Wäre da nicht der Schreck und die Begeisterung auf den Gesichtern ihrer Gefährten gewesen, sie hätte an ihren eigenen Sinnen gezweifelt.

Der Jüngste unter den Arabern hatte auf den letzten wenigen Kilometern Tränen in den Augen, ob vor Freude, Angst oder weil ihm schlecht vom Fahren war, ließ sich schwer sagen. Leise betete er vor sich hin und bemühte sich, seiner dünnen Stimme einen männlichen Klang zu geben. Während Aden ihn beobachtete, fragte sie sich, ob sie sich genauso anhörte. Ihre Brust war empfindlich, ihre Kehle rau, und sie war selbst den Tränen nah. Die Schüsse wurden lauter, klangen dann gedämpft und waren plötzlich so nahe, dass sie ihren Widerhall in den Zähnen spürte. Dann tauchte vor ihnen das Lager auf, das weiße Tor weit geöffnet.

Der Junge hieß Abu Intiqam. Mit dem Stolz des Kriegers und in brüchigem Englisch erklärte er ihr, das bedeute Vater der Rache. Trotz der Gefahr spürte sie das plötzliche Verlangen, ihn wie ein Kind in die Arme zu nehmen. Sie antwortete, sein Name sei großartig, und wollte wissen, ob er ihn sich selbst ausgesucht hatte, was er stolz bestätigte. Dann ließ er den Kopf hängen, stöhnte in seine Ärmel und sagte nichts weiter, bis der Wagen hielt.

Von Männern mit Scheitelkäppchen wurden sie in eine Baracke geführt, deren Wellblechdach sich in der Mittagshitze aufzuwölben und zu krümmen schien. Der Boden im Lager war rau und uneben; die Gebäude auf dem ansteigenden Hügel erinnerten an Angelposen in der Dünung. Alles wirkte wie mitten in der Bewegung erstarrt. Männer lagen matt im Schatten, scheinbar so zufällig verstreut wie die Opfer eines Überfalls, nur waren ihre Kleider hell und sauber.

Zusammen mit den Arabern kletterte sie vom Pritschenwagen, und sie betraten einer nach dem anderen die Baracke, aus unerfindlichen Gründen die Arme gekreuzt, als wären sie Kriegsgefangene. Man brachte sie in ein Büro, das nach Schweiß und Petroleum stank. Aden rechnete mit einem weiteren Verhör, wurde aber nur nach ihrem Alter und ihrem Kriegsnamen gefragt und ob sie Geld mitbringe. Der Mann, der ihr diese Fragen stellte, war attraktiv, wirkte aber freudlos und hielt den Blick auf die Schreibmaschine gesenkt. Er schien damit seine Schwierigkeiten zu haben. Nur einmal schaute er auf, als Aden sagte, sie hätte keinen Schlafsack dabei, woraufhin er mit müder Stimme fragte, ob sie Läuse oder irgendwelche Hautprobleme habe. —Kein Englisch, sagte er dann laut. —Kein Amerikanisch. Ja? Wir sprechen hier kein Englisch.

—Ja, Bruder, antwortete sie auf Arabisch.

—Ja was?

Sie blinzelte ihn unsicher an. —Wir sprechen hier kein Englisch, Bruder.

Dabei fand sie in den folgenden Wochen heraus, dass ein Großteil des Trainings durchaus in ihrer Muttersprache abgehalten wurde, selbst an jenem Ort also, an dem Englisch gleichbedeutend war mit Gottlosigkeit und Gier. Der fotokopierte Ballistik-Leitfaden war auf Englisch, ebenso die vervielfältigte Erste-Hilfe-Broschüre, und das Lehrbuch für Techniken des Häuserkampfs war von der Langley Tactical Press in Alexandria, Virginia, gedruckt worden. Außer ihr gab es weiter keine Amerikaner im Lager, auch keine Europäer, und womöglich hatte es die nie gegeben. Wieder wurde sie von den anderen unterschieden, und man ließ ihr gesonderte Aufmerksamkeit zukommen. Beim Essen wurde sie oft gebeten, zwischen Pakistanis und Arabern zu vermitteln, man räumte ihr einen Platz am Tisch der Ausbilder ein. Sie hätte es vorgezogen, bei jenen Arabern zu sitzen, mit denen sie hergereist war, achtete aber darauf, sich für das eingeräumte Privileg dankbar zu zeigen. So viel hatte sie immerhin gelernt, seit sie in dieses Land gekommen war.

Das Abendessen war die einzige Gelegenheit, bei der alle aus dem Lager beisammensaßen, an jenem ersten Abend aber rührte sie das Essen kaum an. Stumm und reglos saß sie da, den Blick auf den Eingang gerichtet, und wartete auf Ziar Khan. Es fiel ihr schwer, sich Decker an diesem Ort vorzustellen, aber sie wusste, dass er kommen würde. Der junge Araber Abu Intiqam fragte, ob sie keinen Hunger habe, und sie erwiderte, sie sei so glücklich, woraufhin er nichts weiter sagte. Ihre Antwort war angemessen, und er war zufrieden. Es gab langkörnigen Pilaw mit Karottenscheiben, gelben Rosinen und dunklen Rindfleischstückchen, besseres Essen, als sie gewohnt war, und sie zwang sich, einige Bissen davon zu sich zu nehmen.

Den ganzen Abend fühlte sie sich mädchenhaft und in ihrer Aufregung seltsam exponiert. Ihre Brüste taten weh, und sie sehnte sich danach, die Bandage lockern zu können, besser noch, sie völlig abzunehmen; einen Moment lang überlegte sie sogar, ob das nicht möglich wäre. Ein Mann am Tisch erklärte, normalerweise sei das Essen nicht so üppig, weshalb sie und ihre arabischen Freunde ordentlich zulangen sollten. Ein anderer Mann verglich das Festmahl an diesem Abend mit einem Pavillon im Obstgarten des Paradieses, während die übliche Lagerkost eher der Latrine eines Tierkrankenhauses gliche, und alle lachten. Aden nickte dem Mann zu und nahm sich noch einmal vom Knoblauchfladenbrot, füllte ihre Schale wieder auf und blickte erneut zur Tür.

*

Nach gefühlt höchstens einer Stunde Schlaf wurde sie vom Geräusch nackter Füße geweckt, die im Dunkeln an ihr vorbeischlurften. Zum ersten Mal seit einem Jahr fiel es ihr schwer, zum Morgengebet aufzustehen. Sie klatschte sich leicht ins Gesicht, schob die Bandage zurecht und nahm eine Tablette aus der zerknitterten Packung in ihrer Sporttasche. Alle anderen waren schon draußen. Sie erledigte ihre Waschungen allein an dem flachen Strom, der steil hinter der Kantine herabschoss, achtete darauf, dass niemand sie sah, und betrat die Moschee mit Teerdach gerade in dem Moment, in dem das Gebet begann. Die Wände waren von oben bis unten mit Plakaten für Harkat-ul-Mudschaheddin bedeckt, und das Innere wurde nur von jenem spärlichen Tageslicht erhellt, das über die Schwelle drang. Einige Männer beteten andächtig, drückten die Stirn auf den Boden, während andere gähnten, sich am Kopf kratzten und schwatzten. Dieser Mangel an Disziplin ärgerte sie. Sie musste daran denken, wie ihr Vater vor der kleinen Ladenfrontmoschee in Santa Rosa gestanden, mit seinem Handy herumhantiert und den Imam sowie die bescheidene Gemeinde einfach ignoriert hatte. Wie er auf ein Wort von jemandem wartete. Von einer Frau. Sie hörte sein verächtliches Lachen.

Nach dem Gebet rollten sich einige Männer eine Zigarette, und Aden gesellte sich unauffällig zu ihnen, froh über den Rauch, der ihr für einen Moment Erleichterung von dem sauren Geruch nach Schweiß und ungewaschener Kleidung bot. Eine Viertelstunde später warteten sie, in lockeren Reihen angetreten, auf einem Platz aus festgestampftem Lehm zwischen Kantine und Moschee. Die Sonne hing blass über den Niederungen, und Aden sah, wie sich ihr Atem mit dem Atem der anderen mischte, während der Tag müde über den Hügelabhang herankroch. Sie musste an die Morgendämmerung im Hof in Sadda denken, aber es war nicht das Gleiche. Ganz und gar nicht. Der Mann, der ihr Vorbeter gewesen war, rief ihnen nun von einem Podest aus Zahlen zu; und sie streckten sich, reckten die Fäuste oder rannten auf der Stelle.

Am Nachmittag wurde ihr zusammen mit zwölf weiteren jungen Männern ein Ausbilder zugeteilt, der sich Abu Imam nannte. Er war schlank, von dunkler Haut, und jeder Fehler, den seine Rekruten machten, schien ihn auf dieselbe verlegene Weise zu amüsieren. Er sprach sehr gut Englisch, allerdings nur selten. Er stammte aus Eritrea, war kaum dreißig Jahre alt und beim Kampf gegen die äthiopische Besatzung im Großen Afrikanischen Grabenbruch ausgebildet worden. Er hatte die Figur eines Läufers, der er einmal werden wollte, und sie verbrachten ihren ersten Vormittag mit Staffelläufen und Sprints über den mit Sauergras bewachsenen Hügel hinter dem Lagergelände. Der Himmel war totenbleich, die Hitze fürchterlich. An Schuhen besaß sie nur die Sandalen, die sie mit Decker in Peschawar gekauft hatte, und bereits nach wenigen Stunden waren ihre Füße aufgeschürft und blutig. Andere waren noch schlimmer dran, übergaben oder beschmutzten sich und flehten die Ausbilder um Erbarmen an, was sie aber nicht unbedingt tröstete. Vor Erschöpfung wurde ihr schwarz vor Augen, als sie zum dritten Gebet eine Pause einlegten und anschließend zu Fladenbrot und Tee in die Kantine stolperten. Mit lang ausgestreckten Beinen saß Aden im Schatten und murmelte einen innigen Dank an Gott dafür, dass dies endlich vorüber war. Dann gab Abu

Imam jedem von ihnen eine Kalaschnikow ohne Magazin; sie standen auf, traten an und rannten erneut los.

In den folgenden sechs Wochen rannte sie bei Tageslicht und im Dunkeln, schwamm mit Gepäck im Fluss und lernte, ihre Waffe auseinanderzunehmen, sie zu putzen, mit Motoröl einzufetten und blind wieder zusammenzusetzen. Nach der ersten Woche rannten sie barfuß. Aden lernte, in hohem Tempo, doch Kräfte sparend über Sand zu laufen, über Geröll und Schotter und dabei Hacke und Spann den Konturen jedes einzelnen Steins anzupassen. Sie lernte, wie man instinktiv zielt, ohne das Visier der Kalaschnikow zu benutzen, und wie man sich mit Winkeralphabet oder Morsezeichen verständigt. Sie lernte, einen Menschen mit einem Draht, einer Schnur oder einem vom Kopftuch abgerissenen Stoffstreifen zu erwürgen.

Abends lag sie schwach vor Durst und Erschöpfung in ihrem Schlafsack und versank in tiefen Schlaf, noch ehe das Licht verblasste. Sie wurde so rank und schlank wie alle anderen und betete zu Gott, dass ihr Schweiß nicht anders roch als der Schweiß ihrer Gefährten. Wenn sie morgens im eisigen Frühdämmer die Augen öffnete, hatte sie neuerdings Mühe, sich zu erinnern, wo sie war und weshalb sie dort war. Jeden Tag wachte sie verwirrt und mit Schmerzen auf und fragte sich, welche Katastrophe sie hergebracht hatte. Dann aber war sie die Erste in der Moschee mit geteertem Dach, nicht die Letzte.

*

Eines Nachmittags hockte sie im Schutz einer Reihe Ölfässer hinterm Munitionsdepot, als Abu Intiqam sie entdeckte. Er war zu jung für das Lager, jünger sogar als die Jungen, die in den Quartieren der Ausbilder putzten und sie beim Essen bedienten; und er hatte sich angewöhnt, ihr überallhin mit ergebenem, unterwürfigem Blick zu folgen. Jetzt aber waren die Augen weit aufgerissen, und er musterte sie mit hartem, hellem Blick. Sie hockte sich mutig vor ihn hin, während er auf die nackte Lücke zwischen heruntergelassener Hose und hochgezogenem Kamiz starrte.

—Assalamu alaikum, zwang sie sich zu sagen.

—Wa alaikum assalam, murmelte er.

Hunger und Erschöpfung waren in diesem Moment ein Segen. Sie fühlte sich ihrem Körper so fern, der da verloren im Dreck hockte. Der vierte Ruf zum Gebet erscholl, als sie ihre Hose hochzog und aufstand. Abu Intiqam starrte sie nur an, die Hände zu Fäusten geballt. Er wartete auf eine Erklärung.

—Ich bin anders als du, sagte sie und strich sich den Kamiz glatt. —Das hast du selbst gesehen.

Sein Kopf wippte auf und ab, während er ihr immer noch auf die Hüfte starrte.

Sie zwang sich, zu warten, nichts zu überstürzen, gefasst dreinzusehen. Als wäre dieser Augenblick ein feierlicher Initiationsritus für den Jungen. Ihr Körper kam ihr so fremd vor, wie er für ihn ausgesehen haben musste: fremd, verwirrend, schutzlos.

—Ich bin anders als du, wiederholte sie.

Als er keine Antwort gab, machte sie einen Schritt auf ihn zu und legte ihm leicht die rechte Hand auf die Schulter. Sie zitterte.

—Abu Intiqam, kannst du mir sagen, warum?

Er schien noch dunkler zu werden. —Nein, kann ich nicht.

—Weil du Angst hast?, fragte sie sanft. —Oder weil du es nicht weißt?

Zu ihrer großen Erleichterung gestand er, dass beides zutraf. Sie kniete sich neben ihn. —Dann werde ich es dir erklären, kleiner Bruder. Du bist jetzt ein Krieger des Bergs. Du hast dir das Recht verdient, es zu erfahren.

—Was zu erfahren, Bruder Suleyman?

—Dies ist nicht mein erster Dschihad.

Eine Zeitlang sagte er nichts. —Verstehe ich nicht, murmelte er.

—Ich komme von der anderen Seite der Welt, sagte sie mit einer Stimme, die sie selbst kaum wiedererkannt hätte. —Aus einem Land, in dem Gläubige gehasst werden. Als ich zum Glauben fand, habe ich meine Freunde verloren, alle, und meine Familie hielt mich für verrückt. Mir wurde gesagt, ich sei zu jung, um für mich entscheiden zu können, und ich wäre eine Gefahr für mich selbst. Dass mir Böses widerfahren werde und dass ich es verdient hätte. Mein Vater und meine Mutter wandten sich von mir ab. Am schlimmsten, kleiner Bruder, aber war, dass es stimmte, was sie mir sagten. Böses geschah. Ihre Hand auf seiner Schulter griff fester zu. —Ich erzähle dir das, Abu Intiqam, damit mein Beispiel dir eine Lehre ist.

Er nickte und drückte sich den Knöchel seines Daumens an die Lippen. Wieder erscholl der Ruf zum Gebet. Gelächter wehte herüber. Die Versuchung, ihn in all seiner Verwirrung einfach stehenzulassen, war enorm. Wenn ich jetzt gehe, dachte sie, habe ich ihm nichts Falsches erzählt.

—Vergib mir, Bruder Suleyman, sagte er, —aber ich verstehe immer noch nicht …

—Sie haben mich geschnitten, hörte sie sich flüstern. —Sie haben ihn mir abgeschnitten, kleiner Bruder. Mit einem Messer.

Da stieß er ein Wimmern aus, und sie wusste, dass er ihr glaubte. Gut möglich, dass er noch nie eine nackte Frau gesehen hatte, nicht einmal auf einem Bild. —Vergib mir, Bruder Suleyman, sagte er erneut zu ihr.

Sie lächelte ihn an, nahm seine Hand und ging mit ihm den Hügel hinab. Es tat ihr weh, ihn so verwirrt zu sehen. Jetzt geschah das, wovor Decker sie gewarnt hatte: Die Lüge, die sie geworden war, war laut ausgesprochen. Irgendeine kleine Grenze hatte sich verschoben. Abu Intiqam weinte, und sie küsste ihn auf die Stirn. Die tiefstehende Sonne blendete. Zum ersten Mal, seit sie von zu Hause fortgegangen war, wusste sie, sie war verloren.

*

In dieser Nacht kam der Prophet und zog ihr sanft den Schlafsack von den Schultern. Er hatte die nikotingelben Finger ihrer Mutter, die grauen Stoppeln ihres Vaters, Augen, Haut und Stimme aber gehörten Ziar Khan. Sein Körper warf keinen Schatten. Vielleicht war er ein Dämon, gesandt, um sie in Versuchung zu führen. Er verlangte, dass sie ihm folge, und half ihr auf die Füße.

Sie stiegen über die schlafenden Leiber jener Männer hinweg, die sie im letzten Monat kennengelernt hatte, auch über manche, die noch wach waren und mit leerem Blick an die Decke starrten. Selbst über einige, die ins Gebet versunken zu sein schienen. Der Prophet bewegte sich langsam, zielstrebig, als hätte er einen weiten Weg zurückgelegt, um sie zu finden. Und so war es auch, versicherte er. Warum, wollte sie ihn fragen, doch fehlte es ihr an Mut. Auf keinen Fall wollte sie ihn gegen sich aufbringen. Er gab sich zwanglos, fast vertraut. Und obwohl er ihr gegenüber zuvorkommend war, fand sie ihn doch seltsam melancholisch. Die Menschheit hatte ihn enttäuscht, sogar die Gläubigen. Die Gläubigen vielleicht am meisten. Diese Enttäuschung hatte ihn vorzeitig alt werden lassen, sein Haar war ergraut, und trotzdem war er noch immer ein junger Mann, schön und stolz. Sein orangefarbener Trainingsanzug war zerschlissen und verblichen, doch trug er ihn wie eine Robe aus golddurchwirkter Seide.

Während sie in der Kälte und im Sternenlicht den steilen Hang hinaufstiegen, erklärte sie, was sie ins Lager geführt hatte. Sie erzählte dem Propheten, es müsse ihm fraglos seltsam vorkommen, dass ein Mädchen von kaum achtzehn Jahren so weit reisen und solche Risiken auf sich nehmen sollte, dass es aber keine andere Wahl gegeben habe. Sie sagte, es seien die Gläubigen gewesen, die sie zu dem einen wahren Glauben geführt hatten, insbesondere die Gläubigen, und dass sie, hätte sie im zerstörten Haus ihrer Mutter allein mit Gottes Wort und ihren eigenen Gedanken zur Gesellschaft bleiben müssen, bald den Verstand verloren hätte. Sie erklärte ihm, wie ihr Vater sie belogen und betrogen hatte. Sie beschrieb die Schläge ihrer Mutter. Der Prophet ging neben ihr, keuchte ein wenig vom Anstieg und nickte nachdenklich, während sie sprach. Nichts von dem, was sie erzählte, war für ihn neu, doch fühlte es sich herrlich an, es ihm zu erzählen. In ihrem ganzen Leben hatte sie noch nicht so viel geredet. Der Hang ragte vor ihr auf, und ihr Atem stieg zu den Wolken empor, und die Welt mit all ihren Mängeln lag hinter ihr in den Niederungen. Sie fragte den Propheten, ob er sie bestrafen würde, und er schaute mit müdem Blick aus blutunterlaufenen Augen zum Himmel auf. Sie fragte, ob Gott sie strafen würde, und der Nachthimmel strömte in ihren offenen Mund.

*

Tags darauf begann das taktische Training. Sie lernte, wie man in den Bergen oder in der Wüste einen Hinterhalt legte. Ihr wurde beigebracht, wie man sich tarnte, um sich ungesehen an ein Ziel anzuschleichen. Ein Spezialist unterwies ihre Gruppe darin, Brüdern im Feld medizinische Nothilfe zu leisten und sie mit minimalem Kraftaufwand in Sicherheit zu tragen. Sie lernte, einen Blutfluss zu stillen. Sie lernte, ein Haus zu stürmen und es gegen Angreifer zu halten. Sie lernte, wie man vordringenden Fußtruppen Deckung gab, ein Kidnapping organisierte oder ein Gebäude als mögliches Bombenziel einschätzte.

An einem Nachmittag führte Abu Imam sie zu einem hinter der Aufnahmebaracke neu errichteten Schuppen, von dessen getünchten Wänden bereits der Putz bröckelte. Der Tag war ruhig und wolkenlos, die Stimmung unter den Arabern und einer kürzlich aus dem Norden eingetroffenen Gruppe Tschetschenen aber unruhig und ausgelassen, der Übermut von Schuljungen kurz vor den Ferien. In dem absurden Versuch, die drückende Hitze zu lindern, fächelte ihnen ein Ausbilder mit einem plattgedrückten Karton Luft zu. Klappstühle waren in vier schnurgeraden Reihen aufgestellt, und aus einer Nische zog man mit großem Getue einen Fernsehapparat auf einem Rollwagen nach vorn. Abu Imam wirkte ungewöhnlich düster. Er gab ihnen zu verstehen, dass das, was sie im Lauf der nächsten Stunde zu sehen bekämen, wichtiger sei als ihre Orientierungsläufe oder ihre Treffsicherheit beim Schießen und dass er sich glücklich schätze, zu ihnen zu gehören. Das Video hatte ihnen ein Wohltäter ihres Lagers zugesandt, ein hochgebildeter und wohlhabender Mann. Wer Arabisch spreche, möge bitte für seine Nachbarn übersetzen.

—Was reden die, kleiner Bruder?, fragte ein rothaariger Tschetschene auf Englisch, sobald das Band abgespielt wurde.

—Noch gar nichts, antwortete sie und strengte sich an, das Gesagte trotz des lauten Rauschens zu verstehen.

Er umklammerte ihre Rückenlehne mit seinen mächtigen, schwieligen Fingern. —Nichts? Wieso nichts? Ich höre doch wen reden.

—O ihr, die ihr glaubt!, sagte sie leise. —Es ist euch die Wiedervergeltung vorgeschrieben für die Getöteten.

—Sehr gut, kleiner Bruder. —Aber was soll das heißen?

—Es ist ein Zitat aus dem Buch. Aus der zweiten heiligen Sure.

—Das ist alles?, seufzte der Tschetschene und lehnte sich wieder zurück.

Der folgende Film war unzählige Male kopiert und wieder kopiert worden, was jegliche Farbe aus ihm herausgewaschen hatte. Ein silberner Schleier statischer Störungen waberte über den Bildschirm, und die langgewandten Gestalten dahinter schienen Licht zu verströmen. Ein älterer Mann auf einem Diwan vor einer schlüssellochförmigen Tür wandte sich an die Zuschauer, doch was er sagte, war kaum zu verstehen. Der Schleier zuckte, hob sich und senkte sich wieder. Flugzeuge flogen in enger Formation über Städte, die zu Staub zerpulvert wurden. Palästina wurde erwähnt, dann Tschetschenien, Bosnien, Kaschmir, darauf die Namen von Ländern und Gegenden, die Aden noch nicht kannte. Die Flugzeuge flogen von links nach rechts, und Häuserviertel und Moscheen wurden mit mathematischer Präzision ausgelöscht. Jede Seele wird den Tod kosten. Der Film verrann ins Weiße. Und das irdische Leben ist nichts als ein trügerischer Genuss. Die Kamera bewegte sich auf Schulterhöhe durch Notstationen voll verstümmelter Kinder. Wie in einer Litanei wurden die Daten von Invasionen und Luftschlägen aufgezählt. Ein Wehklagen erhob sich in der erstickenden Dunkelheit. Aden spürte, wie ihre Hände zitterten. Jede Seele wird den Tod kosten. Hinter ihr weinte der Tschetschene wie ein Kind in seine Ärmel.

O ihr, die ihr glaubt, übt Geduld und wetteifert in Geduld und seid standhaft und fürchtet Gott; vielleicht werdet ihr erfolgreich sein.

*

Nachdem der Film zu Ende war und man den vorsintflutlichen Fernseher zurück in die Nische geschoben hatte, kam einer der Brüder auf sie zu. Unter den vielen Paschtunen im Lager war er der einzige, der fließend Englisch sprach und einige mühsam erworbene Kenntnisse von Geographie und weltgeschichtlichen Ereignissen besaß, was ihn ihr aber trotzdem nicht sympathisch machte. Aden ging gerade aus dem Schuppen, als er sich ihr anschloss, schwer atmend und vor sich hin murmelnd. Seiner Miene nach war er verwirrt, fast ein wenig verlegen, und sie achtete darauf, eine Armeslänge Abstand zu ihm zu halten. Sie hatte diesen benommenen Gesichtsausdruck schon früher an ihm bemerkt.

—Was gibt es, Bruder? Habe ich etwas falsch gemacht?

—Du kannst perfekt aus dem Koran zitieren. Und das sehr schön, sagte er mit belegter Stimme. —Ich höre dir an, dass du in einer Medrese warst.

Sie dankte ihm und ging weiter. Die anderen waren abgebogen oder zurückgefallen. Aden hielt Ausschau nach Abu Imam.

—Diese Flugzeuge, Bruder, sagte er.

Abu Suhail ging nicht weiter, woraufhin sie ebenfalls stehen blieb, sorgsam darauf bedacht, ihn nicht im Rücken zu haben. —Was für Flugzeuge? Die im Film?

—Ich verstehe, dass das deine Flugzeuge sind, sagte er. —Deine Bomber.

—Amerikas, meinst du. Von den Vereinigten Staaten.

—Deine, sagte Abu Suhail. Er erwiderte den Blick von jemandem, der hinter ihr stand, aber Aden drehte sich nicht um. Sie hörte ein leises Klicken, dumpf und metallisch, als würde eine Dose Soda geöffnet.

—Abu Suhail, sagte sie, blickte ihm direkt ins Gesicht und hob die Stimme, damit die anderen sie hören konnten. —Das Land, in dem ich geboren wurde, ist nicht mein Land. Ich habe keinen Pass. Und ich habe keine Familie. Wir haben all das aufgegeben, jeder von uns, als wir hierherkamen. Stimmt das nicht? Wir haben all das aufgegeben, als wir in den Dschihad zogen.

—Ich habe meine Familie nicht aufgegeben, erwiderte er tonlos. —Bomben haben meine Familie ermordet.

—Bruder, wenn du nur …

—Erzähle mir noch einmal von diesen Flugzeugen. Deinen Flugzeugen.

—Es sind nicht meine, stammelte sie. —Auch nicht die Flugzeuge Amerikas. Du hast im Lehrgang für Ballistik nicht zugehört. Das waren Neshers, made in Israel. Das waren israelische Kampfflugzeuge.

Er blinzelte sie mit größter Mühe an, fast als wäre er betrunken. —Flugzeuge aus Israel?

—Ganz richtig.

—Aber Israel, sagte er langsam. —Israel gehört euch.

Er berührte sie jetzt fast, und sie spürte jedes seiner Worte auf ihrer Haut. Obwohl er kaum zwanzig Jahre alt war, roch sein Atem wie der eines alten Mannes, ein Geruch, bei dem sich ihr der Magen umdrehte. Möglicherweise roch sie selbst auch nicht besser. Sie begann zu würgen, wandte den Kopf ab und entdeckte die Tschetschenen, die ihnen aus dem Schatten der Kantine zuschauten.

—Sag mir deinen Namen, verlangte Abu Suhail. —Deinen und den deines Vaters.

—Hast du vergessen, wo wir sind? Dies ist Der Berg, Bruder. Ich habe hier keinen anderen Namen als den, den ich für mich gewählt habe.

—Sag mir deinen Namen, wiederholte er und packte sie am Arm. —Deinen amerikanischen Namen.

Als sie zur Antwort ansetzte, ertönte hinter ihr eine Hupe, einmal, dann dreimal rasch hintereinander, und sie hörte, wie das metallene Rolltor rasselnd aufging. Aden entwand sich Abu Suhails Griff und drehte sich gerade noch rechtzeitig um, um zu sehen, wie eine Staubwolke im schräg einfallenden gelben Licht über die Mauer aufstieg. Zwei Laster mit angehängten Tiefladern ratterten durch die Absperrung und hielten zwischen Moschee und Kantine. Die Hänger waren mit Linsensäcken aus Kunststoff beladen, auf denen breitbeinig Männer mit Kopftüchern und in groben Wollmänteln hockten. Der Fahrer des ersten Lasters war der Talib, der sie im Schutzraum der Apotheke in Peschawar verhört hatte. Der Fahrer des zweiten Lasters war Ziar Khan.

Sie ging ein paar Schritte auf die Laster und die Männer zu, sie fühlte den Weg über den abfallenden Grund, ohne hinzusehen. Abu Suhail und die anderen hatten sie vergessen. Der Wind nahm zu, auf den Tiefladern knatterten und flatterten die verschnürten Sackzipfel, doch Aden stand reglos da, die Arme beidseits ausgestreckt, weil sie fürchtete, das Gleichgewicht zu verlieren. Der Himmel über dem Lager schien sich zu verdunkeln. Sie sah die Männer lachen, sah, wie sie sich grüßten und Säcke von den Hängern warfen, zwei auf einmal. Ihr war schwindlig vor Angst, nur wusste sie nicht, warum. Die Angst ließ sie an Ort und Stelle stehen bleiben wie ein in den Boden gerammter Pfosten.

*

Jemand musste sie beiläufig erwähnt haben, den amerikanischen Teenager mit seltsamem Hocharabisch und ohne Pass, denn als sie beim Abendessen an Ziars Tisch kam, zeigte er sich nicht im mindesten überrascht. In aller Ruhe stellte er seine Teetasse ab und wartete, dass sie sprach. Ihre Stimme versagte, als sie ihn beim Namen nennen wollte.

—Suleyman Al-Na'ama, sagte er liebevoll. —Ich hätte so klug sein sollen, dich nicht in Sadda zu lassen. Ich hätte wissen können, dass das nichts bringt.

—Dein Vater hat gesagt, du hättest ihm versprechen müssen, mich nicht mitzunehmen.

—Hat er das? Ich kann mich nicht erinnern. Er winkte jemandem am anderen Ende des Raumes zu. —Ich habe meinem Vater viele Versprechen gegeben, ohne sie halten zu wollen. Schande über mein undankbares Haupt.

—Keine Schande, warf sie rasch ein. —Ich habe meine eigene Entscheidung getroffen.

—Das sieht er sicher anders.

—Es ist mir egal, wie er das sieht.

—Natürlich. Er nickte. —Aber du bist nicht sein Sohn.

Der Lärm im Raum verhallte, als sie sein Lächeln erwiderte. Ihr war, als umschlösse sie eine Kuppel aus Stille und Licht. Seinem Gesichtsausdruck entnahm sie, dass man über ihre Zukunft im Lager noch nicht entschieden hatte, und sie sagte sich, dass sie bereit war, sich seinem Urteil zu unterwerfen: Ziar Khans Urteil, und nur seinem.

—Wer ist der Mann, mit dem du gekommen bist?

—Welcher Mann, kleiner Bruder?

—Der Fahrer des anderen Lasters.

Ziar zog die Augenbrauen hoch. —Sein Name hier im Lager lautet Abu Shakt. Warum fragst du?

—Ich habe ihn schon einmal getroffen.

—Das habe ich gehört.

—Er hat dich einen Lügner und einen Dieb genannt.

Ziar nickte, erhob sich vom Tisch und nahm dabei ihren angebotenen Arm zu Hilfe. Sein Griff war nicht so sanft, wie sie ihn in Erinnerung hatte. —Bruder Suleyman, sagte er in liebenswertem Ton. —Du klingst fast, als würdest du ihm nicht glauben.

—Ist er einer deiner Kameraden? Habt ihr zusammen gegen die Russen gekämpft?

—Komm, lass uns spazieren gehen, sagte er und führte sie aus dem Raum. —Wenn ich mich richtig erinnere, hast du in Sadda nicht so viele Fragen gestellt.

—In Sadda hatte ich auch nicht so viele Probleme.

Er lachte. Er war jetzt eine Silhouette vor dem Hintergrund der ersten Sterne. —Das kann nur eines bedeuten, Suleyman Al-Na'ama.

—Und das wäre?

—Du wirst zum Mann.

Genau wie in ihrem Traum gingen sie an der Moschee vorbei, am Munitionsschuppen und am Latrinengraben zum Fuß des Hügels. Ihre Angst war längst verflogen, und sie fühlte sich, als schwebte ihr Körper in ihren Kleidern. Im Süden standen Wolken am Himmel, giftgrün verfärbt von den Lichtern der Stadt Mansehra. Aden versuchte, sich auf das zu konzentrieren, was Ziar ihr sagte, und unterdrückte nur mit Mühe den Wunsch, seine Hand zu nehmen.

—Als wir die Medrese verließen, hatte ich große Lust, dich aufzuwecken, kleiner Bruder, aber manchmal bin ich wohl doch ein gehorsamer Sohn, gepriesen sei Gott. Dein Freund Ali hat mich jedenfalls gedrängt, es zu tun, du darfst also nicht schlecht von ihm denken. Mehr als einmal hat er gesagt, dass du einen besseren Kämpfer abgeben würdest als er. Ziar schüttelte den Kopf. —Und nach ein paar Tagen war ich durchaus bereit, ihm das zu glauben.

—Er hatte recht, Ziar, sagte sie. —Das würde und werde ich.

Er blieb einen Moment stehen und blickte zurück auf den Weg, den sie gekommen waren. —Wie es Brauch ist, sind wir zu Fuß über die Grenze gegangen. Nach kaum drei Stunden im Stammesgebiet erreicht man ein kleines Lager. Ali, dein Freund Ali, hat mir allerdings Märchen aufgebunden. Er behauptete, sich mit Handfeuerwaffen auszukennen und zu wissen, wie man ein Gewehr auseinandernimmt; sein Vetter Yaqub hat ihn in diesen Lügen noch bestätigt. Bruder Yaqub ist ein Mann, der es gut meint, ein verlässlicher Soldat, Suleyman, nur lässt er sich zu leicht in die Irre leiten. Sie haben mich da in einige Verlegenheit gebracht, die beiden. In nicht geringe Schwierigkeiten.

—In Schwierigkeiten?, sagte sie.

—Ich entschied, Bruder Altaf dafür verantwortlich zu machen, was ich immer noch richtig finde. Von den dreien hat mich keiner so sehr getäuscht wie er – und das nicht nur in dieser einen Sache. Als ich ihn damit konfrontierte, hat er mir endlos Lügen aufgetischt, Suleyman, auch über dich. Du wirst also nie wieder mit ihm zu Mittag essen, auch nicht mit seinem Bruder.

—Warum nicht?

Ziar schüttelte den Kopf. —Weil sie nicht länger zu uns gehören.

Als sie den Hang hinaufstiegen, begann es leicht zu regnen. Ihr war jetzt klar, dass Ziar sich freute, sie zu sehen, und sie spürte kaum mehr das Brennen in den Beinen. Sie sagte sich, dass sie sein Vertrauen besaß, dass er nie derart offen mit den ernsten, bärtigen Männern geredet hätte, die mit ihm am Tisch saßen, und die Freude, die ihr das bereitete, ließ die Nacht seltsam still werden. Aden spürte keine Müdigkeit mehr, keine Ungewissheit. Sie hätte noch stundenlang so weiterlaufen können. Erst als sie den Gipfel erreichten und sich an den Abstieg machten, fiel ihr auf, dass sie kaum an Decker gedacht hatte.

—Was ist mit Ali?

—Was soll mit ihm sein?

Sie zögerte. —Hast du ihn auch dagelassen? Jenseits der Grenze, meine ich? Oder hast du ihn zurück nach Hause geschickt?

—Nach Hause? Wo soll das sein, kleiner Bruder?

Sie überholte ihn rasch, um ihm ins Gesicht sehen zu können. —Ich bin mir sicher, du hast das Richtige getan, wofür auch immer du dich entschieden hast.

—Dein Vertrauen ehrt mich.

—Ich frage nur …

—Ich habe ihm weniger angetan, Suleyman Al-Na'ama, als ein Lügner verdient hätte.

Sie öffnete den Mund, brachte aber kein Wort heraus.

—Suleyman.

—Ja?

—Seit wir angekommen sind, ist er im Lazarett. Das Wasser hier bekommt ihm nicht.

Ein Schauder überlief sie. —Er ist hier? Im Lager?

—Geh ihn besuchen, kleiner Bruder. Geh hin und leiste ihm Gesellschaft. Vielleicht findest du ja eine Gelegenheit, ihm beizubringen, wie man zielt und schießt.

—Ali ist kein Lügner, murmelte sie. —Nicht so richtig.

Er glaubt einfach, dass etwas wahr wird, wenn er es nur oft genug wiederholt.

—Verstehe. Und woher weißt du das?

—Keine Ahnung. Einfach so. Sie ging weiter bergab, schlitterte über das Geröll. —Vielleicht bin ich genauso.

—Geh zu ihm, rief Ziar ihr nach. —Aber vergiss nicht, was uns der Prophet gelehrt hat.

—Und das wäre?

—Es mag sein, dass euch etwas gefällt, das übel für euch ist.

*

Decker schlief, als sie ihn im Lazarett fand, ein weißer Zinkeimer in Reichweite neben seiner Pritsche. Der Eimer war angeschlagen und verkrustet mit uraltem schwarzem Dreck; sie schob ihn mit der Fußsohle beiseite und hockte sich neben Decker auf den Boden. Das Ungestüm ihres Glücksgefühls überraschte sie. Nach einer Weile regte er sich und seufzte vor sich hin, so leise, dass er kaum zu hören war. Aden setzte sich auf den Rand der Pritsche und sagte seinen Namen.

—Scheiße verdammt, Sawyer, sagte er, ohne die Augen zu öffnen. —Sag mir verflucht noch mal, dass du nicht da sitzt.

Sie legte eine Hand auf seine Schulter, die sich abgemagert und zu kühl anfühlte. —Ich sage dir alles, was du hören willst.

—Okay. Er atmete tief aus. —Dann sag mir, dass ich zurück in Santa Rosa bin. Im Herzen des Weinlandes. Sag mir, dass ich so dick bin wie Biggie Smalls, dass im Fernsehen eine Show mit Kathie Lee Gifford läuft und dass meine Scheiße nicht wie dreckige Pepsi aussieht.

—Stimmt alles, sagte sie. —Bis auf das Letzte. Sorry, aber da kann ich dir nicht helfen.

—Ich bin schon immer scharf auf Kathie Lee gewesen. Endlich kann ich es dir ja sagen.

—Das glaube ich dir keine Sekunde.

—Darfst du aber, Pilger. —Sie hatte diese heiße Mutternummer drauf, weißt du? So als würde sie dir erst ein großes Blech mit Brownies backen, um dich dann irgendwohin mitzunehmen, zum Beispiel in die Wäschekammer, und …

—Kümmert man sich um dich? Gibt es hier einen Arzt?

—Sieh dich doch um, Sawyer. Er lachte. —Die stecken dich hier rein und warten, ob du es wieder raus schaffst. Und wenn du Glück hast, geben sie dir sogar einen Eimer.

—Kann ich dich etwas fragen?

—Ich dachte, ich bin derjenige, der die Fragen stellt.

—Ziar sagte, dass irgendwas mit Altaf passiert ist.

Er legte sich zurück auf das gefaltete Handtuch, das ihm als Kopfkissen diente, und fuhr sich mit der Hand über das Gesicht. —Du hast ihn doch sowieso nie gemocht.

—Was ist passiert?

Er starrte eine Zeitlang an die Decke, bevor er antwortete.

—Es ist einfach alles scheiße gelaufen. Ich meine, schon von Anfang an, Sawyer. Noch bevor wir über die Grenze sind. Ich bin ein gottverdammter Idiot und kann von Glück sagen, dass ich nicht mit dem Gesicht nach unten im Dreck liege.

Sie lächelte ihn an. —Stinken tust du aber so.

—Sie haben ihn umgebracht, Sawyer. Sie haben ihn geholt und ihm in den Kopf geschossen.

Ein Klappern drang durch die Wand hinter der Pritsche. Gleich nebenan lag die Aufnahmebaracke, und trotz des schwermütigen Ratterns der Klimaanlage hörte sie jemanden auf der alten elektrischen Remington tippen. Der Fliesenboden wurde mittig von einem dunklen, grauen Fleck geteilt. Aden strich über die Wand, ihre Hand wurde nass.

—Wer sind *sie*?

Er schien sie nicht zu hören. —Ich stand keine drei Meter neben ihm, als sie es getan haben. Vielleicht noch weniger. Sie hatten nicht mal den Anstand, ihn woanders hinzubringen.

—Wäre das denn besser gewesen?

—Was meinst du?

—Wäre es besser gewesen, sie hätten ihn vorher woanders hingebracht?

—Fick dich, Sawyer, sagte er und drehte sich zur Wand um. —Du musstest es ja nicht mit ansehen. Du warst nicht da.

—Das stimmt, sagte sie. —Das war ich nicht. Du hast mich zurückgelassen.

Er gab einen kleinen, halberstickten Laut von sich, der alles nur Erdenkliche bedeuten konnte, rollte sich zusammen und blieb reglos liegen. —Ich will nach Hause, flüsterte er.

Sie brauchte einen Moment, ehe sie ihm antworten konnte. —Du solltest auch nach Hause fahren, Decker. Du solltest nach Hause fahren, sobald du kannst.

—Die haben meinen Pass. Und mein ganzes Geld.

—Wir finden einen Weg, erwiderte sie leise. —Ich rede mit ihnen.

Sie saß auf der Pritsche und fuhr ihm durchs Haar. Die Remington klapperte ununterbrochen, und Aden fragte sich, was man wohl für einen Bericht, Erlass oder ein Manifest auf der anderen Seite der Mauer abtippte. Sie hatte, wie ihr bewusst wurde, keine Möglichkeit, dies herauszufinden, sie konnte es nicht einmal erraten, und allein der Gedanke trieb ihr Tränen der Panik in die Augen. Sie schaute auf den schmalen, kalten Lichtstreif unter der Tür und zwang sich, an jene Wahrheit zu denken, für die sämtliche Rituale im Lager bloß Symbole waren. Gott herrschte an diesem Ort, zumindest die Unterwerfung unter Seinen Willen, vielleicht auch nur das Verlangen nach dieser Unterwerfung, was der höchsten Form der Liebe entsprach, die sie zu geben vermochte. Nicht die Unterwerfung als solche, sondern das Verlangen danach. Sie lauschte auf Deckers stetigen Atem, darauf, wie er Luft holte und seufzte. Was auf der anderen Seite der Mauer geschah, war egal. Ihre Pflicht lag endlich klar vor ihr, klar genug jedenfalls. Außer ihm hatte sie keine Familie mehr, keine Liebe, keine andere Verpflichtung. Er war der einzige Mensch auf der Welt, der sie kannte. Ihre Pflicht bestand allein darin, Decker vor Unheil zu bewahren.

*

Die ganze Woche trainierte sie so hart, dass sogar Abu Imam ihr Loblied sang. Sie lernte, Landminen zu legen, Stolperdrähte für Sprengsätze anzubringen und die Vorrichtungen so wieder abzubauen, dass sie in saubere graue

Filzlappen gewickelt und wiederverwendet werden konnten. Ihre Finger waren schlanker als die der anderen, geschickter, präziser, weshalb man ihr die Aufgabe zuwies, den Scherbolzen zu prüfen und den Sicherungshebel bei den Tellerminen zurückzusetzen, die sich im Kampf gegen die Russen als so effektiv erwiesen hatten. Sie übte sich im Schießen, im Orientierungslauf und begann, Paschto zu lernen. Jeden Tag nach dem vierten Gebet besuchte sie Decker, um ihm zu erzählen, was sie gelernt hatte, und allmählich begann er, sich dafür zu interessieren. Manchmal flackerte sogar der alte Hitzkopf in ihm wieder auf, vor allem, als sie ihm von den Sprengsätzen erzählte, und am Ende der Woche behandelte er sie mit gutmütiger Verachtung, sooft sich irgendwer in der Nähe aufhielt. Für diese kleine Gnade dankte sie Gott von Herzen. Schon zwei Wochen später konnte Decker ohne ihre Hilfe aufstehen, und am nächsten Tag verließ er das Krankenzimmer. Seine Flucht erwähnte er mit keinem Wort mehr.

Beim Morgengebet am nächsten Freitag erhaschte sie einen Blick auf Ziar am Eingang zur Moschee, seine Silhouette im ersten Licht, und sie sah, wie er Decker mit unverwandtem Interesse beobachtete. Sein angedeutetes Lächeln mochte ihr gelten, vielleicht auch Decker oder gar dem rotbärtigen Tschetschenen, der das Gebet anführte, und sie dachte bei sich, dass ebendies eine der Qualitäten war, die ihn zu einem Anführer machten: ein Lächeln, das allen galt und niemandem. Trotzdem wusste sie in ihrem tiefsten Innern: Das, was sie beide verband, gehörte nur ihnen allein. Aden warf einen Blick auf Decker an ihrer Seite, der inbrünstig das holprige Arabisch des Tschetschenen nachsprach, dann wandte sie den Kopf ab, um Ziars

Lächeln zu erwidern, und es kümmerte sie nicht, wer sie dabei beobachten würde. Ziar aber war nirgendwo mehr zu sehen.

Nach einigen Tagen ging es Decker endlich wieder so gut, dass er mit dem eigentlichen Training anfangen konnte. Da Aden bei Abu Imam einen Stein im Brett hatte, konnte sie ihn nach längerer Diskussion überreden, Decker in seine Gruppe aufzunehmen. Sie bürgte für seine Redlichkeit, sein eifriges Streben als Muslim und versprach, ihn aus allem Ärger herauszuhalten. Restlos konnte sie Abu Imams Zweifel nicht ausräumen, aber das war nicht entscheidend. Entscheidend war, dass er zugestimmt hatte.

Zu Beginn war Decker kraftlos und ungeschickt, genau wie Ziar ihn beschrieben hatte, doch legte er eine grimmige Entschlossenheit an den Tag, die Aden nie bei ihm vermutet hätte. Die Krankheit hatte ihn verändert. Er redete kaum noch, selbst mit ihr nicht, und er zwang sich, sogar jene ranzigen Portionen zu essen, die sonst kaum einer anrührte. Und obwohl er vom vormittäglichen Lauf auf den Hügel befreit war, bestand er darauf, so weit wie möglich mitzuhalten, um in der letzten Stunde dann Schutz vor dem Wind zu suchen und bibbernd vor Erschöpfung und mit blauen Lippen das uralte, rostfleckige Gewehr zu reinigen, das man ihm ausgehändigt hatte. Es war eine Degtjarjow DP, ein leichtes russisches Maschinengewehr aus der ersten Hälfte des Jahrhunderts, doch schien er weder das Alter der Waffe noch ihr Gewicht oder die Kalaschnikows wahrzunehmen, die alle anderen trugen. Abu Imam begann, Ziar abends mit sanfter Stimme aufzuziehen, ihm Anekdoten über Bruder Alis Tapferkeit zu erzählen, über seine Hingabe für den Dschihad. Ziar nickte nur leutselig und wünschte ihm alles Gute.

*

Sie verlegten Antipersonenminen am Hügel hinter dem Lagergelände, als Aden zwei ältere Männer im Kaftan sah, die sich langsam den Abhang hinaufmühten. Wenige Schritte hinter ihnen folgte Ziar, ganz in Weiß gekleidet wie für den Tag der Zusammenkunft. Eine Vorahnung oder Befürchtung ließ sie aufstehen. Ziar machte eine kleine Geste, woraufhin Abu Imam seine Hände wie einen Trichter an den Mund legte und ihren Namen rief. Alles geschah so rasch. Sie sah die Männer an, als würde sie sich die Nachrichten ansehen. Abu Imam runzelte die Stirn und rief sie erneut. Die Vorahnung wurde stärker. Sie blickte über die Schulter zurück zu Decker. Er hob nur kurz den Kopf, starrte mit leerem Blick den Abhang hinab und wandte sich dann wieder der Furche zu, die er in den Lehm grub.

—Du hast dich im Training bewährt, kleiner Bruder, sagte Abu Imam, sobald sie zu ihm kam. —Hast dich hervorgetan. Und deshalb sind diese Herren jetzt hier.

—Das weiß ich, Abu Imam. Und dafür bin ich dankbar.

—Du weißt das? Das Lächeln verschwand von seinem Gesicht. —Was meinst du noch zu wissen, Suleyman Al-Na'ama?

—Nur was mir beigebracht wurde, erwiderte sie zerstreut und legte eine Hand aufs Herz. Sie stellte sich vor, dass Decker hinter ihr stand. Abu Imam schien noch etwas sagen, sie vielleicht sogar umarmen zu wollen, doch er trat einfach beiseite, um sie passieren zu lassen.

Ziar und die beiden Männer im Kaftan warteten auf einem ebenen Hügelabsatz. Sie gaben an, Abu Bakhsh und Abu Hamza zu heißen, und noch während Aden von ihren würdevollen, müden Stimmen befragt wurde, wusste sie, dass ihre Tage bei Abu Imam ein Ende fanden. Sie wurde über ihre Zeit im Lager Berg befragt, über ihre Kenntnisse der Schrift, ihre Vertrautheit mit Sprengstoffen und Handfeuerwaffen. Die Sonne stand Aden im Rücken, und die Männer nickten im Gleichklang mit den Köpfen und kniffen die Augen zusammen, als wäre sie nur schwer zu sehen. Ziar hielt Abstand und beobachtete sie mit einer Haltung amüsierter Distanz fast wie ein junger, altkluger Kaufmann, der darauf wartete, dass seine älteren Kollegen eine Rechnung absegneten.

Als die alten Männer fertig waren, dankte Ziar ihnen und führte sie mit schwungvoller Geste fort vom Minenübungsgelände zu einer Straßenbiegung, wo ein verbeulter blauer Pick-up mit laufendem Motor stand. Ein junger Paschtune, den Aden zu kennen meinte, saß vornübergebeugt hinterm Lenkrad. Als Ziar an die Windschutzscheibe klopfte, wachte er mit einem Ruck auf, stammelte eine Entschuldigung, huschte über die Straße und verschwand. Aden war froh, ihn gehen zu sehen.

Sie stand neben Ziar vor der scheppernden Motorhaube, und beide schauten sie nach Westen, folgten mit ihren Blicken der langen, schmalen Talkurve. Niemand sonst war zu sehen. Der Tag war außergewöhnlich klar, und Aden sah oder meinte vielmehr am Rand ihres Blickfeldes die Türme einer Stadt zu erkennen, irgendwo zwischen den Gipfeln im Norden, wo es keine Stadt gab und auch nie eine geben würde. Der Motor spuckte und stotterte.

Pockennarben säumten den Radkasten, wo man eine Reihe Kugellöcher zugespachtelt hatte. Der von Rost eingefasste Kitt war rissig geworden und hatte sich verfärbt. Insgesamt zählte sie sieben Einschüsse und fuhr leicht mit den Fingerspitzen darüber.

—Sie haben ihr Bestes versucht, diese beiden Großväter, sagte Ziar in aufgesetzt feierlichem Ton. —Aber du hast sie an die Wand gespielt, Suleyman. Glückwunsch.

—Ich wusste nicht, dass wir gespielt haben.

—Nein?

Der Drang, ihn zufriedenzustellen, überkam sie in diesem Moment so stark wie ein Krampf. —Entschuldigung, hörte sie sich antworten. —Ich glaube, ich bin verwirrt.

—Du bist immer noch ein Kind, sagte er und schaute dabei zum Lager zurück. —Das macht deinen Fall so schwierig. Für diese Graubärte bist du praktisch noch ein Baby.

—Hier oben gibt es jede Menge Jungen, die jünger sind als ich, warf sie rasch ein.

—Da hast du recht, Suleyman. Es gibt hier viele kleine Jungen, aber nicht einer von denen ist bislang über die Grenze gebracht worden.

Sie holte tief Luft und hielt den Atem an. Ziar erwartete keine Antwort. Er war in geduldiger Stimmung, und sie war dankbar für die kurze Pause.

—Die meisten in diesem Lager finden, dass mein Vertrauen in dich nicht gerechtfertigt ist, sagte er und ließ seinen Blick auf ihr ruhen. —Abu Imam ist die einzige Ausnahme.

—Und was sagt man über mich?

Er reagierte mit einem fast schüchternen Lächeln, ehe

er antwortete: —Manche meinen, ich sei in dich vernarrt und könne nicht mehr klar denken. Als wärest du ein Tanzjunge aus Kandahar, kleiner Bruder, und ich ein runzeliger alter Schwachkopf, der Opium zum Tee nimmt. Er langte an ihr vorbei zum Türgriff. —Bin ich ein Opiumtrinker, Suleyman? Sei ehrlich. Bist du ein Tanzjunge?

Sie legte eine Hand auf die Motorhaube und spürte, wie sich die Hitze sanft den Arm hinauf bis in ihre Brust ausbreitete. So lange, wie sie es aushalten konnte, ließ sie die Hand dort.

—Nein, sagte sie schließlich. —Ich bin kein Tanzjunge.

—Ich danke dir, dass du das sagst, erwiderte Ziar und zog die Tür auf. —Und jetzt rein mit dir.

Schweigend fuhren sie aus dem Tal, der festgebackene Lehm ging in Asphalt über. Nie zuvor hatte sie mit solcher Präzision etwas gespürt oder gehört. Ihr Körper war immer noch der einer jungen Frau, und er war viel zu deutlich zu spüren. Doch war das nur wichtig, wenn sie sich entschied, darauf zu achten. Sie schaute aus dem Fenster und sah die Berge vorüberziehen, die sie weit wichtiger fand als ihren schwachen Körper. Ihren unbedeutenden Körper. Sie waren zackig, dunkel, flatterten wie Flügel.

*

Die Berge verschwanden, und sie waren mitten in irgendwelchen Vororten. Dass dies so schnell ging, verblüffte sie. In der Kurve einer unscheinbaren Straße voller Häuser mit Stuckfassaden ließ Ziar den Wagen in eine Lücke rollen, hielt, lehnte sich zurück und stützte sich mit beiden Händen auf dem Armaturenbrett ab. Sie rechnete damit, dass er sie anschaute, aber seine Aufmerksamkeit galt allein der Straße. Sie war mit Betonsteinen gepflastert, die Ränder abgesetzt; Bäume und Bürgersteige wirkten liebevoll gepflegt. Bis auf einen dünnen gelben Film auf der Windschutzscheibe war nichts von dem Staub geblieben, durch den sie gefahren waren. Ebenso gut hätten sie in irgendeinem verschlafenen Vorort in Kalifornien sein können. Die weiß getünchten Häuser leuchteten so hell, dass es in den Augen weh tat.

Ziar stellte den Motor ab. —Wir haben nur noch wenig Benzin, sagte er. —Ich verrate dir was, kleiner Bruder.

—Was denn?

—Könnte sein, dass es nicht für die Rückfahrt reicht.

Sie warf einen Blick auf den Tankanzeiger; er war kaputt. Ziar richtete seine Aufmerksamkeit jetzt auf sie, nicht länger auf die Straße. Er trommelte mit den Fingern aufs Armaturenbrett. Aden war für die Zukunft bereit, aber die Zukunft lag im Schatten. Ihre Voraussicht schien undeutlich geworden und an ihre Stelle Kurzatmigkeit getreten zu sein, ebenso ein ungeduldiges Warten auf das nächste gottgewollte Ereignis. Die nächste überraschende Wende. Sie hatte keine Ahnung, was passieren würde. Der Zweifel, den sie spürte, musste endlich verschwinden.

Ziar griff nach ihrer Hand. Es schien ihm zu gefallen, dass sie keine Antwort gegeben hatte. Er hielt es für einen Beweis ihres guten Glaubens.

—Siehst du das Haus da, kleiner Bruder? Das mit dem halbgeöffneten Tor?

Ihr Blick folgte seiner Hand. —Ja, sehe ich.

—Dort wohnt ein Mann, allein, ohne Frauen oder Kinder. Ein Importeur aus Indien. Ein Mann, der sich selbst einen Förderer unserer Sache nennt.

—Ein reicher Mann, sagte sie.

—Ein Mann, der sein Wort gegeben hat. Der uns Geld versprochen hat. Ein Mann, der mit gespaltener Zunge spricht, auf der einen Seite mit unseren Leuten und auf der anderen mit dem ISI.

—ISI?

Er machte eine ungeduldige Geste. —Dem ISI, wiederholte er. —Dem Geheimdienst in diesem Land. Der Nachtpolizei.

Sie schaute über die breite Straße auf das Haus, das Tor und den dahinter parkenden Wagen. Eine graue Limousine ohne Nummernschild. Ein niedriger, von Säulen gesäumter Häuserdurchgang. Hinter einem Erkerfenster ein sich drehender Deckenventilator. Das Flackern eines Fernsehers.

—Weshalb sind wir hier?

—Um uns Benzin zu besorgen. Mehr nicht, kleiner Bruder.

—Okay.

Ihre Bereitwilligkeit überraschte ihn. —Schau hinter deinen Sitz, sagte er. —Da ist ein Kanister und ein Stück Plastikschlauch. Du hast schon mal Benzin aus einem Auto abgesaugt? Sie haben dir das beigebracht?

Aden nickte. —Abu Imam hat es uns in der ersten Woche gezeigt.

—Natürlich. Er drehte sich um und langte nach hinten. Sein Gesicht war ihrem so nahe wie noch nie, und sie konnte seinen Atem an Hals und Schlüsselbein spüren.

Er reichte ihr Schlauch und Kanister. —Besorg so viel du kannst, sagte er und stieß die Tür auf.

Sie fühlte sich leicht schwindlig, als sie auf den Bürgersteig trat. Am Tor angelangt, blieb sie kurz stehen, griff nach dem Torgitter und rang nach Luft. Eine Gegensprechanlage plärrte leise, fast wie um ihr Wohlergehen besorgt. An den Scharnieren, wo die gelbe Farbe abgeplatzt war, hatte sich Rost gebildet; sie kratzte einige Flocken ab und zählte langsam bis zwanzig. Dann straffte sie sich und zwang sich weiterzugehen.

Der Hof war leer und mit bunten sechseckigen Fliesen gepflastert. Die Limousine war ein Mercedes; ein Kinderplanschbecken aus Plastik lag leer und umgedreht gleich hinterm rechten Vorderreifen. Wieder meinte sie, in Kalifornien sein zu können. Während sie sich neben das Auto kniete, den Tankdeckel anhob und den Verschluss abschraubte, fragte sie sich, für wen das Planschbecken sein mochte, da der Hausbesitzer doch angeblich kinderlos war. Sie legte die Tankkappe auf die Fliesen und führte den Schlauch in den Tank. Ihr Kopf war wieder klar, und sie fühlte sich jetzt hellwach. Sie dachte an das flackernde blaue Licht hinter dem Erkerfenster und stellte sich vor, wie sie wohl aus dem Innern des Hauses aussähe: eine Gestalt auf den Fliesen, wie in Gebetshaltung gebückt. Sie spürte, dass der Schlauch den Tankboden berührte, führte das andere Ende an ihre Lippen, saugte, bis sie Benzin schmecken konnte und steckte den Schlauch in den Kanister. Der Geschmack war widerlich, eigentlich gar kein Geschmack, eher ein Gefühl von Schmerz, und sie hielt sich den Ärmel an den Mund, nahm den Stoff zwischen die Zähne und saugte daran, um nicht zu würgen. Das Licht schimmerte bläulich. Der Kanister schepperte. Sie drehte sich um, zog den Schlauch heraus und erhob sich, um den Tankverschluss wieder aufzuschrauben. Am Fenster stand ein Mann in ärmellosem Hemd. Drei schimmernde Schrotpatronen lagen auf der Motorhaube der Limousine.

Als die Haustür aufging, rannte sie und sah nur ganz verschwommen am Rand ihres Gesichtsfeldes eine Gestalt, einen untersetzten Mann, der mit hoher, wütender Stimme schrie. Sie blickte sich noch einmal um, und ihr fiel auf, dass er barfuß war und etwas Geschwungenes, Dunkles in der rechten Hand hielt. Dann war sie durch das Tor, den Kanister im Arm, und stolperte wie ein Kleinkind über die Straße auf Ziars Wagen zu. Er hatte eine andere Farbe als in ihrer Erinnerung, auch die Fenster wirkten seltsam getönt, aber erst als sie ihn fast erreicht hatte, verstand sie, dass es überhaupt nicht Ziars Wagen war. Ohne langsamer zu werden, rannte sie vorbei und begriff, während sie hinter sich Stimmen und Schritte hörte, dass sie an diesem Ort verloren war und dass man sie als eine Art Opfer aus dem Lager hergebracht hatte. Ziar musste losgefahren sein, während sie sich mit dem Tank abmühte. Ihre Verblüffung machte sie unbeholfen, und Benzin platschte aus dem offenen Kanister auf Finger und Ärmel. Sie drehte sich um, wollte ihn hinter sich werfen, als ein weißer Stein, groß wie ein Hühnerei, sie kurz über dem Ohr traf. Kinn und rechte Hand berührten den Boden im selben Augenblick, und sie hörte, wie der Kanister aufs Pflaster fiel, spürte die brennende Nässe, und der Benzingeruch wurde stärker. Was sie hörte, klang wie Flüche in einer ihr unbekannten Sprache, aber irgendwie kam sie wieder auf die Beine und rannte weiter. Reifen quietschten irgendwo weit entfernt, und sie fragte sich klar und sachlich, ob man sie überfahren wollte. Wieder stolperte sie, fiel, drehte sich auf den Rücken, aber da war der Mann schon über ihr, und sie sah jetzt, dass das Ding in seiner rechten Hand ein Messer war, mit dem man Fleisch von Knochen trennte. Hinter ihm stand eine Gruppe junger Männer, und sie sahen mit angewiderten, ungläubigen Mienen auf sie herab. Der erste Mann tobte und fuchtelte mit dem Hackmesser. Als er damit nach ihr ausholte, trat sie mit aller Kraft zu, rollte sich unter ihm fort, fand auf die Füße und rannte. Nach kaum einem Dutzend Schritte hatte man sie wieder eingeholt, und derselbe Mann packte sie am Kragen und zwang ihren Kopf in den Nacken. Sie war bereits in die Knie gesunken und hatte sich dem Schicksal ergeben, als erneut Reifen quietschten, und der Mann neben ihr mit einem Geräusch auf die Straße plumpste, als hätte man einen Sack Kies vom Dach geworfen. Sie wurde am Haar hochgezogen, Männer rannten entweder auf sie zu oder neben ihr her, und plötzlich saß sie in Ziars Pick-up und schaute über die Schulter zurück auf den Leichnam. Ein Junge rannte immer noch hinter ihnen her, aber er war dick, hatte krumme Beine, und sie konnte ihm ansehen, dass er von dem Ganzen nicht recht überzeugt war. Schon bald stemmte er beide Beine auf den Boden und winkte ihrem Wagen nach, als erteilte er ihnen die Erlaubnis, ohne ihn weiterzufahren. In der Hand, mit der er ihnen nachwinkte, hielt er eine Makarow.

*

Sie hatten bereits die halbe Strecke zum Lager hinter sich, ehe Ziar sie ansah. Er bebte vor Wut, als er an ihr vorbeigriff, das Handschuhfach öffnete, ein Taschentuch herausholte und es ihr an die Schläfe presste.

—Nimm das, sagte er. —Halt es fest. Setz dich gerade hin und halte die Augen offen.

Sie tat wie geheißen, aber ihre Gedanken weigerten sich, zur Ruhe zu kommen. —Tut mir leid, sagte sie.

—Was sollte dir denn leidtun?

—Weiß nicht. Sie spürte, wie sie zur Seite sank. —Dass ich den Kanister fallen gelassen habe.

Sein Lachen klang noch wütender. —Den Kanister fallen gelassen, Bruder? Er liegt unter deinen Füßen.

Sie schaute nach unten und sah ihn unter ihren Sohlen. Aus irgendeinem Grund hatte sie kein Benzin gerochen. Der Schmerz wurde schlimmer, Schweiß perlte ihr über die Stirn. —Suleyman, sagte eine Stimme.

—Suleyman? Kannst du mich hören?

Sie merkte, dass sie jetzt mit der Stirn auf dem Armaturenbrett lag. Gedanken kamen und gingen. Sie war davon überzeugt, dass sie gar nicht getankt hatten.

—Müssen wir nicht anhalten?

—Warum das denn?

—Um zu tanken.

—Mach die Augen auf, sagte Ziar. Seine Stimme klang seltsam schwer. —Mach die Augen auf und setz dich gerade hin. Wir sind fast im Lager.

—Nein, sagte sie und stieß sich vom Armaturenbrett ab.

Sie spürte, wie der Wagen langsamer wurde. —Was hast du gesagt?

—Ich will wissen, warum du so wütend bist. Ich will wissen, was ich falsch gemacht habe.

—Du hast überhaupt nichts falsch gemacht, Suleyman. Du hast Mut bewiesen. Wieder lachte er. —Wenn ich wütend bin, dann auf mich selbst.

Wieder fielen ihr die Augen zu. —Weshalb?

—Wegen meiner Schwäche, sagte er. —Weil ich die Meinung einer Schar alter Männer mit gefärbten Bärten wichtiger als meine eigene Meinung fand. Verstehst du, was ich meine?

Sie nickte. —Du meinst, wir mussten gar nicht tanken.

Statt zu antworten, fuhr er rechts ran, griff zwischen ihren Knien nach dem Kanister und ging nach draußen, um nachzutanken. Während er Benzin in den Tank kippte, stand er mit dem Rücken zum Wagen und beobachtete die Straße in beide Richtungen. Es gab nichts zu sehen. Sie sah ihn an und wusste, diese Vorsicht war ein Reflex, antrainiertes Verhalten, das Resultat von Erfahrungen, die kein Lehrbuch und kein Trainingslager ersetzen konnten. Er redete mit ihr in dem Ton, den sie am besten von ihm kannte, selbstsicher, unpersönlich und gefasst.

—Wir bringen dich ins Lazarett. Du kannst die Pritsche haben, auf der Ali geschlafen hat. Ich denke, das wird dir gefallen.

—Du hasst ihn, murmelte sie. —Ich wüsste gern, warum.

—Jetzt höre dir genau an, was ich dir sage, erwiderte Ziar. —In Mansehra oder in Sadda mag es keine große Sache sein, wenn man behauptet, etwas zu sein, was man nicht ist. Selbst im Lager oder im Aufnahmeschuppen von Harkat-ul-Mudschaheddin ist es kein tödliches Verbrechen. Hinter der Grenze aber sieht das anders aus. Brüder sterben, wenn du behauptest, etwas zu können, und es dann doch nicht kannst. Sie sterben, kleiner Bruder. Beantwortet das deine Frage?

—Aber du hast ihn jeden Tag in der Medrese gesehen. Du musst gewusst haben, dass er kein Kämpfer ist. Du konntest doch unmöglich glauben, was er gesagt hat.

Einen Moment lang starrte er sie an. —Natürlich habe ich ihm geglaubt, sagte er. —Ali ist ein Muslim. Er weiß, dass es eine Sünde ist zu lügen.

Sie gab darauf keine Antwort, und er stieg ein und fuhr langsam weiter über die zerfurchte Talstraße. Erst als sich das Lagertor vor ihnen öffnete, sagte er wieder etwas.

— Jetzt hör mir mal genau zu, Suleyman. Ich habe nichts gegen Bruder Ali. Und ich werde dafür sorgen, dass ihm nichts passiert.

Sie lehnte sich an die Kopfstütze. —Ich danke dir.

—Aber ich sage dir noch etwas, kleiner Bruder. Deine Freundschaft mit Ali ist nicht gut für dich. Jedenfalls nicht dort, wo man dich bald hinschicken wird.

—Und wohin schickt man mich?

Ziar gab keine Antwort.

—Hat er dort Feinde? Ihre Zähne schienen zu klappern. —Warum ist das so, Ziar? Hat er was falsch gemacht?

—Was Ali getan oder nicht, macht keinen Unterschied. Er fuhr langsam an. —Ich sage dir das nur zur Warnung. Aus keinem anderen Grund.

Sie sah ihn an, aber ihr Blick trübte sich. Es stimmte, was er über Decker gesagt hatte. Er war nicht gut für sie. Er war peinlich, ein Risiko. Niemand sonst in diesem Land kannte die junge Frau, die sie zuvor gewesen war.

—Nein, sagte sie. —Ich nehme ihn nirgendwohin mit, wo er in Schwierigkeiten gerät. Dann bleibe ich lieber hier.

Er blinzelte. —Hast du mich nicht verstanden, Suleyman? Offenbar nicht. Ali kommt nicht mit.

—Nicht? Sie klang bockig, fast quengelig. —Was passiert dann mit ihm? Wo geht er hin?

Ziar schüttelte den Kopf. —Dein Freund hat keine Zukunft, erklärte er ihr sanft. —Nicht bei uns.

*

Später am selben Nachmittag kam Decker sie in ihrem Krankenzimmer besuchen. —Die Letzten werden die Ersten sein, sagte er grinsend. —Oder irgendwas in der Art.

Sie ließ sich im Dunkeln ins Bett zurückfallen. —Wie war dein Tag?

—Mein Tag? Mein Tag war beschissen, danke der Nachfrage. Sie spürte, wie er sich behutsam auf ihre Pritsche setzte. —Echt, ein bombiger Tag.

—Was hat Abu Imam dich tun lassen? Musstest du noch mehr Minen legen?

—Habe sie gelegt. Hab sie wieder ausgebuddelt. Und dann wieder eingebuddelt. Keine Ahnung, was das bringen soll, aber vielleicht denke nur ich so.

—Dass du überlebst, das soll es bringen.

—Wenn es darum geht, warum legen wir dann überhaupt Minen?

—Musst du ja nicht.

—Weiß ich doch. Er lächelte auf sie herab. —Ich kann zurück in die Staaten, wann immer ich will. Sobald ich weg bin, kannst du endlich ganz entspannt loslegen.

—Ich habe gehört, dass irgendetwas passiert ist, sagte sie. —Als du mit Ziar in den Bergen warst.

—Na klar hast du was gehört. Hätte ich drauf gewettet. Ich muss nicht mal raten, von wem du was gehört hast.

Wie er da saß, von der Tür gerahmt, das Profil scharf, glich er einer Kamee jener Art, wie sie Reisende in vergangenen Jahrhunderten in Medaillons bei sich trugen. Als hätte sie ihn schon lang zurückgelassen.

—Was ist passiert, Decker?

—Viel ist passiert. Er setzte sich auf der Pritsche zurecht. —Ich habe dir doch erzählt, was sie mit Altaf gemacht haben.

—Stimmt, sagte sie. —Das hast du.

—Ich habe Mist gebaut, das ist alles. Willst du die Einzelheiten?

—Ich muss wissen, was uns unter Umständen erwartet.

—Uns?, sagte er. —Uns erwartet gar nichts. Ich stehe hier nicht gerade ganz oben auf der Karriereleiter, falls du es vergessen haben solltest. Bin nur eine halbe Stufe davon entfernt, die Latrinen sauber lecken zu müssen.

Er schien eine Antwort zu erwarten, aber sie war zu schwach, um zu antworten. Endlich gab er eine Art Husten von sich. —Was hat er gesagt?

—Wer?

—Jetzt verarsch mich nicht, Sawyer.

Sie drehte sich auf die Seite. —Er hat mir gesagt, dass ich bald von hier fortgehe.

—Er hat gar nichts zu befehlen. Er kann dich höchstens bitten. Und du kannst ablehnen.

Sie starrte die Wand an. Es gab Risse, die sie zuvor noch

nicht bemerkt hatte. Dünne Haarrisse. Einer zog sich hoch bis zu den Dachsparren.

—Du darfst mich hier nicht einfach zurücklassen, Sawyer. —Nicht so.

—Wie denn, Decker? So, wie du mich zurückgelassen hast?

—Ja, genau, sagte er langsam. —Wie ich es getan habe.

Er legte sich neben sie, und sie machte ihm Platz, so gut es eben ging. Er war angespannt, seine Augen standen weit offen. Der Anblick war ihr zu viel.

—Es ist meine Schuld, flüsterte sie. —Ich glaube, all dies ist meine Schuld.

—Völlig egal, wessen Schuld es ist. Wir sind jedenfalls hier, so oder so.

—O Gott, sagte sie.

—Vielleicht ist es gar nicht mal schlecht. Wir haben es verbockt, aber wir haben es immerhin bis hierher geschafft. Wir müssen nur weitermachen.

—Warum?

—Bist du blöd genug zu glauben, die würden uns gehen lassen?

—Hör mal, sagte sie. Ihr wurde der Hals trocken. —Decker, hör mal. Ich finde, du solltest es versuchen.

Er verstummte wieder.

—Hast du gehört, was ich gesagt habe? Ich finde …

—Damit du mit ihm zusammen sein kannst? Ist das der Grund? Nur du und er?

—Decker, nicht …

—Ich denke, das ist der Grund, Sawyer. Ich wünschte, es wäre nicht so, aber ich fürchte, das ist wirklich der scheißverdammte Grund. Damit du mit ihm allein sein kannst und niemand mehr da ist, der dein Geheimnis verraten könnte.

Sie richtete sich auf, jedenfalls soweit es ihr möglich war, und starrte ihn an. Es war jetzt leichter. Unter ihrer Trauer spürte sie ein neues Gefühl, eine Kälte oder eine Leere, eine Taubheit, wo einmal Vertrauen zu ihm gewesen war. Dass es verschwunden war, empfand sie fast als Erleichterung.

—Ich habe es nie so gesehen, sagte sie.

—Wenn du meinst, Sawyer.

—Ich habe es nie so gesehen, weil ich wusste, dass du mich nicht verraten würdest.

—Tja, da muss ich dir was gestehen, Bruder Suleyman Al-Na'ama. Ich werde deine sämtlichen Geheimnisse verraten.

Der Schmerz in der Schläfe war schlimmer als zuvor, aber sie riss sich zusammen. —Was ist nur mit dir passiert, Decker?

—Nichts ist passiert, sagte er leise. —Ich bin wie immer. Ich lasse mich nicht länger von Ziar Khan rumschubsen, auch nicht vom Rest dieser alten zahnlosen Arschlöcher, von Hayat, dir oder sonst wem. Damit ist jetzt Schluss. Ich vertrödle keine Zeit mehr damit, Eselmist zu schaufeln, während du hier rumstolzierst wie Gottes Geschenk an die Gläubigen. Du bist eine Sünderin, eine Lügnerin, und wenn ich den Mund halte, bin ich auch ein Lügner.

—Das nehme ich dir nicht ab, sagte sie. —Das würdest du nicht tun.

—Ach ja, Sawyer? Und warum zum Teufel nicht?

—Weil wir aufeinander aufpassen.

Einen Moment blieb er still. —Kannst es ja drauf ankommen lassen, sagte er schließlich. —Hau ab mit Ziar Khan und sie, was passiert.

Sie griff nach ihm, und er entzog sich nicht. Er weigerte sich, sie anzusehen, aber er ließ zu, dass sie seine Hand in beide Hände nahm und sich auf die Brust legte. Als seine Schultern zu zucken begannen, begriff sie, dass sie von Anfang an geglaubt hatte, die Ältere zu sein. Selbst als sie damals zusammen nackt auf seinem schmalen Bett gelegen hatten. Als er sie vor Schock oder Lust zum Lachen oder Fluchen gebracht hatte.

*

Am nächsten Tag hatte sie sich so weit erholt, dass sie laufen konnte, ohne davon schwindlig zu werden, und am darauffolgenden Tag erlaubte Abu Imam ihr, sich seiner Gruppe als Beobachter anzuschließen. Sie trainierten den Umgang mit größeren Sprengstoffmengen, platzierten Dynamit oder C4 in einer Schieferschlucht eine Stunde nördlich vom Lager. Morgens war es hier kühl, und der blaue Himmel über ihnen schien wie ein Zeltdach zum Greifen nah. Von Zeit zu Zeit zog ein Flugzeug über sie hinweg. Aden saß in einen Kaftan gewickelt da und sah den anderen bei der Arbeit zu.

Sie erinnerte sich daran, was Ziar ihr über Decker erzählt hatte, und hielt Ausschau nach Anzeichen dafür, dass er benachteiligt oder zurückgesetzt wurde, doch falls man ihn überhaupt anders behandelte, schien er eher bevorzugt zu werden. In den Tagen ihrer Abwesenheit hatte er sich bei Abu Imam eingeschmeichelt, das ließ sich kaum übersehen, und er besaß offenbar ein Talent für den Umgang mit Dynamit, da man ihn mehrfach bat, die Kabel zu verlegen und die Zünder anzubringen. Was Decker betraf, hatte sie keine Ahnung, was sie sich erhoffen sollte. Nicht wenn er sich entschied zu bleiben. Also beschloss sie, sich vorerst weder etwas zu erhoffen noch an ihn zu denken.

Zum Abendessen saß sie bei den Arabern, als Abu Intiqam auftauchte und sich erwartungsvoll neben sie stellte. Seit sie hinter dem Munitionsschuppen von ihm überrascht worden war, hatten sie sich zahllose Male unterhalten, aber irgendetwas an ihm ließ sie auf der Hut sein. Er musterte sie nachdenklich und rieb sich die kleinen Hände. Sie überlegte noch, wie sie ihn anreden sollte, als er sie am Ärmel berührte und in hohem, förmlichem Ton sagte:

—Bruder Khan wünscht dich zu sprechen, Bruder Suleyman. Komm zurück an den Tisch der Ausbilder.

Sie nickte und stand langsam auf. Ihr Unbehagen wollte nicht verschwinden. Decker saß neben Abu Suhail an einem Tisch mit Paschtunen und stellte die Teetasse ab, um ihr nachzuschauen, als sie den Raum durchquerte. Sie hatte ihn bislang noch nie zusammen mit Abu Suhail gesehen. Als Aden an ihnen vorbeiging, sagte er leise etwas zu seinen Tischnachbarn. Irgendwer lachte.

—Bruder Suleyman!, sagte Ziar, als sie zu ihm kam.
—Du erinnerst dich an Abu Bakhsh und Abu Hamza?

Sie nickte und bejahte seine Frage.

—Setz dich zu uns, sagte Abu Imam und machte Platz.

—Nein, Bruder, widersprach Ziar freundlich. —Lass unseren kleinen Mudschaheddin an meiner Seite sitzen.

Abu Imam lächelte und neigte höflich den Kopf. Die alten Männer fuhren sich in perfektem Gleichklang mit ihren dürren Fingern durch den Bart. Aden ging um den Tisch herum und setzte sich an Ziars rechte Seite, ihnen gegenüber.

—Was macht die Verletzung, Suleyman Al-Na'ama?, fragte der Ältere der beiden. Sie versuchte, sich zu erinnern, ob es Abu Bakhsh oder Abu Hamza war. Der, der nicht gesprochen hatte, hielt sich die linke Hand ans Ohr.

—Ich fühle mich besser, Vater, sagte sie. —Es war nur eine kleine Schnittwunde.

—Eine kleine Schnittwunde? Er schien zu lächeln.

Sie nickte. —Ja, Muallim. Und ein Bluterguss über dem Ohr.

—Wir haben dich besucht, Suleyman. Im Lazarett.

—Wirklich?

—Soll ich dir erzählen, was du uns da gesagt hast?

Sie schwieg einen Moment. —Im Lazarett?

—Er erinnert sich nicht, sagte der untersetztere Mann. Und der Mann, der mit ihr geredet hatte, nickte besorgt.

—Er hat sich gut erholt, warf Ziar ein. —Genau wie Abu Imam gesagt hat und auch …

—Ja, ja, Bruder Khan, unterbrach ihn der Hagere. —Lasst unseren Mudschaheddin für sich selbst reden.

Sie blickte von einem Gesicht zum anderen, noch unsicher auf den Beinen, und versuchte wie so oft zu erraten, was von ihr erwartet wurde. Allem Anschein legte man Ziar zur Last, was in Mansehra geschehen war, aber sicher war sie sich nicht. In ihrer Verzweiflung blickte sie hilfesuchend zu Abu Imam hinüber, der ihren Blick erwiderte und verhalten nickte.

—Er erinnert sich nicht, sagte der untersetzte Mann erneut.

—Du hast uns gewarnt, wir sollten ja nicht wagen, dich anzufassen, sagte der erste Mann. Außerdem hast du uns daran erinnert, dass du ein Soldat Gottes bist, und hast uns mit ewiger Verdammnis gedroht, falls wir versuchen sollten, dir deine Kleider auszuziehen.

Sie ließ die Hände unter die Tischkante gleiten und hielt sich an der Bank fest, auf der sie saß. Das Gelächter erschütterte sie schlimmer, als jeder Tadel es getan haben könnte. Aden merkte, wie sie sich verbeugte und eine Entschuldigung murmelte, die in dem plötzlichen Stimmengewirr aber unterging. Sie fragte sich, wie nah ihr diese beiden alten Männer gekommen waren. Sie fragte sich, wo genau sie sie angefasst hatten. Dann dachte sie an die Nacht in dem gewölbten Raum im Flüchtlingsquartier in Peschawar und daran, was der alte Mann mit den gelben Augen ihr erzählt hatte, als er ihre Hand hielt. Schließlich zwang sie sich, Ziar anzusehen und sein entspanntes Lächeln zu erwidern. Aber dann stand Decker neben ihr.

—Scheint euch ja prächtig zu amüsieren, sagte er auf Englisch.

Das Lachen war bereits verstummt. Ziar antwortete auf Paschto, Decker ignorierte ihn jedoch.

—Was gibt es denn zu feiern, Sawyer?

—Bruder Ali, sagte sie. —Bruder Khan hat mich hierherge…

—Sprich nicht auf Arabisch mit mir, rede Englisch.

—Decker, zischte sie ihn an. —Bist du verrückt geworden? Wir können …

—Ich frage mich nur, ob du eigentlich weißt, was du tust, Aden Sawyer. Ich frage mich, ob du dich daran erinnerst, was ich dir gesagt habe.

—Decker, verdammt, setz dich wieder hin.

Stille hatte sich ausgebreitet, und ihr Flüstern schien von den Wänden widerzuhallen. Decker reagierte nicht. Ziar beugte sich an Aden vorbei und kniff die Augen zusammen, als wäre der barhäuptige Junge rechts von ihr nur schwer zu sehen.

—Assalamu alaikum, Bruder Ali.

Decker nickte abwesend. —Wa alaikum assalam.

—Hat man nach dir geschickt, kleiner Bruder? Bringst du uns Neuigkeiten?

Decker atmete pfeifend aus und schüttelte den Kopf.

—Dann sag uns, was du uns zu sagen hast. Führe dich nicht auf wie ein Kleinkind.

—Ich bin nicht gekommen, um euch irgendwas zu sagen. Ich bin hier, um mit meinem Freund zu reden.

Die Stille schien ihr jetzt noch umfassender, und der Raum wirkte wie mit einem groben Tuch zugedeckt, fast als hätte man eine Lage Filz über ihnen ausgebreitet, der ihre Stimmen dämpfte und sie wie gebannt an ihren Plätzen hielt. Nur Ziar bewegte sich noch. Er deutete mit der rechten Hand auf Decker.

—Geh zurück zu deinem Platz, kleiner Bruder, und behalte deine Ansichten für dich. Wir haben weder Zeit noch Geduld für dein bockiges Getue. Oder siehst du hier deinen Vater oder deine Mutter an unserem Tisch?

—Setz dich, Idiot, rief jemand von hinten. —Hörst du?

Decker wandte jetzt den Blick von ihr ab, sah an Ziar vorbei, an den alten Männern, sah den Tisch entlang zu Abu Imam. Der erhob sich und ging auf ihn zu.

—Doch, ich bringe Neuigkeiten, sagte Decker.

—Schweig, kleiner Bruder, sagte Abu Imam.

—Nein, ich schweige nicht, sagte Decker mit plötzlich schriller Stimme. —Ihr werdet euch freuen, diese Neuigkeit zu hören. Was ihr hinterher damit anfangt, bleibt euch überlassen, aber ich werde …

Er hatte sich zu Ziar umgedreht und beide Arme gehoben, als wollte er um Ruhe bitten, sodass Abu Imams Faust, kaum dass sie seinen Kiefer traf, Decker an ihnen vorbeiwirbelte, fort vom Tisch, fast wie in einer Pirouette. Aden kam es vor, als läge eine gewisse Anmut in der Art, wie er zu Boden fiel, eine Anmut, die sie nie zuvor an ihm wahrgenommen hatte. Decker fiel rasch, sanft und ohne ein Anzeichen von Wut oder Überraschung. Abu Imam saß bereits wieder an seinem Platz. Nur den Bruchteil einer Sekunde lang sah Ziar sich die Szene an, den Kopf halb gedreht, die Miene ausdruckslos, ehe er nach der Teekanne griff und seine Tasse auffüllte. Und beinahe übergangslos wurde das Gespräch wiederaufgenommen, während Decker noch auf allen vieren am Boden lag, so als wäre diese Unterbrechung ohne die geringste Bedeutung.

Aden saß wie erstarrt und rechnete damit, dass er dennoch redete, dass er sich aufrappelte und Zeugnis wider sie ablegte mit einer Stimme, die zu klar, zu rechtschaffen klingen würde, als dass man sie ignorieren könnte, doch als sie es endlich wagte, den Kopf zu heben, hockte Decker dort, wo er hingestürzt war, und sah nachdenklich auf den dreckigen Boden. Irgendwann stand er auf und ging still aus dem Raum.

*

Am nächsten Morgen schlug sie kurz vor Tagesanbruch die Augen auf und sah Ziar über sich, eine Pistole in der Hand. Sie kannte das Modell nicht, konnte aber Kordit an der Mündung riechen, so als wäre die Waffe gerade abgefeuert worden. Sonst war niemand wach. Aden setzte sich auf und zwang sich, auf der Hut zu sein. Irgendetwas war passiert. Sie sah von der Pistole zu Ziars Gesicht und wieder zurück.

—Morgen gehen wir, Suleyman.

—Was hast du getan?

—Hast du mich verstanden? Wir gehen morgen. Morgen um diese Zeit.

—Du hast gesagt, du passt auf ihn auf. Und du hast versprochen, dass er in Ruhe gelassen wird.

Zum ersten Mal seit Sadda schien er ihren Blick ohne jede Zuneigung zu erwidern. Er musterte sie, als herrschte zwischen ihnen ein empfindliches, unausgesprochenes Einvernehmen, das durch die Panik in ihrer Stimme hinterfragt wurde. Und Aden spürte eine Woge von Hass in sich aufkommen, als er sie so betrachtete.

—Antworte mir, verlangte sie. —Warum antwortest du nicht?

—Ich glaube an mein Urteilsvermögen, sagte er schließlich, langsam, wie zu sich selbst. —An das Urteilsvermögen, das Gott mir gab. Ich bin zu meinem großen Bedauern nicht besonders gebildet und besitze vielleicht auch keinen großen Scharfsinn, aber ich halte mich für einen ganz passablen Menschenkenner.

—Ich verstehe nicht.

Er richtete sich stolz auf, trotzig fast, so wie Decker es tags zuvor getan hatte. —Deinem Freund Ali geht es gut,

Suleyman. So gut, wie es unser Herr in seiner Weisheit für angebracht hält. Dass Bruder Ali ein Kind im Körper eines Mannes ist, ein Narr mit weniger Gespür für sein eigenes Wohlergehen, als jeder kleine Bengel es hat, das weißt du selbst am besten. Und ich habe das auch begriffen. Sicher stellst du nur deshalb diese dummen Fragen.

—Du meinst …

—Mag sein, eines Tages bedaure ich das Versprechen, das ich in Bezug auf ihn gegeben habe, trotzdem steht es mir nicht frei, mein Wort zu brechen. Ich bin und bleibe ein Muslim, Suleyman, dank Gottes unendlicher Güte und Gnade.

—Entschuldige, sagte sie und kam schwankend auf die Füße. —Ich hätte das nicht sagen sollen; ich bin noch gar nicht ganz wach.

Zu ihrer Erleichterung schüttelte er bloß den Kopf. —Mein Ziehvater in Jemen hat immer gesagt: Vor der ersten Tasse Tee am Morgen ist jeder Mensch ein Esel. Er lächelte sie an. —Manche bleiben natürlich einer, auch wenn sie die ganze Kanne leer getrunken haben.

—Danke, sagte sie und griff nach seiner Hand.

Er stand so reglos da wie in jenem Moment, als sie die Augen aufgeschlagen hatte. Hände zu halten war unter Brüdern im Lager nichts Ungewöhnliches, aber Aden hatte noch nie erlebt, dass Ziar auf diese Weise angefasst wurde. Er hielt stets Distanz zu den Ausbildern wie zu den Auszubildenden. Schließlich war er Paschtune, kein Tschetschene oder Araber mit dem Ziel, irgendwann in Kaschmir zu kämpfen. Sie hatte ihn angefasst, ohne zu überlegen, und jetzt war es zu spät, sich anders zu entscheiden. Seine Hände waren rau und warm; sie schienen zu zittern. Aden fühlte die weiche Haut dort, wo die abgetrennten Finger endeten. Und zum ersten Mal fiel ihr auf, wie stark die Nägel der verbliebenen Finger abgekaut waren. Er holte Luft.

—Jetzt beeil dich, kleiner Bruder. Wäre doch schade, wenn wir an unserem letzten Tag das Gebet verpassen.

*

Sie verbrachte den Vormittag wie alle anderen Vormittage der vergangenen Woche, legte Minen, machte sie scharf und baute sie wieder ab; nach dem Mittagessen ging sie mit Abu Imams Gruppe in die Schlucht, deren felsübersäter Grund der einzige Ort war, an dem man um diese Stunde Schatten fand, und so hockten sie dort beisammen und versuchten, trotz der Hitze zu denken, zu sprechen und zu atmen. Es war der letzte Tag im Kurs Bombenzünder, und sie waren gut gelaunt. Endlich würden sie mit einsatzfähigem Sprengstoff arbeiten. Sprengzonen von dreißig Metern und mehr. Aden lehnte sich im schwindenden Schatten zurück und hörte dem Geplänkel zu. Sie wurde nicht anders als alle anderen behandelt, nicht einmal von Abu Imam, und es gab Augenblicke, in denen sie sich fragte, ob Ziars Besuch in der Dämmerung wirklich stattgefunden hatte.

Angesichts dessen, was geschehen war, hatte sie nicht damit gerechnet, Decker in der Gruppe zu sehen, doch er stand in der ersten Reihe, übermütig wie eh und je. Er zeigte sich nicht im mindesten kleinlaut oder verlegen, nicht einmal vor Abu Imam. Sie selbst war dagegen eher still, beinahe verschlossen, so als wäre sie und niemand sonst in Ungnade gefallen.

Nach dem Fünf-Uhr-Gebet grinste Decker sie vielsagend an und winkte sie zu sich. Er wartete, bis die anderen außer Hörweite waren, ehe er den Mund aufmachte.

—Du gehst morgen, sagte er.

—Wer hat das behauptet?

—Die beiden alten Bartkämmer, Abu Bakhsh und Abu Hamza. Sie sind heute Morgen gleich nach dem Frühgebet zu mir gekommen.

—Das glaube ich nicht, hörte sie sich sagen. —Warum sollten sie das tun, Decker?

—Denen gefiel der Mumm, den ich gestern Abend bewiesen habe. Die Initiative. Einen Moment lang summte er vor sich hin. —Und sie scheinen für Ziar Khan nicht allzu viel übrigzuhaben.

—Das ergibt keinen Sinn. Ich …

—Sie haben gesagt, ich solle mich auf meine Abreise vorbereiten. Ein direktes Zitat übrigens. Und ob du es glaubst oder nicht, sie haben mir Ziars Entschuldigung überbracht. Für das, was gestern Abend passiert ist.

—Seine Entschuldigung?, murmelte sie. Auf einmal war um sie herum alles schrecklich hell.

—Ganz richtig, Sawyer. Er grinste wieder und wippte auf den Hacken. —Er hat mir eine gute Reise gewünscht.

—Eine gute Reise?, wiederholte sie.

—Was ist denn los mit dir, Sawyer? Du siehst aus, als käme dir gleich dein Mittagessen wieder hoch.

—Jetzt hör mir zu, Decker. Hör zu! Du musst zu denen gehen, sofort, und sag ihnen, dass mit dir alles okay ist. Du musst denen versprechen …

Er legte eine Hand auf ihre Schulter und schüttelte sie. —Hey, Sawyer! Aden! Sieh mich an.

Sie beruhigte sich wieder und hob den Kopf. Das Kiesbett unter ihr war kühl, das andere Ufer aber waberte und verschwamm in der Hitze. Wie Apostel auf einer Ikone standen Abu Imam und die anderen da, im Hintergrund der sonnenhelle Schiefer. Abu Imam zeigte, wie man mit Semtex umging, wie man es als Zündmittelelement für TNT einsetzte. Mit sorgsamen, geübten Bewegungen entnahm er den Plastiksprengstoff einer Metalldose und hielt ihn der Gruppe hin, damit sie ihn bewundern konnte. Der Tag verabschiedete sich aus der Schlucht, und Aden fand es seltsam, dass sie so lange blieben und mit Sprengstoff in bisher ungekannten Mengen arbeiteten. Das verwirrte sie.

—Ziar hält mich für eine Last, sagte Decker. —Abe es ist nicht sein Lager. Er ist nur Gast. Die beiden alte Knacker hier leiten die Show, und sie sind anderer Mei nung. Abu Imam hat denen erzählt, wie gut ich darin bin mit Sprengsätzen umzugehen. Hast du ja selbst geseher Ich bin der Einzige in dieser Gruppe, der Sprengzone korrekt berechnet. Und der Einzige, der einen Zünd scharfmachen kann.

Sie spürte, wie sie nickte. —Gut möglich.

—Ich gehe mit den Tschetschenen nach Kaschmir. D soll eine große Sache passieren. Ich glaube, eine Brücke

—Eine Brücke? Was soll das heißen?

Er gab ein kurzes, nervöses Lachen von sich. —W glaubst du denn?

Sie holte Luft und zwang sich, ihn zu sehen, wie er w Nicht so, wie sie ihn sich vorstellte. Ein hagerer jung Mann mit sonnengebräuntem Gesicht. Das verfilzte Ha Der ruhelose Mund. Ein Muskelzucken unterm link

Auge, das ihr bislang noch gar nicht aufgefallen war. Die Zähne, so weiß und schön wie in ihrer Erinnerung.

—Bitte, tu das nicht, Decker. Du bist noch nicht so weit. Es ist zu früh.

Er stand auf. —Okay. Fuck you, Sawyer.

Sie bekam sein Hosenbein zu fassen, aber er riss sich los. Abu Imam und die Übrigen beachteten sie nicht weiter.

—Es gibt einen Grund, warum ich gestern nichts gesagt habe. Nichts über dich, meine ich. Willst du wissen, warum?

—Decker, sagte sie. —Bitte ...

—Du bedeutest mir nichts mehr. Ich habe jetzt was, worin ich besser bin als alle anderen. Hätte ich denen was gesagt, hätte mich das nur zurückgeworfen.

—Bruder Ali, war eine Stimme zu hören. —Zeigst du uns bitte, wie man Sprengsätze anbringt?

Ohne ein weiteres Wort drehte er sich um und trat in die Sonne. Sie sah ihm nach, während er seinen Platz an Abu Imams Seite einnahm und stolz die Hand nach dem Semtex ausstreckte. Abu Imam sprach so leise, dass sie ihn nicht hören konnte, dann legte er den Plastiksprengstoff behutsam wie ein rohes Ei in Deckers offene Hände.

Sie stieß in eben dem Moment zum Kreis um Decker, als der den Fernzünder ins Semtex drückte. Die Männer hielten den Atem an, als er ihn mit sicherer Hand ins hautwarme Plastik knetete und das Semtex selbst wiederum mit einer Zwanzig-Kilo-Ladung TNT verband. Abu Imam sprach leise mit seiner sepiafarbenen Stimme. Ein Bergrutsch hatte einen panzergroßen Felsbrocken ins Flussbett geschoben, der den Fluss seither in seinem Lauf behinderte; um das Bett völlig frei zu bekommen, musste die Ladung präzise gesetzt werden. Zwanzig Kilo waren vielleicht mehr als nötig, aber es wurde Zeit für die Gruppe, bei einer massiven Sprengung dabei zu sein. Schließlich trainierten sie für den Krieg, und die Sprengzone einer Panzerabwehrrakete konnte durchaus größer als die gesamte Schluchtbreite sein. Außerdem mussten sie sich an die Schockwelle gewöhnen, an den Krach der Explosion. Er wies die Männer an, sich nicht die Ohren zuzuhalten.

Sobald die Ladung gesetzt und der Zünder angebracht war, gab Decker lässig ein Zeichen, und Abu Imam ließ aus der kleinen Höhle, die von der Gruppe als Depot genutzt wurde, eine Rolle mit verheddertem, rostig aussehendem Draht holen. Aden fragte sich versonnen, ob die Höhle neu oder jahrhundertealt war. Ein Gefühl von Zeitlosigkeit überkam sie, schwer wie ein Rausch, und ließ die Szene um sie herum so willkürlich wie irreal erscheinen. Kaum eine halbe Woche war sie im Lazarett gewesen, aber diese kurze Zeitspanne hatte alles verändert. Das Lager selbst hatte sich verändert. Als sie nach Mansehra fuhr, hatte sie ihren Platz in der Ordnung der Dinge genau gekannt, doch jetzt schien es überhaupt keine Ordnung mehr zu geben. Nicht die geringste. Aden vermochte kaum mehr die Gesichter der anderen zu erkennen.

Noch in der letzten Stunde des Tages brannte die Sonne erbarmungslos, und Aden spürte ihre tückische Hitze am Hals und durch die Kleider. Die schwere Holzrolle, auf der das Kabel aufgewickelt war, wurde von den zwei jüngsten Arabern das Flussbett entlanggerollt. Abu Imam und Decker folgten ihnen mit bedächtigen Schritten, die Hände auf identische Weise hinterm Rücken verschränkt wie Gelehrte bei einem nachdenklichen Spaziergang. Abu Imam selbst kam Aden mit einem Mal fremd vor, ein schlanker dunkelhäutiger Mann mit makellosem Kamiz, scheinbar ganz ohne Bezug zu jener Person, die sie zu kennen meinte. Wie ein Summen im Schädel spürte sie die Aufregung der Gruppe. Von einem der Paschtunen wusste man, dass er große Angst vor Donner hatte. Er murmelte leise und presste die Fäuste in die Seiten. Mit den wenigen Worten Paschto, die sie gelernt hatte, sagte sie, er bräuchte keine Angst zu haben, Abu Imam würde nicht zulassen, dass ihm etwas geschehe. Der Paschtune stöhnte und starrte kopfschüttelnd mit grauem Gesicht zu Boden.

Dreißig Schritte weiter war im Flussbett der nächste schwere Felsrutsch, und Abu Imam erklärte, sie würden die Zündmaschine dort aufstellen. Der Felsrutsch diene als Schutz, führte er weiter aus, gegen herumfliegendes Geröll. Einem ausgefransten, ölschwarzen Kelim wurde eine Autobatterie entnommen, zur Zündmaschine gebracht und mit äußerster Vorsicht an die Kabel angeschlossen. Es war Decker, nicht Abu Imam, der die beiden Araber beim Zusammenbauen der Zündvorrichtung beaufsichtigte. Aden mochte kaum glauben, was sie sah. Hinter sich hörte sie Abu Imams Stimme, der den verängstigten Paschtunen zu beruhigen versuchte. Die Sprengladung war dreimal größer als jede, die sie einen Auszubildenden bislang hatte legen sehen. Aden wich zurück, bis sie die gesamte, auf dem Boden um Decker hockende Gruppe im Blick hatte. Für die Jungen ist das ein Spaß, dachte sie. Ein Feuerwerk. Das Gefühl der Unwirklichkeit wuchs, und jetzt schien sie seine Bedeutung auch zu verstehen.

Abu Imam hob eine Hand und trat vor die Gruppe, um das Gelände zwischen ihrem Platz und der Sprengladung zu überblicken. Sobald er zufrieden war mit dem, was er sah, nickte er Decker zu und gab den Befehl. Das Geröll, das sie schützte, lag im Schatten, der Fels aber ragte hoch und massiv im Sonnenlicht auf. Der ältere der beiden Jungen zu Deckers Füßen murmelte eine Bitte an Gott und begann, die Kurbel an der Zündmaschine zu drehen, um die Feder zu spannen. Der Jüngere hielt seinen Freund am Kragen und flüsterte ihm aufmunternd ins Ohr. Aden konnte sehen, wie seine Lippen Worte formten, hörte den eifrigen, hohen Ton der Stimme. Er sagte, ihr Vorhaben sei gesegnet, ihre Sache erst recht, und Gott würde das Hindernis entweder vernichten oder es bewahren, ganz wie er es in seiner unermesslichen Vorhersehung für richtig halte. Der ältere Junge murmelte ein Gebet, blickte kurz gen Himmel, krümmte den Rücken und rammte dann den Griff nach unten. Der graugesichtige Paschtune fiel zu Boden, und die Männer um ihn herum pressten sich die Hände an die Ohren, als würden die Wände der Schlucht durch die Faust des Allmächtigen bereits zerbersten, aber der Fels blieb, wie er war. Der einzige Laut, der außer den Schreien, dem Klatschen, den Anrufungen des Himmels zu hören war, war ein leises, spielzeughaftes Klicken, als die Feder der Zündmaschine sich entspannte.

—Nun, Brüder, sagte Abu Imam nach einer Weile. —Wer von euch ist bereit, zu Gott gerufen zu werden?

—Es muss an der Kurbel liegen, stotterte der ältere Junge und kippte die Zündmaschine auf die Seite.

—Lass gut sein, sagte Decker. —Es liegt nicht an der Kurbel.

—Woher willst du das wissen, Bruder?

Abu Imam trat einen Schritt nach vorn. —Vielleicht gibt es auch ein Problem mit dem Detonationsschlüssel.

—Das muss es sein, sagte Decker.

—Nicht unbedingt. Es könnte auch ein Fehler im Zusammenbau sein.

—Den habe ich selbst beaufsichtigt. Der ist richtig.

—Nur der Unsichtbare ist unfehlbar, Bruder Ali. Wir alle können uns irren.

Decker musterte die Zündmaschine mit zusammengekniffenen Augen und sagte nichts.

—Was hat das zu bedeuten, Abu Imam?, fragte der kleinere der beiden Jungen.

—Was denn, kleiner Bruder?

Er blickte auf seine Füße. —Das mit Gott.

Abu Imam nickte vor sich hin und schwieg einen Moment, ehe er antwortete. —Wir müssen die Schaltung in derselben Weise auseinanderbauen, wie sie zusammengesetzt wurde. Wir beginnen mit der Sprengladung und arbeiten uns rückwärts voran.

—Ja, sagte der Junge, —aber wir müssen …

—Ich mache das, sagte Decker.

Sie sah, wie sich von innen nach außen eine Welle des Verstehens durch den Kreis bis zum Paschtunen ausbreitete, der zusammengerollt am Boden lag. Er stützte sich auf, schüttelte kurz den Kopf und kam auf die Beine. —Abu Imam, rief er. —Nehmt mich. Ich bin bereit.

Abu Imam sah zu Decker hinüber, der vielleicht einen Atemzug lang zögerte. Doch noch während sie seinen Namen rief, hob er die Stimme, damit alle ihn hören konnten.

—Du weißt doch gar nicht, was zu tun ist, sagte er zu dem Paschtunen. —Du wärest uns keine Hilfe.

—Bruder Ali, murmelte Abu Imam. Erst meinte sie, seine Worte seien eine Aufforderung an Decker, sich zurückzuhalten, doch sobald sie zum Kreis dazustieß, wurde ihr klar, dass sie sich geirrt hatte. Seine Kameraden schienen vor ihm zurückzuweichen, als Decker aufstand und sich den Sand von seinem Kamiz klopfte, dem Kamiz, den er in einem gespenstischen früheren Leben in Peschawar gekauft hatte. Sie sah ihn vor sich, wie er an jenem weit zurückliegenden Morgen gewesen war, wie er in seinem orangeroten Trainingsanzug ruhelos von Stand zu Stand geeilt war und in seinem fröhlichen, eifrigen Ton geschimpft und gehandelt hatte. Abu Imam und die anderen wichen zurück, und sie und Decker standen allein in dieser Wüstenei aus Staub und brüchigem Schiefer. Unbeholfen ging sie auf ihn zu und hörte, wie er sich räusperte, um dann die anderen um ihren Segen zu bitten. Wieder sprach sie seinen Namen aus, aber Decker ignorierte sie. Ihm schien nichts an ihrem Segen zu liegen.

—Assalamu alaikum, sagte er zu den anderen.

—Wa alaikum assalam, antworteten sie im Chor. —Möge der Friede, die Gnade und der Segen Gottes mit euch sein.

—Decker, krächzte sie. —Decker, sieh mich an.

Aber es war Abu Imam, der sie ansah und ihr sagte, sie solle still sein. Abu Imam, der sonst so freundlich zu ihr war. Decker richtete die Zündmaschine wieder auf, klappte den Griff zurück und sagte, eigentlich dürfe das hier doch kein Problem sein. Er sagte es auf Englisch. Das Tageslicht war jetzt nahezu erloschen, und Decker schien kurz zu stolpern, als er aus dem Kreis trat. Er folgte dem Kabel durch das Flussbett, hielt sich rechts davon und bückte sich nur hier und da, um dort den Strang zu richten, wo er sich verheddert hatte. Als Decker durch den letzten schwachen Strahl Sonnenlicht ging, konnte sie sehen, wie sich seine Lippen bewegten, doch hörte sie nichts außer dem Rauschen des Blutes hinter ihren Augen. Er sah so verhärmt aus, so schwach, während er seinen Weg suchte, fast wie ein vorschnell gealtertes Kind.

—Suleyman, hörte sie eine Stimme. Sie war ohne Belang. Sie wollte Decker folgen, als eine dunkle Hand sie grob am Handgelenk packte. Er stand jetzt vor dem Sprengstoff, die Füße gespreizt, und sie rief ihn, rief ihn mit jedem Namen, den sie kannte. Dann riss sie sich los, verlor das Gleichgewicht, blickte auf und sah ihn grinsend im letzten Sonnenlicht stehen, das Kabel in den Händen. Dieses Bild blieb ihr auf der Netzhaut, als sie schon spürte, wie sie nach hinten geworfen wurde, als Beben und Nachbeben ihren Körper vom Boden abhoben. Ein Geräusch, so rasch, dass es bereits Erinnerung war, ehe der Verstand es erfasste. Aden schloss die Augen vor der Schockwelle, ihre Ohren waren wie mit Leinen zugestopft, und seine Silhouette blieb wie ein elektrisches Licht, ausgelöscht in völliger Dunkelheit.

Lieber Lehrer,

in dieser letzten faulen Stunde zwischen fünftem Gebet und Schlafenszeit fragte jemand: Warum schreibst du nicht an deine Familie? Ich meinte, ich hätte es zweimal versucht, aber er schüttelte den Kopf, als wollte er sagen, so geht das nicht. Inakzeptabel. Woraufhin ich erklärte, ich wüsste nicht, was ich schreiben sollte, und er schlug vor, Suleyman (mein Name jetzt), am besten fängst du mit einem Segen für euer Haus an. Also gut. Einen Segen für dein Haus, Professor Sawyer. Ende des Segens.

Etwas gibt es, worüber ich schreiben könnte. Du hast mich nie gefragt, wie es passiert ist. In all der Zeit hast du oft nach dem Warum gefragt, aber nie nach dem Wie. Das Licht in deinem Arbeitszimmer war an, also bin ich einfach reingegangen. Ich hatte dich in deinem alten verbeulten Volvo wegfahren hören. Typisch Professor, total bourgeois. Ab zu deiner Werten Kollegin. So habe ich sie genannt. Ich habe sie auch noch anders genannt, ihr weniger nette Namen gegeben.

Was hast du an dem letzten Tag im Büro noch gesagt? Ich bin nicht ganz bei der Sache gewesen, Aden, und das tut mir leid. Das wenigstens, mein Liebes, tut mir wirklich leid.

Du warst nicht ganz bei der Sache, also habe ich auf deinen Computer geschaut. Du warst bei deiner WK. Mom wusste noch nichts von ihr, aber sie hat schon getrunken. Ich setzte mich an deinen Tisch. Ich kam mir vor wie eine Detektivin. Ich saß in deinem sechshundert Dollar teuren Stuhl, runzelte die Stirn und legte die Fingerspitzen aneinander. Ich versuchte, mir deine «Weltsicht» anzueignen. Es fiel mir nicht schwer, Lehrer. Ich versuchte, meine Frau und meine Tochter zu hassen. Und es fiel mir überhaupt nicht schwer.

UND KEIN PROPHET DARF ETWAS UNTERSCHLAGEN. UND WER UNTERSCHLÄGT, SOLL DAS, WAS ER UNTERSCHLAGEN HAT, AM TAG DER AUFERSTEHUNG ERBRINGEN. — 3:161

Du hattest Windows offen gelassen. Ich musste nur die Helligkeit verstärken. Deine Recherche für eine Vorlesung. Erinnerst du dich, Lehrer? Über die Scharia. Den fundamentalistischen Islam. Die Herrschaft der Gläubigen. Fast alle Seiten waren auf Arabisch, nur wenige auf Englisch. Viel habe ich nicht verstanden, aber da waren Links zu weiterer Lektüre. Ich wollte begreifen, was los war, Lehrer. So fing es an. Wollte verstehen, was du an ihr fandest. Deiner exotischen Werten Kollegin. Und ich wollte herausfinden, ob das, was du uns angetan hast, irgendeinen Sinn ergab.

Ich kam in einen Chatroom. Sheikh Azzam. Harkat al-Jibbah. Um drei oder vier Uhr morgens. Ich dachte, ich würde nichts verstehen, aber es war alles da. So einfach, so schön. So klar und unkompliziert. Die Berufung. Die sechs Glaubensgrundsätze. Der Kampf ist euch befohlen. Das, was ich gelesen habe, hättest du Aberglaube genannt, hättest mit den Augen gerollt. Magisches Denken. Du hättest darüber gelacht, so wie du vor der Moschee gelacht hast.

UND NIMMER SIND DAS GUTE UND DAS BÖSE GLEICH. WEHRE DAS BÖSE AUF BESTE WEISE AB, UND SIEHE, DER, ZWISCHEN DEM UND DIR FEINDSCHAFT HERRSCHTE, WIRD WIE EIN TREUER FREUND SEIN. — 41:34

Leute werden eines Tages bei dir auftauchen und dich nach mir fragen, und ich wette, du weißt dann genau, was du ihnen sagst. Du sagst, familiäre Probleme. Du sagst, sie war «wütend». Du sagst, sie war gelangweilt. Und ich war gelangweilt, Professor Sawyer, jeden Tag meines ganzen Lebens war ich gelangweilt. Ich war gelangweilt wie eine Katze, die man nie nach draußen lässt.

Ich kann es nicht erklären, Lehrer. Nicht so, dass du es verstehst. Du hast vermutlich dein Leben lang an keine einzige Sache geglaubt.

Die Moschee in der Ladenzeile genügte mir nicht mehr. Ich brauchte was Größeres, etwas, worüber niemand lachen konnte. Decker hatte ich gerade erst kennengelernt, und ich notierte mir alle Namen und Webseiten, die er nannte. Unter den Seiten, die du am Computer geöffnet hattest, waren auch einige, die Decker aufzählte. Ich konnte nicht anders, als dies für ein Zeichen zu halten.

GOTT IST MIT DEN GLÄUBIGEN —8:19

Hier bin ich also, Lehrer. Jetzt belügt mich niemand mehr. Wenn sie kommen und dich fragen, darfst du ihnen antworten, du hättest mich nie gekannt. Du kannst ihnen in aller Ehrlichkeit sagen, du hättest nie ein Kind gehabt.

Gerade kam Decker rein, um zu sagen, dass das erste Gebet angefangen hat. Er hat hier auch seinen Spaß, du würdest ihn nicht wiedererkennen. Ob du es glaubst oder nicht. Er sagt, ich soll dich von ihm grüßen.

3

Ein feiner, trockener Schnee fiel am Pass jenseits der Grenze. Ihr Führer sagte, zu dieser Jahreszeit gebe es nur selten Schnee, selbst so hoch oben in den Bergen, folglich sei es ein klares, deutliches Zeichen der Gunst Gottes. Der Mann hatte weiße Haare und keine Zähne, war aber trotz seines Alters flinker auf den Beinen als die Männer, die er anführte. Die meisten von ihnen trugen Sandalen aus Leder oder Plastik, unpassend und zu leicht für dieses Land, und sie verfluchten ihn, während sie sich durch die Schneewehen kämpften. Obwohl er beim Anstieg ohne Unterlass das Loblied des Propheten sang, *La ilaha illa Allah, Muhammadun rasul Allah*, hielten Ziar und die übrigen Paschtunen eine gewisse Distanz zu ihm. Als er dann zum fünften oder sechsten Mal verkündete, der Schnee sei ein Zeichen für Gottes Segen, sagte ihm Ziar mit zusammengebissenen Zähnen, er solle sich seine frommen Sprüche für die Moschee aufsparen. Der alte Mann lachte und sagte, bis zur nächsten Moschee sei es ein Zweitagesmarsch.

Sie kletterten den ganzen Morgen durch Gletschergestein, aschgraue Geröllfelder und Schluchten mit Schmelzwasser. Hier oben wuchs kein Gras, und außer ihnen sah

Aden keine lebenden Wesen. Ihr Führer trug Stiefel mit Kreppsohlen aus Indien oder China und beantwortete jede Klage mit ungenau erinnerten Versen aus dem Koran. Seine Lieblingspassage stammte aus der dritten Sure; meist grinste er schief, wenn er sie aufsagte und dabei seinen tabakfarbenen Gaumen entblößte. Und das irdische Leben ist nichts als ein trügerischer Genuss.

—Wohin führst du uns, Väterchen?, rief einer der Paschtunen von weiter hinten. —Antworte, wenn du kannst!

—Zu Gott gehört der Osten wie der Westen, antwortete der Führer. —Wohin du dich auch wendest, stehst du vor dem Angesicht Gottes.

—Was hat der alte Quatschkopf gesagt?

—Hast du's nicht gehört?, sagte ein anderer. —Er hat keinen Schimmer.

Oben auf dem Sattel war kaum genug Platz für sie alle, und ihr Führer, der es sich auf einem Felsbrocken bequem gemacht hatte, strahlte von dort auf sie herab, während sie sich über ihr Mittagessen hermachten. Er rauchte eine Porzellanpfeife, gestopft mit süßlich riechendem Tabak, und deklamierte zwischen den einzelnen Zügen mit hoher, fisteliger Stimme:

—Er hat den Menschen aus Lehm erschaffen, gleich einer Töpferware. Und die Dschinn schuf er aus rauchloser Feuerflamme. Und wahrlich, wir wissen, was er in seinem Innern hegt. Wir sind ihm näher als seine Halsschlagader.

—O Herr, der du den Menschen aus Lehm erschufst, sorge dafür, dass dieser Esel endlich die Klappe hält, brummelte Abu Suhail.

—Wo hast du den Koran gelernt, Väterchen?, rief jemand. —In einer Opiumhöhle?

Ihr Führer kaute auf dem Pfeifenstiel. —Gott führt viele, sagte er mit einem Seufzen. —Doch die Frevler führt er in die Irre, jene, die den Bund Gottes brechen, nachdem dieser geschlossen wurde, und die zerreißen, was nach Gottes Gebot zusammengehalten werden soll, und Unheil auf der Erde anrichten. Diese sind die Verlierer.

—Der Alte hat über Frevler gut reden, sagte Ziar zu ihr. Sie saßen auf einem Grat einige Schritte abseits der Gruppe mit dem Rücken an einen sonnenwarmen Granithang gelehnt. Seit der Explosion mied Aden Ziars Nähe, war jetzt aber zu müde, von ihm abzurücken.

—Wie meinst du das?

—Er hat der Erstgeborenen seines Vetters nachgestellt, als die noch ein Mädchen mit unbedecktem Kopf war.

—Woher weißt du das?

—Er hat sich der Familie vorgestellt und zu seinen Absichten gestanden. Ziar zog seinen Mantel enger um sich. —Sein Vetter hat mich öfter über diesen Pass geführt.

Einen Moment lang sagte sie nichts. —Und was ist dann mit ihr passiert?

—Mit der Tochter? Gar nichts, damals jedenfalls nicht. Er spuckte auf den Boden zwischen seinen Stiefeln. —Drei Jahre später wurde sie seine Frau.

Sie kaute auf ihrem Fladenbrot und starrte zu dem Bergführer hinüber, der gelassen an seiner Pfeife nuckelte. Als sie ihn vor zwei Tagen an der Grenze südlich von Torcham getroffen hatten, fand sie sein Altmännergeschwätz und die hohe, dünne Stimme seltsam beruhigend: Unter den Halbverrückten dort war er ihr gütiger als all die anderen vorgekommen. Der Alte fing ihren Blick auf, und sie schaute beiseite.

*

—Suleyman, sagte Ziar, als sie den Marsch wiederaufnahmen. —Suleyman! Warte doch mal.

—Was ist, fragte Aden, ohne langsamer zu werden. Sie stiegen den westwärts gewandten Abhang hinunter; und das Geröll war glitschig; es schimmerte in der Sonne. Sie hörte Abu Suhail hinter sich stolpern, dann einen Fluch brummen, dann Ziar für den Fluch um Entschuldigung bitten. Ziar beachtete ihn nicht weiter.

—Du wunderst dich jetzt über uns, kleiner Bruder. Ich merke dir das an. Wunderst dich über diese Truppe und die Sache, der du dich angeschlossen hast.

Sie stellte ihn sich vor, wie er, ein, zwei Schritte hinter ihr, locker und selbstbewusst ausschritt, das attraktive Gesicht rau von der Kälte. Sie ließ sich Zeit mit ihrer Antwort.

—Ich wundere mich schon eine ganze Weile.

—Im Lager hast du das noch nicht getan. Als ich dich im Lager Berg fand, gab es für dich kein Zögern. Nur dein Streben und deine Überzeugung.

—Seither ist eine Menge passiert, gelang es ihr zu murmeln.

—Was hast du gesagt, Suleyman? Ich habe dich nicht verstanden.

—Seit du mich im Lager gefunden hast, ist eine Menge passiert, sagte sie und drehte sich schließlich doch nach ihm um. Aus seinen Augenfalten strömten ungehindert Tränen in den Bart, doch ihr war klar, dass er nicht weinte. Der Wind war schuld. Sie unterdrückte ihren Kummer und schaute ihm ins Gesicht.

—Was kann ich tun, um dich zu trösten?, fragte er. —Ich würde alles tun, was in meiner Macht steht.

—Du könntest mir sagen, warum sie ihn umgebracht haben.

—Sie haben ihn nicht umgebracht.

—Du lügst.

Er strich sich mit einer Hand über die Brauen. —Du strapazierst meine Geduld mit dieser Frage, Suleyman. Strapazierst sie bis zum Äußersten.

—Und ich werde sie immer wieder stellen. Ich werde sie stellen, bis ich eine ehrliche Antwort bekomme.

—Glaubst du denn, irgendwer im Berg hätte gezögert, Ali zu exekutieren – oder dich, was das angeht –, wäre ihm ein entsprechender Grund genannt worden? Wirken wir auf dich so reich, dass wir Sprengstoff in dieser Menge einfach vergeuden könnten? Machen wir etwa den Eindruck, verschwenderisch zu sein? Wer würde schon einen so aufwendigen Mord für einen so unwichtigen Jungen planen?

Sie holte aus, und er ließ ihren Schlag zu. Durch den Mantelstoff spürte sie, wie hart sich sein Brustkorb anfühlte. Und es verblüffte sie, wie hager Ziar war. Noch einmal holte sie aus.

—Du bedeutest mir viel, Suleyman, sagte er und versuchte zugleich, sie zu bändigen. —Uns allen. Gott hat dich von der anderen Seite der Welt in unsere Berge geschickt. Er hielt sie nun fest, während die anderen an ihnen vorüberstolperten. —Als dein Bruder, als dein guter Freund rate ich dir, finde zurück zu deiner Überzeugung. Ohne sie wird dir die Zeit hier schwerfallen.

—Du hast mir schon einmal einen Rat gegeben, schrie sie. —Du hast mir geraten, dir zu vertrauen. Du hast mir gesagt, ihm würde nichts passieren.

—Jetzt höre mir mal genau zu, du Narr. Wo wir hingehen, zählt meine gute Meinung verdammt wenig. Das hier ist nicht die Medrese. Das hier ist Krieg. Was dich für deine Lehrer und deinen Mullah zu etwas Besonderem gemacht hat, hat auf dieser Seite der Grenze keinen Wert. Selbst Kaschmirern misstraut man hier.

Sie sah den anderen nach, wie sie den Hang hinabstolperten. Niemand blickte sich zu ihnen um.

—Ich verstehe, sagte sie schließlich. —Du sagst, wenn ich mich nicht ändere, fange ich mir eine Kugel ein.

—Dann fangen wir uns alle eine Kugel ein, antwortete er so leise, dass seine Stimme fast vom Wind verschluckt wurde. —Die Leute, die du bald kennenlernen wirst, sind vor allem Paschtunen und erst in zweiter Linie Muslims. Ihresgleichen ist zu oft erobert, ausgebeutet und in Massengräbern verscharrt worden, als dass sie sich Nachsicht gegenüber Fremden erlauben könnten. Selbst mich fanden sie fremd, als ich aus dem Jemen zurückkam. Ich war ihnen zu kompliziert geworden, zu vieldeutig, war zweierlei auf einmal. Allein der Kampf vereinfacht mich in ihren Augen. Ziar rückte näher an sie heran. —Und dein Fall, kleiner Bruder, ist noch viel komplizierter. Du musst darauf achten, für sie nur ein Einziges zu sein. Allein dein Glaube wird sie an dich glauben lassen. Jener Glaube, den ich in Sadda und Mansehra an dir wahrgenommen habe. Er löste seine Hand aus ihren Fingern. —Die Alternative ist eine Kugel in den Schädel.

—Mir doch egal.

—Mag sein, sagte er leise. —Aber kann es sein, Suleyman, dass ich dir egal bin?

Die anderen standen jetzt am Fuß des Abhangs und schauten zurück, um zu sehen, was los war. Selbst aus dieser Entfernung konnte Aden sehen, wie ihr Führer gestikulierend aus dem Koran zitierte. Hinter ihm und weiter unten vereinten sich Schmelzwasserrinnsale zu einem Bach, und noch weiter unten schimmerte frostig eine Grasnarbe. Es war das erste Grün, das sie zu Gesicht bekam, seit sie sich auf den Weg zur Grenze gemacht hatten.

—Nein, Ziar, sagte sie schließlich. —Du bist mir nicht egal.

*

Sie marschierten die ganze Nacht, und am nächsten Tag erreichten sie gegen Mittag eine Umfassungsmauer aus Lehmziegel, die von dreimal mannshohen, glattgeschliffenen Eichenpfählen überragt wurde. Rote, grüne und weiße Tuchstreifen hingen schlaff in der windstillen Luft, sonnengebleicht und zerschlissen, und am Fuße jedes Pfahls lag eine verwitterte Steinplatte. Ihr Führer signalisierte Halt, richtete sich auf und strich seinen Kamiz glatt, so würdevoll und vornehm wie nur irgendein Mullah. Das Tor zum Friedhof bestand aus unbehauenen Eichpfosten, durch die wie beim Tor zu einem Schafspferch Wacholderzweige geflochten worden waren. Der alte Mann wartete, bis auch die letzten Nachzügler zu ihm aufgeschlossen hatten.

—Jede Seele wird den Tod kosten, verkündet er. —Und

euch wird euer Lohn am Tag der Auferstehung vollständig gegeben.

Ein Paschtune mit hängenden Schultern, dessen Namen sie sich einfach nicht merken konnte, gab ihrem Führer zu verstehen, dass die vergangenen Tage viel dazu beigetragen hätten, ihn auf den Tod vorzubereiten. Er sei nun bereit, seinen vollen Lohn zu kassieren.

Der alte Mann machte mit seinem verhutzelten zahnlosen Mund eine Kaubewegung. — Oder meint ihr etwa, ihr würdet ins Paradies eingehen, ohne dass Ähnliches über euch komme wie über jene, die vor euch dahingegangen sind? Elegant legte er sich die rechte Hand an die Brust. — O ihr, die ihr glaubt, übt Geduld und wetteifert in Geduld und seid standhaft und fürchtet Gott; vielleicht werdet ihr erfolgreich sein.

Mit diesen Worten machte ihr Führer auf dem Absatz kehrt und folgte der holprigen Straße ins Tal. Eine Handvoll Männer begann, ihm auf rissigen, blutigen Füßen hinterherzuhinken, aber Ziar befahl, an Ort und Stelle zu bleiben. Er warf sein Gepäck ab, lehnte es an die Mauer, setzte sich darauf, lehnte den Rücken an die bröckligen, sonnenwarmen Ziegel und schloss die Augen. Aden stellte ihren eigenen Rucksack neben das Tor, hob vorsichtig den Riegel an und ging auf den Friedhof.

Obwohl die Mauer kaum bis an ihre Schultern reichte, umschloss sie eine Art Frieden, die Stille der Begrabenen. Aden ging bis zur exakten Mitte dieses Friedens, den sie empfand, und ließ sich dankbar auf den sandigen Boden sinken. Sooft es ruhig war, spürte sie neuerdings Decker hinter sich, der mit ihr atmete, wenn sie atmete, jeden Fehltritt bezeugte, jede Falschheit, jeden Kuhhandel, den sie einging. Sie wusste, ihn um Vergebung zu bitten war zwecklos. Sie senkte den Kopf und hörte ihm zu in dieser unirdischen Stille.

Irgendwann später schien die Luft zu flüstern, und sie hob den Kopf und sah über sich eine Elster auf der Friedhofsmauer hocken. Im hellen Morgennebel der Berge leuchtete die Brust schmerzlich weiß, und der Kopf schimmerte im schwärzesten Schwarz, das es nur gibt. Aden hatte sich früher einmal ein Bild dieses Vogels in einem grün eingebundenen Buch ihres Vaters angesehen und wusste, auf Paschto war früher sein Name Herold des Königs gewesen, doch nichts hatte sie auf dieses Geschöpf vorbereitet, das da kaum außerhalb ihrer Reichweite saß. Während sie ihm wie gebannt zuschaute, teilten sich die hohen Wolken, und das Blau und Smaragdgrün seines Gefieders glänzte wie die offenbarten Geheimnisse des Himmels. Aden spürte, dass sie schluchzen musste, und biss auf ihren Schal, um nur ja keinen Laut zu machen und den Vogel zu vertreiben, der gleich darauf ein einziges verächtliches Keckern ausstieß und begann, seine leuchtenden Flügel zu schnäbeln. Und nichts anderes auf Erden war von Bedeutung.

Als später Ziar zu ihr kam, war die Elster längst fortgeflogen. Adens Tränen waren getrocknet, und sie fühlte sich gereinigt und gefestigt. Er fragte, wie es ihr gehe, und sie sagte, es gehe ihr gut. Er nickte wie zu sich selbst und schien ihre Antwort zu überdenken. Dann fragte er sie, ob sie sich daran erinnere, was er ihr auf dem Berg gesagt hatte.

—Natürlich erinnere ich mich.

—Auch ein heiliger Krieg ist ein Krieg, Suleyman. Hörst du, was ich sage? Kannst du mir folgen?

—Ich will gar nicht folgen.

Er warf einen Blick zum Tor. —Ich habe junge Männer erlebt, vor allem junge Araber, die herkamen und erwarteten, auf wolkenfarbenen Pferden in den Kampf zu reiten. Der Kampf aber schließt immer mehr Türen, als er öffnet, zumindest für den Kämpfer. Und die erste Wahrheit des Dschihad lautet Enttäuschung. Finde dich damit ab, dann wirst du lange und gut kämpfen.

—Warum sagst du mir das?

—Achte darauf, uns nicht allein nach unseren Sünden und Fehlern zu beurteilen. Wie verdorben deine Kameraden auch immer erscheinen mögen, ich schwöre dir: Unser Feind ist weitaus verdorbener.

Sie ließ die Augen wieder zufallen. —Ich habe kein Recht, über andere zu urteilen.

—Du hast jedes Recht. Du bist der Beste von uns allen, Suleyman, niemand leuchtet wie du in Gottes Blick.

Sie holte Luft, um zu antworten, als von der anderen Seite der Mauer ein Dröhnen zu ihnen herüberdrang. Ziar stand sofort auf. Erst glaubte sie, ein Flugzeug sei im Anflug, und sie wollte schon Deckung suchen, als sie sah, dass Ziar zwar eilig, doch gefasst zum Tor ging. Inzwischen hatte sich das Geräusch in drei konkurrierende Phrasen unterteilt, und sie hörte Reifenprofile über Kies knirschen. Aden sprang auf und folgte Ziar vor die Mauer.

Es waren insgesamt drei Trucks, jeder voll mit Männern, die Makarows trugen, Kalaschnikows oder merkwürdige, langläufige Flinten; und in den schwarzen oder schlammbraunen Bändern, die wild an den Kotflügeln flatterten, brach sich das Licht wie eben noch im Schwanz der Elster. Diese Bänder kamen ihr bekannt vor, aber erst als die

Trucks plötzlich stoppten, wusste sie, warum. Sie stammten aus Videokassetten oder abgerollten Filmspulen.

—Taliban, sagte Abu Suhail und wiederholte das Wort wie eine Beschwörung. —Taliban. Taliban, bis seine Stimme vom Dröhnen der Motoren übertönt wurde.

Der Fahrer des ersten Wagens sprang leichtfüßig heraus, ging zur Beifahrertür und half einem kleinen schwarzbärtigen Mann aus der Fahrerkabine, alle übrigen Männer blieben auf den mit laufenden Motoren wartenden Trucks sitzen. Der Bart des kleinen Mannes war dicht und wie ein Spaten geformt, seine schweren Lider dunkel von Kayal. Die Beine standen grotesk nach hinten ab, so als wären die Knie falsch herum gedreht worden, die Unterarme ruhten auf Aluminiumkrücken mit angepassten Plastikschalen. Er wandte sich mit zwitschernder Stimme an Ziar, zögerlich, schleppend, fast wie jemand, der gerade erst aufgewacht war. Sosehr Aden sich auch anstrengte, sie verstand kein Wort.

—Was sagt er?, fragte sie Abu Suhail.

Der schüttelte benommen den Kopf. —Bruder, sagte er, —das ist Abu Abdullah Nazir. Er nahm sie am Arm, schwankte leicht und hielt den Blick unverwandt auf den Mann mit den nach hinten gedrehten Beinen gerichtet.

—Kannst du verstehen, was er sagt?

Abu Suhail lachte nur. —Ist doch egal.

Nach einer Zeit, die ihr lang vorkam, nickte Ziar leicht, und der Mann namens Nazir machte dem Fahrer ein Zeichen, woraufhin sofort alle Motoren abgestellt wurden. Die plötzliche Stille drückte auf ihre Ohren.

—Gott grüße euch, Soldaten, sagte Nazir auf Paschto. —Möget ihr niemals ermüden.

—Steht auf, ihr alle, sagte Ziar. —Und nehmt euer Gepäck.

—Lass sie ruhig so, wie sie sind, erwiderte Nazir. —Ich bin euretwegen gekommen, Brüder, nicht wegen der Lasten, die ihr tragt.

Wie auf ein geheimes Kommando schwärmten Nazirs Männer von den Trucks aus. Er selbst schleppte sich so taumelnd vorwärts, als würde er jeden Moment hinfallen. Aden sah jetzt, dass seine Lider und Brauen vernarbt und verschorft waren. Dieser Mann schläft nicht, ermahnte sie sich. Vergiss das nie, Aden. Dieser Mann schläft nicht.

Er ging erst zu Abu Suhail und beugte sich vor, als wollte er ihm einen Kuss geben. Das Lächeln verschwand von Abu Suhails Lippen, und er verdrehte die Augen, als würde er ohnmächtig. Nazir sagte ein Wort auf Paschto zu ihm, das Aden nie zuvor gehört hatte. Und dann stand er vor ihr.

—*Khe chare*, Muallim, sagte sie. —Assalamu alaikum.

Nazir neigte sich ihr zu und rang nach Luft. Die untere Hälfte seines Körpers schien wie bei einer Marionette an den Krücken zu hängen. Aden hielt den Blick abgewandt und wartete darauf, dass er sie ansprach. Als er es endlich tat, redete er in zögerlichem Englisch.

—Wie kann es sein, sagte er. —Und aus welchem Grund.

—Verzeiht, Muallim. Was habt Ihr gesagt?

—Du sagst kein Wort.

Er schwankte vor ihr, die Plastikschienen der Krücken quietschten. Aden starrte auf den Boden zwischen ihren Füßen. Er sagte in seinem zwitschernden Singsang etwas über ihre Schulter hinweg, und sie hörte, wie eine tiefere Stimme das Gesagte wiederholte, dann Ziars leise Stimme, die Zustimmung signalisierte. Ziar sagte gleich darauf noch etwas, fast unhörbar leise, und eine vierte Stimme versicherte, alles sei gut.

Man befahl ihr, den Kopf zu heben, und sie sah den Fahrer des Trucks, wo gerade noch Nazir gestanden hatte. Er hielt ihr eine kurzläufige, achtschüssige Makarow am Lauf hin. Wie in einem Traum nahm sie die Waffe. Einer der Pick-ups wurde so manövriert, dass er mit der Ladefläche zu ihr stand, und sie ließ sich vom Fahrer nach vorn schieben und blieb schließlich mit steifen Armen stehen, die Makarow in der Linken, während der Fahrer mit beiden Händen an der Ladeklappe des Trucks rüttelte, um sie aufzubekommen. Irgendwo in der Nähe sang eine Stimme die Lobpreisung Gottes und seines Propheten, *La ilaha illa Allah, Muhammadun rasul Allah*, und Aden erkannte die hohe, fistelige Stimme im selben Moment, als die Ladeklappe nach unten fiel. Ihr Bergführer lag kopfvoran auf der Ladefläche, an Händen und Füßen mit Draht gefesselt. Ihr entfuhr ein kurzer Fluch. Der Führer hörte auf zu singen und krümmte den Rücken, bis sich ihre Blicke trafen.

—Euch wird der Lohn gegeben, sagte hinter ihr eine schleppende Stimme.

Im Traum sah sie zu, wie der Führer vom Truck gezogen und ihr vor die Füße geworfen wurde. Die Männer bildeten einen Kreis. Ihr Blick suchte Ziar, doch konnte sie ihn nicht entdecken. Aden dachte an die Elster im Sonnenlicht, und diese Erinnerung beruhigte sie. Sie hob die Waffe, und sofort wich die Menge zurück.

—Suleyman!, hörte sie Ziars Stimme. —Die Sicherung.

Man hatte sie im Lager an dieser Waffe ausgebildet, und sie wusste sehr wohl, dass die Sicherung entsperrt war. Sicherung entsperrt, Patrone im Lauf.

—Ich will wissen, was er getan hat, sagte sie und wog die Makarow. Ihr Gewicht fand sie tröstlich. Sie stellte den Sicherungshebel zurück.

Abu Suhail murmelte irgendwas auf Paschto und versuchte, nach der Pistole zu greifen. Sie hatte nicht gewusst, dass er neben ihr stand. Als er aber den Blick auf ihrem Gesicht sah, erstarrte er mitten in der Bewegung. Irgendwer fing an zu lachen.

—Du solltest schießen, flüsterte er. —Hättest du längst tun sollen.

—Muallim Nazir?

—Ja, mein Kind.

—Ich will wissen, was er getan hat.

Die Stille, die sich ausbreitete, schien dem Bergführer Hoffnung zu machen. Er presste die Stirn auf die Erde, drehte sich auf die Schulter und wandte sich mit dem Gesicht zu ihr um. Sand klebte an seinen feuchten Lippen und hing in der linken Barthälfte. Er schien überrascht, sie dort zu sehen, stumm und ausdruckslos wie eine Schneiderbüste, die Makarow zur Sicherheit an ihre Brust gedrückt. Er sah sie und wusste genau, was sie war.

—Gott kennt die Ungerechten. Und du wirst sie vor allem unter jenen Menschen finden, die am gierigsten nach dem Leben sind.

—Suleyman, sagte Ziar. —Kleiner Bruder.

—Ungläubiger, sagte Nazir auf Englisch. —Ungläubiger. Schwesternficker. ISI.

—Gib sie mir, wisperte Abu Suhail. —Ich kann schießen.

—Doch wenn jemandem von seinem Bruder etwas vergeben wird, so soll es auf wohltätige Weise geschehen. Dies ist eine Erleichterung von eurem Herrn und eine Barmherzigkeit. Wer aber von nun an die Gesetze übertritt …

—Wer hat dir denn vergeben?, sagte sie und entsicherte die Waffe.

Abu Suhail packte sie am Handgelenk und versuchte, ihr die Pistole zu entreißen. Aden entwand sich ihm, schwang ihren Arm in einem langsamen Bogen herum und drückte ab. Der alte Mann am Boden schien vor Aufregung oder Überraschung zu zittern. Sie zählte die Kugeln von acht abwärts, *sab'a sitta, khamsa arba'a,* hörte bei *wahid* auf und starrte hinter sich auf den Haufen großäugiger Männer. Ziar stand in vorderster Reihe, mit offenem Mund. Das Gesicht des Fahrers dagegen zeigte nicht die geringste Überraschung. Nazir hinkte bereits zurück zu den Trucks.

—Entschuldige, stammelte Abu Suhail, entweder zu ihr oder zu der Leiche am Boden. —Ich entschuldige mich bei dir, Bruder. Hörst du?

Sie dachte an Hayat, als sie die Waffe fallen ließ, schloss die Augen und sah sich auf ihrem Schlafsack in dem Eckzimmer in Sadda liegen, damals, als sie krank war, sah das Spiel von Licht und Schatten an der Decke. Sie dachte an Ibrahim Schah und seine vernünftige Stimme. Und sie sah sich im Morgengrauen im Hof beten, dann im Bus von Karatschi mit Decker, dann im hellen, vornehmen Büro ihres Vaters. Die Waffe fiel auf den Boden. Sie lag in ihrem

Bett in Santa Rosa, Kopf unter der Decke, und spürte, wie das Haus vibrierte, weil ein Flugzeug drüber hinwegflog.

*

Sieben Wochen lang wurden sie ausgebildet in Abdullah Nazirs Lager der Hain, vom berühmten Torcham-Tor einen Viertagesmarsch weit entfernt in den Bergen. Es lag auf einem keilförmigen Landstrich am Treffpunkt zweier großer Schluchten, und der Boden war schwarz und fruchtbar; das Lager selbst aber befand sich im Schatten uralter Steineichen und Kiefern. Während der sowjetischen Besatzung war hier eine Versuchsfarm gewesen, und die Stümpfe einiger Olivenbäume unterteilten das Feld, auf dem ihre Zelte standen. Im Süden und im Osten fiel das Sonnenlicht auf die Wände der Schluchten, im Nordosten dagegen war der Blick frei bis in weite Ferne, und abends funkelte der Hindukusch blau und kalt vor dem dunklen Himmel. Es hieß, der nächste Einsatz würde sie nach Norden über diese Bergketten hinausführen, doch niemand wusste, ob dies stimmte oder ein Gerücht war. Selbst Ziar lächelte nur und zuckte mit den Schultern, als sie ihn danach fragte.

Ihre Ausbildung entnahm man vorwiegend einem pakistanischen Handbuch für die leichte Infanterie, und es gehörte jede Menge Strammstehen dazu sowie Laufen auf der Stelle. Das war monoton, geistlos und stand oft in direktem Widerspruch zu dem, was Abu Imam ihnen beigebracht hatte, aber Aden begrüßte jede Pflicht, die half, die Stunden vergehen zu lassen. Sie hatte mit dem Töten angefangen und sah nun keinen Ausweg mehr, weshalb sie ungeduldig darauf wartete, weitermachen zu können.

Es war das Warten, das sie nicht ertrug, das sie krank vor Angst machte, nicht das Töten an sich. Den Bergführer zu erschießen war leicht gewesen. Decker blieb ihr beharrlich im Kopf, doch sprach sie seinen Namen nie mehr laut aus und dachte auch nicht mehr an ihr Leben vor den Lagern. Für sie gab es keinen anderen Weg mehr als den Weg nach vorn.

Das Bett des breiteren Flusses wurde von braunen Bruchsteinen gesäumt, den Grund des anderen bedeckten gelbe Quarzsplitter; und wie Dinosaurier lagen in beiden Flüssen nur knapp einen halben Meter unter der Oberfläche die riesigen Leiber gesprengter Brücken. Die Trucks, die Nachschub ins Lager brachten, fuhren direkt durch das Wasser gleich unterhalb dieser Brücken, ganz unabhängig davon, wie viele Männer oder Mehlsäcke sie geladen hatten, und wenn sie mitten im Fluss aufsetzten, gab es jede Menge Verwünschungen, fromme Sprüche aus dem Koran oder Schwüre, sich dem Willen Gottes zu unterwerfen. Die Strömung überm Geländer war gebrochen, das Wasser an dieser Stelle flach, sodass man den Fluss zu Fuß durchqueren konnte. Nachmittags wurde es jetzt heiß, im Schatten des nördlichen Ufers gediehen Brombeeren und Persische Rosen, und in der Stunde vor dem Abendessen fand Aden manchmal Zeit, sich unbemerkt davonzustehlen. Eine kurze Strecke den Fluss mit dem Quarzbett entlang schlug der Strom eine enge Kurve, die sich zu einem Tümpel verbreiterte, und an Tagen, an denen ihr die Brust weh tat, zog sie sich den Kamiz über den Kopf, löste die Bandage von den Rippen und ließ das Wasser über ihren Körper fluten, bis das Jucken und die Qual fortgeschwemmt waren.

Die Zelte, in denen sie schliefen, waren aus schwerem, sonnengebleichtem Nylon, auf das, innen wie außen, in regelmäßigen Abständen UNICEF aufgedruckt worden war. Ein glücklicher Zufall wollte es, dass sie ihr Zelt nur mit einem erst siebenjährigen Jungen teilte. Er sei aus dem Jemen gekommen, über das Meer und quer durch den Iran, zusammen mit drei älteren Brüdern, erzählte er, aber diese drei älteren Brüder hätten ihn im Stich gelassen. Er sprach ein schönes, gepflegtes Arabisch, stellte nur wenige Fragen und gab bis auf sein Schluchzen jeden Morgen auch nur wenig Anlass, sich über ihn zu beklagen. Ziar war wie ein Gott für ihn, und wenn die beiden sich abends in seinem schnellen, jemenitischen Dialekt unterhielten, ertappte Aden ihn manchmal sogar dabei, dass er lächelte.

Während die Tage und Wochen vergingen, wagte sie sich weiter und weiter vom Lager fort und sprach ihre Gebete am Flussufer oder auf irgendeiner Lichtung in den Wäldern, die sie später nie wiederfinden konnte. Anders als anhand der Länge der Schatten auf den Wänden der Schlucht wusste sie die Uhrzeit nicht zu bestimmen, und so kniete sie sich hin und betete, wann immer ihr danach war. Sie betete für den Mann, den sie getötet, für den Freund, den sie verloren hatte, und sie flehte Gott an, er möge ihr ein kleines Zeichen schenken, mit dem er ihr verriet, dass er bei ihr war. Sie betete, dass ihr Vater sie wegen ihrer Ignoranz nicht verurteilen und dass ihre Mutter sie vergessen möge. Auf allen vieren flehte sie darum, von ihren Zweifeln erlöst zu werden und jenen Frieden wiederzuerlangen, den sie in Sadda gefunden hatte. An manchen Tagen vergaß sie zu zählen, wie oft sie betete. An anderen Tagen betete sie überhaupt nicht.

Ziar blieb dem Lager jetzt manchmal tagelang fern, oft über eine Woche, und er gab keine Antwort, wenn sie wissen wollte, wo er gewesen sei. Sie begann sich zu fragen, ob die Erschießung des Bergführers ihn ebenfalls verändert hatte, ob er sich womöglich so fühlte, wie sie sich fühlte, doch als sie ihn darauf ansprach, zuckte er bloß nichtssagend die Schultern. Bald darauf begann er, unwirsch auf ihre Fragen zu reagieren, und so lernte sie, ihre Befürchtungen für sich zu behalten.

An einem Freitagabend kam Ziar zu ihrem Zelt, murmelte dem jemenitischen Jungen zerstreut einen Gruß zu, nahm sie bei der Hand und führte sie hinaus in die Dämmerung. Wilde Gerste und Hirse wuchsen inzwischen rund um die Olivenbaumstümpfe, und Aden dachte an die Russen und fragte sich, ob sie mit ihren Experimenten zufrieden gewesen waren und ob sie noch lebten oder schon tot waren. Sie kamen an einem Zelt vorbei, und einige Araber riefen ihnen etwas zu, woraufhin Ziar ihre Hand einen Moment losließ, um die Grüße zu erwidern. Dank eines Tauschhandels, der zu kompliziert gewesen war, als dass sie ihn durchschaut hätte, waren die Araber in den Besitz einer Wasserpfeife gekommen, weshalb sie ihre Gesichter in all dem Qualm kaum erkennen konnte. Es war ein schöner schneeweißer Qualm, der nach Äpfeln roch. Alles war jetzt schön in dieser mittsommerlichen Dämmerung. Sie bogen um die Ecke des aufgegebenen Kornspeichers mit den kyrillisch beschriebenen Metalltoren, als Aden stehen blieb, zurückblickte, den Qualm wie Wäschedampf aus dem Zelt der Araber aufsteigen sah und ein Gefühl sich in ihr regte, für das sie keinen Namen kannte, ein Gefühl, bei dem es ihr in Brust und Kehle eng wurde. Eine Erinnerung, vielleicht auch eine Vorahnung. Wo der Pfad zwischen den Bäumen verschwand, wartete Ziar auf sie.

—Wie geht es dir in diesem Erholungsheim, Suleyman? Bist du schon vor Langeweile gestorben?

—Das fragst du mich jedes Mal, wenn wir spazieren gehen.

Er nickte. —Weil ich dir deine Antwort nicht abnehme.

—Ich bin nicht gelangweilt. Ich lasse das nicht zu.

—Du fehlst öfter bei den Mahlzeiten, wurde mir gesagt.

Sie warf ihm einen Blick zu. —Wer hat dir das gesagt? Abu Suhail?

—Du sollst dich auch oft in dein Zelt zurückziehen. Und du badest nicht mit den anderen.

Schweigend gingen sie eine Weile weiter. Schließlich seufzte Ziar.

—Du musst verstehen, Bruder, dass dein Verhalten nicht ohne Folgen bleibt.

—Ich habe schon einen Mann für sie erschossen. Was wollen sie denn noch?

—Dir blieb keine andere Wahl, als ihn zu erschießen. So sieht Nazir es jedenfalls.

Sie blieb stehen. —Warum hat man mir dann die Waffe gegeben? Warum lässt man mich nicht in Ruhe?

—Weil du derjenige warst, an dem sie am stärksten gezweifelt haben.

—Abgesehen von dem alten Mann, meinst du.

—Was für ein alter Mann?

—Der Bergführer.

Ziar schüttelte den Kopf. —Der war ohne jede Bedeutung.

Sie kamen zu dem schmalen Sandstreifen, wo die Flüsse mit einem tiefen, pausenlosen Brausen wie dem Geräusch gewaltiger, sich unterirdisch drehender Turbinen zusammenströmten. Eine Gruppe Tamarisken verbarg die beiden vor Blicken aus dem Lager; und im Gebüsch kabbelte sich mit hellem Zwitschern ein Schwarm gelber Hirtenmainas. Die Flüsse waren unterschiedlich gefärbt, der westliche eher trüb, der östliche glasklar, doch war der Unterschied so unauffällig, das Aden ihn bislang nie bemerkt hatte. Jetzt aber nahm sie ihn deutlich wahr, und Ziar kam darauf zu sprechen, sagte, wie eigenartig doch ihr wolkiger, milchiger Grenzverlauf sei und das störrische Verhalten der beiden rivalisierenden Ströme. Er nannte die Namen der beiden Flüsse, dann den Namen des Flusses, zu dem sie wurden, und Aden nickte, sah ihn reden und spürte, wie sich etwas veränderte. Ihr Atem ging flach. Falls Ziar ihre Erregung spürte, ließ er sich nicht das Mindeste anmerken.

—Bist du unglücklich hier, Suleyman? Sag mir die Wahrheit. Hast du alles vergessen, was wir dir im Lager Der Berg beigebracht haben?

—Wenn du hier gewesen wärest, wüsstest du das.

—Bin ich denn jetzt nicht hier?

Sie starrte ins Wasser.

—Vergib mir, kleiner Bruder. Er bückte sich, um ihren Blick aufzufangen. —Du solltest wissen, dass ich hier war, wann immer ich konnte.

—Nicht oft genug.

—Du hast recht, sagte er. —Nicht annähernd oft genug.

Meine Spione haben mir natürlich längst verraten, dass du disziplinlos und fett geworden bist. Er griff plötzlich nach ihr und kniff sie durch das Tuch ihres Kamiz. Aden schrie auf und entzog sich ihm.

—Habe ich dir weh getan, Suleyman? Er grinste. —Dann bist du wohl doch nicht so fett, wie ich angenommen habe.

Sie schaukelte auf ihren Fußballen vor und zurück, die Schultern vorgebeugt, die Arme nach ihm ausgestreckt. Ihre Zähne schienen zu klappern.

—Was trägst du da unter deinem Kamiz? Fühlte sich an wie eine Bandage.

—Es ist eine Bandage.

Sein Gesichtsausdruck änderte sich. —Zeig sie mir.

—Fass mich ja nicht an, sagte sie auf Englisch.

Einen Moment verharrte er reglos und runzelte nur kaum wahrnehmbar die Stirn, dann ließ er die Arme sinken.

—Es freut mich, dass du deinen Mut offenbar nicht verloren hast.

—Mit Mut hat das nichts zu tun.

Er nickte. —Mag sein, aber ich möchte es so nennen.

—Warum hast du mich hergebracht, Bruder Khan?

—Ach, Suleyman. Er blickte zurück zum Lager. —Wenn du mich so nennst, klingt das wie ein Vorwurf.

—Sag schon.

—Im Lager Hain wird eine Gemeinschaft ausländischer Rekruten gebildet. Alle *khariji*. Araber, Tschetschenen, Pakistanis und Türken. Und natürlich Amerikaner. Er grinste sie an. —Von denen es momentan nur einen gibt.

Sie prüfte seine Miene. —Eine neue Gemeinschaft.

—Das ist eine besondere Ehre, Bruder. Die Gemeinschaft der Ansar. Nazir wird dich morgen nach dem zweiten Gebet in sein Büro rufen.

—Die Ansar, wiederholte sie. —Die Helfer.

—So sollen sie heißen.

—Wo schickt man uns hin? An die Front?

—Das wird Nazir entscheiden. Es könnte auch eine andere Verwendung geben …

—Das ist keine Ehre, Ziar. Er traut uns nicht. Er will uns nicht in seiner Armee.

Ziar schüttelte den Kopf und drehte sich wieder zum Fluss um.

—Du kämpfst schon, sagte sie langsam. —Das ist es, was du mir nicht sagst, stimmt's? Das machst du, wenn du fortgehst.

—Pass auf, dass du nicht in diesem Ton mit Abu Nazir sprichst, kleiner Bruder. Achte darauf, was du ihn fragst. Achte auf deinen Ton und auf deine Manieren.

Aufwallende Verachtung für ihn ließ sie schwindlig werden. —Ich spreche jetzt aber nicht mit Abu Nazir. Ich spreche mit dir.

Eine heftige, schnelle Geste verriet seine Frustration. —Ich habe dich schon einmal ermahnt, vorsichtig zu sein. In der Medrese meines Vaters warst du ein Vorzeigeschüler und ein ebensolcher Rekrut im Lager Der Berg, aber nur weil du neu warst, jemand Besonderes. Viele von uns hatten in ihrem ganzen Leben noch nie mit einem Amerikaner geredet, geschweige denn mit einem frommen Amerikaner, einem, der sich zu unserem Glauben bekennt. Du warst wie der Pfau im Garten des reichen Mannes. Kennst du die Fabel?

—Ich schätze, sie geht nicht gut aus.

—Nimm meine Worte nicht auf die leichte Schulter. Mach nicht Alis Fehler.

Sie schloss die Augen. —Bitte, tu das nicht, Ziar. Nenne nicht seinen Namen.

—Ich nenne jeden Namen, den ich nennen will. Ist das etwa amerikanischer Brauch? Wohlüberlegten Rat in den Wind zu schlagen? Den Narren zu spielen, wenn das Gegenteil angebracht wäre? Ich habe Ali selbst gesagt, dass …

—Lass uns jetzt zu ihm gehen.

—Was?

—Gehen wir jetzt zu Nazir. Wenn er Zweifel an mir hat, soll er damit rausrücken. Und ich werde ihm alles sagen, was ich ihm zu sagen habe.

—Alles, was du …

—Ganz richtig. Sie nahm seine Hand in beide Hände. —Damit ich bei dir bleiben kann.

Sie wartete einen langen, atemlosen Moment auf eine Antwort. Als er nichts erwiderte, ließ sie seine Hand los und ging den Pfad zurück, bewegte sich entschlossen und bemüht ruhig. Sie zwang sich, locker zu laufen, zwang sich zu einer männlichen Haltung, ignorierte ihr Schwindelgefühl und schwang die Arme bei jedem Schritt. Sie konnte durch die Bäume bereits die Mauern des Speichers sehen, als sie seine Hand auf ihrer Schulter spürte.

—Geh jetzt nicht zu ihm, kleiner Bruder. Er hat gerade Besuch. Eine Delegation aus Peschawar. Leute, denen man besser nicht begegnet.

—Sag mir, was ich tun muss, damit er mir vertraut.

—Er wird dir nie vertrauen. Du bist ein *khariji* und zudem Amerikaner. Das sind keine Vorteile für dich. Jedenfalls nicht in den Augen von Nazir.

—Aber du hilfst mir? Sie machte einen Schritt und versuchte, ihn mit sich zu ziehen. —Du verrätst mir, was ich sagen muss?

—Er will dich loswerden, da bin ich mir sicher. Ziar zögerte. —Du machst ihn nervös.

—Mich loswerden? Wie?

—Am besten wäre es, du überzeugst ihn davon, dass du für ihn nutzlos bist. Nutzlos für ihn, aber von bescheidenem Nutzen für mich. Nazir ist ein gerissener Mann und ein fähiger General, aber er ist in seinem Leben noch nicht einmal in Kabul gewesen. Für ihn bist du ein mystisches Geschöpf, eine unbekannte Größe, eine Komplikation in seinem Verstand. Dieser Mann liebt es schlicht und ehrlich.

—So habe ich ihn bislang noch nicht wahrgenommen.

Sein Griff wurde fester. —Genau das, sagte er. —Genau diese Einstellung musst du ablegen. Abdullah Nazir ist für dich dein Herr und Meister, und du musst dich vor ihm erniedrigen. Ein Gott, den du um Gnade anflehst. Hörst du?

Sie wartete, bis er sie losgelassen hatte, ehe sie antwortete. —Es gibt keinen Gott außer Gott, sagte sie. —Und Mohammed ist sein Prophet.

*

Sie wartete den ganzen nächsten Vormittag, wurde aber nicht gerufen. Als sie mit ihrer Geduld schließlich am Ende war, verließ sie ihre Pritsche, von Vorahnungen bedrückt, und ging zurück durch das Gehölz und über den Exerzierplatz, wo immer noch einige bedauernswerte Rekruten auf der Stelle liefen. Das kyrillisch beschriftete Metalltor zum Speicher stand weit offen, und ein Koloss von einem Mann, die Uzi wie eine Spielzeugpistole im Gürtel, hielt davor Wache, die gewaltigen Arme locker gekreuzt. Sie kannte ihn gut, ging zu ihm und grüßte ihn. Die Kalaschnikow befand sich etwa auf der Höhe ihrer Schultern, und Aden stellte sich vor, wie sie die Waffe herauszog, ehe der Mann reagieren konnte, wie sie aus der Reichweite seiner Arme sprang und sie entsicherte, danach aber versagte ihre Phantasie. Der Mann lächelte und erwiderte ihr Salam.

—Sei gegrüßt im Namen Gottes, Ehsannullah Sattar. Mögest du nie ermüden.

Er nickte ihr freundlich zu, wie um für ihren Besuch zu danken, dann verschränkte er aufs Neue seine großen Arme. —Sei auch du gegrüßt im Namen Gottes, kleiner Scharfrichter.

—Man hat mir gesagt, ich soll herkommen, sagte sie. —Hierher zu dir. Um diese Zeit.

—Ja?

—Ich soll dem General nach dem zweiten Gebet Bericht erstatten.

—Dem General, wiederholte er.

—Genau.

—Und wer hat dir diese Anweisung erteilt?

Sie biss sich kurz auf die Lippen. —Ziar Khan.

—Ach so, Ziar Khan, sagte Sattar. —Dann, kleiner Bruder, darfst du passieren.

Der Großteil des Lagers war ausgebrannt und ohne

Dach, eine von Bomben zerstörte Ruine. Sie folgte dem einzig passierbaren Gang zu einer Tür, die mit den Namen und Taten lang verstorbener Mudschaheddins beschriftet war, mit Hilfe von Messern, Bajonetten oder Patronenhülsen ins Holz geritzte Buchstaben, manche sorgsam, andere hastig eingearbeitet und mit dem Ruß vom Boden oder von den Wänden geschwärzt. Sie starrte die Namen an, ließ ihren Blick unscharf werden und verschwimmen, sah die Buchstaben sich kringeln, sich winden. Keine Schrift auf Erden war schöner anzusehen, keine Sprache schöner zu sprechen. Die Schönheit der Askese. Eine erbarmungslose Schönheit. Sie hatte Tränen in den Augen, als sie anklopfte.

Ihr wurde sofort geöffnet, und der Mann, den sie nur als Fahrer kannte, winkte sie so gleichgültig herein, als wäre sie längst erwartet worden, dann schloss er hinter ihr leise wieder die Tür. In dem Zimmer, das sie betrat, war es stickig und düster. Pfeifenrauch waberte im Zwielicht. Hinter einem Tisch in der Ecke erkannte sie Nazirs gebeugte Silhouette und bat ihn, für sie zu beten, woraufhin er durch die fest geschlossenen Lippen ein eigenartiges Glucksen hören ließ.

—Man befahl mir, ich soll kommen, radebrechte sie auf Paschto. —Zu Euch, um zu reden.

—Was du nicht sagst, erwiderte er auf Arabisch und summte weiter vor sich hin. —Hat man dir auch gesagt, den Zeitpunkt selbst zu bestimmen?

Da war noch jemand. In dem Sessel in ihrem Rücken. Sie widerstand dem Drang, den Kopf zu drehen und ihn anzusehen.

Nazir blätterte bedächtig durch die Papiere auf seinem Tisch. Bislang hatte sie ihn noch nie ohne Krücken gesehen, und ihr wurde nun klar, dass er linksseitig vollständig gelähmt war. Die linke Hand zitterte heftig, und während sie ihm zusah, wie er sich quälend langsam durch den Stapel Karten und Dokumente arbeitete, wurde der Drang fast übermächtig, einfach vorzulaufen und ihm die Papiere aus der Hand zu reißen. Sie wurde bestraft, davon war sie überzeugt, den Grund dafür aber konnte sie nur erraten. Vielleicht weil sie undiszipliniert war oder weil sie aufsässig war oder weil sie aus Amerika kam. Vielleicht auch nur, weil es dem General so gefiel. Oder weil es dem Mann gefiel, den sie nicht sehen konnte.

—Ich komme wegen der Helfer, sagte sie schließlich. —Wegen der Gemeinschaft, die gebildet werden soll.

—Verstehe. Er zog einen Stapel Pässe zu sich heran. —Ich dachte, du wärest gekommen, weil ich dich sehen wollte.

—Ich möchte mit den Paschtunen kämpfen, sagte sie auf Paschto. —Nicht mit den Arabern und Tschetschenen. Ich will mit Euch kämpfen.

Daraufhin sah er sie mit einem fast schüchternen Lächeln an. —Mit mir?, fragte er auf Arabisch. —Mit mir, Suleyman? Nicht mit jemand anderem?

—Lasst mich in meiner Gruppe bleiben, General. Für Euch mag ich nutzlos sein, aber Bruder Khan möchte mich haben.

—Warum?

—Das weiß ich nicht. Sie holte tief Luft. —Er scheint zu glauben, dass ich ihm Glück bringe.

—Verstehe. Dann bist du für ihn ein Glücksbringer. Ein *taveez*.

—*Taveez?*, sagte sie. —Das Wort habe ich noch nicht gelernt.

—Ein Maskottchen, sagte der Mann hinter ihr auf Englisch.

Sie hätte ihn allein an seiner kultivierten Stimme erkannt. Er saß in der dunkelsten Ecke des Zimmers, eingehüllt in seinen Schal, nur der weiße, mit Hennastreifen gefärbte Bart schien das Licht anzuziehen. Wie er so mit gekreuzten Beinen dasaß, sah er jünger aus als in dem widerhallenden weiß getünchten Raum in Peschawar; seine bernsteinfarbenen Augen schimmerten erwartungsvoll.

—Wenn du ein Glücksbringer für unseren Bruder Ziar Kahn bist, sagte Nazir, —bringst du mir ja womöglich auch Glück. Vielleicht sollte ich dich nach Kundus mitnehmen.

Sie zwang sich, wieder Nazir anzusehen. —Gott allein bringt den Sieg, General. Das weiß ich sehr gut. Ich kann nicht sagen, was Bruder Khan in mir sieht.

—Dem Mann, der dich durch die Berge geführt hat, hast du kein Glück gebracht, Suleyman. Nicht das geringste. Du hast ihm das Gegenteil gebracht.

Sie neigte den Kopf. —Ja, General.

—Oder diesem anderen Amerikaner. Dem in Mansehra. Dem, der jetzt tot ist.

Sie öffnete den Mund und schloss ihn wieder.

—Was wolltest du sagen, Suleyman?

—Es stimmt, General. Ich habe niemandem sonst Glück gebracht.

—Welche Art Glück genau bringst du Ziar Khan?, fragte der Mann in der Ecke. —Soweit ich weiß, habt ihr noch nicht zusammen gekämpft.

Sie schüttelte den Kopf.

—Dachte ich mir. Also, was für ein Glück?

—Das müsst Ihr ihn fragen, Muallim.

—Der Junge nennt mich *Muallim*, sagte der Mann zu Nazir. —Dabei habe ich ihm schon gesagt, dass ich nichts dergleichen bin. Er aber besteht auf seinen Irrtum. Ein überaus starrköpfiger Junge.

Nazirs halbgeschlossene Lider schienen zu zucken. —Er sagt es zweifellos aus Respekt.

Der hennabärtige Mann beugte sich vor, die feingliedrigen Hände auf den Armlehnen. —Erinnerst du dich, was ich dir bei unserem letzten Gespräch gesagt habe, Junge? Über gewisse Männer in der Stadt meiner Geburt? In Kandahar?

—Ich erinnere mich.

—Dieses Glück, das du Ziar Khan bringst. Er nickte ihr zu. —Ist es eine solche Art Glück?

—Nein, Muallim.

—Schwöre es, Junge, sagte Nazir.

—Ich schwöre es vor Gott und all seinen Engeln, dass es nicht eine solche Art Glück ist.

Stille breitete sich aus. Der alte Mann fuhr sich mit den Fingern durch den Bart und musterte Aden. Sie hörte, was für ein Geräusch seine Fingernägel machten, als er sich den Bart kämmte.

—Ich kann es immer noch nicht benennen, sagte er schließlich. —Was dich so besonders macht.

—Besonders?, fragte Nazir, ehe sie etwas erwidern konnte.

Der Mann schüttelte den Kopf und sagte nichts. Er wickelte sich die rote Bartspitze um den Daumen.

—Komm her, sagte Nazir. —Komm an diesen Tisch.

Mit drei kleinen Schritten durchquerte sie das Zimmer. Ein Lichtkeil fiel durch das staubbedeckte Fenster, und der Tisch war zur Seite gedreht worden, um das Licht bestmöglich auszunutzen. Nazir sah mit zusammengekniffenen Augen kurz zu ihr auf, als wäre sie erst jetzt in sein Blickfeld getreten. Dann hüstelte er in seine Faust, rollte die größte Karte auf und beschwerte sie in jeder Ecke mit einem Pass.

—Kannst du lesen?

Sie nickte.

—Auf Englisch, meint er, sagte der Mann in der Ecke.

—Das kann ich, General.

Mit einer ruckartigen Kinnbewegung wies Nazir auf die Karte. —Und das da?

Sie zögerte. —Wie kann ich Euch behilflich sein, General?

—Das da, wiederholte er in schärferem Ton. —Ist das Englisch?

Sie beugte sich behutsam über den Tisch, während Nazir die gelähmte Hand von Punkt zu Punkt führte, von Namen zu Namen und hochmütig auf ihre Übersetzung wartete. Eine Karte der National Geospatial-Intelligence Agency von der Stadt Kundus und ihrer Umgebung. Sie gingen jedes Detail durch, von der oberen linken Ecke bis nach unten rechts, und sie bemühte sich, ihm möglichst präzise Antworten zu geben. Als sie fertig waren, wandte sich Nazir mit einem pfeifenden Seufzer vom Tisch ab.

—Da siehst du es, kleiner Bruder, sagte der Mann in der Ecke. —Und dabei hast du dem General gesagt, du wärest für ihn ohne Nutzen.

Bei seinen Worten zuckte sie zusammen, als hätte er sie geohrfeigt. Wie schnell er sie doch an die Wand gespielt hatte. In ihrem Zelt und auf dem Weg zum Speicher war sie ihre Argumente wieder und wieder durchgegangen, hatte sogar ihre Körperhaltung und den Ton ihrer Stimme geübt, doch nichts davon hatte auch nur den geringsten Unterschied gemacht.

—Vielleicht ist es gut, dass du uns unterbrochen hast, Suleyman, der Anmutige. Womöglich sogar vielversprechend. Der alte Mann machte eine Handbewegung zum Fahrer. —Wir wollten gerade Tee trinken. Gesellst du dich zu uns?

Sie zögerte nur kurz. —Sehr gern.

—Dann bring uns bitte den Tee, Abu Farq.

Der Fahrer ging nach draußen und kehrte mit silbernem, leicht angelaufenem Teegeschirr zurück. Er brachte es auf einem verbeulten Metalldeckel mit der Aufschrift *Erste Hilfe RK.* Nazir und sein Gast lächelten sie nichtssagend an. Aden ertappte sich dabei, wie sie dachte: Das wird mir niemand glauben. Nicht einmal Ziar.

—Als du geklopft hast, haben wir gerade über die Helfer-Divisionen geredet, sagte der Mann in der Ecke. —Allerdings nur im weitesten Sinne.

—Ich bin mir nicht sicher, ob ich Euch verstehe, Muallim.

—Natürlich nicht. Er blies auf seinen Tee. —Zur neuen Kampfgruppe sollen ausschließlich ausländische Sympathisanten unserer Sache gehören. So viel wusstest du bereits, vermute ich.

—Ich war mir nicht sicher, ob sie im aktiven Kampf eingesetzt werden sollen, wagte Aden sich zögerlich vor.

—Ich nahm an, man würde sie vielleicht von der Front fernhalten.

—Ach, an Einsätzen wird kein Mangel herrschen, sagte der Mann. —Die Kämpfer der gegenwärtig existierenden Helfer-Einheiten haben sich in diesen Bergen großen Respekt verdient dank ihrer Bereitschaft, zu Märtyrern zu werden. Sie scheinen es … kaum erwarten zu können. Er wandte sich an Nazir. —Das stimmt doch, mein General?

—Sie kämpfen gut, erwiderte Nazir. —Vor allem unter ihresgleichen.

—Ganz genau. Sie kämpfen rückhaltlos, mit wahrer Inbrunst und einem Bein bereits in der künftigen Welt. Er schwieg einen Moment. —Der Hain ist allerdings kein Ort, an dem nur für den Konflikt in Afghanistan ausgebildet wird. Unser Dschihad findet an vielen Fronten statt. Waffen und Nachschub werden aus der ganzen Welt in unser Lager geliefert, Suleyman, folglich sind wir auch der ganzen Welt verpflichtet. Unter allen jungen Männern solltest gerade du das wissen.

—Warum?

—Weil du die Verkörperung dieses Grundsatzes bist.

Sie nickte leicht.

—Billigst du diesen Grundsatz? Diese Pflicht?

—Das tue ich, Muallim.

—Der Junge versteht immer noch nicht, sagte Nazir vergnügt.

Der Mann beugte sich vor. —General Nazir wurde von einem großen Wohltäter dieses Lagers gefragt, ob irgendein junger Mudschaheddin unter seinem Kommando womöglich daran interessiert wäre, den Dschihad auch in die Schattenländer zu tragen.

Sie sah von einem zum anderen. —Die Schattenländer?

Nazir stellt seine Tasse ab. —Jene Länder, die von den Lehren des Propheten noch nicht erleuchtet wurden. Russland zum Beispiel. Oder China.

—Tut mir leid, General, aber ich wurde dazu ausgebildet, hier, in diesen Bergen, zu kämpfen. Für diese Menschen. Von China habe ich nicht die geringste Ahnung.

Der Mann schürzte die Lippen. —Der Junge hat natürlich recht. Selbst von diesem Land hat er nur wenig Ahnung.

—Es gibt nur ein Land, das er wirklich gut kennt, sagte Nazir.

—Ja, mein General. Scheint mir auch so.

Wieder breitete sich eine klirrende Stille aus. Kein Laut war vom Gang oder aus dem zerbombten Hof zu hören. Ihr war eine Frage gestellt worden, davon war sie überzeugt, nur hatte sie keine Frage gehört. Und sie verstand nicht, was die Männer in diesem düsteren Zimmer von ihr hören wollten. Plötzlich aber begriff sie es, übergangslos und ohne ersichtlichen Grund.

—Sie wollen, dass ich in die Vereinigten Staaten gehe, sagte sie langsam. —Sie wollen, dass ich nach Kalifornien zurückkehre.

—Nicht nach Kalifornien, sagte Nazir und blickte stirnrunzelnd auf den Tisch. —Davon habe ich nichts gehört.

Der alte Mann machte eine flatternde Bewegung mit der Hand, als drängte er sie, solch leeres Geschwätz nicht zu beachten. —Wäre das etwas, das dich interessiert, Suleyman? An jenem Ort zum Märtyrer zu werden, an dem du geboren wurdest?

—Du wärest dort von großem Wert, sagte Nazir. —Mehr als hier.

Das Licht begann zu flackern, und als sie die Augen schloss, wurde das Flackern noch stärker. Als wäre es die Wochenschau im Kino, sah sie hinter geschlossenen Lidern eine Vision, einen Fiebertraum, in dem sie an jenen Ort zurückkehrte, an dem sie gelitten hatte, um Vergeltung zu üben. Ihr entfuhr ein dumpfes Stöhnen. Sie sah sich am Himmel über Rasenhügeln und Vororten schweben, gehalten und glorifiziert durch das klare pazifische Licht. Niemand in all den Reihenhäusern, den viktorianischen Zuckerbäckerhäusern, Einkaufszentren und Garagen würde wissen, was ihm drohte. Sie allein und Gott konnten es sehen. Und sie schoss wie ein Komet in hohem Bogen auf sie zu, Kleider und Haare in Flammen.

—Unseren jungen Mudschaheddin packt das Verlangen, sagte der Mann. —Seht Ihr das, mein General? Wie ihm die Farbe ins Gesicht schießt?

—Er hat schließlich Verstand, sagte Nazir. —Und einen Sinn für Augenmaß.

—Nein, sagte sie.

Nazir legte den Kopf schief. —Was sagt er jetzt, unser kleiner Scharfrichter?

—Mein Dschihad ist hier, General. Ich bin nicht den weiten Weg gekommen, nur um wieder nach Hause zurückgeschickt zu werden. Aden presste die Hände zusammen. —Bitte, verlangt das nicht von mir.

Nazirs Kehle entfuhr ein Laut, tief, rau und abrupt, den man fast für ein Lachen hätte halten können. Hinter ihr ächzte der Sessel, als der bärtige Mann sich vorbeugte.

—Du hast General Nazir falsch verstanden. Er ist nicht derjenige, der dies von dir verlangt.

Instinktiv drehte sie sich um und erwiderte seinen Blick. —Wer dann? Wer verlangt das?

—Der Wohltäter, den wir erwähnt haben.

—Ist er Paschtune?

—Saudi, schien Nazir zu murmeln.

—Er ist ein Helfer, sagte der Mann. —Ein Sympathisant aus dem Ausland. Genau wie du.

Sie nickte kurz. —Wie heißt er?

—Das wirst du erfahren, kleiner Bruder, sobald du ihn kennenlernst.

—Ist er heute hier?

—Wo er sich zurzeit aufhält, ist ohne Bedeutung für dich. In einem Monat, so Gott will, wird er in Kundus sein.

Sie biss sich auf die Zunge und versuchte, sich zu konzentrieren. Nach einer Weile, die ihr lang vorkam, hörte sie, wie man in ihrem Rücken Tee einschenkte, dann ein Klappern, als die Tasse auf eine Untertasse gestellt wurde. Nazir veränderte seine Haltung. Er räusperte sich, um etwas zu sagen, aber sie kam ihm zuvor.

—Ich gehe hin, sagte sie. —Ich treffe mich mit dem Wohltäter.

Plötzlich lächelten beide Männer. —Das ist sehr gut, Suleyman Al-Na'ama. Das ist ausgezeichnet. Du wirst sehen, dies ist die vernünftigste …

—Aber ich will mit der Gruppe nach Kundus, mit der ich gekommen bin. Um diesen Gefallen bitte ich. Ich möchte mit Ziar Khan dorthin reisen.

*

Zehn Tage vergingen, ehe sich die erste Gruppe zerlumpter Männer auf den Weg zu den Gebirgsketten im Nordwesten machte; und ein weiteres Dutzend folgte, ehe Ziar zu Adens Zelt kam, den schlafenden jemenitischen Jungen ignorierte und ihr zuflüsterte, der Zeitpunkt sei gekommen. Sie rollte ihre wenige Habe in den Kelim, band ihn locker zusammen, und das war's. Sie sollte weder den Jungen noch das Lager Hain oder die Araber, mit denen zusammen sie ausgebildet worden war, jemals wiedersehen.

Nach so vielen Wochen, in denen sie das Gewehr präsentiert, vor einem provisorischen Podest salutiert hatte oder endlose Stunden auf der Stelle gelaufen war, hatte sie mit einer Ansprache zum Abschied gerechnet, zumindest einem flüchtigen Segen, aber Nazir befand sich mit seinen Leutnants offenbar bereits auf dem Weg.

In Ziars Gruppe waren es gut vierzig Männer, die verschlafen hinter ihm her trotteten, als er sich durch das Tamariskenwäldchen schlängelte; im Westen flammten die Berge und Hügel auf. Mit der Zeit würde Aden verstehen, wie genial es war, einen großen Trupp Männer in kleinen Gruppen durch Feindesland zu schicken, an diesem ersten Tag aber fand sie es nur würdelos. Ziar selbst scherzte, seine Gruppe sähe aus wie die Gilde der Lumpensammler, eine Herde von Ziegenböcken oder ein Meute Besoffener, die ihre letzte Flasche verlegt hatten, doch sagte er es mit einem gewissen Stolz.

Zwei Tage lang folgten sie dem Fluss, durchwateten ihn zahllose Male, suchten sich einen Weg, wenn Felsbrocken seine Oberfläche durchbrachen, oder stolperten wie Esel durch die Flut, wenn ihnen die Umstände keine andere Wahl ließen. Die Schlucht wurde breiter und grüner, je weiter sie vordrangen, und Adens Blick wanderte über Schilf und Weiden auf der Suche nach Vögeln oder anderen Tieren, und oft schirmte sie die Augen mit der Hand gegen die Sonne ab, wenn sie im Gebüsch eine Bewegung wahrnahm. Zwischen dem Lager Hain und der Ebene von Nangarhar zählte sie sechzig Elstern, außerdem zahllose Sperlingsvögel, und manchmal wünschte sie sich, sie hätte das leinengebundene Bestimmungsbuch ihres Vaters dabei, doch da das nur für die amerikanische Tierwelt galt, wäre es ihr hier keine Hilfe gewesen: Die Lebewesen, die sie auf dem langen Marsch zur Front sah, hätte sie auf dessen eselsohrigen Hochglanzseiten nicht gefunden.

Das alte terrassenförmige Tal, durch das der Fluss Kabul strömte, dehnte sich behäbig ostwärts aus und war so grün und gepflegt, dass es wie die Erinnerung an eine vergangene, maßvollere Zeit wirkte. Sie hielten weiten Abstand zu Dschalalabad, doch konnte Aden die ummauerten Gärten sowie die Minarette der Moscheen sehen, und sie musste an den alten paschtunischen Kaufmann denken, den sie auf dem Flug nach Dubai kennengelernt hatte, den Stoffhändler, und an den Stolz, mit dem er von diesem Tal erzählt hatte. Heute beschämte es sie, wenn sie an den freundlichen frommen Mann auf der anderen Gangseite in der abgedunkelten Kabine dachte, daran, wie er sich ihr aufgeblasenes Gerede über jeden Krieg anhören musste, der noch immer im Land seiner Geburt tobte. Nangarhar, rezitierte sie, während sie im Gänsemarsch über die Flussebene zogen, Wiege des Friedens. Ewiger Frühling.

Sie marschierten seit gut einer Stunde durch die ersten Gebirgsausläufer, als sie vereinzelte Lehmflechthütten sahen, vor denen um einen Kreis aus festgestampfter Erde eine Gruppe Männer stand, vier Reihen tief. Bislang waren in jedem Dorf Gesichter in Türen und Fensterrahmen erschienen, um sie zu beobachten, wie sie lautlos und gespenstisch aus dem Dunkel auftauchten, an diesem Ort aber drehte sich niemand nach ihnen um. Im Gras verteilt, entdeckte Aden Weidenkörbe halb mannshoch, bedeckt mit blauen, gemusterten Tüchern, wie Armeezelte für eine Schar winziger Soldaten. Sie konnte sich ebenso wenig vorstellen, wofür diese Weidenkörbe waren, wie sie sich vorstellen konnte, was die Dorfbewohner dort so aufmerksam anstarrten. Ziar machte einen weiten Bogen um die Gruppe, ebenso die anderen. Gerade war ihr der Gedanke gekommen, dass manche wie fortgeworfene Burkas aussahen, als von einem der Körbe die Abdeckung fortgezogen wurde und den Blick auf einen länglichen, silbernen Körper mit krummem, blutfleckigem Schnabel freigab.

—Chukar, sagte Ziar und zeigte auf die Körbe. —Die Kampfhühner aus der Provinz Laghman sind überall bekannt.

Sie hockte sich einen Moment hin und beobachtete, wie diese Rebhühner herumstolzierten, nach Futter suchten und dabei ein metallisches, schnelles Glucksen von sich gaben. —Sie sind schön.

—Sie sind teuer, sagte er, ohne langsamer zu werden. —Und ausdrücklich verboten. In Kandahar würde man diese Männer wegen Glücksspiels ins Gefängnis stecken. Oder öffentlich auspeitschen.

Oberhalb des Dorfes verengte sich der Weg zu einem Rinderpfad und wand sich in Serpentinen zum Pass. Sie erreichten die erste Biegung, als von unten ein Schrei aufstieg und Aden beim Zurückblicken zwei Dörfler sah, die wie Tänzer verharrten, die Arme ausgestreckt, ihre Körbe griffbereit. Ein Bruder, dessen Namen sie nicht kannte, blieb wenige Schritte vor ihr wie gebannt stehen, regte sich nicht, blinzelte nicht mal mehr, und Ziar gab ihm im Vorbeigehen gutmütig einen Klaps in den Nacken und nannte ihn einen lasterhaften Sünder. Vom Kampf selbst konnte sie nichts weiter erkennen, sah nur eine Wolke silbriger Federn und den Ring mitleidsloser Zuschauer, weshalb sie froh war, als dieser Anblick aus ihrem Gesichtsfeld verschwand. Es schien kaum ein Unterschied zwischen diesem Kreis von Männern und jenem zu bestehen, der sich zehn Wochen zuvor am Friedhofstor um sie gebildet hatte, als ihr der Bergführer an allen vieren gefesselt vor die Füße geworfen worden war.

Zwei Wochen lang zogen sie nord- und westwärts, aßen, was sie erbetteln, stehlen oder sonst wie ergattern konnten, schliefen in Ställen oder Gräben und bei seltenen Gelegenheiten auch als geehrte Gäste in von Holzöfen geheizten Zimmern. In jedem Tal galt es Machthaber zu beschwichtigen, Ältestenräte aufzusuchen und uralte Protokolle zu befolgen. In der dritten Woche bekam Aden Magenkrämpfe, ein Schmerz, der ihr unbestimmte Angst machte, aber da litten schon viele in der Gruppe an Unterernährung, weshalb sich niemand für ihre Probleme interessierte. Die Tage schienen ineinander überzugehen, kaum mehr als Stunden in einem längeren, gnadenloseren Tag zu sein, unterbrochen nur von unbedeutenden Momenten der Lichtlosigkeit. Ziar trieb sie von morgens bis abends an: Wären die fünf vorgeschriebenen Gebete nicht gewesen, hätte es keine nennenswerten Pausen gegeben. Die Männer wurden von Tag zu Tag religiöser.

*

An der Grenze zu Pandschschir trafen sie zufällig auf eine Gruppe Taliban aus Kabul, die ebenfalls auf dem Laghman-Weg nach Kundus unterwegs war. Dieser Trupp zählte weit mehr Soldaten, diszipliniert, lautlos, Kleider und Waffen makellos und schwarz. Sie schienen Krieger in einem ganz anderen Kampf zu sein. Abu Suhail und die anderen musterten sie mit Staunen.

Der Anführer der Kabuli, ein Hauptmann, trug trotz der Hitze einen Kamelhaarmantel und kaute während seiner Besprechung mit Ziar auf einem Grashalm. Sie konferierten fast eine Stunde, und Aden, die die beiden beobachtete, hatte den Eindruck, dass etwas von großer Tragweite geschehen sein musste. Irgendeine Katastrophe. Ziar zeigte sich aufgeregt, wie sie es nie zuvor an ihm bemerkt hatte: Er spielte die Rolle des Staatsmannes, nachdenklich und ernst, zum Wohle seiner Soldaten, die um ihn herum im Gras lagen. Aden sagte sich, dass Kundus gefallen sein musste, dass man im Norden einen Durchbruch erzielt hatte oder dass der Große Emir in Kandahar gestorben war.

Endlich standen die beiden Männer auf, umarmten sich, und Ziar gab den Befehl, eine Mahlzeit vorzubereiten. Irgendwer fragte, ob man nicht erst beten solle, und Ziar riss sich aus seinen Träumereien und erwiderte, ja, das sollten sie. Der Hauptmann war zu seinen Soldaten zurückgekehrt und überwachte den Zusammenbau eines klobigen, komplizierten Funkgeräts. Ziars Männer rollten ihre Gebetsmatten aus, aber Aden blieb, wo sie war, und beobachtete stattdessen den fremden Anführer. Mit seinem Zottelbart und diesem absurden Mantel erinnerte er sie weniger an den Überbringer ernster Nachrichten als an einen Bettler in den Kleidern eines Reichen. Seine Männer in den rabenschwarzen Kleidern und mit den neuen, blitzenden Waffen glichen dagegen Märtyrern auf dem Weg ins Paradies.

—Die beten ja gar nicht, flüsterte jemand hinter ihr. —Warum beten die nicht?

—Haben vielleicht gebetet, bevor wir gekommen sind.

—Hast du im Gehen geschlafen, Bruder? Wir sind gleichzeitig angekommen.

—Er ist ein Warlord, sagte jemand anderes. —Das sind überhaupt keine Taliban.

—Natürlich sind das Taliban. Sieh dir die Kleider an. Die Waffen.

—Wenn das Taliban sind, was zum Teufel sind wir dann?

Alle lachten, nur Ziar nicht. Er hatte noch kein Wort gesagt. Seiner Miene war nicht anzumerken, ob ihn Freude oder Entsetzen bewegte.

—Ich weiß, was das für ein Apparat ist, sagte Abu Suhail stolz. —Das ist eine Art Funkgerät.

—Ein Feldfunkgerät, bestätigte Ziar. —Für den Kontakt mit Kabul.

—Er benutzt es gerade, sagte der zweite Mann. —Hört ihr?

—Ich dachte, Musik wäre verboten, sagte jener Mann mürrisch, der den Witz gemacht hatte.

—So ein Apparat ist das auch gar nicht, du Esel. Damit kann man nur zu einem anderen sprechen.

—Stimmt, sagte Ziar. —Damit kann man Befehle empfangen, Brüder. Und Neuigkeiten.

Irgendetwas in seinem Benehmen brachte sie zum Schweigen. Der Wind trug die Geräusche des Funkgerätes als ein leises, unverständliches Rauschen zu ihnen herüber. Ziar kaute auf seinem Fladenbrot, tunkte es in den Tee und nickte vor sich hin, als wäre er allein. Aden hielt es nicht länger aus und fragte ihn, was er vom Hauptmann erfahren hatte.

—Es ist Amerika.

—Amerika?

Er sah sie jetzt an. —Ein Anschlag, sagte er. —Ein Angriff. In der Hauptstadt und in noch einer anderen Stadt.

Sie ließ sich leicht vornübersinken. —Was für ein Anschlag?

—Ein Flugzeug, heißt es. Er schüttelte den Kopf. —Zwei Flugzeuge. Irgendein Großbrand.

Eine Zeitlang sagte niemand ein Wort. Aden spürte, dass alle sie beobachteten. Die Störgeräusche aus dem Funkgerät schwollen mit dem Wind an und ab.

—Was hat das mit uns zu tun?, kam von hinten eine Stimme. Aden drehte sich um und erkannte den Mann, der vom Hahnenkampf so fasziniert gewesen war. Angesichts der Verwirrung in seinem Gesicht hätte sie ihn am liebsten umarmt. —Schließlich haben das keine Paschtunen getan, das weiß ich genau.

—Wie kannst du dir da so sicher sie sein?, fragte sie.

—Weil, antwortete er und hob sein Gewehr, —unsere alten Flinten nicht so weit schießen können.

Einige Brüder lachten. Ziar zeigte keinerlei Reaktion.

—Unsere Waffen schießen nicht so weit, sagte er dann, —deren Waffen aber schon.

Ein Mann mit einer Brandnarbe am Kinn hob die rechte Hand wie ein Schüler im Klassenzimmer. —Dies ist ein Land der Vergangenheit, rezitierte er, —ihm ward zuteil, was es sich erworben hatte, und euch ward zuteil, was ihr euch erworben habt. Aber ihr werdet nicht für das verantwortlich sein, was jene getan haben.

—Wohl gesprochen, sagte ein anderer. —Was in Amerika passiert, geht uns nichts an. Kein Land ist ausgenommen von Gottes Richtspruch, meine Brüder. Und jenes gewiss am allerwenigsten.

—Was denkst du, Suleyman?, fragte der Mann, der zuerst geredet hatte.

Schwerfällig schüttelte sie den Kopf. Sie musste an Nazirs Büro denken, an die Vision, die ihr dort gekommen war. Ihre Kleider, ihr Haar in Flammen. Sie fragte Ziar, wer den Anschlag ausgeführt hatte.

Ausdruckslos erwiderte Ziar ihren Blick. —Das kann ich nicht sagen, kleiner Bruder.

—Wir nicht, sagte der Mann, der über ihre Gewehre gewitzelt hatte. —Das war kein Paschtune, Brüder. Überhaupt kein Afghane.

—Warum kannst du das nicht sagen, Bruder Ziar? Weil du es nicht weißt?

—Suleyman …

—Oder gibt es einen anderen Grund dafür?

Wie ein Mann drehten sich die anderen zu ihr um. Aden ignorierte sie alle und wartete auf seine Antwort. In der einsetzenden Stille war das Funkgerät plötzlich deutlich zu hören. Die Stimme eines jungen Mannes, der Arabisch mit unvertrautem Akzent sprach. Als Ziar ihr die Antwort schuldig blieb, trat sie aus dem Kreis und ging den Hang hinab zu dem Hauptmann, der sich über seinen schnarrenden Apparat beugte wie ein Alchemist, der aus Dung Gold zu machen versucht. Zwei junge Männer sprangen auf, um ihr den Weg zu versperren, die Hände an den Messern im Gürtel, doch ihr Anführer winkte Aden zu sich. Er hatte seinen Mantel abgenommen und sich die Hemdsärmel aufgerollt, Fingerspitzen und Handflächen waren dunkel vom Öl. Sie wartete darauf, dass er sie ansprach. Der junge Mann am Funk meldete die Wetterlage in Kundus.

—*Khe chare*, Sahib, sagte sie in ihrer Ungeduld schließlich. Die jungen Männer schüttelten den Kopf in Anbetracht ihres mangelnden Anstandes. Der Hauptmann legte das Werkzeug beiseite.

—Der Amerikaner, sagte er auf Englisch. —Der Amerikaner beehrt uns mit seinem Besuch.

—Yes, Sir.

Er winkte sie heran und schnaubte, als wäre ihr Geruch nur schwer zu ertragen. —Ich würde dich ja nach dem Grund fragen, sagte er, —aber an diesem Tag kann ich mir denken, warum du hier bist.

—Ich bin Euch dankbar für alles, was Ihr mir sagen könnt.

—Die Stadt Manhattan? Kennst du diese Stadt? Der große Finanzdistrikt in ihrer Mitte?

—Was ist passiert?

—Es gibt keinen Finanzdistrikt mehr. Kein World Trade Center. Keine Börse. Damit ist es vorbei.

Der Hauch eines ungläubigen Seufzers entwich ihr. Die

Luft schien sich zu verdichten. Aden sah sich selbst wie in dem verblassten Video, sah ihre Umrisse von Gewalt verzerrt. Trotz aller List hatte Amerika sie gefunden. Sie schloss die Augen und sah ein Netz rechtwinkliger Straßen zu Geschichte werden. Ein Entkommen war unmöglich. Sie stand auf der Erde, und sie saß in den Flugzeugen. Sie war ans andere Ende der Welt gegangen, zu einem leeren Flecken auf der Landkarte, aber Amerika hatte sie gefunden, hatte sie so schnell gefunden. Sie dachte an ihr kleines trostloses Leben in Santa Rosa, an die Moschee in der Ladenzeile, an Decker, wie er neben ihr auf ihrem schmalen Kinderbett schlief. Sie schlug die Augen auf. Damit ist es vorbei.

Der Hauptmann stand da wie zuvor, starrte ihr ins Gesicht und machte keinen Versuch, seinen Hass zu verbergen. Sie wusste, wonach er suchte, und wusste auch, wenn er es fand, hatte sie nicht mehr lang zu leben. Sie erinnerte sich an das, was Ziar ihr an jenem Tag gesagt hatte, an dem sie die Grenze überquerten: Du musst darauf achten, für sie nur ein Einziges zu sein.

Sie spuckte demonstrativ ins Gras. —Und wurden viele Sünder getötet?

—O ja, Bruder. Alle wurden sie getötet.

—Das ist unmöglich.

Er lächelte. —Was nun die Ungläubigen angeht, die Zweifler und Schläfer, so werden sie beizeiten ihren Lohn bekommen.

Sie zeigte zurück, den Hang hinauf. —Manche meiner Brüder behaupten, Amerika werde kommen und den Krieg bringen. In diese Berge. Hierher zu uns.

—Und was sagst du dazu, kleiner Bruder?

Sie schüttelte den Kopf. —Nur wenn sie glauben, dass wir daran schuld sind.

—Und sind wir schuldig? Was sagst du als Amerikaner dazu?

Am liebsten hätte sie ihn angeschrien. —Diejenigen, die verbergen, was Gott von dem Buch herabgesandt hat, diese verzehren in ihren Bäuchen nichts als Feuer. Und Gott wird nicht zu ihnen sprechen …

—Ich habe dich nicht um deine Meinung in theologischen Fragen gebeten, sagte der Hauptmann. —Außerdem weiß dein Land, dass es keine Taliban waren. Die ganze Welt weiß es oder wird es bald wissen. Er streckte eine Hand aus, den Blick weiterhin fest auf sie gerichtet, und einer der jungen Männer gab ihm eine Juwelierzange. —Und was dich angeht, kleiner Bruder: Die Wahrheit wird dir zu passender Zeit offenbart werden. Geh zurück zu deinen Beschützern und bitte Gott um Geduld.

—Ich weiß schon, wer es war, sagte sie. —Deshalb bin ich nicht gekommen. Ich wollte nur wissen, was genau er getan hat.

Er wandte sich wieder dem Funkgerät zu. —Du weißt gar nichts. Geh zurück zu deiner Gruppe.

—Es war ein Saudi. Ein wohlhabender Helfer. Wohltäter von Berg und Hain.

Einen Moment lang sagte er nichts. Dann machte er mit der Zange eine rasche Geste, und seine Adjutanten begannen, den Apparat auseinanderzubauen und die Teile in mit blassblauer Seide ausgelegte Lederschachteln zu packen. Sie hatte impulsiv gesprochen, ohne an die Folgen zu denken, doch war offensichtlich, dass ihre Worte ihn überrascht hatten. Die Abscheu, die er gegen sie empfand

– oder gegen seine Vorstellung von ihr –, war noch deutlicher als zuvor.

—Du glaubst, du kennst ein Geheimnis, sagte er. —Inzwischen aber kennt die ganze Welt den Namen dieses Saudis.

Sie trat einen Schritt vor. —Aus welchem Grund hat er es getan?

—Aus welchem Grund?

—Ich bitte Euch, es mir zu sagen, falls Ihr es wisst. Ich flehe Euch an. Damit ich verstehen kann.

Der Anführer kniete sich hin und fuhr mit den Händen durchs Gras, bis seine Finger wieder leidlich sauber waren. —Du fragst mich nach dem Grund für sein Handeln, kleiner Mudschaheddin? Ehrlich? Ich fasse es nicht. Er griff nach seinem Kamelhaarmantel, schüttelte Grashalme ab und warf ihn sich königlich über die schmalen Schultern. —Wie ist es möglich, dass du hier bist, in diesem Tal, und den Grund nicht kennst? Bist du nicht selbst in gutem Glauben gekommen, um dich dem Dschihad anzuschließen?

—Ich wurde für diesen Kampf ausgebildet, hörte sie sich antworten. —Für diesen, nicht für irgendeinen anderen. Um einen muslimischen Staat gegen seine Feinde zu schützen. Die Warlords im Norden.

—Und wer bist du, dass du entscheidest, wer unsere Feinde sind? Er kam ihr mit dem Gesicht so nahe, dass sie die silbernen Kronen seiner Backenzähne sehen konnte. —Bist du vielleicht der Emir der Gläubigen? Ein General? Bist du der Prophet? Warst du dumm genug zu glauben, wenn du mit einigen Bauern nur weit genug in diese Berge vordringst, bräuchte das Land deiner Geburt dich nicht mehr zu kümmern?

—Dieser Krieg hat nichts mit Amerika zu tun, brachte sie stammelnd hervor. —Nicht das Geringste.

—Einen solchen Krieg gibt es nirgendwo auf Erden, Suleyman, erwiderte der Hauptmann leise. —Dafür hat Amerika selbst gesorgt.

*

Das Dorf, das sie am späten Vormittag des nächsten Tages erreichten, war das schönste, das sie bisher in diesem Land gesehen hatte. Wie die Kerbe in einem Ast befand es sich hoch oben, frei und ungeschützt auf einem Gebirgskamm und fügte sich so gut in die falbe Landschaft, dass Aden Kindergeschrei hörte und brennendes Holz roch, ehe ihre Augen die Häuser vom Berg unterscheiden konnten. Wie fast alle Gebäude, die sie bislang gesehen hatte, waren auch diese Häuser aus strohdurchflochtenem Lehm, nur waren die Sparren, Dachbalken und Verandapfosten mit geschnitzten Blüten verziert, mit Weinranken und Figuren, die aussahen, als seien sie lange vor jener Zeit geschnitzt worden, in der Gottes Wort in diese heidnischen Berge vorgedrungen war.

Das Dorf hatte man erst vor kurzem zurückerobert, und der Bruder mit der Brandnarbe, der Sahar Gul hieß, erzählte, bis vor wenigen Wochen hätten die Frauen ihr Gesicht noch offen und ohne jede Sittsamkeit gezeigt. Er warnte sie, sagte, das Dorf sei ein sündhafter Ort, verkommen und gottlos, aber irgendwie mochte sie ihm nicht glauben. Von allen Siedlungen, die sie gesehen hatte, glich diese am ehesten dem Land, das sie sich in den langen Monaten des Trainings ausgemalt hatte, das Land, das zu verteidigen sie sich vorgestellt hatte. Sie betete, dass sie hier mindestens ein Jahr lang bleiben würden.

Sie schlugen ihr Lager in einem Birkenwäldchen gleich jenseits der Granitsäulen auf, die die südliche Grenze des Dorfes markierten. Die Säulen waren sonnenwarm und von süß duftenden Maulbeerbüschen umstanden, die voller Früchte hingen. Sahar Gul machte sich mit einigen Kameraden daran, die reifen gelben Früchte zu ernten, und die Männer summten beim Pflücken unmelodisch vor sich hin; Bärte und Finger troffen vor Saft. Zwei Männer wurden mit Ziegenfellbeuteln ausgeschickt, um Wasser zu holen. Ziar legte sich in die Sonne und beschirmte mit einer Hand die Augen.

Sie setzte sich, lehnte sich mit dem Rücken an eine silbrige junge Birke, lauschte auf den Wind in der Krone und spürte die Sonne auf den geschlossenen Lidern sowie das Beben des Stammes in ihrem Kreuz. Amerika kam ihr weit entfernt vor und unwirklich. Das einzige Bild, an das sie sich erinnern konnte, zeigte ihre Mutter im Schlafzimmer, wie sie mit steinernem Gesicht und eingefallenen Schultern aus dem Fenster starrte, der Blick leer, die Hunde um sie herumdrapiert. Aden dachte an den Hauptmann und an das wenige, was er ihr gesagt hatte. *Die ganze Welt weiß es oder wird es bald wissen*. Sie fragte sich, ob es tatsächlich einen Anschlag gegeben hatte. Mit dem Wind in den Zweigen fiel es ihr nicht schwer, daran zu zweifeln.

Die Männer mit den Ziegenfellbeuteln blieben lange fort, so lange, dass Ziar ungeduldig wurde, und als sie zurückkamen, wurden sie von zwei jungen, gänzlich schwarz gekleideten Taliban begleitet. Aden sah, dass es sich um Soldaten der Gruppe aus Kabul handelte, und während sie salutierten, fragte sie sich, ob sie manchmal auch Maulbeeren pflückten oder in der Sonne lagen, das Kopftuch über die Augen gezogen, konnte sich aber nicht vorstellen, dass sie etwas anderes taten, als strammzustehen. Sie standen auch jetzt Schulter an Schulter, präsentierten das Gewehr und baten Ziar um seine Anwesenheit bei einer Verhandlung, in der es um eine Auslegung der Gesetze ging. Ziar fragte, wer den Vorsitz habe, und ihm wurde gesagt, den habe er selbst, zusammen mit dem Hauptmann und einem Mullah aus dem Dorf. Je eher er kommen könne, desto besser, denn die Verhandlung habe bereits begonnen.

Ziar sagte den Soldaten, seine Pflicht ihnen und Gott gegenüber erfülle er gern, gähnte und hielt sich eine Hand vor den Mund. Birkenblätter hingen an seinem Kamiz, die er ohne jede Eile abzupfte.

—Ich glaube, dieser Hain ist verwunschen, erklärte er den Männern mit einem Grinsen. —Nur gut, dass ihr mich holen kommt, Brüder. Noch eine Stunde, und wir hätten womöglich unsere Disziplin völlig verloren.

Die Taliban wechselten einen Blick, nickten ernst und zogen sich zurück.

—Da sind noch Blätter auf deinem Rücken, sagte sie, sobald die beiden außer Hörweite waren.

—Ach ja? Er gähnte wieder und schlüpfte in seine Sandalen. —Wo denn, kleiner Bruder?

—Hier an der Seite, antwortete sie und wischte sie ab. —Auf der Seite, auf der du geschlafen hast.

—Du solltest mich besser kennen, Suleyman Al-Na'ama. Ich schlafe nie. Er lächelte sie müde an. —Begleitest du mich zu dieser lästigen Angelegenheit? Du kennst den Koran besser als all diese Hinterwäldler und Fanatiker zusammen. Vielleicht kannst du ja ein bisschen Licht in ihre Dunkelheit bringen.

*

Erst von nahem wurde deutlich, wie dreckig es im Dorf war, und dennoch schien es ein einmalig reizvoller Ort zu sein. Selbst der Gestank der Gräben war nicht allzu schlimm, was an der Kälte liegen mochte. Während sie Ziar die engen, gewundenen Gassen hinauf folgte, stieg sein Atem in dünnen Wölkchen in die Luft, und Aden sah, wie sich das wenige Licht darin fing, das es jetzt noch gab. Eine magere Katze huschte vor ihnen her, hielt stets denselben Abstand und blickte in jeder Biegung zurück. Kinder mit blondem Haar beobachteten sie aus Hauseingängen oder starrten ihnen aus hohen, offenen Fenstern nach. Niemand erwiderte ihre Grüße.

Am höchsten Punkt des Dorfes stand an einem rechteckigen Platz eine kleine hölzerne Moschee, und als sie ankamen, hielten Soldaten aus Kabul eine Schar Dorfbewohner mit versteinerten Mienen in Schach. Die Männer und Frauen murmelten in gedämpftem Ton, doch ließ sich unmöglich erkennen, ob sie besorgt waren oder aufgebracht. Die Soldaten reckten ihre Waffen mit ausgestreckten Armen so hoch wie möglich über sich, und diese Haltung verlieh der ganzen Szene etwas Frommes. Das Gemurmel der Dörfler klang fast wie ein Gebet.

Ziar hielt kurz an, sobald sie zur Moschee kamen, fast als wäre ihm plötzlich ein Gedanke gekommen, und im selben Moment drängte die Menge ruckartig nach vorn.

Einige Frauen hielten wie Bettlerinnen die Hände geöffnet. Aden sagte sich, dass ihnen die Soldaten sicher Medizin aus Kabul mitgebracht hatten, Süßigkeiten für die Kinder oder Tabletten, die das Wasser trinkbar machten. Sie wollte weitergehen, aber Ziar fasste sie am Ellbogen.

—Worum geht es bei der Verhandlung?

—Um nichts, sagte er. —Jetzt nicht mehr.

—Wie meinst du das?

—Es ist vorbei, das meine ich. Sie sind zu einem Urteil gekommen.

Er klang unbeteiligt und wandte sich bereits ab, sie aber entriss sich seinem Griff und schob sich nach vorn. Die Frauen drängten sich zusammen wie ein Schwarm Bienen vor ihrem Korb, und Aden konnte ungehindert an ihnen vorbeigehen. In der Reihe der Soldaten erkannte sie einen Adjutanten des Hauptmanns, der sie ebenfalls sah und bei ihrem Anblick die Augen aufriss und seine Zähne entblößte. Sie versuchte zu erraten, was seine wilde Miene bedeuten mochte, doch dann feuerte er mit seiner Kalaschnikow in die Luft, woraufhin die Menge in Wellen zurückzuckte, und das Objekt ihres Interesses wurde auf dem Boden vor Aden sichtbar. Sie kniete sich hin. Die Ringe an den Fingern verrieten ihr, dass es sich um den Körper einer Frau oder eines Mädchens in heiratsfähigem Alter handelte, zusammengebrochen, leblos, dampfend in der Kälte. Ihre Burka war am Schädel oben offen, der Stoff blutdurchtränkt. Um sie herum lagen Schieferbrocken, Pflastersteine und faustgroße Ziegelstücke. Eine Männerstimme schrie. Und die Menge drängte erneut vor bis an den Blutrand, ohne weiter auf die Taliban und ihre Gewehre zu achten. Aden starrte die Leiche an. So gebrechlich, so formlos. Ein Schleier schwarzer Haare bedeckte das, was einmal ein Gesicht gewesen sein mochte.

*

Sie hatte den halben Weg zum Birkenhain zurückgelegt, ehe Ziar ihren Namen aussprach. Den Namen, unter dem man sie hier kannte, jenen, den sie sich ausgesucht hatte, nicht den Namen, den ihre Familie ihr gegeben hatte. Zum ersten Mal klang er fremd in ihren Ohren.

—Denke an das, was ich dir gesagt habe, Suleyman. Wie bestialisch unsere Waffenbrüder auch wirken mögen, unser Feind …

—Hast du gewusst, was passieren wird? Hast du gewusst, wohin du mich mitnimmst?

—Du vergisst dich. Bedenke, mit wem du redest, kleiner Bruder. Du solltest nicht vergessen, dass du unter meinem Kommando stehst.

—Sag mir, was ihr vorgeworfen wurde.

—Es war dumm von mir, dich mitzunehmen. Er schüttelte den Kopf. —Es war dumm von mir, überhaupt hinzugehen.

—Was hat sie getan?

—Sie war eine liederliche Frau. Ein Mensch ohne Glauben. Eine Prostituierte.

—Eine Prostituierte? Hier in diesem Dorf?

—Sie hat sich mit Soldaten eingelassen. Mit feindlichen Soldaten. Tadschiken. Ehe das Dorf zurückerobert wurde.

Eine Zeitlang gingen sie schweigend nebeneinanderher. Sie sah die Säulen, den Birkenhain und zwischen den Bäumen das Flackern eines Lagerfeuers.

—Wer hat dir das erzählt? Diese Taliban aus Kabul?

—Diese Männer sind unsere Kameraden, Suleyman. Männer, mit denen wir kämpfen und an deren Seite wir sterben werden. Nicht an der Seite der Leute aus diesem gottverlassenen Dorf. Er schüttelte den Kopf. —Du hast doch gemerkt, wie sie uns ansehen, wie sie uns anzischen, wie sie zurückweichen, wenn wir sie auf der Straße treffen. Diese Leute sind nur dem Namen nach Muslime.

—Was die Soldaten getan haben, hat mit dem Koran nichts zu tun. Nirgendwo in den Lehren des Propheten kommt so etwas vor.

—Wie jung du noch bist, Suleyman. Wie unschuldig. Und wie kindisch.

Sie liefen weiter den Pfad entlang.

—Es waren die Dörfler, die sie gesteinigt haben, nicht die Soldaten aus Kabul. Hörst du, Suleyman? Es sind die Dörfler selbst gewesen.

*

Als wäre ihr Wunsch erhört worden und durch seine Erfüllung zugleich zum Hohn verkommen, lagerte die Gruppe die nächsten drei Wochen unterhalb des Dorfes. Und auch wenn der Friede des Birkenhains sie nun an jene Stille erinnerte, in der die Menge die Leiche umdrängt hatte, an die stumme, gleichgültige Gewalt dieses Ortes, brach jeder Tag noch blauer und vollkommener als der vorhergehende an. Zu essen gab es reichlich, die Männer hatten keine nennenswerten Pflichten, und trotz der nächtlichen Kälte kehrten ihre Kräfte rasch zurück. Bald wurden selbst jene, die sich am lautesten nach Ruhe gesehnt hatten, unruhig und wollten endlich weiter.

Keiner war so rastlos wie Ziar selbst. Jeden Morgen nach dem Frühgebet ging er den Hügel hinauf zu dem anmutigen Steinhaus, das der Hauptmann für sich requiriert hatte, und wirkte bei seiner Rückkehr gedankenverloren und unzufrieden. Die per Funk aus Kabul erhaltenen Befehle lauteten, auf weitere Befehle zu warten. Gerüchte machten die Runde, und es hieß, Kundus sei gefallen, ein Waffenstillstand sei ausgehandelt worden oder der Emir der Gläubigen habe sich an einem unbekannten Ort im Süden mit den Generälen der Amerikaner getroffen. Es hieß, der Präsident der Vereinigten Staaten hätte den Krieg erklärt, nur gegen wen, das wusste man nicht. Gegen Saudi-Arabien, sagte Sahar Gul, gegen Palästina, sagte Abu Suhail, und Ziar behielt seine Meinung für sich. Im Dorf gab es keine weiteren Anzeichen von Tumult, doch fand das niemand beruhigend. Irgendetwas kam auf sie zugestürzt, unwiderstehlich, so sicher wie der nahende Winter, kam bei hellem Tageslicht, kam durch die Stille und die Kälte. Wenn Aden die Luft anhielt, meinte sie, es hören zu können. Als Tage und dann ganze Wochen vergingen, sagte sie sich, sie sei bereit für die nächste Prüfung, die nächste Tortur, egal, nur was da auf sie zukam, das konnte sie sich nicht vorstellen.

Am Tag der Zusammenkunft beteten sie mit dem Hauptmann und seinen Offizieren in der kleinen hölzernen Moschee. Im Innern war es warm, fast lichtlos und roch nach jahrhundertealter Eiche und nach den Kiefernnadeln, die den Boden bedeckten. O ihr, die ihr glaubt! Tretet allesamt ein in das Heil, folgt nicht den Fußstapfen des Satans; wahrlich, er ist euer offenkundiger Feind. Und wenn ihr straucheln solltet, nachdem die Beweise zu euch gekommen sind, dann wisset, dass Gott allmächtig ist und allweise.

Erwarten sie wahrhaftig, dass Gott ihnen beschirmt von Wolken erscheine und mit ihm die Engel, wenn das Urteil verkündet ist und alle Dinge zu Gott zurückkehren?

Sie beteten rasch und leise, fast als hielten sie sich unberechtigt hier auf, und als sie die Moschee verließen, warteten tatsächlich gut hundert Menschen darauf, sie betreten zu können. Jetzt, da Aden Bescheid wusste, sah sie auch die Drohung in den Gesichtern der Dorfbewohner, sodass sie sich beim Überqueren des sonnenwarmen Platzes fragte, wie sie sich zuvor hatte sicher fühlen können. Ziar ging es nicht anders, und er blickte noch zweimal zurück, ehe sie den Platz verließen. Die Adjutanten rollten mit den Augen und verlachten seine Sorge.

Das Quartier des Hauptmannes war nicht geheizt und sparsam eingerichtet, so wie es sich für einen rechtschaffenen Talib und Beschützer der Gläubigen gehört, der Kelim aber, auf den er sie Platz zu nehmen bat, war der dickste und weichste, auf dem Aden je gesessen hatte. Der Besitzer des Hauses war Teppichhändler und warf, als er ihnen Tee brachte, einen besorgten Blick auf den Kreis der Soldaten, deren ungewaschene Füße auf seinem kostbarsten Besitz ruhten. Während sein Sohn ihre Tassen füllte, versicherte ihnen der Hausbesitzer auf Dari, Arabisch und Paschto, was für ein enormes und ehrwürdiges Privileg es für ihn sei, solch hochgeschätzte Krieger beherbergen zu dürfen. Sein Sohn aber war noch zu jung, um seinen Unmut verbergen zu können, doch war das nicht der Grund, weshalb er Adens Interesse weckte. Seine Bewegungen wirkten wie sorgsam einstudiert, gewissenhaft und bedächtig, fast als mache er eine Bombe scharf. Er erinnerte sie an jemanden, an einen lang vergessenen Bekannten, doch ging er, ehe ihr einfiel, wer das sein könnte. Der Teppichhändler blieb noch eine Weile am Fenster stehen und schaute besorgt auf die Straße. Erst als sich das Gespräch strategischen Problemen zuwandte, wünschte er ihnen noch einen gesegneten Freitag und zog sich zurück.

—Ich traue diesem krummbeinigen Tadschiken von Tag zu Tag weniger, erklärte der jüngere der beiden Adjutanten.

—Gewiss eine wohlüberlegte Beurteilung, Bruder Zaeef, erwiderte der Hauptmann nachsichtig, —doch wirst du merken, dass unser Gastgeber auch ohne deine wohlwollende Meinung gut zurechtkommt.

Die Männer lachten, und Zaeef stierte mit rotem Gesicht auf den Teppich. Nur Aden blieb still. Sie spürte die schwarzen Augen des Hauptmanns auf sich ruhen, als sie sich Tee nachschenkte. Schließlich räusperte er sich und sagte:

—Anders als so ein altes Schlachtross wie ich besitzen meiner Erfahrung nach junge Männer ein präzises Gespür dafür, ob jemand vertrauenswürdig ist. Sie stehen der Kindheit näher, in welcher der Geist noch frei von weltlichen Makeln gedeiht. Er nickte vor sich hin. —Was meint dein Amerikaner, Bruder Khan? Können wir diesen Tadschiken trauen?

—Ich habe dazu keine Meinung, sagte Aden, ehe Ziar antworten konnte.

—Junge Männer haben immer eine Meinung, widersprach der Hauptmann. —Für mich traf das jedenfalls zu, Suleyman, als ich in deinem Alter war. Trotz meines reinen Herzens war ich störrisch und dickköpfig. Aber vielleicht ist dein Herz ja nicht so rein, wie man annehmen könnte.

—Habt Ihr heute schon Neues aus Kundus gehört?, fragte Ziar und beugte sich vor.

Der Hauptmann schürzte die Lippen. —Meine Befehle haben sich nicht geändert.

—Ich würde das Funkgerät gern einmal benutzen, wenn Ihr nichts dagegen habt.

—Alles zu seiner Zeit, Bruder Khan. Seid bitte so freundlich und zügelt Eure Ungeduld. Noch trinken wir unseren Tee.

Stille breitete sich aus. Zaeef warf dem anderen Adjutanten einen Blick zu, bei dem Aden ihm am liebsten das Teetablett an den Kopf geschleudert hätte. Ziar verbeugte sich, lächelte knapp und pflichtete ihm bei, dass gewiss keine Eile herrsche. Schließlich sei es der Tag der Zusammenkunft, eine Zeit der Ruhe. Er lobte das hauchdünne Porzellan und den dicken Teppich.

—Wir wollen wissen, warum wir immer noch hier sind, sagte Aden zum Hauptmann. —Das ergibt doch keinen Sinn.

Seine kajalumrandeten Augen weiteten sich. —Wer ist dieses *wir*, von dem du sprichst, kleiner Bruder?

Sie stellte ihre Teetasse ab. Das Gesagte ließ sich nicht mehr zurücknehmen. Ziar flüsterte etwas, aber der Hauptmann sagte, er solle den Mund halten. Die Wände schienen näher zu rücken. In Gedanken sah sie sich, wie sie war, wie sonst keine lebende Seele sie sehen konnte, eine Frau unter Männern, eine Betrügerin, ein Wechselbalg. Sie fragte sich, warum ihr dieses Bild gerade jetzt kam, ausgerechnet in diesem Moment, ausgerechnet an diesem Ort. Dann kehrte der Sohn zurück, fing ihren Blick auf, und plötzlich wusste sie Bescheid.

—Suleyman, drang Ziars Stimme zu ihr durch. —Der Hauptmann hat eine Frage gestellt.

Nur mit Mühe bewahrte sie Haltung. —Ich bitte um Entschuldigung. Es sind die Männer in meiner Gruppe. Da kursieren Gerüchte …

—Ich kenne diese Gerüchte, sagte der Hauptmann. —Sie vergiften die Moral. Nur stellt sich mir die Frage, wer sie verbreitet.

—Vielleicht hat unser Amerikaner recht, sagte Ziar. —Einige Worte der Erklärung, um unsere Brüder zu beruhigen …

—Ich warte auf deine Antwort, Suleyman Al-Na'ama.

—Ihr habt mich nichts gefragt.

—Verzeih, Bruder. Dann frage ich dich jetzt. Wer verbreitet diese Gerüchte?

Da der Sohn des Kaufmanns ihre Tassen einsammelte, war mit einem Mal nichts als das Klirren des Porzellans zu hören. Aden hielt den Blick gesenkt und hatte Mühe, sich zu konzentrieren. Sie starrte zu Boden, konnte aber alles so deutlich sehen. Ein Raum voller Mörder. Im selben Moment stolperte der Junge über eine Falte im Kelim, der Arm des Hauptmannes schoss vor und packte ihn am Handgelenk. Wie ein Kind kreischte der Junge vor Schmerz auf, schaffte es aber wie durch ein Wunder, nichts fallen zu lassen. Der Hauptmann zog ihn herunter, bis er vor ihm kniete. Das Gesicht des Sohnes war aschfarben vor Angst, die mädchenhaften Lippen zuckten in den Mundwinkeln.

—Yusuf heißt du, stimmt's?

Der Sohn stöhnte leise.

—Ich frage mich, Yusuf, ob du uns nicht einen Gefallen tun könntest. Ich schätze deine Meinung als die eines ehrlichen Jungen, eines muslimischen Jungen, dessen Blick auf diese Welt noch unverstellt ist. Er deutete mit der freien Hand dorthin, wo sie saß.

—Dieser andere junge Mann dort, der mit dem ärgerlichen Gesicht. Können wir dem trauen?

Ihre Blicke begegneten sich, doch diesmal war sie bereit. Sie hatte beschlossen, nicht zu glauben, was sie sah, denn sonst hätte sie jetzt vielleicht laut aufgeschrien.

—Das könnt Ihr, sagte der Sohn.

—Wie war das, Yusuf? Er zog den Sohn näher zu sich heran. —Was hast du gesagt?

—Das könnt Ihr. Ich glaube schon. Ihr könnt ihm trauen.

Zu ihrem Erstaunen nickte der Hauptmann und lockerte seinen Griff. Er kam ihr fast wie geläutert vor. Als der Sohn sich losriss und zwei Tassen auf den Teppich fielen, reagierte der Hauptmann nicht darauf. Ziar räusperte sich vernehmlich und begann ein Gespräch über die strategischen Stärken des Dorfes und die Besonderheiten seiner Verteidigung im Falle feindlicher Aktivitäten aus dem Süden. Nach kurzem Zögern ließen sich die Offiziere darauf ein. Aden achtete darauf, vornübergebeugt zu sitzen, sich klein zu machen und den Mund zu halten. Niemand sprach sie an. Sie war wieder unsichtbar geworden.

Man war sich einig, dass jeder Angriff notwendigerweise aus dem Tal erfolgen würde, da die steilen Hänge sie aus dieser Richtung unangreifbar machten. Und es wurde angemerkt, dass das Alter des Dorfes unmittelbar auf seine so abgeschiedene wie vorteilhafte Lage zurückzuführen war. Um Aden herum verlor man sich im Gespräch; und irgendwann fiel ihr auf, dass der Sohn des Kaufmanns gegangen war.

—Außerdem, fuhr der Hauptmann gelassen fort, —liegt die nächste Truppenansammlung im Westen an der Grenze zu Badachschan, ein strammer Marsch von einer Woche. Also bleibt uns auf jeden Fall genügend Zeit, unsere Stellungen zu verstärken.

Ziar nickte wie alle anderen. —Brüder, könnten wir trotzdem, und sei es nur mir zuliebe, besprechen, welchen Plan wir verfolgen, sollten, was Gott verhüten möge, unsere ersten Stellungen überrannt werden?

Die Offiziere sahen zum Hauptmann, der aber lächelte Ziar nur an und sagte nichts.

—In dem Fall, sagte ein Mann mit gestutztem rötlichem Bart, —also im schlimmsten aller Fälle …

—Ziehen wir uns in die Höhlen zurück, sagte ein anderer Soldat.

—In die Höhlen?

—Ihr habt hier nie gekämpft, Bruder Ziar, sagte der Hauptmann. —Ich vergaß.

Er sprach mit leiser Stimme, fast kokett, und da wusste Aden, dass sein Ärger nicht nachgelassen hatte, nicht im Geringsten, ja, er war sogar über jede erdenkliche Versöhnung hinaus angeschwollen, was jeden hier im Raum zu einem möglichen Opfer seiner Launen machte. Und sie verstand auch, dass er sie töten wollte. Er würde sie töten, weil er in ihr nur einen Amerikaner sah, den Agenten einer fremden Macht. So würde seine Rechtfertigung lauten. Das Gebet in der Moschee, die Einladung zum Tee, selbst das Gerede über die Höhlen hoch überm Dorf waren Teil eines Rituals, das mit ihrer Exekution endete. Sie wusste dies so gut, wie sie ihren eigenen Namen wusste.

—Es sind berühmte Höhlen, sagte der Rotkopf. —Das Granit dort schimmert rosa und ist hart wie Eisen. Die unteren Höhlen sind flach, kaum mehr als Falten im Fels, aber die weiter oben sind breit und ziemlich tief. Es sind hervorragende Höhlen. Ein Dutzend Mörser am Eingang können das ganze Tal in Schach halten. Sie sind trocken, sauber und windgeschützt. Und der Mullah aus dem Dorf meint, in der tiefsten Höhle könne man Engel sehen.

Irgendwer in Ziars Rücken gab seine Ansicht über den Mullah zum Besten, und die jüngeren Männer lachten. Der Sohn kehrte zurück, sammelte die letzten Tassen ein und gab sich Mühe, möglichst unauffällig zu bleiben. Wieder fühlte sie die Blicke des Hauptmanns auf sich. Er wartete, bis der Sohn außer Hörweite war, ehe er sagte:

—Ich glaube an die Fähigkeit dieses Jungen, die Wahrheit zu erkennen, Bruder Khan. Vor allem jene Wahrheit, die verborgen ist. Nachsichtig schüttelte er den Kopf. —Vielleicht weil der Junge kein Junge ist.

Verunsichert erwiderte Ziar sein Lächeln. —Wie meinst du das, Bruder?

—Genau wie ich es sage. Unser Gastgeber hat mir anvertraut, dass sein Sohn in Wahrheit seine Tochter ist, die aber als das aufgezogen wird, was wir *bacha posh* nennen. Ihr seid mit diesem Brauch vertraut? In einer Familie ohne Söhne werden einem Mädchen die Kleider eines Jungen angezogen, und ihm wird beigebracht, wie ein Mann zu gehen, zu reden und zu denken. Kennt Ihr so etwas jenseits der Grenze nicht?

Sie war auf den Beinen, noch ehe der Hauptmann zu Ende gesprochen hatte, bat um Vergebung für diese Unterbrechung, wünschte allen einen gesegneten Tag der Zusammenkunft und erklärte, sie fühle sich nicht gut. Ihr Mund war trocken, sie wankte leicht, und es war durchaus möglich, dass einige ihr glaubten, was sie sagte. Im Zimmer war es still geworden, die Gesichter schienen dunkel anzulaufen, und Aden wusste, dass sie besser keine Antwort abwartete. Sie war schon halb die Treppe hinunter, als die Übelkeit kam, fast als hätte sie sie heraufbeschworen, und Aden krümmte sich im Dunkeln, ging in die Hocke und würgte, während sich um sie herum das Haus drehte. Sie konnte die Männer oben im Zimmer noch hören und betete zu Gott, dass sie keinen Laut machte. Sie betete inbrünstig, obwohl sie wusste, dass er sie verachten musste, konnte in ihrer Brust spüren, dass er sie verleugnete, konnte es wie ein tief aus der Erde aufsteigendes Grollen spüren. Sie biss sich auf die Zunge, um nicht mehr zu würgen. Mit jedem Atemzug wurde das Grollen tiefer und mächtiger, bis das ganze geziegelte Gewölbe über ihr davon zu erzittern schien. Erst als es ihr gelungen war, hinaus auf die Straße zu taumeln, merkte sie, dass dieses Grollen vom Himmel kam.

—Suleyman!, hörte sie Ziars Stimme. —Was in Gottes Namen tust du? Siehst du die Flugzeuge nicht?

—Er will mich umbringen, rief sie.

—Ich kann dich nicht hören, Suleyman. Komm einfach …

Seine Stimme wurde vom Grollen aufgesaugt. Aden schüttelte den Kopf und begann zu laufen, starrte auf das Kopfsteinpflaster, den rechten Arm hielt sie ausgestreckt, falls sie fallen sollte. Sie hörte hinter sich lautes Rufen und wurde schneller. Wie gefährlich der Himmel auch sein mochte, den diese Flugzeuge durchschnitten, für sie war das Haus des Kaufmanns weit gefährlicher. Sie eilte durch die sonnenlose Gasse mit ihren schiefen Häusern in Richtung Moschee, ohne einem einzigen Menschen zu begegnen. Von der Südostecke des Platzes führten zwei Gassen talwärts, und sobald sie den Platz erreichte, wandte sie sich nach links und lief in den alten Basar. Durch einen überdachten Gang fiel ihr Blick auf eine Gruppe Kinder, die von einem Stand zum anderen flitzten; sie glaubte darunter auch den Sohn des Kaufmanns zu erkennen. Der Lärm vom Himmel war jetzt so schrill, dass er Glas zum Zerspringen gebracht hätte, nur gab es nirgendwo Glas, das zerspringen könnte. Sie lief an Ständen vorbei, auf deren verschlossenen Läden grobgemalte Bilder der Waren prangten, die dort verkauft wurden, Sandalen, Blechtöpfe oder Sträuße handgemachter Rosen, gebunden in Pakistan oder China, und es packte sie das kindliche Verlangen, eines der Schlösser aufzubrechen und sich dort vor dem Grollen zu verstecken. Jetzt, da die Wahrheit ans Licht gekommen war, fühlte sie keine Angst, nicht einmal Trauer, nur eine hoffnungslos klarsichtige Erschöpfung. Sie lief wieder wie eine junge Frau, wie eine Achtzehnjährige und eine Amerikanerin. Sie hatte es nicht vergessen. Im Gehen band sie ihr Kopftuch ab und legte es sich um die Schultern. Irgendetwas tief in ihr Vergrabenes jubelte vielleicht sogar. Ein Tadschike mit paillettenbesetzter Mütze rannte die Straße entlang, rempelte sie an und entschuldigte sich überschwänglich, während er zugleich weiterstolperte.

Sie hatte fast die Terrassen und das erste Hirsefeld oberhalb des Dorfes erreicht, als sie Ziar hinter sich hörte. Das Grollen war schwächer geworden, und sie vernahm den Wind in den Steineichen am Wegrand, Ziars Schritte auf dem Kies, sein schnelles, beharrliches Atmen. Trotz des wilden Blicks, mit dem er sie ansah, hielt er Abstand, die Kalaschnikow über der Schulter, die Mütze in der Hand, sodass er so barhäuptig vor ihr stand, wie sie es war. Sie hatte früher schon Leidenschaft in seinen Augen gesehen, auch einige ungenannte Formen des Verlangens, doch noch nie eine solche Hilflosigkeit. Sein zögerlicher Gang und das Flehen in der Stimme machten die Verzweiflung deutlich, mit der er ihren Namen aussprach. Suleyman?, murmelte er und kam vorsichtig näher. In seinem Mund wurde ihr Name zu einer Frage, und diese Frage richtete sich an die ganze Welt.

—Kannst du sie sehen?, fragte sie.

—Ich kann dich nicht hören.

—Siehst du die Flugzeuge noch?

—Das sind keine Flugzeuge. Es schien ihn zu freuen, eine Frage gestellt zu bekommen, die er beantworten konnte. —Nicht die, die ich gesehen habe. Zu klein. Kann niemand drinsitzen.

—Dann Raketen.

—Auch keine Raketen. Es gab keine Explosion.

—Warum?, fragte sie. Er war jetzt bis auf Armeslänge herangekommen. —Warum hat es keine Explosion gegeben?

—Das kann ich dir auch nicht sagen. Gott helfe uns, Suleyman. Ich habe keine Ahnung.

Sie beugte sich zu ihm vor und griff nach seiner Hand, die sich glatt und leblos wie ein poliertes Holzstück anfühlte. Aden öffnete den Mund, weil sie ihn um Verzeihung bitten wollte, als das Haus hinter ihm verschwand und eine Wand erstarrter Luft sie zu Boden warf und mit Trümmerresten beharkte. Ziar rief etwas, aber sein Schrei klang seltsam gedämpft. In Angstkrämpfen kehrte gleich darauf das Leben in ihre Gliedmaßen zurück, und sie rappelte sich auf, als die zweite Schockwelle sie traf. Die Moschee war fort, und der Platz war fort, auch das Schulhaus dahinter. Es war nicht so, als würden Geschosse einschlagen, sondern als würden ganze Häuser zu den Wolken aufsteigen. Ihr schien es eher ein Wetterphänomen als ein technologisches Ereignis zu sein. Zwischen den einzelnen Explosionen hörte sie Schreie, hörte den Hagel herabfallender Dinge, hörte Männer kindisch in die Wolken schießen, doch all das lenkte nicht von der Stille ab. Jetzt herrschte nichts als Stille, und sie sah, wie sich hinter Streifen gelber Leuchtspurgeschosse Rauch emporwand und zwei Frauen nackt durch ein hell brennendes Feld rannten. Seit Kalifornien hatte sie weder Arme noch Beine einer Frau gesehen, und diese Frauen waren sehr schön, sie schienen weit und breit das einzig Verständliche und Reale zu sein. Die erste rannte barfuß, einen Kamiz an ihren Busen gedrückt, die zweite trug gar nichts. Dann wurde der Rand des Feldes wie die Ecke eines Teppichs angehoben, und die Frauen waren fort, und Ziar kam durch die Stille und den Rauch auf sie zugerannt.

—Bist du verletzt?

Als sie keine Antwort gab, packte er sie an der Schulter und führte sie den Pfad hinauf. Sie konnte ohne große Probleme gehen, aber ihre Füße nicht spüren. Sie konnte ihre Füße spüren, aber nicht den Boden. Ihr Hemdkragen war feucht, und das beunruhigte sie ein wenig, aber als sie den Kopf wandte, sah sie, dass die Haut an seiner Hand bis auf den Knochen wie abrasiert war. Sie sagte ihm, dass er blutete, aber er schüttelte nur den Kopf und schob sie weiter. Sie fühlte sich blutleer und weiß, aber Ziars wettergegerbtes Gesicht war eher noch dunkler als vorher. Sein schönes Gesicht. Alle letzten Dinge waren dunkler, und sie spürte, wie ihre Beine unter ihr nachgaben.

—Suleyman, sagte er. —Sieh mich an. Bist du verletzt?

Sie sagte, sie sei es nicht, und er griff mit seiner unverletzten Linken in ihr Haar und zog sie auf die Füße. Ihr tränten die Augen vor Schmerz, aber sie konnte den Boden wieder spüren und hörte Ziar vor sich, wütend und außer Atem, hörte, wie er sie verfluchte und die Raketen, das Dorf und sich selbst. Die grässliche Stille war vorbei, und sie waren jetzt hoch über den Dächern, und Aden versuchte, die Flugzeuge am Himmel zu finden, konnte es aber nicht. Die Flugzeuge waren über den Wolken, hinter den Bergen, vielleicht schon in einem anderen Land. Ziar zwang sie weiter. Und sie wusste von ihrer Ausbildung noch genug, um ihn zu fragen, warum sie keinen Schutz, keine Zuflucht gesucht hatten.

—Das hier ist unsere Zuflucht.

—Was?

Er zeigte an ihr vorbei auf die unterste Höhle. Selbst im apokalyptischen Dämmerlicht fiel ihr die dunkle Rosenfarbe des Granits auf. Er sagte, sie solle sich beeilen, dabei kletterte sie schon schneller bergan, als er es konnte, und erreichte den gewölbten Höhleneingang deutlich vor ihm. Sie hatte erwartet, hier Proviant zu finden, Säcke mit Korn oder Munition, einen Vorrat an Waffen, fand aber nichts außer Köttel, leere Limo-Dosen und die Asche eines lang erloschenen Feuers. Über ihnen befand sich eine zweite Höhle, darüber sogar noch eine. Ziar sagte, sie sollten weiterklettern, sein Gesicht nun doch weiß vom Blutverlust, und Aden merkte, dass sie sich seiner Schwäche wegen fügte, so wie sie es einst seiner Stärke wegen getan hatte.

Am siebten oder achten Höhleneingang konnte Ziar schließlich nicht weiter, weshalb Aden einen Arm um seine Hüfte legte und ihm half, sich hinzulegen. Sie zog ihr Kopftuch von den Schultern, faltete daraus ein Kissen für seinen Kopf und merkte überrascht, wie weich sich sein verfilztes, ergrauendes Haar anfühlte. Er entschuldigte sich, sagte aber nicht, wofür, und sie legte eine Hand an seine Stirn und sagte, er solle still sein. Von seinen Fingern hing ein feuchter Hautlappen herab, und die offengelegten Bänder und Sehnen zuckten so, dass ihr schlecht davon wurde. Aus einem Spalt im Granit tröpfelte Wasser; sie probierte es und fand, es schmeckte rein und bitter. Also fing sie mit den Händen ein wenig davon auf und brachte es Ziar, der mit dem Kopf auf einem Vorsprung aus milchigem Kristall lag, das Kissen, das sie ihm gemacht hatte, war schon beiseitegerutscht. Wie eine Katze schleckte er das Wasser aus ihren gewölbten Händen. Dann bat er sie, etwas Asche von der Feuerstelle zu holen, die sie in der ersten Höhle gesehen hatte.

Auf dem Weg dorthin hielt sie den Blick unverwandt auf den steilen, mit glitzerndem Quarzgestein durchsetzten Pfad gerichtet, aber auf dem Rückweg, die Hände voll mit Asche, zwang sie sich, einen Blick zurück auf das Dorf zu werfen. Die übriggebliebenen Häuser standen wie versengte, zersplitterte Zähne in unmöglichen Winkeln zueinander. Sie versuchte, nicht daran zu denken, wie schön diese alten, heidnischen Häuser gewesen waren, die jahrhundertelang Schutz gewährt hatten. Sie versuchte, nicht an die Leute in den Häusern zu denken. Sie versuchte, die Zerstörung wie eine elegante Abstraktion zu sehen, eine Studie in Ballistik, Lehrmaterial für die Launen des Krieges.

Als sie zurückkam, hockte Ziar am Höhleneingang, gebeugt und teilnahmslos, und blickte in den Rauch.

—Ich kann das Haus des Teppichverkäufers erkennen, erklärte er. —Siehst du es?

Sie schaute an den Ruinen der Moschee und des Basars vorbei und fand das Haus.

—Die Steinwände haben es gerettet. Ein reicher Mann leidet weniger, sogar im Krieg, so sagte es der Prophet. Ziar rang sich ein Lächeln ab. —Zumindest hätte er es sagen sollen.

—Selbst das Dach scheint in Ordnung zu sein, sagte sie, eine Hand an den Augen.

—Das Dach ist in ausgezeichnetem Zustand. So gut wie unberührt. Dein Freund, der Hauptmann, ist ein exzellenter Hauskenner.

Einen Moment lang sagte sie nichts. —Der Angriff ist vorbei. Ich denke, wir sollten zurückgehen.

—Wir können nicht zurück.

—Warum nicht?

—Du weißt, warum, antwortete er.

Während sie fort gewesen war, hatte er sich die Hand gewaschen und den Lappen abgerissener Haut auf eine Weise wieder befestigt, die sie nicht recht verstand. Er bat sie, die Asche anzufeuchten und auf seinen Handrücken aufzutragen. Sie riss einen handbreiten Streifen Tuch ab, wickelte ihn behutsam um seine Hand und verknotete ihn über dem Handgelenk. Dann saßen sie Arm in Arm da und sahen zu, wie das Dorf brannte.

*

—Wie soll ich dich nennen?, fragte er sie am Abend.

Die meisten Feuer waren gelöscht worden, nur hier und da kokelten noch einige Schlackehaufen. Die untergehende Sonne schien direkt in ihre Höhle, und Aden sah, dass sie tiefer in den Berg reichte, als sie gedacht hatte. Im Schein der Sonne fühlte sie sich wie ausgesetzt, ungeschützt und in Gefahr, gleichsam auf einem Opferaltar, für alle sichtbar.

—Lass uns wieder reingehen, sagte Aden.

—Ich denke, ich könnte dich weiterhin Suleyman Al-Na'ama nennen. Ich finde, der Name passt zu dir.

—Finde ich nicht, erwiderte sie. —Nicht mehr.

—Wie dann?

Sie zögerte. —Du kannst mich Sawyer nennen.

—Nur Sawyer?

—Mein Vorname ist Aden. Aden Grace.

Er probierte die Silben, ließ sie sich auf der Zunge zergehen, machte sich mit ihren Konturen, ihrem Gewicht vertraut, und sie korrigierte schüchtern seine Aussprache. Er hatte jetzt wieder Farbe im Gesicht, und sein Blick war klar und fest.

—Aden Grace Sawyer, so soll es sein.

Sie beobachtete ihn. —Sag es mir.

—Was?

—Wie lange wusstest du es schon?

—Seit du aufgestanden und aus dem Teezimmer gegangen bist. Vielleicht auch schon länger. Er blickte auf seine bandagierte Hand. —Vielleicht von Anfang an.

—Weißt du, es gibt einen Präzedenzfall. Im Koran.

—Einen Präzedenzfall wofür, Aden Grace? Er grinste. —Dafür, dass wir beide zusammen in dieser Höhle sitzen?

Sie richtete sich auf. —Am Tag der Schlacht von Hunain griff Umm Sulaim zum Dolch. Sie zog an der Seite des Propheten in die Schlacht und versprach, ihn zu beschützen. So steht es in den Hadithen geschrieben.

—Ja?

—Da steht auch, dass der Prophet sich zu ihr umwandte und lächelte.

—Verstehe. Er hustete in seine Faust. —Und steht da auch, was Gottes Gesandter als Nächstes tat?

Sie zögerte. —Er lächelte. An mehr erinnere ich mich nicht.

—Ich bin weiß Gott kein Mullah, aber diese Passage kenne ich. Der Gesandte, Friede sei mit ihm, sagte zu Umm Salaim: Gott genügt, und er meint es gut mit uns. Du brauchst diesen Dolch nicht bei dir zu tragen.

—Aber er hat ihr auch nicht verboten, ihn zu tragen. *Und* er hat sie angelächelt.

—Wovor hast du Angst, Aden Grace Sawyer? Dass ich

dich mit Steinen bewerfe? Er lachte. —Die Sorge kann ich verstehen. Hier liegen jedenfalls genug davon rum.

—Nein, erwiderte sie leise. —Die Angst habe ich nicht.

Einen Moment lang war alles still, sein Blick klar und fest, das Blut in sein Gesicht zurückgeströmt, und er langte nach ihr mit Armen, so glatt wie poliertes Holz, um sie an sich zu ziehen. Sein Griff war grob, aber sie wehrte sich nicht, die eigenen Arme waren nutzlos, und schwer fiel sie gegen ihn und lag mit dem Gesicht in den Falten seines Hemdes, störrisch, keuchend, wie ein Kämpfer, der Deckung vor dem nächsten Schlag sucht. Er umfasste ihre nutzlosen Arme, zwang sie zu Boden, und sie fragte sich, welche Erfahrungen er mit Frauen gemacht hatte und wie eine Muslima sich in einer solchen Situation angemessen verhalten sollte, und musste lachen, so grotesk schien ihr der Gedanke. Ziar missverstand ihr Lachen, glaubte, er habe ihr weh getan und sagte, das wollte er nicht. Er hauchte in ihr Ohr, was geschehe, sei herrlich und eine Verehrung Gottes und all seiner Serafim und dass sie selbst ein Engel sein müsse, der auf diese Erde kam, um seinen Kummer zu lindern. Erschienen trotz seines Starrsinns, trotz seines Stolzes. Er sagte, zu Anfang könne es sein, dass sie einen leichten Schmerz spüre, doch gewiss nur kurz, und sie lachte erneut über all das, was er nicht wusste.

—Jetzt, flüsterte sie. —Jetzt lass es geschehen.

Sie hielt ihn mit festem Griff und lenkte ihn. Und nun war er es, der sich nicht wehrte. Er war über ihr, und hinter ihm brach sich das Licht in der Höhle aus Quarz, und er bewegte sich, wie sie es wollte. Sie zitterte vor Kälte, aber nicht weil es in der Höhle so kalt gewesen wäre. Diese Kälte hatte sie mitgebracht. Sie hatte sie gespürt, seit sie die Grenze überquerten, seit dem Lager Berg, seit Karatschi, seit dem frühesten Augenblick, an den sie sich erinnern konnte. Er bewegte sich über ihr, und das Licht war hinter ihm, und sie biss die Zähne zusammen, damit sie nicht klapperten. Sie zitterte, wie ein Kind zittert, das aus dem Schnee in einen kleinen hellen Raum kommt.

*

Sie verbrachten die ganze Nacht zwischen Wachen und Schlaf, schauten wie aus einer Wolkenbank auf das Dorf hinab und achteten darauf, vom Licht nicht enttarnt zu werden. Aden schlief so viel, dass es sie erstaunte. Jedes Mal, wenn sie wach wurde, war ihr schwindlig vor Hunger, und jedes Mal, wenn Ziar mit ihr sprach, spürte sie, wie der Hunger schwand. Nie war sie vom Paradies so überzeugt, nie sich der Verdammnis so sicher gewesen. Sie überlegte, ob es wahr sein konnte, dass Gott keinen Menschen liebte wie den Sünder, was ihre Mutter oft behauptet hatte, und auch wenn sie wusste, dass der Gedanke gotteslästerlich war, konnte sie ihn doch nicht von sich weisen. Es war die einzige Erklärung, die ihr einfiel.

Ziar versicherte ihr, dass man sie beide für tot halte und sie daher frei seien, frei wie Gespenster oder Dschinns oder sonstige Geschöpfe der Luft, und sie küsste ihn und gab ihm recht. Wenn er derlei sagte, schaute er sie manchmal so lüstern, schelmisch und frech wie ein Schuljunge an, dann aber verschleierte sich sein Blick wieder. Er sah durch sie hindurch, als wäre sie wahrhaftig ein Gespenst, und sie konnte sein Gesicht, seinen Körper nach Gutdünken betrachten. Die Falten der braunen Haut, die schweren Augenlider, die so eng beieinanderstehenden Zähne.

Als am Abend die Dämmerung den Höhleneingang fast erreicht hatte, öffnete sie die Augen und sah, wie er zu ihr herabblickte, schon vollständig angezogen. Gleich setzte sie sich auf und zog sich das Hemd über.

—Wir gehen, sagte sie.

Er lächelte sie an. —Wir müssen gehen.

—Warum lächelst du?

—Allein der Gedanke, dass du mich dazu gebracht hast, mich zu fragen, ob ich Tanzjungen mag, als wäre ich irgend so ein liederlicher Kerl aus Kandahar. Das war nicht nett von dir, Aden Grace.

—Und was hättest du dann getan?

—Was meinst du?

—Wenn ich ein Junge gewesen wäre. Hier mit dir in dieser Höhle.

—Ich hätte getan, was ich getan habe, antwortete er ohne zu zögern. —Mich anders zu verhalten wäre mir gar nicht möglich gewesen.

—Das freut mich.

—Ja. Er nickte. —Das sollte dich trösten. Dich trifft keine Schuld.

Sie beobachtete ihn, wie er den Verband an seiner Hand prüfte, den Gürtel umschnallte, den Ladestreifen aus seiner Waffe auswarf und den Daumen in die Patronenkammer steckte, um zu prüfen, ob sie leer war. Genau wie vor zwei Tagen überschwemmte Sonnenlicht die Höhle, färbte sie rosenrot und löschte alle Schatten.

—Schuld?, fragte sie schließlich.

—Die Sonne geht bald unter. Wir brechen auf, sobald es dunkel wird.

Sie starrte ihn stumm an.

—Ich würde das Dorf gern vermeiden, damit wir nicht unseren Freunden aus Kabul begegnen. Am besten bleiben wir dicht am Hang.

—Wohin gehen wir, Ziar?

Jetzt sah er sie an. —Natürlich zum Birkenhain. Zu unserer Gruppe.

—Und was ist mit mir?

Fragend legte er den Kopf schief. —Was um alles in der Welt meinst du damit, Bruder Suleyman?

—Nein, Ziar, das kann ich nicht. Sie wissen doch sofort Bescheid.

—Und wie sollten sie das wissen? War einer von denen etwa im Haus des Teppichhändlers? Waren sie mit uns hier in der Höhle?

Sie stand auf und stützte sich mit einer Hand an der Wand ab. —Sie werden es wissen, sobald sie uns sehen. Uns beide zusammen. Dann wissen sie es.

—Sie haben uns wochenlang zusammen gesehen. Monatelang. Niemand hat was gemerkt.

—Aber damals haben wir es noch nicht gewusst. Wir haben nicht einmal …

—Natürlich haben wir es gewusst, Aden. Wir haben es ganz genau gewusst.

Daraufhin sagte sie nichts. Als er dann weiterredete, war nicht zu überhören, dass er sich seine Worte sorgfältig überlegt hatte.

—Was wir getan haben, bleibt zwischen uns, dem Himmel und Gottes Engeln. Niemand sonst kann uns dafür verdammen. Wenn wir wollen, können wir, was hier geschehen ist, in der Höhle zurücklassen.

Sie ging einen Schritt auf ihn zu. —Zwing mich nicht, das zu tun.

—Zieh dich jetzt an. Wir müssen das Licht ausnutzen.

—Was ist mit dem Hauptmann? Und mit seinen Offizieren?

Er kürzte den Riemen an der Kalaschnikow und schlüpfte in seine Sandalen. —Morgen nach dem Frühgebet marschieren wir nach Nangarhar. Diese Stellung länger zu halten ist ebenso sinnlos, wie jetzt nach Kundus zu ziehen. Um das zu wissen, brauche ich kein Funkgerät von irgendeinem Hauptmann.

—Geh noch nicht. Geh noch nicht da raus.

—Unsinn. Es wird Zeit.

—Ziar, hör auf mich. Ich kann nicht … Sie spürte, dass sie den Kopf schüttelte. —Ich kann nicht so tun, als wenn nichts gewesen wäre.

Ihr kam es vor, als sähe sie den Himmel in seinem Rücken von Sekunde zu Sekunde dunkler werden, während er reglos dastand wie eine Statue, ihren Salwar in der Hand. Sein Gesicht war im funkelnden Sonnenlicht nicht zu sehen, und darüber war sie froh.

—Du kommst jetzt, sagte er. —Oder du kommst überhaupt nicht mehr.

*

Die Nacht war angebrochen, ehe sie den Birkenhain erreichten und ihre Kameraden völlig überrumpelten. Die Männer hatten weder eine Wache aufgestellt noch ein

Feuer gemacht. Von den gut vierzig Mann, mit denen Ziar aus dem Lager Hain aufgebrochen war, wurden vierzehn vermisst, sechs waren tot; sieben Überlebende hatten sich bereits auf den Weg nach Nangarhar gemacht. Die Übriggeblieben hockten im Kreis um eine Petroleumlampe und unterhielten sich im Flüsterton. Als Sahar Gul jemanden kommen hörte, sprang er auf und schoss in ihre Richtung, aber der Schlagbolzen klemmte, sodass niemand verletzt wurde. Kaum erkannte er die Ankommenden, brach er in Tränen aus, umarmte sie beide scheu, führte sie in den Kreis und bat um Verzeihung. Niemand wollte wissen, wo sie gewesen waren. Aden fand, dass ihr Verhalten ihr gegenüber sich auf kaum merkliche Weise geändert hatte, aber vielleicht lag das an den Bomben. Niemand hatte je einen Angriff dieser Größenordnung erlebt, selbst Ziar nicht. Und am meisten erstaunte die Männer, dass die Flugzeuge so klein gewesen waren.

Sie brachen vor Tagesbeginn auf, stolperten heimlich davon, ein dezimierter, trauriger Haufen, der Suren vor sich hin murmelte und beim geringsten Geräusch zum Himmel aufsah. Von Sahar Gul erfuhr sie, dass sechs Leute aus ihrer Gruppe im Basar gewesen waren, als die erste Bombe fiel, drei weitere waren verbrannt, als sie ein Feuer zu löschen versuchten. Abu Suhail und zwei weitere Gefährten waren von einer einstürzenden Mauer erschlagen worden. Sie fragte Sahar Gul, wo man sie begraben hatte, aber er tat, als hätte er ihre Frage nicht gehört.

Gegen Mittag holten sie drei Deserteure ein. Der jüngste saß mitten auf dem Pfad, die Knie an die Brust gezogen, und antwortete auf die Fragen seiner Kameraden mit einem scheuen Kopfschütteln. Aden nahm an, dass Ziar auf die Männer wütend war und sie irgendwie bestrafen würde, stattdessen aber begrüßte er sie ohne Umschweife und fragte, was dem Jungen fehle.

—Dem fehlt nichts, Hauptmann. Der steht gleich wieder auf und marschiert weiter.

—Er war in der Moschee, erklärte der andere.

—Nicht *in* der Moschee, widersprach der erste Mann. —Aber in der Nähe.

—Wurde er getroffen?, fragte Ziar im selben direkten Ton. —Kann er laufen? Hat er ein Problem mit den Beinen?

—Ihm tut nichts weh. Er ist einfach nur störrisch.

—Wenn das so ist, sorgt dafür, dass er wieder marschiert.

Die Männer tauschten einen Blick aus. Der Junge beachtete sie nicht weiter. Er saß auf der Erde, umklammerte seine Beine und summte leise vor sich hin. Ziar befahl anzuhalten und hockte sich neben den Jungen.

—Deine Freunde sagen, dass dir nichts weh tut, Bruder Hamza. Ist das so?

Der Junge gab keine Antwort. Sein Anblick tat ihr weh. Ziar beugte sich tiefer herab und sagte noch etwas, aber so leise, dass sie ihn nicht verstand. Zu ihrem Erstaunen drehte er sich dann um und rief sie zu sich.

—Bruder Suleyman ist bei uns, Bruder Hamza. Ich glaube, du erinnerst dich an Bruder Suleyman, oder?

Der Blick des Jungen huschte kurz zu ihr herüber, vielleicht auch zu seinen Kameraden. Dann stöhnte er und umschlang die Beine noch fester. Ziar nahm sie am Arm und zog sie näher heran.

—Natürlich kennst du Bruder Suleyman. Er war bei

uns, als wir über die Grenze gingen. Durch den Schnee mit dem alten Bergführer. Diesem elenden Heuchler. Ziar schaute kurz zu ihr auf. —Es ist wichtig, dass du weitermarschierst, Bruder Hamza. Dich deinen Kameraden anschließt. Du kannst nicht einfach sitzen bleiben. Hier ist es nicht sicher.

Der Junge summte jetzt lauter und senkte den Kopf.

—Du erinnerst dich doch an den alten Mann, der nicht aufhören konnte zu predigen? Und du weißt noch, wie General Nazir uns gefunden und an der Friedhofsmauer aufgereiht hat? Jetzt sieh mich an, Bruder Hamza. Und du weißt auch noch, dass Bruder Suleyman den Alten getötet hat?

—Hauptmann Ziar, hörte sie sich stammeln.

—Das war kein Märtyrertod, Bruder. Ganz im Gegenteil. Acht Kugeln in den Bauch und kein Grab. Das weißt du noch. Du hast es selbst gesehen.

Der Kopf des Jungen lag jetzt auf seinen Knien, und Ziar legte ihm eine Hand in den Nacken. Während Aden den beiden zusah, bewegte sich die Erde unter ihr wie beim Luftangriff. Sie wich zurück und schloss die Augen, damit ihr nicht übel wurde. Als sie sie wieder öffnete, stand Ziar vor ihr. Seine Lippen waren blass, und er zitterte, aber nur für sie war das sichtbar.

—Ich kann das nicht, Ziar. Verlange das nicht von mir.

—Was habe ich denn von dir verlangt? Gar nichts. Nur dass du neben mir stehst. Aber selbst den kleinen Dienst hast du mir verweigert.

—Der Junge ist verletzt. Das kann jeder sehen.

Er musterte sie kurz, keuchte leise. —Wie mir scheint, hast du dein Training vergessen.

—Zur Hölle mit meinem Training.

—Vorsichtig, Suleyman. Du könntest merken, dass …

—Nenn mich jetzt nicht so. Nenn mich bei meinem richtigen Namen.

—Und welcher Name wäre das? Aden Grace Sawyer? Diesen Namen hast du mir in einem Loch in den Bergen genannt, hier draußen aber bin ich dein Hauptmann, und da nenne ich dich Suleyman.

Sie nickte langsam. —Ich tu's nicht.

—Ich habe nichts von dir verlangt. Gar nichts. Nur dass du an meiner Seite stehst. Er lächelte sie eigenartig an. —Aber wenn ich sage, dass du diesen Jungen erschießt, dass du die Waffe aus meiner Hand nimmst und ihm damit ins Genick schießt, dann wirst du genau das tun.

—Ich habe dich alle möglichen Dinge sagen hören, erwiderte sie auf Englisch. —Du hast mich einen Engel genannt.

—Suleyman …

—Das hast du in der Höhle gesagt, als ich von dir ausgezogen wurde.

—Sieh dich um, Suleyman. All unsere Brüder sehen zu. Du kannst froh sein, dass sie kein Englisch verstehen.

—Es ist gleichgültig, was du sagst. Zumindest, wenn alles andere Lügen waren.

Er wich vor ihr zurück, als hätte sie ihn angeschrien. Was sie vielleicht auch getan hatte. Dann grinste er noch kurz, eine unwillkürliche, bedeutungslose Grimasse, griff den Jungen am Kragen und zog ihn auf die Beine. Die Gefährten des Jungen stammelten unterwürfig ihren Dank und führten ihn fort. Die Gruppe setzte sich erneut in Bewegung, und Aden stand im versengten braunen Gras unterhalb des Pfades und sah sie davonmarschieren. Ziar war der Letzte, der an ihr vorbeiging.

—Du hast mich gefragt, was er getan hat, sagte er.

—Wer?

—Dein Freund. Dieser Kindskopf. Der, der gestorben ist.

Er beobachtete sie und versuchte, die Wirkung seiner Worte abzuschätzen; ausdruckslos erwiderte sie seinen Blick. Das Vergnügen gönnte sie ihm nicht. Sie schien sich allem zu verschließen.

Ali, sagte sie dann. —Du meinst Ali.

Er nickte. —Jetzt hast du deine Antwort.

Sie griff nach ihm, aber er war schon fort, rief der Kolonne Befehle zu, und so war niemand da, um sie aufzufangen, als sie ins Gras sank. Sie sank ins Gras und stand dann unbeweglich im Staub. Reglos stand sie da, keuchte und sah der Truppe nach. Sie folgte den Brüdern, und sie fiel immer weiter zurück. Sie folgte ihnen, als das Gras sie auffing und sie die Augen schloss und schlief.

*

—Hör mich an, sagte sie zu ihm in dieser Nacht. Sie lagerten oberhalb des Dorfes, in dem sie die Kampfhähne gesehen hatten. —Hör mich an, Ziar. Ich habe eine Idee.

Es war eine klare, stille Nacht, und im Süden verfärbten die Lichter von Dschalalabad den Himmel. Ziar hatte etwas abseits der anderen geschlafen und sich mit seinem Mantel aus geschorenem Lammfell zugedeckt. Sobald sie zu ihm sprach, änderte sich sein Atem, und er hob den Kopf, um zu fragen, was sie wolle.

—Morgen kommen wir nach Dschalalabad, richtig?

—So Gott will, erwiderte er und fuhr sich mit einer Hand über das Gesicht.

—Und was passiert dann mit uns? Mit der Truppe, meine ich.

—Es gibt keine eigenständige Einheit mehr. Dafür sind wir nicht genug. Entweder lassen sich zusätzliche Männer auftreiben, oder wir werden einem anderen Trupp zugeschlagen.

—Das würden die machen?

Er seufzte. —Er hat einigen Einfluss, dieser Hauptmann der Kabuli. Gut möglich, dass ich mein Kommando verliere.

—Meinetwegen?

—Aus verschiedenen Gründen. Er lächelte. —Aber du hattest vermutlich recht, Suleyman. Es wäre besser gewesen, man würde uns für tot halten.

—Dann komm mit, warf sie rasch ein. —Sobald wir die Stadt erreicht haben. Ich gehe mit dir, wohin du willst.

—Ach, Suleyman Al-Na'ama. Eigentlich bist du ja immer noch fast ein Kind. Das hatte ich vergessen.

—Du wolltest heute, dass ich jemanden umbringe. Verlangst du so was von einem Kind?

—Verwechsle mich nicht mit Nazir, Suleyman, oder mit seiner Truppe. Ich würde das nie von dir verlangen. Umständlich setzte er sich auf. —Und was dich angeht, deine Bitte, so etwas solltest du nie von mir fordern.

—Sprich nicht in diesem Ton mit mir, Ziar. Ich ertrage das nicht.

—In was für einem Ton?

—Dem eines weisen alten Onkels. Du klingst dann wie mein Vater, und ich würde am liebsten sterben.

Ziemlich lange blieb er einfach wortlos sitzen und schaute an ihr vorbei, sah durch sie hindurch, genau wie er es in der Höhle getan hatte. Sie kniff sich in die Wade, um die aufkommende Panik zu unterdrücken. Sie sah ihm in die Augen, fand darin aber kein Wiedererkennen.

—Ich sag's ihnen, flüsterte sie. —Wenn du nicht mit mir kommen willst, sag ich's ihnen.

Er begriff auf Anhieb. —Hast du den Verstand verloren, Suleyman? Du hast kein …

—Ich sag es ihnen, sobald wir die Stadt erreicht haben.

—Überlege dir genau, was du tust, du Idiotin. Denk an die Strafe auf dem Platz vor der Moschee. Die Frau hatte nur halb so viel Schuld auf sich geladen wie du.

—Nicht wie ich. Wie wir beide. Wir beide zusammen.

—Halt den Mund, zischte er. —Halt jetzt den Mund, Suleyman. Und geh weg von mir.

—Ich habe es dir schon mal gesagt. Auf den Namen höre ich nicht mehr.

*

Am nächsten Morgen wurde sie von einer rauen Hand geweckt, die ihr leicht über die Wange strich. Sie murmelte Ziar zu, dass es ihr leidtäte, doch die Stimme, die ihr antwortete, war nicht Ziars Stimme, und so fuhr sie erschrocken auf. Sahar Gul hockte über ihr, einen Finger an den Lippen.

—Bruder Sahar, murmelte sie. —Habe ich das Frühgebet verschlafen?

—Gott kennt die Ungerechten, antwortete er.

Da packte sie die Angst, und sie rappelte sich auf. Er aber hielt sie an den Armen fest und richtete den Blick auf etwas außerhalb ihres Blickfeldes. Kaum zwanzig Schritte entfernt standen drei Männer unter einigen Pappeln und unterhielten sich leise mit Ziar. Sie trugen schwarze Kaftane, Kopftücher und an den Gürteln Dolche mit silbernem Griff. Sahar Gul schnalzte mit der Zunge, schüttelte den Kopf und hielt Aden am Boden, bis die Männer gegangen waren. Dann stand er auf und verschwand ohne ein weiteres Wort.

Sie marschierten den ganzen Tag und hielten nur zum Beten an, zogen durch die Gebirgsausläufer, die zum Tal hinabführten. Das vor ihnen liegende Land war so grün wie vergangenen Monat, als sie es in nördlicher Richtung durchquert hatten. Wiege des Friedens, flüsterte sie. Ewiger Frühling. Aber die Worte gaben ihr keine Kraft mehr. Die Männer konnten sich kaum noch auf den Beinen halten. Sie meinte im Osten Einschlagkrater zu erkennen, in Richtung Grenze, doch war ihr Blick seltsam verschwommen. Sie fragte Ziar, was er davon hielt, der aber ignorierte sie, blieb jetzt meist bei der Kolonne, beschimpfte die Männer, schrie ihnen die immer selben Beleidigungen zu und trieb sie trotz Hunger und Erschöpfung voran. Zu ihr hielt er Abstand und mied ihren Blick.

Nach dem vierten Gebet nahmen die Männer so langsam wie nie ihr Gepäck wieder auf. Ziar stellte sich ans Ende der Kolonne und trat vor lauter Ungeduld von einem Fuß auf den anderen. Als sie ihn ansprach, blieb ihm nichts weiter übrig, als ihr zu antworten.

—Diese Männer heute Morgen, sagte sie.

Er kniff die Augen zusammen, als wäre allein die Frage schon ein Vertrauensbruch. —Welche Männer?

—Die Männer aus der Kabuli-Truppe. Ich habe sie gesehen, Ziar. Ich war wach.

—Natürlich bist du wach gewesen. Ich habe ja Bruder Gul geschickt, damit er dich weckt.

—Was wollten die?

—Sie kamen aus Dschalalabad mit Neuigkeiten für ihren Hauptmann. Außerdem wollten sie wissen, wie heftig der Luftangriff war und wie viele Opfer es gab. Er musterte sie mit einem schiefen Lächeln. —Natürlich wollten sie nur wissen, wie viele ihrer eigenen Leute gefallen sind, die anderen haben sie nicht interessiert. Als ich es ihnen nicht sagen konnte, waren sie ziemlich verblüfft.

Aden beobachtete ihn. —Was ich gesehen habe, sah eher nach Streit aus.

—Streit? Nein, überhaupt nicht, höchstens eine kleine Meinungsverschiedenheit.

Sie wartete darauf, dass er fortfuhr, er aber legte nur eine Hand an die Augen und sah über seine Schulter zurück.

—Und worum ging es bei dieser Meinungsverschiedenheit?

—Die Informationen, die sie überbringen wollten. Ich bestand darauf, dass sie mir mitgeteilt wurden. Er räusperte sich. —Offenbar bin ich in Ungnade gefallen.

Sie rückte näher an ihn heran, sodass sie seinen Schweiß riechen konnte, das Öl der frisch gereinigten Waffe und den sauren Geruch der ungewaschenen Kleider. Sein Nacken war so faltig und fleckig wie der eines alten Mannes. Seltsam, dass ihr das nicht früher aufgefallen war.

—Ich entschuldige mich, sagte sie.

—Du entschuldigst dich? Wofür?

—Für das, was ich gestern Abend gesagt habe. Dass ich dir gedroht habe.

Er machte eine ärgerliche Geste und sah weiterhin in die Richtung, aus der sie gekommen waren.

—Ich werde nichts sagen, erklärte sie, die Stimme wehleidig und kraftlos. —Hast du mich heute überhaupt wahrgenommen? Ich weiß, dass du mich gesehen hast. Ich war still. Ich war brav.

—Halte Abstand zu mir, sagte er. —Die Männer könnten dich sehen.

Sie spürte, wie es in ihrem Gesicht zuckte. —Was kümmert dich das, Ziar? Hast du Angst vor deinen Männern?

Er drehte sich um und legte zwei Finger zwischen ihre Brüste. —Ich habe Angst, Suleyman, sagte er. —Und ich kann dir nur raten, auch Angst zu haben.

Seine Fingerspitzen schienen sie zu durchbohren, als sie ihre Hand darum schloss. Erneut sprach sie seinen Namen aus, angewidert vom Zittern in ihrer Stimme. Die Kapitulation, die darin mitschwang. Die Feigheit. Gott kennt die Ungerechten. Du wirst sie vor allem unter jenen Menschen finden, die am gierigsten nach dem Leben sind.

—Sahar Gul hat aus dem Koran zitiert, sagte sie. —Als er mich heute Morgen geweckt hat.

—Ach ja?

—Hast du ihm das befohlen?

Er schüttelte den Kopf und zog seine Hand zurück. —Du hast die Bandage vergessen, sagte er und ging an ihr vorbei. —Du wirst nachlässig.

—Tut mir leid, stammelte sie. —Ich wollte nicht …

—Pass auf dich auf, Suleyman. Achte darauf, wie du dich benimmst. Ich sage dir das zum letzten Mal.

*

An jenem Abend schlugen sie ihr Lager in Sichtweite des Flusses auf. Bis zur Stadt war es noch etwa eine Stunde, und von der Kabul–Torcham-Straße wehte ein ständiges Rauschen herüber. Sie lag in den Binsen am Feldrand auf dem Rücken, starrte in den leeren Himmel, rang nach Luft, weinte und verfluchte sich zugleich fürs Weinen. Auf jede Art Leid war sie gefasst gewesen, nicht aber auf Einsamkeit. Sie war eine Fremde in einer entlegenen, feindlichen Nation. Sie war eine Sünderin, vom wahren Glauben abgefallen. Und sie war weder Suleyman noch Aden Grace.

Irgendwann um Mitternacht gab sie jeden Gedanken an Schlaf auf und lief barfuß über das Feld, in Armeslänge am schlafenden Ziar vorbei, und sie war krank vor Sehnsucht danach, sich einfach neben ihn hinzulegen. Die Wärme seines hageren Körpers zu spüren, das Auf und Ab seines Atems. Ihn beschämt um Nachsicht zu bitten. Zugleich war sie auch dankbar dafür, dass der Fluss so nah, so stark war, für sein Murmeln, das sie weitertrieb, für die kühle, feuchte Luft, die sie wach hielt, für die Erde, die sich unter den nackten, wunden Füßen so gut anfühlte. An Armen und Rücken spürte sie ein merkwürdiges Zucken, fast, als liefen elektrische Drähte durch sie hindurch, doch fühlte sie keinen Schmerz. Sie konnte nun die Scheinwerfer von Lastern erkennen, die unterwegs zum Khaiberpass waren oder nach Peschawar. Sie malte sich aus, ihr altes Leben erwarte sie auf der anderen Seite der Grenze, das Lager, die Medrese, der Flughafen, die Stadt, in der sie geboren worden war, ihre Schulfreundinnen und ihre Familie, das Mädchen, das sie gewesen war und das sie längst getötet hatte. Abu Imam und Hayat Khan und Ibrahim Schah und ihre Mutter und ihr Vater. Sie malte sich aus, wie Decker auf sie wartete, gewohnt ungeduldig, sein zerschmetterter Leib wieder ganz und liebenswert. Dann hob sie beide Arme und stieg in den Fluss.

Die Strömung war stärker, als sie vermutet hatte. Sie versank bis zu den Knien im weichen, schlammigen Grund und wäre vom Wasser fast fortgerissen worden, hätte sich der schwere Schlick nicht fest um ihre Schienbeine geschlossen. Sie torkelte vorwärts, schaffte es aber irgendwie, auf den Beinen zu bleiben, bis sie Halt auf einem versunkenen Felsvorsprung fand. Das Wasser reichte ihr jetzt bis zur Hüfte, die Kälte ein Schock, der sie wie ein Befehl bis in die Knochen traf. Ähnlich den Lastern mit ihren Scheinwerfern war auch die Flut mit höchstem Tempo zur Grenze unterwegs, und Aden bräuchte sich nur der Strömung zu überlassen, um ebenfalls dorthin getragen zu werden. Von der Kälte war sie fast betäubt. Sie stand auf dem Felsvorsprung, stemmte sich mit gespreizten Beinen gegen die drängende Flut, keuchte, zitterte und beobachtete mit kühlem Desinteresse, wie ihre letzten Bedenken verflogen. Sie könnte Ziar keinen größeren Gefallen tun, als aus seinem Leben zu verschwinden, aus seinem Schutz. Wieder und wieder hatte er ihr gesagt, sie solle sich auf ein einziges Verlangen beschränken. Endlich war sie dazu bereit. Der Fluss würde sie mitnehmen. Sie tat einen kleinen Schritt nach vorn, stolperte und versank brusttief im

Wasser, war aber immer noch vor der stärksten Strömung geschützt. Jetzt kannte sie nichts weiter als Taubheit und den Drang zu verschwinden.

Und wenn wir es wollten, könnten wir aus euren Reihen Engel hervorgehen lassen, um euch auf Erden zu ersetzen.

Etwas flackerte am Rand ihres Blickfeldes auf. Sie schaute zurück und sah die Bremslichter einer Reihe Lkw. Sie hielten am Lager, und im fahlen, ungewissen Dämmerlicht glaubte Aden zu sehen, wie ihre Brüder sich erhoben und zu den Waffen griffen. Während sie sich hektisch zurück ans Ufer kämpfte, hörte sie trotz der rauschenden Strömung ein gedämpftes *plopp plopp plopp*. Sie bekam den Ast einer Weide zu fassen und zog sich hoch. Die Kälte machte ihre Beine steif, bleiern, und ihr war, als stakste sie auf Stelzen voran; endlich bei ihrer Gruppe angekommen, sah sie, dass selbst die Waden schwarz vor Schlamm waren. Und sie sah, dass es sich bei den Lkw um Mannschaftswagen handelte, eine Plane über der Ladefläche; paarweise saßen die Männer auf. Aden musste vor Erleichterung lachen, als sie in einem der Fahrer einen Mann erkannte, mit dem sie im Lager Hain zusammen ausgebildet worden war. Sie winkte ihm zu, und er nickte zurück. Die Schüsse, die sie gehört hatte, waren nur Fehlzündungen gewesen. Jetzt ging es zu dem Hain zurück oder nach Dschalalabad, vielleicht auch über die Grenze ins Lager Berg. Rückkehr und Neuanfang. Flehe den Himmel um Geduld an.

Gnädig zu allen, sagte sie sich. Zu jedem barmherzig.

In der Lücke zwischen dem dritten und vierten Laster fiel ihr die riesige, unverkennbare Silhouette von Ehsannullah Sattar auf, und so würdevoll, wie sie nur konnte, ging sie zu ihm und legte die schlammverkrusteten Hände zum Gruß aneinander. Er lächelte und erwiderte ihr Salam.

—Gott sei mit dir, Ehsannullah Sattar, stammelte sie. —Mögest du nie ermüden.

—Gott sei mit dir, kleiner Scharfrichter. Ich würde dir ja dasselbe wünschen, aber wie es aussieht, komme ich damit zu spät.

—Du hast recht, Bruder Sattar. Ich bin so müde wie noch nie in meinem Leben.

—Dann wird es Zeit aufzusitzen, kleiner Bruder. Zeit zu verschwinden. Er zeigte mit dem Gewehr nach oben. —Flugzeuge sind hierher unterwegs.

—Natürlich, sagte sie und zögerte dann. —In welchem Lkw sitzt Ziar?

Wieder sah sie ein Lächeln unter seinem dichten schwarzen Bart, so als hätte sie ihm gerade einen Witz erzählt, den nur sie beide verstanden. —Im letzten Wagen hält man einen Platz für dich frei.

Als sie am Graben entlang zurückhastete, rollte der vordere Laster an. Sahar Gul rief ihr aus dem zweiten Wagen etwas zu, sobald der sich in Bewegung setzte, aber ehe er seine Worte wiederholen konnte, zog ihn jemand unter hellem Gelächter zurück ins Innere. Endlich war der lange Marsch vorbei, sie konnte es kaum glauben. Die letzten Schritte rannte sie und winkte dem fünften Laster zu; der Fahrer antwortete ihr mit der Lichthupe. Ein hellhäutiger, ihr unbekannter Mann sprang vom Wagen und griff nach ihrer Hand. Sie fragte nach Ziar, woraufhin er lächelte und einen Finger an die Lippen legte. Sie spürte, wie ihr das Blut in den Kopf schoss, und wich zurück. —Ziar, wiederholte sie. Er riss die Ladeklappe nach unten. Auf der Pritsche lag nichts weiter als ein Kelim und ein Stück Kupferrohr. Sie sagte, das müsse ein Versehen sein, und er meinte, da habe sie wohl recht. Sie schrie Ziars Namen, dann legte sich seine Hand über ihren Mund.

Gestern habe ich mit offenen Augen geträumt und doch geschlafen. Nach allem, was geschehen ist, schlafe ich nicht mehr, Lehrer. Ich weiß nicht, wie ich es nennen soll. Beim Marschieren, beim Halten, beim Warten, immer träume ich. Das tun wir alle. Irgendwer sagte, es sei wie beten, aber das glaube ich nicht. Für mich fühlte es sich besser an als beten.

Letzte Nacht saß neben mir ein Hund oder Schakal und starrte in einen Pool. Es muss in der Wüste oder in den Hügeln hinter unserem Haus gewesen sein. Diesen vermüllten Hügeln hinter dem Hidden Valley Drive, wo die Leute immer ihren Abfall hinbringen. Erinnerst du dich?

Der Sand war feucht, und ich hatte Durst; die Sonne ging unter. Ich konnte die Körperwärme des Schakals neben mir spüren, deshalb rückte ich näher an ihn heran. Er erinnerte mich an einen von Moms alten Ridgebacks, die du so gehasst hast, aber seine Augen waren blau und müde. Er starrte in den Pool. Und da unten war irgendwas, Lehrer. Ein riesiges dunkles Etwas. Als es sich bewegte, konnte ich es sehen. Die Sonne schnitt in die Tiefe, und ich dachte, wenn ich nur lange genug wartete, würde der Schakal mit mir reden.

Der Schakal drehte sich um und sah mich an, dann begann er zu reden. Ich versuchte zu antworten, konnte aber seine Sprache nicht sprechen. Er brauchte Hilfe, Lehrer. Es ging um etwas Wichtiges. Tränen rannen über das lange, traurige, gelbe Gesicht ins Wasser. Ich sagte, ich habe einen Vater, der helfen kann, nur ist er zu beschäftigt. Er ist Professor mit einem großen Schreibtisch am anderen Ende der Welt.

Hundertmal habe ich deinen Namen genannt und zu Gott gehofft, du würdest antworten. Es wurde kälter und kälter. Ich hatte Angst, und alles war seltsam; ich war vielleicht fünf Jahre alt. Es wurde dunkel, Lehrer. Ich wollte, dass du bei mir bist. Du warst weit fort und beschäftigt, aber vielleicht hättest du verstanden.

4

Als sie die Augen aufschlug, war sie in einem weißen, nackten Raum. Aus Schlitzen in der hohen Gewölbedecke fiel mattes Licht, und auf dem Boden lag eine Frau in einem braunen Hidschab. Einen Moment lang war ihr übel, und sie fühlte sich so verwirrt, dass sie glaubte, die Frau sei ihr eigenes Spiegelbild, doch als sie den Kopf hob, blieb die Frau regungslos. Aden wollte etwas sagen, bekam aber den Mund nicht auf. Die Zunge klebte irgendwie an der Rückseite ihrer Zähne fest.

Die Frau lag mit dem Gesicht zur Wand und hatte den rechten Arm wie einen Flügel unter sich gefaltet. Halb aufgerauchte Zigaretten, leere Cola-Dosen und Schaumstoffkissen lagen überall verstreut, wahllos und dreckig, als wäre sie zu lange auf einer Party geblieben. Hinter ihr standen ein Blecheimer und ein Besen.

Nach einiger Zeit bekam Aden den Mund auf. Sie befreite die Zunge, leckte sich über die Lippen und holte Luft, um etwas zu sagen. Einige Schritte hinter dem Eimer konnte sie eine schmiedeeiserne Tür erkennen, die weder Griff noch Klinke besaß. Und die obere Hälfte der Türöffnung war mit Bruchziegeln und Zement zugemauert worden.

—Hallo, sagte sie.

Ihre Stimme klang so kraftlos, als würde man sie durch eine Wand hören. Aden wiederholte ihren Gruß auf Arabisch, dann auf Paschto. Beim dritten Versuch zuckte die Frau zusammen.

—Bitte, kleine Mutter, wimmerte sie und versuchte aufzustehen, als ein heißer Schmerzblitz sie von den Handgelenken bis zum Schädel durchfuhr. Man hatte ihr die Arme hinter dem Rücken mit Isolierdraht gefesselt. Ihr Kopftuch war verschwunden, ihr Kamiz am Hals aufgerissen, und die Füße waren ebenfalls zusammengebunden. Sie spürte Schweißperlen am Haaransatz, und es roch nach kaltem Rauch und Schimmel.

—Bitte, kleine Mutter. Kleine Mutter, ich habe Durst.

Zögerlich regte sich die Frau, das Rascheln ihrer Kleider laut wie das Rauschen am Fluss. Aden schloss die Augen und biss die Zähne zusammen; sie spürte, dass der ganze Raum schwankte. Als sie wieder hinsah, lag die Frau genauso da wie zuvor.

Der Raum war noch da, als sie das nächste Mal den Kopf hob, nur die Decke kam ihr höher vor, und die Frau in dem braunen Hidschab war spurlos verschwunden. Schweiß rann ihr in die Augen; ein Kissen lag, wo vorher kein Kissen gewesen war, und die Zähne in ihrem Mund klapperten so heftig aufeinander, dass sie nichts anderes hören konnte. Anstelle der Frau lag der nun umgekippte Eimer. Falls es je eine Frau gegeben hatte. Wieder ließen sich die Lippen nicht öffnen, und jetzt begriff sie auch, dass man sie zugenäht hatte. Man hatte ihr den Mund zugenäht und silberne Drähte durch den Leib gezogen. Sie konnte spüren, wie die Drähte summten. Die kleine Tür stand offen, und dahinter sah sie Blumenbeete und funkelnde Springbrunnen. Der Anblick tat ihr weh. Für den Garten war sie zu groß, sie passte nicht durch die Tür. Zu groß und zu dreckig. Irgendwer stand hinter ihr. Ein fernes Rascheln, dann legte sich eine manikürte Hand über ihre Augen, auf ihre Stirn. Unwillkürlich entwich ihr ein wohliger Seufzer. Sie bat um Wasser, und sie bekam welches. Die Hand verschwand, und der endlose Raum wurde dunkel.

Irgendwann später packten Hände sie, drehten sie behutsam auf den Rücken und zogen ihre steifen Beine gerade. Man löste ihr die Fesseln und verband die Handgelenke mit in Salben getränkten Gazestreifen. Dann hörte sie eine schleppende, tiefe Stimme und sah hoch über sich die Frau. Womöglich sprach sie Paschto, vielleicht auch Arabisch, Urdu oder eine Ursprache eigener Erfindung. Sie wiederholte, was sie gesagt hatte, doch fehlte ihren Worten weiterhin jede Bedeutung. Mund und Unterkiefer waren so dick angeschwollen, dass die Lippen sich nicht öffnen wollten, wenn sie zu reden versuchte. Erneut lispelte sie, nickte heftig und füllte ein angeschlagenes grünes Glas mit Gerstentee.

Der Tee war mit Milch und Honig, und Aden begriff, während sie daran nippte, dass sie Fieber gehabt haben musste. Ganze Tage waren verloren. Sie trank aus und stellte das Glas auf den Boden; die Frau grunzte leise und schenkte ihr nach. Der Tee war heiß und unbeschreiblich köstlich. Sie dankte der Frau auf Paschto und Arabisch, was aber wiederum ohne Wirkung blieb.

Als sie zum zweiten Mal ausgetrunken hatte, wickelte sie die Gazestreifen ab und sah, dass die vom Draht zugefügten Schnittwunden verschorft waren. Das Tuch, in das man sie gehüllt hatte, war sauber und roch leicht nach Bleiche und Zedernholz, genau wie die Hemden ihres Vaters gerochen hatten, als sie noch klein gewesen war, ein Gedanke, bei dem sie zu schluchzen begann. Die Frau redete mit ihrer grässlichen, schleppenden Stimme auf sie ein, doch als Aden ihr antworten wollte, begann sich der Raum um sie zu drehen. Es war nicht schwer zu erraten, was die Frau sagte. Ihre rissigen Hände zitterten, als sie Aden aufsitzen half und ihr noch mehr Tee einschenkte.

—Ziar, hörte sie sich sagen. —Ziar Khan. Kennst du ihn?

Die Augen der Frau schienen sich zu weiten.

—Du kennst ihn, kleine Mutter. Ich sehe es. Du musst ihm etwas von mir ausrichten. Ihm sagen, dass ich hier bin.

Die Frau gab ein Stöhnen von sich und starrte zu Boden. Aden langte nach ihrem Handgelenk und hielt es fest umklammert. Sie aber entriss sich ihrem Griff, wippte vor und zurück und redete leise ihr Kauderwelsch vor sich hin. Schaum sammelte sich in den Mundwinkeln. Aden hielt sich die Ohren zu, legte sich wieder hin und stellte sich vor, Ziar käme zu ihr. Sie schloss die Augen und sah ihn vor sich. Er fuhr seinen Pick-up, das Gewehr auf den Knien.

Ein Tag verging und eine Nacht, die Tür aber wurde nicht geöffnet. Sie trank, was ihr gegeben wurde, schlief immer wieder kurz ein und ließ sich von der Frau zum Eimer führen. Die hohen weißen Wände kamen ihr bald vertraut vor, schienen eine ferne Erinnerung wecken zu wollen, aber es war, als gäbe es keine Grenze mehr zwischen ihrer Vergangenheit und dem, was sie träumte. In der letzten verlässlichen Erinnerung sah sie sich mit nackten Beinen im eisigen Fluss Kabul stehen. Seither schien rein gar nichts mehr einen Sinn zu ergeben.

*

Als man sie holen kam, war sie so weit wiederhergestellt, dass sie wusste, warum ihr der weiße Raum bekannt vorkam. Zwei Männer mit Scheitelkäppchen und cremefarbenen Jacken entriegelten die Tür und traten ein wie Dienstburschen oder Höflinge, um ihr goldbestickte Seidengewänder zu bringen. Mittlerweile wusste sie, in wessen Haus sie sich befand, wessen elegante Hände sie im Delirium berührt hatten und wovor die lispelnde Frau sich fürchtete. Die Männer zeigten ihr umstandslos die Kleider, legten sie in zwei ordentlichen Stapeln auf die saubersten Kissen und verließen wortlos den Raum. Die Frau blieb stumm, bis die Tür wieder geschlossen war, dann erhob sie sich und deutete wortlos auf das gefaltete Gewand. Ihr Lächeln war schrecklich anzusehen.

Nach kaum einer Stunde kehrten die Männer zurück. Eben noch hatten die beiden sie unverfroren angestarrt, jetzt aber wendeten sie den Blick ab und unterhielten sich nur noch im Flüsterton, als wäre sie eine Reliquie in irgendeinem Tempel. In zögerlichem Englisch wurde sie gebeten, mit ihnen nach draußen zu kommen, und die Männer warteten untertänig auf ihre Antwort, um sie dann aus dem Raum zu führen. Sie lenkten sie allein durch Gesten, nicht durch Berührung. Und Aden folgte ihnen durch die niedrige Eisentür, an deren Rahmen sich kurz ihr Kopftuch verfing, woraufhin die Männer Panik erfasste, da sie fürchteten, ihr Haar könnte entblößt werden. Sie flehten sie an, mehr Obacht zu geben.

Mit steifen Schritten und vom Tageslicht geblendet trat sie nach draußen, hielt das Kopftuch mit der Rechten fest und hoffte immer noch, den Garten zu sehen, den sie sich erträumt hatte. Stattdessen sah sie einen von einer Mauer aus Gasbetonsteinen umstellten, mit Kies ausgelegten Hof sowie ein mit Netzmuster verziertes Tor aus gestrichenem Stahl. Sie sah das schindelgedeckte Nebengebäude, in dem sie in einem anderen Leben mit den arabischen Dschihadisten in T-Shirts und Sneakers gewartet hatte. Die Steine, über die sie lief, waren so hellgrün und gefleckt wie Elsterneier, das Tor war in einem von der Sonne ausgebleichten Blau gestrichen. Bei ihrem ersten Aufenthalt waren ihr diese Details entgangen, weil es damals dunkel und weil sie noch ein Kind gewesen war, eine Närrin. Von diesem Kind war nichts geblieben, gar nichts, und sie fühlte sich jetzt weder verwirrt, noch hatte sie Angst. Sie war eine Frau und das Gegenteil von verängstigt. Erwartungsvoll ging sie vor ihren Dienstmännern her, die ihr im Gänsemarsch folgten.

Sie traf ihn an wie an jenem ersten Abend, allein in seinem Zimmer, die Beine gekreuzt, der hennagestreifte Bart berührte fast den Boden. Seine Augen waren halb geschlossen, und die schmalen Lippen bewegten sich leicht, als hielte er Zwiesprache mit den Engeln. Die gelben Augen öffneten sich, sobald man die Tür hinter ihr schloss.

—Jetzt weiß ich es, erklärte er. —Und jetzt bin ich zufrieden.

—Ihr wisst gar nichts.

—Ich habe gesagt, dass etwas Besonderes an dir ist. Etwas, das dich von anderen unterscheidet. Er lächelte. —Ich denke, das wirst du jetzt kaum mehr bestreiten. Es wäre nicht gerade sehr *ladylike*.

—Geht zum Teufel.

—Der Brauch ist mir natürlich bekannt. Diese Frau-als-Mann-Sache. Wir selbst pflegen diese Tradition, nur habe ich nicht gewusst, dass es derlei auch in deinem Land gibt. Er nickte vor sich hin. —Ich habe dich schlicht für einen Jungen gehalten, einen von auffälliger Schönheit und mit selten starkem Glauben. Du warst für uns alle wie ein Wunder, Aden Sawyer Grace. Ein Zeichen von Gottes Langmut und seiner Gunst. Für manche von uns bist du immer noch ein Wunder.

—Ist mir völlig egal, was ich für Euch bin.

—Du hast jedenfalls nie zuvor einen Hidschab getragen, so viel ist offensichtlich. Er fuhr sich mit der Zunge über die Zähne. —Und wie findest du dein Kleid?

—Ich will Ziar sehen.

Er nickte und musterte sie eine Weile.

—Naghma hat sich Mühe mit dir gegeben, das ist nicht zu übersehen. Aber auch sie kann keine Wunder vollbringen.

—Naghma?

Er zog die Brauen hoch. —Ich dachte, ihr wäret inzwischen, wie sagt man in deiner Sprache, *first friends*? Nein, verzeih meine mangelnden Englischkenntnisse. *Fast friends*, beste Freundinnen. So sagt man doch, nicht wahr?

—Wer ist sie?

—Naghma Benafsha Gul ist die älteste meiner Frauen.

—Wie viele habt Ihr?

—Eine angemessene Frage, Aden Grace. Angemessen und angebracht. Er wickelte sich die rote Bartspitze um den Daumenknöchel. —Zurzeit habe ich zwei.

In der Stille, die darauf folgte, konnte sie Kinder rufen hören, das Brummen der Klimaanlage und irgendwo in der Nähe den Klagegesang eines Muezzins. Diese Geräusche machten sich so abrupt bemerkbar, dass ihr war, als hätte seine Antwort sie aus dem Nichts heraufbeschworen, dabei wusste sie, dass diese Geräusche schon vor ihr da gewesen waren und dass es sie auch dann noch geben würde, wenn sie längst dahingegangen war. Diese Geräusche hatte es immer gegeben, und auch dieser Raum war schon immer hier gewesen. Das Podest, auf dem der Mann saß, war diesmal ein wenig höher, der Kelim luxuriöser und mit verschlungenen Bildern bestickt. Sie sah Springbrunnen und Lilien wie die aus ihrem Traum. Vor seinen Füßen lag eine silberne Antenne von einem Auto oder einem Transistorradio, was sie ein wenig verwirrend fand.

—Du warst krank, sagte der Mann. —Du bist sicher noch ziemlich schwach. Ich erlaube dir hiermit, dich hinzusetzen.

—Ich kann stehen.

—Wir werden uns lange in diesem Raum aufhalten, mein Kind. Tagelang vielleicht. Ich kann dir daher nur raten, deine Kraft möglichst zu sparen.

Sie sah ihn an, blinzelte und versuchte zu begreifen, dann wandte sie sich um und schaute hinter sich. Ihre Begleiter waren fort, die schwere Holztür hatten sie fest verschlossen. Es gab nur das Podest, die Ziegelwände und das fahle Neonlicht.

—Ihr haltet mich für eine Lügnerin, sagte sie. —Ihr glaubt, dass sei alles, was ich bin.

—Ich halte dich für eine Schwindlerin, Aden Grace, und sogar für eine ziemlich gute. Er zeigte auf sie mit seinem leberfleckigen Finger. —Jetzt schau dich an. Gekleidet, wie eine Braut gekleidet sein sollte, parfümiert und von Kopf bis Fuß in Seide gehüllt. Du bist schön, meine Liebe. Deine Jungenhaftigkeit hast du vollständig abgelegt. Dabei war sie so wunderbar überzeugend.

—Ich bin eine Hure, sagte sie. —Ich war schon mit anderen Männern zusammen.

—Das hatte ich vermutet, erwiderte der Mann gelassen. —Genau wie Ziar Khan.

Einen Moment lang geriet sie ins Schwanken. —Aber Ziar hat mich nicht genommen.

—Was meinst du, meine Liebe?

—Ziar hat mich nicht zu seiner Frau gemacht.

—Ziar ist ein stolzer Mann, Aden Grace. Ein Mann im besten Alter. Ich dagegen … Er schürzte die Lippen. —Nun, alt zu sein bringt manche Vorteile, wie du selbst vielleicht noch merken wirst. So kann man zum Beispiel von den Skrupeln der Jüngeren profitieren.

—Lieber würde ich sterben, sagte sie.

—Wie bitte?, sagte der Mann und hielt sich eine Hand ans Ohr.

—Lieber würde ich sterben.

—Unsinn. Gott fordert von keiner Seele mehr, als sie zu leisten vermag. Ihr wird zuteil, was sie erworben hat, und über sie kommt, was sie verdient hat. Er legte die Fingerspitzen aneinander. —Du wirst doch nicht ablehnen, was du verdient hast, oder?

Sie spürte, wie die Beine unter ihr nachgeben wollten.
—Er liebt mich.

—Wer? Der Allbarmherzige? Der Mann seufzte. —Das mag sein. Und doch stehst du hier, alleingelassen, in diesem Raum.

—Ziar.

—Was sagst du, meine Liebe?

—Ziar wird das nicht zulassen.

—Mein geschätztes Kind!, sagte der Mann und schüttelte bedauernd den Kopf. —Was glaubst du denn, wer dich zu mir geführt hat?

Eine Weile, die ihr sehr lang vorkam, stand sie einfach nur da mit weichen Knien, den verschwommenen Blick auf den Kelim gerichtet. Der Mann beobachtete sie schweigend, die Zungenspitze zwischen den Zähnen. Es war durchaus möglich, dass dies alles war, was er wollte. Und Aden stellte sich vor, wie sie in seinem Haus alt wurde, in diesem Raum, in seiner eleganten Gegenwart, wie sie ihre Verfehlungen vergaß, ihr Englisch, ihre Kindheit und ihren Namen.

—Erhebe deinen Blick zu mir, Aden Grace. Du hast meine Erlaubnis.

Sie tat wie geheißen. Und sie sah in seinem Gesicht, was sie zu sehen erwartet hatte, trotzdem widerte es sie an. Er gab sich keine Mühe, sein Verlangen zu verbergen. Sie wollte ihren Blick abwenden, schaffte es aber nicht.

—Erinnerst du dich an das letzte Mal, als wir hier zusammengesessen haben? Damals, als du dich noch Suleyman Al-Na'ama genannt hast? Weißt du noch, worüber wir gesprochen haben?

Langsam schüttelte sie den Kopf.

—Ich habe dich gefragt, was dich zu unserem Glauben geführt hat. Und du hast mir eine ziemlich lange Antwort gegeben. Du sagtest, manche Dinge seien schön in dieser Welt, die unser Gott geschaffen hat. Er räusperte sich geziert. —Und du sagtest, andere Dinge seien verdorben.

—Ich habe nie gesagt, dass …

—Weißt du, auch wenn mein Haar weiß geworden ist, habe ich doch ein gutes Gedächtnis. Er machte eine weite, ausladende Geste, die den gesamten Raum einschloss. —Sag mir, Aden Grace Sawyer, ehe wir fortfahren. Könnten einige seiner Geschöpfe nicht beides sein?

Sie gab keine Antwort, dennoch rückte er mit dem Kopf auf und ab. Ihr Gesichtsausdruck und ihr Schweigen schienen ihm vollauf zu genügen. Dann lehnte er sich zurück, verlagerte das Gewicht auf die Hacken und fuhr mit der Hand über die Lilien, die Springbrunnen, die Sterne und Rosetten.

—Du selbst bist beides, sagte er schließlich. —Komm her zu mir.

Sie öffnete den Mund und wollte etwas sagen, doch kam kein Laut heraus. Dann schüttelte sie den Kopf und merkte, dass sie ihm gehorchte. Ihm, der alles verkörperte, was ihr geblieben war. Draußen gab es nichts, war nichts, davon war sie überzeugt. Es gab nur diesen Raum mit dem frisch gefliesten Boden, das Summen des Ventilators, den alten Mann auf dem Podest und ihren Körper, ihre Kleider. Die Schwäche war vorbei, ihre brokatbesetzten Pantoffeln glitten nach vorn, ihr Körper schien weder Gestalt noch Gewicht zu haben. Scheu näherte sie sich dem Mann. Die Seide hechelte, flüsterte. Sie hörte das Rascheln des kostbaren Tuchs und wusste, wie exquisit es war, eine sinnliche Verlockung, die noch ihre mädchenhaftesten Träume überstieg. Der Mann auf dem Podest wusste das ebenso, und er griff sich eine Handvoll blauer Seide und zog Aden zu sich. Ihre Pantoffeln stießen an den hölzernen Sockel des Podests. Er lächelte nicht länger. Sein Atem roch nach Tabak, saurer Milch und Nelken.

—Zeig's mir.

Er machte eine Handbewegung, und sie senkte den Kopf, spürte, wie sie sich vornüberbeugte. Ihre letzte Furcht war verflogen. Er lockerte seinen Griff, und sie fasste nach unten, langte nach dem Seidensaum und hob ihn bis an ihr Kinn. Sie hörte ihn keuchen, hörte, wie es ihm den Atem verschlug. Ein Geräusch, das wie Musik von den hohen weißen Wänden widerhallte. Eine weitere Bewegung, und sie hob den Unterrock an; jetzt atmete er zischend durch die Zähne ein. Er ließ sie los, hakte einen Daumen in die Strümpfe, die sie trug, rollte sie bis auf die Knie herunter. Die Luft wurde dünn, Aden begann zu würgen. Seine Hand, die ihr in ihrem Delirium sanft über die Stirn gestrichen hatte, packte sie jetzt so fest, dass sie vor Schmerz aufschrie. Er befahl ihr, den Blick zu senken, und als sie den Kopf schüttelte, schnappte er sich die Antenne und zog sie ihr wie eine Gerte über die Stirn. Ein brennender Schmerz, aber nicht unwillkommen, und als sie eine Hand ans Gesicht legte, fuhr ihr die Gerte über Finger und Kinn.

—Schau mich an, niemandes Tochter. Schau mich an, kleiner Segen. Kleines Gotteskind. Kleine Frau.

Tränen standen ihr in den Augen, als sie ihm gehorchte. Der Schmerz war so stark, dass kein Platz für etwas anderes blieb. Alles reduziert auf eine Linie, einen Draht. Sie wusste nur, dass sie blutete und dass kein Blut zu sehen war.

—Kleine Frau, sagte der Mann. —Sag: Ja, mein Gatte.

—Ja, mein Gatte.

—Wiederhole es, meine Frau. Und wende den Blick nicht von mir.

—Ja, mein Gatte.

Er nickte. —Und nun bitte um Vergebung.

—Vergib mir, mein Gatte.

—Was soll ich dir vergeben?

—Ich weiß es nicht.

—Was soll ich dir vergeben?

—Ich weiß es nicht. Ich weiß gar nichts.

—Das stimmt, sagte der Mann. —Du hast noch viel zu lernen, Aden Grace. Er nahm ihre Hand und zog die Gerte über die nach oben gewandte Innenhand. —Aber mache dir keine Sorgen. Ich habe viel zu lehren.

—Ja, mein Gatte.

—Zieh das aus, sagte er, senkte die Gerte und zeigte auf ihre Hüfte.

Sie dankte ihm und schob die Strümpfe nach unten. Das Licht begann zu flackern. Sie streifte die Strümpfe ab und schleuderte sie beiseite. Wie ein Katzenschwanz zuckte die Antenne in seiner Hand, während er sie beobachtete. Sie fragte sich, ob es einen Unterschied gab zwischen dem Mann, der ihr jetzt zusah, und dem Mann in der sonnenhellen Höhle vor so langer Zeit, und sie sagte sich, es gibt keinen Unterschied. Von jetzt an nicht mehr. Sie sagte sich, dass der weiße gewölbte Raum eine Art Höhle war und sie die Märtyrerin einer Sache, von der sie noch nicht wusste, worum es sich handelte. Sie betete, dass sie es erfahren möge, ehe ihr Leben zu Ende ging.

—Hebe dein Kleid wieder an. Schneller diesmal. Höher.

Sie tat, was ihr befohlen wurde. Er legte die Gerte beiseite.

—Ich bitte dich, mir deinen Körper zu zeigen, ehe ich deinen unbedeckten Kopf sehe. Du findest das gewiss seltsam.

—Nein, mein Gatte.

—Natürlich tust du das. Nur fehlt es dir an Einsicht.

Sie sah ihm zu, wie er die Finger träge an die Lippen legte. Sein Blick verlor sich.

—Nichts ist so privat wie das Haar einer Frau. Allein aus diesem Grund trägst du einen Hidschab. Das Haar ist das Kostbarste an dir. Das größte Geheimnis. Sein Blick kehrte zu ihr zurück. —Das ist meine persönliche Überzeugung. Andere mögen anderer Ansicht sein.

Sie schaute ihn an und sagte nichts.

—Leg ihn ab, befahl er. —Entblöße dein Haupt.

Sie nahm die Seide ab. Sie tat es gern. Der Stoff war durchsichtig und wunderschön; er knisterte zwischen ihren Fingern. Mit beiden Händen bündelte sie die Seide und hielt sie ihm hin, damit er sie bewundern konnte. Ihr Haar war gescheitelt wie bei einem Schuljungen, hinten stand es ab. Er griff danach mit verhangenem Blick, der kleine, knittrige Mund stand offen. Sie breitete die Arme aus, straffte die Seide. Wie ein Mystiker verdrehte er die Augen und sagte etwas, doch so atemlos, dass sie ihn nicht verstand. Sie beugte sich zu ihm vor und bat ihn, seine Worte zu wiederholen.

—Ich bitte um seine Nachsicht, sagte er mit einer Stimme, frei von jedem Gefühl. —Ich bitte ihn um Vergebung für das, was ich tun werde.

—Dir ist vergeben, sagte sie und schlang den Stoff zweimal um seinen Hals.

Er war so in Ekstase, dass sie hinter ihm stand, ehe er begriff, was sie vorhatte, und da drückte sie ihm bereits ihren Fuß in den Rücken. Er schlug stärker um sich, als sie es ihm zugetraut hätte, weshalb sie all ihre Kraft und ihr ganzes Geschick brauchte, um hinter ihm zu bleiben. Sie fürchtete, die Seide könnte reißen, aber es war ein exzellenter Stoff. Sie stellte sich seine weit aufgerissenen, hervortretenden Augen vor, den überraschten Blick, Speichel in den Mundwinkeln, doch sah sie nichts außer der rot anlaufenden Haut in seinem Nacken. Sie wünschte sich, sie könnte diese Augen sehen, und bat Gott für diesen Gedanken gleich um Vergebung. Dann stemmte sie sich mit aller Macht gegen seine Rückenfurche und krümmte sich dabei so, wie die Ausbilder im Lager Berg es ihr gezeigt hatten, bis sie schließlich spürte, wie sein Körper ein letztes Mal zuckte.

—Alles gut, Aden, sagte sie leise. —Es ist gut, Aden, alles gut.

Sie konnte deutlich hören, wie seine Seele den Körper verließ. Ein kleiner heller, flüssiger Ton wie von einem Glöckchen. Die Finger seiner linken Hand schlossen sich um ihr Handgelenk, die Nägel gruben sich in ihre Haut, und das war alles. Wie man es ihr beigebracht hatte, zählte sie langsam bis zehn, ehe sie die Seide fallen ließ. Ohne einen Laut kippte er mit der Stirn auf das Podest.

Mehrere Minuten oder Sekunden vergingen, in denen farbige Lichtschleier ihren Blick verhängten, und sie hatte nur den einen Gedanken, dass sie nicht ohnmächtig werden durfte. Sie dachte an Decker, aber Decker war jetzt nur noch eine Erinnerung, mehr nicht. Sie dachte an Ziar und war sich sicher, dass man ihn getötet hatte. Alles andere schien undenkbar. Sie wiederholte seinen Namen, als sich um sie herum der Raum zu drehen begann. Das Licht wurde trübe. Sie hatte sich nicht überlegt, wie es nach dem Tod des katzenäugigen Mannes weitergehen sollte.

Noch immer stand sie nackt über dem Leichnam, die Arme herabhängend, als sie hörte, wie sich über den Kies Schritte näherten. Barfuß durchquerte sie den Raum und presste ein Ohr an die Tür. Ein Mann sagte etwas mit leiser Stimme und lachte, ein anderer Mann befahl ihm auf Paschto, den Mund zu halten. Sie schlüpften aus ihren Sandalen, kamen näher, knieten auf der Schwelle. Sie meinte, sie auf der anderen Seite der Tür spüren zu können. Ein flirrendes blausilbernes Tuch schien sich über ihren Blick zu legen, und sie stützte sich mit den Fingerspitzen an einem Querbalken der Tür ab, um nicht das Gleichgewicht zu verlieren. Als das Tuch sich wieder hob, waren die beiden Männer fort.

Sie beeilte sich, die Leiche zu entkleiden und die Sachen selbst anzuziehen. Ihre Beine waren zu lang, doch zog sie sich den Salwar möglichst tief über die Hüfte und verdeckte den nackten Hautstreifen mit den Zipfeln des Kamiz. Sie fand eine Schale mit lauwarmem Wasser, löschte ihren Durst und wusch sich mit dem Rest den Puder aus dem Gesicht. Sorgsam band sie sich dann das Kopftuch des alten Mannes um. Sein Geruch war so stark, dass sie würgen musste, also schloss sie die Augen und wartete, bis der Anfall vorbei war. Die Männer lauschten an der Tür, oder sie waren verschwunden. Die Zukunft ist nicht das Reich des Menschen, sondern das des Ungesehenen.

Als sie hinaus ins Licht trat, wurde zum Gebet gerufen. Die weiß getünchte Mauer, der mit Kies ausgelegte Hof, das frischgestrichene Tor. Der Ruf erscholl von einer schlichten, blechgedeckten Moschee vor der Mauer. Der Hof lag verlassen. Ohne zu zögern, überquerte sie ihn und betrat das nächste Gebäude; die Tür ließ sie offen.

Drinnen hatten sich die meisten jungen Männer zum Gebet erhoben. Sie grüßten scheu, wussten nicht, was zu tun war. Es herrschte Verwirrung darüber, ob man im Hof oder draußen in der Moschee beten solle, von der herab der Muezzin rief; und einer der Männer fragte nach ihrer Meinung. Sie nahm sich eine Gebetsmatte vom Stapel in der Ecke, blickte verächtlich auf jene herab, die noch auf ihren Kissen lagen, und erklärte, sie gehe in die Moschee. Wieder war der Ruf zu hören. Vier Männer im Salwar Kamiz, die an der Tür standen, Gebetsmatten bereits in der Hand, nickten ihr zu, als sie ihnen voran nach draußen ging. Der Rest schloss sich an. In ihrem Eifer hasteten die Männer an ihr vorbei und hämmerten an das Tor. Den meisten wuchs zumindest schon ein Bartflaum, und es war ihnen peinlich, von einem milchgesichtigen ausländischen Jungen angeführt zu werden.

In das Tor war eine Art Pforte eingelassen, die sie jetzt öffneten, um hintereinander durchzugehen. Der dritte Ruf. Aden fiel zurück, blieb am Ende der Gruppe und konnte schon die tiefen Fahrspuren der gelben Straße sehen, die Reihe geparkter Lkw, dahinter wie ein dreckiges Kuchenstück den rosafarbenen Stuck der Moschee. Sie stolperte über irgendjemandes Fuß und sah im selben

Moment mitten auf der Straße jene Männer, die ihr das Hochzeitskleid gebracht hatten. Sie wollten die Mudschaheddin zurückdrängen, aber die hoben ihre Gebetsteppiche wie Schwerter oder Fackeln in die Höhe und drängten langsam weiter in Richtung Moschee. Einer der beiden Männer sah sie an, ein langer, leerer Moment, dann hob er den Arm und schrie jemandem, den sie nicht sehen konnte, etwas zu. Behutsam streifte sie ihre Sandalen ab und bereitete sich darauf vor, jeden Moment loszurennen, als der Mann sich mit angewiderter Miene abwandte und langsam, breitbeinig, zurück zum Tor schlurfte.

Sie ließ sich von der Gruppe an dem letzten Lkw vorbeitreiben, doch als sie zur Moschee kamen, entschuldigte sie sich, bat ihre Gefährten, Gottes Segen für sie zu erflehen, blieb auf der Straße und ging einfach langsam weiter. Eine Stimme rief ihren Namen, zumindest hörte es sich so an, aber sie drehte sich nicht um. Im ganzen Land lebte kein Mensch mehr, der wusste, wie ihr richtiger Name lautete. Und während sie weiter nach Osten ging, fort von der Moschee und dem Hof, fort von den Lagern und den blauen Gebirgsketten, kam ihr der Gedanke, dass sie selbst ihn wohl am allerwenigsten kannte.

*

Sie verbrachte die Nacht in einem Graben an der Straße nach Peschawar und starrte, die Knie an die Brust gezogen, verblüfft und mit großen Augen zu den Sternen auf. Es war Halbmond, der Mond der Flaggen und Grabsteine, und sie meinte ihn schaudern zu sehen, wie er über den Himmel zog. Ihr Geist war hell wie der Mond, aber ebenso leblos, das Grummeln ihres Magens weit und breit das einzige Geräusch, der Graben tief und schmal, so trocken wie das Land, den er durchschnitt. Für den Fall, das ein Auto vorbeifahren sollte, lag sie im Schutz einiger Büsche. Es war kalt, und es ging kein Wind; die Sterne hingen so tief, dass sie Wärme suchend die Arme nach ihnen ausstreckte. Ihr ganzes Leben lag hinter ihr, jeder Tag, jede Stunde, hell, unwiderruflich und unveränderlich. Sie sah es so deutlich. Vor ihr lag sternenklare Schwärze. Dort gab es für sie nichts, was sie wissen oder sehen wollte.

Du hattest recht, was diesen Ort anging, meinte sie eine Stimme wiederholen zu hören. Du hattest recht, was diesen Ort anging, in einer Sache aber hast du dich geirrt.

Trotz ihrer Vorsichtsmaßnahmen fand jemand sie in dieser Nacht. Eine Stunde vor Tagesanbruch kam ein Mädchen, halb so alt wie sie selbst, durch den Graben auf sie zu und setzte sich ohne die mindeste Angst an den Rand. Das dunkle Haar fiel der Kleinen über die Schultern, das blasse Gesicht schimmerte bläulich, und ihre Turnschuhe trommelten spielerisch gegen die bröckelnde Böschung. Stirnrunzelnd sah sie zu Aden hinunter. Der Himmel hinter ihr wurde hell. Es lag eine Frage auf ihren Lippen und in den grauen, entschlossen blickenden Augen, aber sie sagte nichts. Vielleicht hatte sie ja doch Angst. Vielleicht war sie verletzt. Vielleicht hatte sie sich verlaufen. Sie sagte kein Wort, grüßte sie mit keiner Geste, und es kostete Aden die letzte Verstandeskraft, ihre Frage zu verstehen.

Sie holte tief Luft und sagte dem Mädchen, sie sei noch am Leben. Sie sagte, sie sei nicht gestorben, noch nicht, und sobald es gänzlich hell werde, wolle sie weiter nach Osten ziehen. Ihr Leben sei aus ihr unbekannten Gründen verschont geblieben, aus Gründen, die hinter einem großen, stummen Schleier ihrem Blick verborgen waren, weshalb ihr keine andere Wahl blieb, als dies für eine Gnade zu halten. Durch keinerlei eigenes Verdienst sei sie auf den rechten Pfad geführt worden, den Pfad derer, denen Gnade erwiesen worden war. Und auch wenn sie eine Sünderin sei, gar eine Mörderin, sei die Liebe, die sie für die Welt hege, frei von aller Sünde.

Sie weinte eine Weile, wiegte sich starr vor Kälte vor und zurück, und das Mädchen saß auf dem Grabenrand und beobachtete sie. Der Himmel im Osten spendete gerade genug Licht, um die zarte weiße Gestalt in Jeans und weitem T-Shirt erkennen zu können. Die Kleine saß da, trommelte mit den Füßen gegen den Lehm und summte leise vor sich hin. Die Buchstaben auf ihrem Shirt reihten sich zu den Worten SANTA ROSA RAZZIA aneinander. Ihr Summen wurde heller, die Sterne wurden dunkler.

Aden kniete sich hin, berührte mit der Stirn den Boden und fühlte, wie sie die Welt ins Dasein rief. Sie hielt die Augen geschlossen, nahm die Geräusche um sich herum wahr. Der Wind vom Vorgebirge. Die Laster auf der Straße. Der Ruf einer Elster. Das Rascheln ihrer Kleidung, ihre knirschenden Knochen. Sie nahm sie wahr, pries jeden Laut und bat das Mädchen um Vergebung. Sie bat um Geduld. Sie bat um Mut. Als sie die Augen schließlich aufschlug, war es schon lange Tag.

Weitere Titel von John Wray

Das Geheimnis der verlorenen Zeit

Die rechte Hand des Schlafes

Gotteskind

Retter der Welt

John Wray
Die rechte Hand des Schlafes

Der Debütroman von John Wray: packend erzählt und von zeitloser Aktualität

1938 kehrt Oskar Voxlauer in die österreichische Kleinstadt seiner Kindheit zurück, gezeichnet von traumatischen Erfahrungen im Ersten Weltkrieg und zwanzig Jahren Zwangsarbeit. Er sucht die Einsamkeit, doch weil er aus seinem Abscheu vor den neuen Machthabern kein Hehl macht, gerät er zusehends mit ihnen in Konflikt. Noch heikler wird die Situation durch seine Liebesbeziehung zu Else, der Cousine des lokalen SS-Führers. Die emotionalen Verstrickungen führen zu einem mörderischen Eklat. Geschickt verbindet Wray Fiktion und Fakten, um anhand dramatischer Einzelschicksale ein stimmiges Bild der NS-Zeit zu zeichnen.

384 Seiten

«Ein grandioser Roman!»

Süddeutsche Zeitung

MIX
Papier aus verantwortungsvollen Quellen
FSC® C083411

Das für dieses Buch verwendete Papier ist FSC®-zertifiziert.